시일야방성대학

시일야방성대학

초판 1쇄 인쇄 2020년 1월 20일
초판 1쇄 발행 2020년 1월 30일

지은이 고광률
펴낸이 이수철
본부장 신승철
주　간 하지순
교　정 차은선
디자인 권석중
마케팅 안치환
관　리 전수연

펴낸곳 나무옆의자
출판등록 제396-2013-000037호
주소 (03970) 서울시 마포구 성미산로1길 67 다산빌딩 3층
전화 02) 790-6630 팩스 02) 718-5752

페이스북 www.facebook.com/namubench9
인쇄 제본 현문자현

ISBN 979-11-6157-086-0 03810

시일야방성대학

고광률

是日也放聲大學

장편소설

나무옆의자

이 글은 소설이다.
이 소설과 일부 같거나 비슷한 인물과 대학이 있을 수 있겠으나,
특정 인물 특정 대학을 모델로 하지 않았다.

차례

주요 등장인물

공민구 일광대 1회 입학 및 졸업생이자 직원으로서 비정년 교원이 된다.

모도일 하버드 의학전문대학원 출신으로서 일광학원 설립자의 외아들이자 일광대 총장.

모준오 일광건설 창업주이자 일광학원 설립자.

마전자 모준오의 부인.

모도령 모준오의 장녀. 일광대 교수로 있으며 바람둥이다.

모미미 모준오의 차녀. 일광대 건축학과 교수를 사직하고 중국에서 중국 학생들을 선발하여 일광대로 유학을 보내는 '일광어학원'을 운영한다.

육종금 모도일의 생모이며 나이 든 딸과 전통찻집을 운영한다.

모준삼 모준오의 형이며 중국에서 김치공장을 운영하다가 모도일의 강요에 의해 일광학원 이사장을 맡게 된다.

모도강 교수이자 35주년 기념사업단 행사총괄 간사. 모도일의 사촌형.

차무건 경찰학과 교수. 비상상황대응 TFT 위원장을 맡고 있으며, 일광대 최대 파벌인 영명고 출신들을 통제하는 행동대장이다.

박영홍 스탠퍼드대 경영학 박사이며 국제공인회계사로서 회계학과 교수. 기획개발처장. '주고박구'의 일원.

고무승 국어국문학과 교수로서 대외협력 겸 홍보처장. '주고박구'의 일원.

구본수 경호무도학과 교수로서 무보직으로 있는 모도일 총장 맹종자. '주고박구'의 일원.

정　출 학생지원처장.

이해실 의상디자인학과 교수. 교무연구처장이자 모도일의 측근.

주시열 영상철학과 교수. 일광대 설립에 앞장선 일등 공신으로서 모도일 총장과 대척점에 있으며 사사건건 맞서는 실세 교수이다. 학내 두 번째 파벌인 다성고 출신 교수들의 좌장.

주대백 주시열의 외아들.

성기봉 글로벌융합콘텐츠학과 교수이자 창조인문대 학장. 주시열의 최측근.

문서견 법학과 교수. 서류 심사에서 탈락했으나 주시열에 의해 임용됨.

윤　우 일광대 의대 1회 출신으로 설립자가 스카우트한 교수이며 의대 학장으로서 학내 영명고 파벌의 수석 좌장.

주　철 의대 교수. 윤우의 최측근.

반몽출 영상철학과 교수. 모도령과 이혼 전까지는 주시열 편이었다가 윤우 추종자가 됨.

양모구 신문·방송사 주간.

봉백구 감사실장. 공민구와 일광대 같은 학번이다.

조건성 비서실장.

우리는 앞에서 개별 인간이나 조직 차원에서 존재하는 중독 시스템을 일종의 폐쇄적 시스템이라고 묘사했다. 외부로는 열려 있지 않고, 오직 내부에서만 돌아가는 시스템이라는 말이다. 이런 조직들은 병이 깊어질수록 더욱 경직되고 부정직해진다. 현실을 있는 그대로 보지 않으려고 자꾸 현실을 부정한다. 그리하여 이 폐쇄적 시스템은 실질적으로 자기만의 현실을 만들어 낸다. 그러면서 동시에 자신의 중독 과정에 대한 조절력을 잃고 무기력해진다. 문제는 이것이 전체 시스템의 문제이기 때문에, 부분적 해결책이나 부분적 회복은 가능하지도 않고 별 의미도 없다는 점이다. 시스템 전반을 장악하고 있는 것이 단순히 일부 잘못된 습관들이 아니라 소모적이며 파괴적인 세계관 그 자체이기 때문이다.

　　　　　　　　—앤 윌슨 섀프·다이앤 패설(강수돌 역)의 『중독 조직』 중에서

1부
부실 대학

우리들의 전선은 눈에 보이지 않는다

그것이 우리들의 싸움을 이다지도 어려운 것으로 만든다

우리들의 전선은 당게르크도 노르망디도 연희고지도 아니다

우리들의 전선은 지도책 속에는 없다

그것은 우리들의 집안인 경우도 있고

우리들의 직장인 경우도 있고

우리들의 동리인 경우도 있지만……

보이지는 않는다

　─김수영의 시「하…… 그림자가 없다」중에서

1

난분분하는 첩보와 유언비어들 속에서 일일이 옥석을 구분해 내야 하는 모도일 총장은 보고를 받는 내내 짜증이 솟구치며 골머리가 쑤셨다. 의대생들의 일상화된 기습 시위로 분노까지 겹쳐 정신이 반쯤 빠져나간 상태에서 보고의 진위를 가려내기란 더욱 쉽지 않았다.

30분 간격으로 얼음물과 함께 아스피린을 두 알이나 먹었는데도 효과가 없었다. 첩보와 유언비어가, 비빔밥도 아니고 폭탄주처럼, 융·복합처럼 서로 스며들어 있어서 분별해 내기가 여간 힘들지 않았다. 늘 유언비어를 첩보인 양, 첩보를 유언비어인 양 둔갑시켜 보고하는 놈들 때문에 힘들었다.

모두가 쉬어야 할 토요일이지만, 사안이 시급하고 위중한 만큼 긴급비상학생총회를 통해 자체적인 전열을 가다듬고 출정식을 마치는 대로 14층 총장실을 즉각 접수하겠다는 것이 첩보의 요지였다.

전혀 예상 못 한 것은 아니지만, 아니 해마다 겪는 일이었으나 그래도 막상 닥칠 때마다 충격과 분노는 여전했다. 1980년대도 아니고, 민주와 자유가 오뉴월 땡볕처럼 눈부시게 빛나고 가마솥처럼 절절 끓어넘치는 2016년에 총장실 불법 탈취 점거를 공개적으로 선언하다니……. 학생들을 대책 없이 방목한 정출 학생지원처장에게 원망과 분노가 치밀 뿐이었다.

충격과 분노 속에서 전화 보고를 받자마자 부랴부랴 서울 한남동 자택에서 튀어나와 허둥지둥 고속버스를 집어타고 출근한 모도일 총장은, 2년 전에 경찰학과 차무건 교수의 건의에 따라 만들어 놓은 '일빛 위기 대응 매뉴얼'에 입각한 직원 비상소집령을 발동하라고 지시했다.

북괴의 침략 및 위협에 대응코자 민방위훈련이 필요하듯이, 일광대학도 학생들의 기습 불법시위에 효과적인 초동 대처를 위해 위기관리 매뉴얼이 반드시 필요하다고 했다. 그래서 차 교수가 주장하는 선제적 제압 및 유비무환 정신에 따라 그의 건의를 받아들여 매뉴얼 초안을 만들었고, 두 차례의 실전 대비훈련을 치른 뒤에 수정·보완까지 마치고 인쇄된 책자로 펴내 배포한 매뉴얼이었다.

모 총장은 이 매뉴얼에 따라 고속버스를 타고 오는 중에 스마트폰으로 학교의 분위기를 실시간으로 살필 수 있었다. 학교의 주요 CCTV와 스마트폰을 연동시켜 비상시에 이용할 수 있도록 조처한 때문이었다.

모 총장이 종합터미널 출입구에 대기하고 있던 승용차에 올라 학교에 도착하자, 교문 앞에 부동자세로 장승처럼 대기 중이던 사무처장이 따라붙었다.

모 총장이 차에서 내리자 사무처장이 상황 보고를 했다. 그는 이미 새벽 4시에 이메일과 휴대전화 문자메시지를 통해 전 직원 비상소집을 통보했고, 토요일이지만 직원 중 95퍼센트가 8시를 전후하여 비상 출근을 완료한 상태이며, 현재 본부 건물 '일빛 비전관' 5층 총무팀 앞에 있는 직원 휴게 공간에서 출근 직원 전원이 추가 지시를 기다리며 비상대기 중이라고 보고했다.

총무팀장이 부동자세로 보고하는 사무처장 꽁무니에 붙어 서서 나머지 불출근자 5퍼센트에 대한 신속한 연락을 다각도로 추진 중이라고 했다.

위기 상황에 대비해 일찌감치 총장실을 도서관장실로 옮겨 놓았기 때문에 모 총장은 관리팀 직원들이 호위하는 승용차에 올라 '일빛대로'를 타고 본부가 아닌 도서관으로 직행했다. 관리팀 직원들의 촘촘한 경호를 받으며 비상계단을 이용해 도서관장실—본부 건물을 짓기 전에 총장실로 썼던 방인데, 도서관은 학구열에 불타는 건전한 학생들이 있어서 데모하는 학생들이 함부로 침입할 수 없으므로 학내에서 가장 안전한 장소라고 했다. 말하자면 건전한 학생들을 인간 방패로 삼을 수 있다는 뜻으로 들려 씁쓸했던 기억이 떠올랐다—로 들어간 모 총장은 투명 방패인 양 삼면을 이중 강화유리로 둘러싼 창문으로 교정을 둘러보았다.

멀리 왼쪽으로 만정산(滿丁山)과 중명대학교 옆구리 일부가 보였다. 지을 때 삼면을 강화유리로 한 것은, 학교를 통괄하는 수장이 머무는 공간으로서 한눈에 학교 전체의 동태를 내려다볼 수 있는 지리적 이점까지 살려 넓은 시계를 확보하기 위함이었다. 뒤는 만정산 순환도로에 바짝 기대 있었고, 앞은 멀찌감치 더디게 흐르는 방등천(方等川)을 마주하고 있었다. 어쨌든 배산임수였다.

도서관은 중앙 좌우 대칭 대리석 구조물로 높은 지대에 위치해 있었고, 그 아래로 대학뿐만 아니라 일빛대로를 중심으로 양편에 초·중·고교가 잇닿아 있었다. 도심은 방등천을 중심축으로 동쪽에서 서쪽 방향으로 퍼져서 뻗어 있었다.

일광대는 동쪽 끄트머리에 만정산자락을 파고들어 서북향으로 올라앉아 있었는데, 그 옆으로는 92년 역사를 자랑하는 지역 최초의 사학이라는 중명대학교가 우뚝 솟아 있었다. 6차선 대로를 사이에 두고 서로 붙어 있어 일반인들은 얼핏 두 대학을 구분하지 못하고 헷갈리기 일쑤였다.

일광대 교세가 보잘것없었던 초창기에는 이렇게 헷갈리는 것을 반겼으나, 지금은 중명대가 악질 비리 사학으로 불리는 바람에 몹시 거슬리는 문제가 되고 말았다.

대운동장 너머 둔덕 아래에 고즈넉이 위치한 의대 대리석 건물 쪽으로부터 북과 꽹과리 소리에 뒤엉킨 구호가 아득히 솟아올랐다. 롱우드 지역에 있다는 하버드 의대 건물을 본떠 증축 중인 공사장의 소음까지 중간중간 끼어들어 구호를 온전히 알아듣기 힘들었다. '부실…… 모도일…… 책임…… 전격 퇴진…… 투쟁하자' 정도의 단어들만 겨우 들려왔다.

다행히 아직껏 다른 단과대 학생들의 가세 움직임이나, 엊저녁부터 집합해 전의를 불태우고 있는 의대생들의 이동 징후는 보이지 않는다고 했다. 의대생들이 타 단대생들을 이번 시위에 동참시키고자 무던히 설득하고 있다고 들었는데, 일단은 다른 단과대 학생들의 동조 기미가 없다는 차무건 교수의 정보 보고를 받아 안심이었다.

의대 학생들과 타 단대 학생들의 공조는 쉽지 않았다. 사고하고 행동하는 수준과 틀도 달랐지만, 서로 이해관계와 공동 관심사도 달랐다. 무엇보다 의대생들이 타 단대생들을 깔보는 것이 문제였다. 대부분 의대가 앞장서면 타 단대 들이 뒤좇는 형국이었는데, 매번 심한 시차와 수준 차가 생겼다.

모 총장은 조건성 비서실장을 통해 정출 학생지원처장에게 총학생회 간부들의 소재와 동향 그리고 현재 캠퍼스 내에 흩어져 있는 학생의 머릿수를 모조리 세어서 보고하라고 지시했다. 그러고는 하릴없이 두 손을 맞잡은 채 대기 중인 사무처장을 내보냈다. 곁에 있던 총무팀장이 허리를 90도로 꺾으며 필요한 게 있으시면 말씀하시라는 말을 남기고 뒤따라 나갔다.

"윤우. 이놈이…… 기어이 나를……."

새로 들인 집기들을 훑어본 뒤 뒤늦게 나가던 총무팀장이 모 총장의 이 가는 소리를 들었다.

모 총장은 비서실장에게 윤우 교수를 당장 부르라고 지시했다.

2

"아비가 아무리 생각을 해봐도 너에게는 해준 게 없구나."

싸구려 간이침대에 누운 아버지가 헛바람 빠지는 듯한 소리로 말했다. 어머니는 아버지를 병원에서 집으로 옮기기 하루 전에 합성 목재로 만든 싸구려 싱글 침대를 급하게 사들여 거실 한구석에 들여놓았다.

공민구는 침대 쪽에서 들려온 아버지의 말에 귀를 의심했다. 조사를 받으면서부터 석 달 가까이 계속되고 있는 불안 장애와 이 때문에 생긴 불면증으로 환청을 들었나 싶었다. 하지만 환청이 아니었다.

민구는 사람이 죽음 앞에서 순해진다더니, 이제 돌아가실 때가 되셨구나 싶었다. 입이 열 개여도 자신에게만은 할 말이 없어야 마땅한 사람이 아버지라는 생각이었다.

어머니가 깎아 준 사과를 우적우적 썹던 민구는 몸을 돌려 무릎

걸음으로 아버지에게 다가앉았다. 자식들에게 물려줄 수도 있는 금수저를 얻었건만 끝끝내 하나님께 죄 올려 드리고, 푸석푸석하고 써금써금한 흙수저 몇 벌을 남겨 주었지만, 그래도 아버지는 민구에게 변함없이 두렵고 불가사의하고 지엄하신 분이었다. 강직하고 자기 관리가 철저한 아버지는 말 그대로 고래 심줄 같은 강단을 가졌을뿐더러 성질머리까지 컬러풀하고 파워풀해서 예측이 불가했다. 이런 아버지인데, 어머니는 자신도 충분히 늙고 병들어서 아버지의 오줌을 받는 일이 힘겹다며 기저귀를 채웠다.

"어딜 나가서 주먹질할 일이 생겨도 자식 생각을 했다."

민구는 아버지의 집게손가락 끝에 물려 있는 빨래집게 모양의 호흡 측정기기를 물끄러미 바라보았다.

"난, 공부라면 치를 떤 네 할아버지 때문에 꼴 베던 낫을 놓고 바라보다가 기역 자를 배웠고, 국민학교 문턱을 겨우 넘을 수 있었다. 네 할머니의 도움으로 집을 나가 머슴살이를 하며 중학교 과정을 공부해서 1957년에 고등학교 입학 자격 검정고시에 합격했다. 나는 그렇게 살았다."

민구는 아버지의 공치사에 새삼 짜증이 났다. 갑자기 입속의 썹다 남은 사과가 고무찰흙 같았다.

갈라져 터진 마분지 쪼가리를 함부로 구겨 놓은 듯, 피골이 상접한 아버지가 천장을 올려다보며 지난 삶의 회한을 군말처럼 구구절절이 늘어놓았다. 하나 마나 한 말이고, 들으나 마나 한 말이라고 생각했으나, 듣지 않을 수 없었다. 밭은 숨을 쉬며 근근이 이어 가는 회고담 속에 아버지의 유훈이 섞여 있기 때문이었다.

"내가 널 제대로 못 챙겨 주었구나. 많이 서운했을 것이다. 미안타."

"……."

빈말이 아니라는 듯이 아버지의 눈가에 눈물이 고였다. 좀처럼 볼 수 없던 모습이었다.

"이렇게 누워 있다 보니 기도밖에는 할 수 있는 게 없더구나."

자조 어린 말을 신음처럼 덧붙였다.

기도를 '한다' 또는 '하고 있다'가 아니라 '했다'라는 과거형 맺음 술어도 가슴을 때렸다. 더는 기도할 수 없을 것이라는 말로 들렸다. 이것이 죽음 앞에서의 화법인가.

"만약 주님이 바쁘셔서 기도를 못 들으셨다면, 조만간 직접 뵐 때 말씀드리마."

정색을 하고 말을 잇던 아버지가 농담하듯이 웃을 때, 눈가에 고였던 눈물이 깊게 팬 볼 주름에 스미어 흘렀다. 하지만 불에 그슬린 양 검푸르게 변색되어 푸석푸석해진 볼이 곧 눈물을 빨아들여 흐르다 말았다.

"꼭, 말씀드리마!"

아버지가 다시 정색하며 쐐기를 박듯이 힘주어 말했다.

"그러니까 힘내라, 내 아들아!"

아버지가 헛손질 끝에 찾은 민구의 손을 꼭 쥐었다. 손아귀의 힘이 너무 세서 민구는 놀랐다. 하마터면 비명을 지를 뻔했다.

3개월 전에 검진을 마친 의사가 구시렁거리듯 말하길, 아버지는 혈액암이고 살아 있을 날이 3개월쯤 남았다고 했다. 수년간 아버지의 진료를 담당해 온 의사의 말이 뜬금없고 무성의해서 뺨이라도 갈겨 주고 싶었다.

"그래서 삼 개월은 더 사실 수 있대요."

3개월 전 의사의 말을 받아 아버지에게 전달한 민구는 화장실로 달려가 울었다. 울면서 '더'라는 단어를 어쩌자고 끼어 붙였는지 후회가 막심했다. 그러니까 '더'는 무의식 속에 있던 불경심, 아버지에 대한 앙갚음, 말하자면 치졸한 복수였던 셈이다. 둘째 동생 예구가 세면대에 고개를 처박은 채 코를 풀며 울고 있는 민구를 등 뒤에서 가만히 껴안았다.

민구의 눈가에 맺혀 있던 눈물이 아버지의 손등으로 떨어졌다. 가슴팍에 붙인 강력한 마취 패드로 통각과 함께 일체의 감각마저 잃은 아버지는 맏자식의 뜨거운 눈물에 반응하지 못했다.

민구는 뒤늦게 고개를 끄덕여 답을 갈음하며 슬그머니 손을 빼냈다. 그러고는 속엣말로, '그게…… 절대로 잘될 수가 없어요, 아버지'라고 웅얼거렸다.

"형제간에 우애 깊게 살기를 바란다. 나중에 다 같이 주님 나라에서 만나자."

이튿날 새벽이 되어서야 아버지의 이 군말이 통째로 유언이었음을 알았다.

민구는 아버지가 돌아가시기 전에 자신의 직장에서 비정년의 '비' 자를 떼고 당당한 정년 트랙 교수가 될 수 있을 거라고 확신했었다. 아버지가 눈곱만큼도 도와주지 않았음에도 불구하고, 스스로 이루었다는 것을 보여 주고, 자랑하고 싶었다. 그런데 그 선물이 하루아침에 날아갔다.

3

지난주 목요일 긴급 교무회의를 마친 뒤, 모도일 총장은 윤우를 따로 불렀다. 불러서 지금이 얼마나 중차대한 시기인가를 누차 설명하며 진정을 다해 사정하며 달랬다. 주시열에게 겁박을 당할 때에도 이런 적은 없었다.

그만큼 모도일에게는 작금의 사태가 절체절명으로 중차대한 시기였다. 학교가 살아 있어야 요구 조건도 받아 줄 수 있고 개혁도 가능한 것 아닌가. 2012년에 이어 또다시 부실 대학으로 지목받은 지금, 교육부의 정책에 감히 불만을 품어 엇박자를 놓고, 학생들이 데모질까지 해대면 분규 대학으로 찍혀 망해 없어질 터인데, 학교가 없는데 얻다 대고 불만과 요구 사항을 말할 수 있단 말인가. 그러니 윤 교수가 소속 학생들에게 대학이 장차 학생들 편에 서서 모든 요구 사항을 들어줄 수 있는 그때가 올 때까지 조금만 더 참고 조금만 더 기다려 달라고 설득해 달라, 의대생 다수가 윤 학장 말이라면 팥으로 메주를 쑨다고 해도 믿고 따른다는 것을 다 안다, 그러니 이번만은 무슨 수를 써서든 학생들의 과격한 행동을 막아 달라고 애원했었다.

"학생들이 제 말을 믿고 따르는 시늉을 보인 건 옛날이야깁니다요, 총장님. 저는 이제 학생들에게 거짓말쟁이 양치기 소년, 아니 총장님의 멍멍이로 불립니다."

고개를 숙인 윤 교수가 사실을 말했다. 모 총장은 그가 자신을 비꼬고 있다는 생각이 들어 욱했다.

"그건 또 무슨 말이오?"

애써 감정을 누르고 반문했다.

"제가 총장님을 맹종한다는 것을 알게 된 학생들이, 저를 그렇게 봅니다. 봉백구보다 더 간교한 멍멍이로……."

윤 교수가 며칠째 깎지 못한 턱밑 수염을 비비며 허허롭게 말했다.

"맹종이라니? 간교라니? 아니 봉백구는 또 뭐요?"

"페인트 모션만 현란하게 쓰다가 결국은 봉백구 실장처럼 총장님 편에 붙는답니다."

"그, 그래서 나를 이대로 내버려 두겠다는 말이오?"

모 총장이 시선을 돌리는 윤 교수를 다그쳤다. 감정에 호소하는 다그침이었다.

"총장님께서 제 말을 한 번이라도 제대로 들어주신 적이 있습니까? 저는 총장님을 버린 적이 없는데, 총장님께서 저를 버리신 겁니다. 총장님께서 저를 버렸다는 걸 알게 된 학생들도 저를 버린 것입니다.”

윤우는 총장과 제자들이 자신을 버렸다는 사실을 거듭해서 강조했다. 그도 빠져나갈 길을 만들어 놔야만 했다.

윤우는 학생들이 자신을 믿고 따른다고 생각하는 총장이 이해되지 않았다. 학생들은 윤우를 따른 것이 아니라, 총장을 따른 것이었다. 다시 말해서 윤우가 총장에게 직보할 수 있는 핫라인이고, 또 총장이 윤우의 말을 들어주기도 한다는 근거가 희박한 유언비어 때문에 학생들은 총장에게 해야 할 말을, 가까이에서 쉽게 접할 수 있는 윤우 편에 부탁해 온 것이었다.

“의대가 그 잘난 특권 의식을 버리겠다고 하지 않는 한 우리 일광대의 미래는 없소.”

총장이 공세적인 화제를 꺼냈다.

윤우는 의대 편입생 선발 기준 완화를 극구 반대했다. 교육부 지침이라고는 했으나, 원칙도 없고 명분도 없는 행정 간섭이었다.

들어주어도 되고 안 들어주어도 그만일 교육부 지침, 아니 간섭을 굳이 들어주지 못해 무리하게 덤벼드는 총장이 되레 이해되지 않았다. 말 그대로 교육부의 지도 감독 실적을 위해 멀쩡한 의대를 희생시키는 꼴이었다.

온갖 열악한 조건 속에서도 하버드 의대 출신인 모 총장의 체면을 생각해 교수들이 합력하여 이를 악물고 쌓아 올린 의대의 위상과 학생들의 수학 능력만 떨어뜨릴 뿐이었다. 때문에 윤우는 총장의 꿍꿍이속을 알 수 없었다.

"특권 의식이 아니라, 그동안 피땀으로 쌓아 올린 의대의 정체성과 위상을 지키려는 자존심입니다."

하버드 의대를 나온 총장은 일광대 의대의 위상을 하찮게 생각했다. 모 총장은 이 기회에 교육부의 지침을 빌미 삼아서, 근거 없는 자만심과 이기심에 넘치는, 그래서 시시때때로 자신의 정책에 맞서는 의대 교수들의 버르장머리를 확실히 손봐 주고 싶었다.

총장의 속셈을 모르는 윤우는 학생들의 주장을 그대로 요약해서 다시 읊었다. 교수라고 해서 학생들과 다른 주장을 내세울 수가 없었다.

"그게 바로 특권 의식이오. 일광대 의대가 남다르다고 생각하는 거, 아니 남다르다고 주장하며 특별 대우를 요구하는 거."

"……"

"왜 그런 눈으로 보시오? 내가 특권 의식이라고 규정한 건 아니잖소? 교육부가 그렇게 보고 있다는 거요, 교육부가……."

모도일 총장은 교육부를 끌어들였다. 총장은 자신이 불리한 입장에 처해 억지를 부릴 때마다 자신의 생각이나 판단은 따로 꿍쳐 둔 채 교육부가, 학생들이, 학부모들이, 이 지역사회 시민들이 등등을 끌어다 붙이고 빠져나가려 했다.

18년째 절대 권력을 행세해 오면서 터득한 아전인수 겸 유체이탈 화법이었는데, 이명박 정권에서 사립학교법이 사립학교 소유주들에게 유리하도록 개정—4년 더하기 4년, 즉 8년까지 중임을 하면, 한 텀을 쉬어야만 연임이 가능했던 총장 임기를 쉼 없이 이어서 할 수 있도록 개정했다—되면서부터 때와 장소를 가리지 않고 이런 식의 발언 빈도수가 부쩍 높아졌다.

"우리가 타고 가는 우리 말(馬)입니다. 우리가 탄 말 고삐를 교육부에 내주시면 우리 일광이 대체 어느 길로 가겠습니까?"

윤우의 대꾸가 보기 드물게 당차고 거칠었다.

"본래 경마잡이는 따로 있는 법 아니오?"

"말에 오른 장수가 있는데 경마잡이라니요."

모 총장의 말장난에 윤우가 물러서지 않고 대거리를 했다.

"나를 꼬드겨서 총장으로 불러들인 건 당신들이오. 그렇다면 나를 잡아 흔들 게 아니라, 내가 총장직을 제대로 수행할 수 있도록 도와야 하지 않겠소."

총장이 또 조작된 '추대론'을 들먹이며 억지를 부렸다. 끝까지 우겨야 할 만큼 중요하고 다급한 순간이 온 것 같았다. 의대생들이 또다시 분탕질을 치면 학교가 입을 데미지가 컸다. 좀 더 까놓고 말하자면 조용히 추진하고 있는 하남 캠퍼스 조성이 신기루가 되어 사라질 수도 있었다.

학교의 위기와 약점을 약한 고리로 보고 그걸 공략해서 자기들의 잇속을 챙기려고 덤벼드는 의대 학생 놈들이 가증스러웠다.

주시열 교수의 말마따나 전형적인 빨갱이들이었다. 모 총장은 학교의 불행과 위기를 약점 삼아서 자신들의 행운으로 만들어 보려고 덤벼드는 얼뜨기 의대생 놈들의 이기심이 싫었다.

"끄응……."

윤우는 갑자기 다리를 꼬며 신음을 토했다. 소변이 마려웠다. 학생들이 들썩이기 시작한 일주일 전부터 시도 때도 없이 찾아드는 요의(尿意)였다.

"옳아…… 이제 보니 나를 나무 위에, 아니 말 잔등에 올려놓고 흔들어 떨어뜨리려는 수작들이었구먼?"

모 총장이 이런 식으로 떼를 쓸 때면, 하버드 의대 측에 학적 조회라도 하고 싶었다.

이사장 모도일을 총장 모도일로 '변장'을 시킬 때, 난데없이 등장한 조금식 교수가 '일광 유신론'을 들고 나와 주시열을 뺀 '고박구'와 작당을 하고, 윤우에게 들러붙었다.

총장을 하던 주시열이 갑자기 사직서를 내고 잠적을 한 위기 상황인지라 윤우로서도 뾰족한 대책이 없었다. 윤우는 주철을 조금식에게 붙여 총장 추대 시나리오를 짜도록 했다.

메신저를 자처하는 교수들이 총장과 이사장 사이를 들락날락하며 사실을 왜곡시켜 전달하고 때로는 이간질을 시키면서 낭비되는 행정력과 병폐가 극에 달했다. 때문에 모 이사장이 대학 현장으로 들어와 눈과 귀와 몸으로 직접 사실과 부딪혀야만 일광의 미래가 열릴 것이라고 생각했다. 윤우는 이런 이유로 기획력과 추진력이 빼어난 조금식을 도와서 꽃길을 만들었다.

그러나 대학 총장으로 적을 옮긴 모도일은 밖으로 나가 얻어올 생각은 않고, 지게미에서 술을 짜듯이 안에서만 쥐어짰다. 총장은 일광학원 산하 초·중·고교의 교장을 불러들여 여전히 이사장으로서의 역할도 수행했다. 후임 이사장인 큰아버지는 실권이 없었다. 초·중·고·대가 서로 다를진대, 지시 사항은 같았다. 적은 인풋에 큰 아웃풋을 강조하면서도 파이를 키우지는 못했다.

윤우는 오히려 백가쟁명으로 갑론을박하며 사분오열되어 있던 학원민주화 시기가 그리웠다. 그 민주화 시기가 지나고, 실제 주인이 주인 행세를 한 시기에 많은 것들이 바뀌었다. 민주화운동 시기 5년 동안 연평균 5.4퍼센트씩 올랐던 등록금이 그 세 배에 달하는 연평균 15퍼센트 인상으로 바뀌었다.

그러니까 교육부가 나서서 등록금 인상률을 평가에 반영하겠다면서 을러댄 2010년까지 해마다 평균 17.3퍼센트씩 오른 것이다.

일광대는 2011년 교육부의 등록금 인하 정책을 귓등으로 듣는 바람에 이듬해 부실 대학을 맞게 된 치명적 빌미가 되었다.

윤우는 극에 달한 요의 때문에 당장 자리를 박차고 일어나 화장실로 달려가야 할 판이었다. 이대로 더 있다가는 오줌을 지리게 될 것이다. 윤우의 요의를 알 리 없는 총장은 다시 언성을 높이며 억지를 부렸다.

"인상까지 써 가며 할 말 다 하면서 왜 안절부절못하는 시늉을 보이는 거요. 아무튼, 차츰차츰 바꾼다니까, 내가 지난번에 바꿀 거라고…… 아니, 죄 바꾸겠다고 하지 않았소. 그리고 또 안 바꾼 건 뭐요?"

지난번이란, 처음으로 부실 대학 딱지가 붙은 2012년을 말하는 것이다.

"총장님. 여긴 학생들을 가르치는 고등교육기관입니다. 학생들과 생긴 문제는 인내와 대화와 가르침으로 풀어 나가셔야지, 학칙과 법에 따라 처리하시겠다니요. 도서관 정중앙에 학생 중심 대학이라는 대형 걸개 현수막까지 걸어 놓으셨잖아요."

의대생의 시위 가능성을 보고받은 총장은 지난 금요일, 긴급 교무 회의를 열어 선제적 대응 차원이라면서 시위 초동 대응의 가이드라 인을 지시했다.

불법 시위가 벌어지면 지난번처럼 수수방관하다가 징계 타이밍을 놓쳐 일을 키우지 말고 즉각 공권력의 협조를 얻겠다는 뜻을 학생지원처장 편에 전달했다는 것이다.

"대한민국은 법치국가입니다. 불법, 위법, 탈법 행위를 법으로 다스리겠다는 것이 잘못되었다는 말씀이오? 미국 대학에서는 감히 상상조차 할 수 없는 짓을……."

학생이 진리를 탐구하고 정의 수호를 배워야 할 신성한 캠퍼스 내에서 불법 폭력 시위를 하다니, 미국에서는 감히 상상조차 할 수 없는 일이 아닌가.

모 총장은 이런 미개한 일을 겪을 때마다 미국이 한국을 깔보는 이유를, 71년이 넘었어도 한국이 미국의 보호 아래 있어야만 하는 이유를 뼛속 깊이 깨닫고는 했다.

"학교를 침입한 외부인이 아니라, 일광 소속 학생들이 아닙니까?"

"그럼 용역을 들여서 막을까요?"

용역을 쓰자는 것은 경찰학과 차무건 교수의 건의였다. 밖으로 일을 키우지 않으려면 경찰을 들이는 것보다 용역이 낫다는 안을 올렸는데, 총장이 사고의 위험성 때문이 아니라 용역에 드는 비용을 문제 삼아 거절했다는 후문이었다. 모 총장의 어깃장이 이어졌다.

"몇 번을 말해야 합니까. 법 앞에서는 누구나 평등해야 하는 법이오. 지난번 같은 소요 사태가 발생한다면, 난 여기 적힌 매뉴얼대로,

학칙대로, 법대로 절차와 방식에 따라 엄격하고 공정하게 처리할 생각이오."

손사래를 친 모 총장이 테이블 위에 놓인 학내 위기 대응 매뉴얼 북을 집어 흔들어 대며 말했다. 지난번이라 함은 5년 전, 의대 부정 입학 문제로 발생한 시위를 말하는 것이었다. 학교가 편입학 부정을 저지른 것에 대해 학생들이 항의하고 재발 방지를 요구한 시위였다.

"학생들의 요구를 들어 달라는 것도 아니고, 학생들을 만나 주장을 청취해 주시면서 조금만 참으시고, 조금만 견디시면 해결될 일을……."

윤우가 총장의 화법을 빌려 조용조용 말했다.

"어째 말씀이 모호하십니다. 요구는 뭐고, 주장은 또 뭐요? 다 같은 말 아니오? 어쨌든 모든 것에 때가 있듯이 교육에도 당근과 채찍이 있고, 때가 있는 법이오."

모 총장은 공권력 투입도 교육의 일환이라는 생각에 변함이 없다고 덧붙였다.

바뀐 의자가 몸에 맞지 않아 불편한지, 갑자기 엉덩이를 들썩이고 이리저리 몸을 꼬며 새 의자와 신경전을 벌이던 모 총장이 급기야 벌떡 일어섰다. 그러고는 의자를 옆으로 빼내 발끝으로 힘껏 밀쳤다. 바퀴 달린 의자가 책장 쪽으로 거침없이 내달렸다. 의자는 책장에 부딪혀 유리를 박살 낸 뒤에 멈췄다.

윤우는 학생들이 아닌 자신을 붙잡고 사태 해결의 방도를 찾으려고 덤벼드는 모 총장이 안쓰럽고 두려웠다. 모 총장의 닦달보다 요의를 해결하는 것이 급했다.

"화장실 좀…… 다녀오겠습니다."

자리에서 일어선 윤우가 문을 향해 종종걸음을 치며 말했다.

4

주시열 교수는 돌이켜 생각할수록 기가 막혔다.

"위기는 새로운 기회를 가져다준다고 합니다."

언제나 비유가 어설프고 수사(修辭)가 모호하지만, 말이 장황하고 현란하기로 소문난, 그래서 달변가 행세를 하고 있는 모도일 총장이 업무 종료 무렵에 긴급 소집한 전체 교수회의에서 마치 남의 이야기 하듯이 유체이탈 화법으로 던진 말이라고 했다.

그 자리에 부러 참석하지 않아 전해 듣기만 한 주시열은 자신이 할 법한 말을 모 총장이 했다고 하기에 더욱 황당하다는 생각이 들었다.

어떤 위기에 처해도 언제나 변함없이 현실과 이상 사이의 틈바구니에 끼어 있는 조화(造花)같이 번지르르한 말을 찾아내어 일광 가족을 황당하게, 때로는 주눅이 들게 만드는 총장이었다. 자타가 공인하는 명문 하버드대학교 의학전문대학원에서 의학 박사 학위를 땄음에도 불구하고, 인문사회학적 지식과 안목에 대한 선망과 갈급증이 남다른 사람이었다.

반면에 노백호(老白狐)로 불리는 주시열은 말의 아름다움을 좇거나 현혹됨이 없었다. 말과 글과 돈이 모두 권력의 수단이지만, 그 가운데 말은 시공간에 머물지 못하고 이리저리 휘돌다가 얼마 안 있어 흩어져 사라질 것이기 때문에 그는 절대 신뢰하지 않는다고 했다. 천둥이 천만 번을 시끄럽게 운들, 번개 한 방에 비할 바가 되겠는가.

시열은 이런 점에서 현실주의자였는데, 한국 사회에서의 이로움은 늘 정·관계(政官界)와 맺은 현실적 관계 속에 있기 때문이었다. 그럼에도 불구하고 시열이 말에 기대어 신봉하고 맹종하는 척할 때가 있었는데, 그것은 남들 앞에서 자신의 과오를 변명하거나 눙칠 때, 또는 모 총장의 비위를 맞춰야 할 필요가 있을 때였다. 모 총장이 이를 알았을 때는, 이미 때를 놓쳐 탄식 말고는 다른 조처를 할 수 없었다.

이렇듯 빼어난 모략과 처세술을 지닌 시열은 지난 36년 동안 일광대학교의 숨은 교주(校主)이자 교주(敎主)로서 숨은 실력자로 행세해 왔다. 근자에 들어 대학이 어려움에 처하고, 모 총장의 독단이 심해지자 주시열의 위상과 가치가 치솟았다.

교수 중에는 단 한 번 태어나서 한 번만 살다가 죽으면 끝날 인생인데, 따분하기 이를 데 없는 전공 교수질 하나에만 매달려 일부종사하듯이 살기에는 너무 싱겁고 허망하다며 보직에 대한 열망을 공공연히 떠들어 대는 자들이 늘었다. 어찌 댓 평짜리 연구실에나 처박혀 새로울 것도 재미도 없는 한 전공만 죽어라 후벼 파고, 공부에 뜻이 없는, 또 뜻이 있어도 알아듣지 못하는 '지잡대' 아이들 앞에서 머릿속에 암기해 두었던 귀한 지식을 앵무새처럼 반복만 하다가 값진 인생을 마감할 수 있단 말인가.

인터넷 세상이 되어 지식 시장이 오픈된 뒤부터는 연구도 재미없고 무용했다. 예전에는 지적 잘난 척을 할 수 있는 공적 공간이 대학뿐이었는데, 인터넷이 활성화된 지금은 공간이 세상 전체로 확장되었고, 여기에 수시로 모여든 강호의 고수들이 진검승부를 겨뤘기에, 대학이라는 좁은 공간에서 잘난 척하는 것도 의미가 없어져버렸다. 그러니까 대학이 우물 안이 되었고, 교수는 개구리가 되었다는 이야기다.

그래서 대학의 학문은 더욱더 자기 복제를 하거나 근친상간을 하며 초근목피로 연명해 나가는 실정이었다. 덧붙이자면, 새로운 원곡을 작곡하는 것이 아니라, 하나의 원곡을 놓고 거기서 여러 변주곡을 만들어 내는 꼴이었다.

박사과정 공부할 때 암기한 기억을 되살리고 약간의 요령만 터득하면 일도 아닌 게 연구였다. 평가를 동병상련에 처한 끼리끼리 했기 때문에 결과나 질 따위는 문제가 되지 않았다. 더구나 근자에 융·복합을 부르짖는, 근본을 찾기 힘든 다양성을 장려하고 귀히 여기는 세상이 아닌가. 그래서 교수들은 학문이 아닌 보직과 또는 정치와 융·복합하기를 간절히 소망했다.

일찍이 주시열에게 은혜를 입은 바 있거나, 그의 타고난 기상과 재주를 아끼고 그의 조직 공헌도를 잘 아는 사람들은, 그중에서도 특히 시열의 대척점에 서 있는 윤우는 모도일 총장 앞에서 함부로 충성과 개혁을 입에 올리지 말라고 충고했다. 그 효력과 파장을 가 늠하기도 통제하기도 어렵다는 이유에서였다.

그러나 시열은, 윤우가 시열의 불행을 자신의 행복으로 삼을 수 밖에 없는 놈인지라 천적의 말을 액면 그대로 믿어 받아들일 수 없 었고, 또 놈에겐 자신의 질투와 약점을 고상하게 포장해 눈속임하는 가증스러운 재주가 있어서 늘 감시와 경계가 필요하다고 생각했기 에 귓등으로 들었다.

몇몇 교수들도 윤우의 허접한 궤변에 빌붙어 과거는 현재의 전사 (前史)다, 라는 그럴듯한 말까지 끌어다 붙이며 말렸는데 가까운 사 이라고는 하지만 그들 자체가 대부분 색깔이 모호한 '사쿠라' 같은 놈들이었다. 세상에는 배운 티를 이상한 모양으로 내는 놈들이 얼마 나 많은가.

시열은 검지 않으면 희거나, 파랗지 않으면 빨갛거나 둘 중 하나 로만 보이는 선명한 놈들을 좋아하고 가까이하며 보살폈다. 물론 그 자신은 그 둘을 아우르기 위해 언제나 둘의 경계를 거침없이 넘나들 수밖에 없었다. 노백호 시열은 이렇듯 욕망 앞에서 대범하고 호기로 운 원로 왕교수였다.

어쨌든 시열은 학교가 책상머리에 앉아 대학들을 쥐락펴락하는 교육부로부터 두 번째로 부실 대학 지정 위기에 처했기 때문에 긴급 히 비상소집한 자리에서 연설했다는 모도일 총장의 콘텐츠 없는 말 들은 따로 분석하거나 새겨들을 만한 가치가 없어서 신경 쓰지 않기로 했다.

그 자리에 불참하고, 일단 연설에 반응하지 않음으로써 시열은 모도일과 일대일 대립 구도를 이루고, 유사시 그의 대안으로 거론되거나 지목받는 구원투수가 되고 싶었다. 그는 지금의 어설픈 상황에서 섣부른 행동으로 모 총장과 함부로 섞이면 죽도 밥도 안 된다고 생각했다. 때문에 시열은 상황이 보다 명징해지기를 범(虎)이 아닌 호(狐)의 눈으로 지켜볼 셈이었다.

소심하고 자폐 증세는 심각하나 불만과 분노를 참지 못하는 일부 교수들이 시열을 돌파구 내지는 비상구로 생각했다. 37년 전, 그러니까 1980년에 설립자가 학교법인 일광과 일광대학교를 설립하여 운영하고자 할 때부터 새파랗게 젊은 주시열의 아이디어와 결단력과 패기와 로비력과 카리스마 일체가 통째로 동원되었다. 교명은 물론이요, 학원재벌이라는 새로운 꿈을 위해 야금야금 설립하게 된 초·중·고교의 운영에도 시열의 전략(혹은 모략)과 힘이 필요했다.

개발독재 시대의 거친 건설 현장에서 잔뼈가 굵은 설립자 모준오는, 보잘것없이 땅딸한 외모 때문인지 돈과 여자를 빼면 관심을 둔 분야가 따로 없었다. 천신만고 끝에 얻은 그의 독자 모도일은 공부밖에 모르고 세상 물정을 모르는 방안풍수에 불과했으나, 시열은 든든한 뒷배에 상상과 사고의 폭이 광대무변했고, 또 모욕이나 굴욕을 견뎌 내는 비위짱은 물론이고 배짱도 컸으며, 결정적으로 노는 물과 급이 두 사람과는 달랐다.

그러니까 설립자는 건설계와 화류계와 관계(官界), 그 아들은 의료계와 학계 일부밖에 몰랐으나 시열은 국보위 상임위원인 외삼촌의 신임과 후원 아래 정계와 교육계에 막강한 끈과 발이 닿았다. 물론 시열이 노는 물과 급을 만들어 확장·유지할 수 있도록 주야장천 '실탄'을 대준 사람은 설립자 모준오였다.

또 타고난 감정조절 장애와 지나친 주색에 빠져 설립자가 일찍 세상을 뜰 당시에 모도일이 나이가 어렸고 암기하는 재주만 뛰어났기에, 일광학원 운영에 대한 전권과 일부 자금 운영을 향후 종합대학 승격 시까지 시열의 손에 맡긴다는 구두 유언을 남겼다.

창학 초기에 일광(日光)이라는 학원명이자 교명이 고도리판 분위기인지라, 격이 떨어진다는 지적이 있었다. 당시 대학 주비위에서 바꾸자는 의견이 비등했으나, 시열은 날마다 빛나는 것이 어때서 문제라는 것이냐, 그럼 일암(日暗)으로 바꾸자는 거냐, 라는 억지까지 부려 가며 다수 의견을 무지르고 관철시켰다. 일광토건의 일광은 욱일승천하는 이름이다, 일광토건에서 일광대학이 탄생하는 것은 지극히 당연한 것이다. 오정(旿丁) 모준오 선생이 세운 일광토건, 일광토건이 세운 일광학원, 일광대학…… 도대체 뭐가 문제란 말인가. 시비만 붙지 말고 문제를 말해 보아라.

당시 푼수 기운이 있던 모준삼 큰아버지—모도일의 후임 이사장이다—가 아싸리하게 일광(一光), 즉 순우리말 한빛은 어떻겠냐는 의견을 냈으나, 한빛은 한자로 일광(一光)이 아니라 대광(大光)이라는 핀잔만 듣고 교명은 결국 시열의 주장대로 됐다.

적통 여부를 떠나 어찌 되었든 설립자의 아들인 지금의 모도일 총장은 18년 전인 1998년부터 법인과 학교 운영에 직접 참여했지만,

그때는 1980년부터 장장 18년 동안 조직을 장악해 온 시열의 막강한 존재감과 구성원 장악력 등 일체의 전방위적인 세력과 영향력을 무시할 수 없었다. 회색 두루마기 차림으로 다니는 시열은 공·사석을 가리지 않고, 낳은 정도 중요하지만 기른 정 또한 그에 못지않다는 괴이한 '양모론(養母論)'을 펴고는 했다.

모도일은 90년대 후반과 2000년대 초반에, 시대의 자율화 추세와 든든해진 민주화 조류를 타고, 윤우를 앞장세워서 주시열을 뒤가 구린 반민주적 수구 꼴통으로 몰아 간을 보며 따돌리다가 제거하려 했으나, 눈치챈 그가 반격을 하는 바람에 호된 고초를 치른 통한의 기억이 있었다.

설립자의 친위대장이었던 윤우가 주시열의 독단과 부정을 견제하고자 미국 유학을 마치고 돌아온 모도일을 꼬드겨 일대 정풍(整風) 운동을 벌인 것인데, 오히려 학교가 두 패로 쪼개져 소모적인 명분 다툼만 벌이게 된 원죄가 되고 말았다.

이렇다 할 물증 없이 허술한 심증만으로 주시열을 적폐의 주동자인 양 함부로 몰아붙인 것이 화근이었다. 평소 시도 때도 없이 헛소리를 지껄여 대기에 허술한 인간이라고 봤는데, 윤우가 한 수를 볼 때 두 수 앞을 내다보는 허허실실의 능력자였다. 설립자 오정 모준오의 복심 속에서 숱하게 많은 날들을 신출귀몰하며 승승장구해 왔던 시열을 너무 얕잡아 본 것이다.

18년 동안 자기의 고정 지지 세력을 확보한 시열은, 1999년 모도일이 초짜 이사장으로 취임하자, 학내에 크고 작은 소요만 생겨도

법인 이사장실로 득달같이 달려가 충언 또는 고언을 드린다는 명분으로 충고와 질책을 자식 훈육을 하듯이 일방적으로 퍼부어 댔다. 과거에는 민주화에 빨갱이 물이 튀어 노동계와 학원가에 툭하면 데모질이 발생하고는 했는데, 지금은 모도일 이사장이 줏대가 없이 물러 터지고 겁만 많아서 학내 소요가 잦아들지 않는다며 이런저런 갈등의 책임을 모도일의 무관심과 무능으로 몰아붙였다.

모도일은 시열의 잔소리와 폭언이 지긋지긋하고 때로는 무섭기도 해서 도망을 다닐 때도 한두 번이 아니었다.

그즈음 모도일 이사장은 학교가 잠시 시끄럽더라도, 설령 자신이 일정 정도의 데미지를 입더라도 자신과 일광대의 미래를 위해 주시열만큼은 반드시 제거하고 싶었다. 그러나 많이 가진 자와 그보다 적게 가진 자가 함부로 싸우면, 통상 많이 가진 자가 잃을 것이 더 많은 법이므로 모도일은 이를 악물고 전전긍긍하며 시열과의 맞짱을 무한정 미루는 수밖에 없었다.

학교에 대한 정보와 학교에서의 경륜과 세가 약한 모도일은 시열의 이런 잽이나 페인트 모션 같은 소행에 늘 시달렸다. 입속에 바늘을 넣고 사는 기분이었다.

"대체 이 대학의 주인이 누굽니까?"

학칙이 물러 터져서 학생 데모가 끊이지 않는다며 볶아치는 시열에게 참다못한 모도일 이사장이 내지른 말이었다.

정식 이사도 감사도 뭣도 아닌 그가 포마드를 잔뜩 처발라 올백으로 넘긴 머리에 거무스름한 잿빛 두루마기 차림으로 고개를 빳빳이 세운 채 이사회 때마다 빠짐없이 참석하여 헛기침을 해대는 것은 전적으로 죽은 아버지의 오판과 과오 탓이었다.

아버지가 공부밖에 모르는 아들의 일탈과 독단을 경계하지 않을 수 없다면서 주시열이 정년 때까지 이사회 의무 참석 및 발언·의결권을 공식 유언장에 남긴 것이다. 물론 이 발언권과 의결권이 규정에 어긋남은 물론이요, 초법적인 것이어서 얼마든지 문제 삼을 수 있었으나 아버지의 유언인지라 문제 삼기가 꺼림칙했다.

만약 문제 삼는다면 시열이 도일을 '호래자식'이라고 동네방네 떠들고 다니며 선전전을 펼칠 것이 빤했다.

어쨌든 시열의 이사회 참석은 참석 자체만으로도 엄청난 부담이자 압박이었다. 게다가 시열은 모도일이 일광학원 이사장으로 들어오기 전까지, 그러니까 1980년부터 1998년까지 실질적인 교수 채용 권한을 행세했다.

19년 동안 시열의 면접으로 뽑힌 교수가 무려 160여 명에 달했다. 이들 중 3분의 1가량이 시열의 골수 친위대였다. 모 이사장은 이날 시열과 다투는 과정에서 홧김에 불쑥 내뱉은 '주인'이라는 단어 사용이 빌미가 되어 곤욕, 아니 모욕을 단단히 치러야 했다.

법인 이사회가 끝난 뒤, 회의장을 빠져나온 주시열이 씩씩거리며 곧장 이사장실로 쳐들어왔다. 그는 올백으로 빗어 넘긴 흰머리에 포마드 기름을 처발라 백구두와 함께 짝을 이루어 번들번들했다.

주인 행세를 해보시려면 그에 마땅한 투자 지분이 있어야 할 터인데, 대체 대학을 설립할 당시에 선친께서 얼마를 투자했는지는 알고나 있느냐며 시비를 걸었다. 창학 당시 고등학교 1학년이었던 도일은 아버지의 설립 자금에 대해 알지도 못했을뿐더러 아는 게 있다고 할지라도 자칫 뜻밖의 빌미를 제공하는 실언이 될 수도 있어 함부로 답할 수 있는 입장이 아니었다.

그래도 모도일은 냉엄한 자본주의사회에서 투자 없이 어떻게 주인이 되었겠느냐는 거친 반문으로 얼버무리며 맞섰다. 기가 센 시열은 이 반문을 흥 하는 코웃음 한 방으로 가볍게 날려 보냈다.

임야가 포함된 학교 부지 3만 평, 3층짜리 1호관 건물―주시열이 공옥관(攻玉館)이라 명명했다―초기 공사비 10억이 설립자가 출연한 전부라고 주장했다. 망산 서면 임야 15만 평과 오창 농소리에 부지 6만 평이 있으나, 다 불용지에 불과하다는 것이다.

곧 그린벨트로부터 해제된다고 시시때때로 호언장담하던 15만 평―실은 시열의 외삼촌이 해제시켜 준다면서 뇌물만 받아 챙기고 아직껏 종무소식이었는데, 도일이 이를 알 리 없었다―은 36년째 꽁꽁 묶여 있고, 평지이나 전답인 6만 평은 '오창대로'가 떡하니 중앙을 가로질렀고, 그나마 남은 땅은 고속도로 인터체인지 램프웨이와 맞물리면서 누더기 땅이 되어버렸다. 물려 들어간 만큼 보상을 받긴 했으나, 남은 땅은 쓸모없는 자투리로 결국 똥값이 되었다. 게다가 그나마도 허허벌판으로 둘러싸인 적막한 지역인지라 요령껏 쪼개 팔 수도 없었다.

둘 다 장차 팔아서 크게 현금화할 수 있을 것이라던 재단 측의 주장은 거짓말이 되고 말았다는 것이 시열의 주장이었다. 그러니까 알맹이 없는 껍데기만 내놓았다는 이야기였다.

아버지 모준오의 유산 중 알짜는 그대로 물려받아서 누나 둘과 제가끔 나눠 쥐고 있었다. 모도일은 아들인지라 딸과 달리 몫이 무척 많았다. 그래서 주시열의 조언에 따라 어쩔 수 없이 차명을 이용해야 했다.

그렇게 하고 싶어서 그런 것이 아니라, 아버지가 시열을 모도일 후견인으로 내세워 그렇게 조처하라는 명령을 내리고 떠났다. 그렇기 때문에 시열은 생선 가게를 맡은 고양이가 된 것인데, 학교법인 일광의 모든 것을 제 손금 보듯이 훤히 꿰고 있었다. 심지어는 모도일이 지내야 마땅한 설립자 제사를 학교법인 공동 추념일로 만들고는 자신이 초헌관이 되어 모시기도 했다.

이뿐만이 아니었다. 절대로 끌어들이면 안 될 노파까지 끌어들여서 선을 넘기도 했다. 그러니까 시열은 도일에게 있어 페어플레이를 모르는 저급한 인간이었다.

시열은 그날 그 자리에서, 자신이 주도하여 얻은 사채와 등록금으로 한때 건물도 짓고, 구성원 월급도 주고 했다는 사례를 손가락까지 꼽아 조목조목 열거하며 모도일에게 각인시켜 주었다. 그러면서 또다시 자신의 퇴출을 모의하거나 모욕을 주면 일광학원의 감춰진 '흑역사'를 깡그리 들춰 내서 만천하에 공개할 만반의 준비가 되어 있다며 울부짖었다. 울부짖을 때 책상을 손바닥으로 치고, 협탁을 발로 차서 넘어뜨렸다.

모도일 이사장 입장으로는 간이 배 밖으로 나온 마름 놈이 알량한 선친의 신임을 믿고 주인 행세를 하려고 미쳐서 나대는 꼴이었으나, 어쩔 수 없었다. 설립자 모준오의 절대 신임 속에서 18년 동안 제멋대로 큰 주시열은 통제 불가한 괴물이 되어 있었다.

5

　주시열이 총장에 뜻이 있다는 말을 들었다. 차무건 교수가 술자리에서 들었다는 말을 모도일에게 전해 주었는데 자못 의미심장했다. 주시열이 "선장도 아닌데 한 배를 탈 이유가 뭔가, 뭍에 서서 배의 항로나 지켜볼 뿐이다"라고 지껄이더라는 것이었다.

　들어서 알고 있으면서도 마냥 모르는 척할 수 없는 모도일은 그와 대척점에 있는 윤우를 불러 의논했다. 윤 교수가, 어차피 작고하신 선친과 지역민들을 봐서라도 한 번은 시켜 줘야 하고, 또 해봐야 뒷말이 없을 사람이니 이참에 역발상으로 그의 뜻을 전격적으로 들어 주는 것이 좋을 듯싶다고 했다.

　그래서 모도일은 시열을 총장으로 임명했다. 9년 전, 그러니까 2007년의 일이다. 당시 주시열은 모양새를 갖추고 명분을 쌓느라 세 차례나 고사하는 시늉을 하다가 못 이기는 척 수락했다.

이렇게 해서 총장이 된 주시열은 거침이 없었다. 학교법인에 속한 인사권까지 인터셉트하여 전횡하기 시작했다. 당사자와 사전 약속을 하거나 통지를 하니 결재 과정에서 뒤집을 수도 없는 노릇이었다. 뒤집으면 전면전을 치러야 했다.

모도일과는 상의 한마디 없이 다섯 명의 전임 교수에게 재임용 탈락을 고지했다. 물론 절차상 하자가 있는 발령이었다. 전임강사 셋, 조교수 하나, 부교수 하나였다. 이 중 의과대 교수가 세 명이나 포함되어 있었다. 사유는 학생 데모 선동을 통한 면학 분위기 저해와 해교 행위 선동 및 방조였다.

대외 활동을 문제 삼은 교수도 있었다. 친북 좌파적 또는 페미니즘 옹호 칼럼과 발언으로 학교의 품위와 헌법 질서와 미풍양속 등을 문란하게 했다는 거창한 이유를 들었다.

당사자들이 즉각 행정소송을 했고, 학교는 발칵 뒤집혔다. 사상과 표현의 자유 탄압은 주류 언론 매체를 타고 빠르게 전국으로 퍼졌다.

이것으로 끝이 아니었다. 중견 및 원로 정교수 두 명을 따로 지목하여 이들이 일광대 악의 축이며, 면직 조처한 다섯 명 교수의 뒷배이자 '몸통'이라면서 따로 징계위원회를 꾸려 절차를 밟을 테니, 그 결과가 나오는 즉시 해직 조처하라고 건의했다. 그 둘 중의 한 명이 윤우였다.

뜻대로 할 수 있는 총괄 권한을 내주면 현실과 이상의 괴리를 알고 악의적 불평불만이 줄어들 것이라는 깜냥에서 총장직을 맡겼던 것인데, 윤우—주시열의 총장 임명은 전적으로 윤우의 아이디어였다—와 모도일 이사장은 되레 노백호가 감춰 두었던 치명적 도끼날에 테러를 당한 느낌이었다.

　모도일 이사장은 이 짧다면 짧고 길다면 긴 5개월 동안 시열의 일거수일투족을 지켜보면서 그의 치명적 약점이 세상 모든 것을 장작 패듯이 무조건 둘로 쪼개어 나누어 보는 세계관과 가치관에 있음을 알게 되었다. 아마도 후견인이자 멘토였던 외삼촌의 영향 때문인 것 같았다. 조직의 수장이 된 그는 아바이연대의 상임 고문답게 자신과 다른 가치나 이념을 망교(亡校)를 부르는 좌파적 사고라 하여 절대로 인정하지 않았다. 인정하지 않는 것을 넘어 좌시할 수도 없다면서 배척하고 응징하고 말살하려 덤벼들었다. 마치 악귀를 쫓는 무당 같았다.

　그는 옳고 그름을 판별하는 기준이 지독하게 이념적이고 자의적이었으며, 자기 생각과 다르면 모두 해롭고 틀린 것으로 치부했다.

　교수 해직은 결코 쉬운 문제가 아니었다. 그들은 돈을 직접 만지지 않기—주로 행정직원이 지출 기준 또는 보직교수들의 명에 따라 실무 기안 및 집행을 담당한다— 때문에 금전에 얽힌 비리를 잡아내기도 쉽지 않았고, 성적(性的)인 비리 문제 역시 사제 간 주종 또는 갑을 관계가 성적(成績)은 물론이요, 당사자의 장래와 깊은 연관이 있고 대학 및 사회의 통념상 이를 피해자 입장에서 보지 않기 때문에 밝혀지기가 어려웠고 또 밝혀지더라도 문제 삼아 응징하기가 어려웠다. 아니 문제 삼는다 해도 흐지부지되기 일쑤였다. 게다가 이마저도 피해자의 폭로 없이는 알 수 없는 문제가 아닌가.

　아무튼, 이런 문제가 밝혀진다고 해도 중징계나 해직은 쉬운 문제가 아니었다. 법적 판단도 받아야 하는데, 법이 교수들의 범법 앞에 관대했다.

물론 법 뒤에 있는 정치 세력들의 개입도 무시할 수 없는 문제였다. 무개념 정치인들이 말도 안 되는 짓거리를 저질러 놓으면, 교수들이 들러붙어 말이 되고 근거도 있는 양 둔갑시켜 주었기 때문이었다.

그러던 중에 주시열이 상식 밖의 사고를 쳤다. 취임 후 5개월 동안 미친 듯이 좌충우돌하던 그가 한 학기가 지나기도 전에 느닷없이 총장직 자진 사퇴를 선언한 것이다. 대학 총장을 무슨 동네 다방 얼굴 마담쯤으로 생각하는 게 아닌가 싶어 황당했다.

모 이사장이 자신을 총장직에 앉혀놓고는, 뒤에서 좌파 교수들을 조종하여 자신을 얼굴마담으로 만들었다는 것이 이유였다. 그러니까 모도일은 정관과 규정에 따라 일광학원과 일광대학을 운영했으나, 시열은 아무런 실권도 주어지지 않는 모도일의 허수아비는 못하겠다고 했다.

진보 언론들은 그가 총장을 하는 동안 매일같이 '극우 사상의 칼질로 진리를 난도질해 대는 정체불명의 위험천만한 일광대'라고 비아냥거리며 무섭게 몰아세우고 있었다.

일부 좌파 인터넷 매체는 침소봉대하여 '진리는 없고 이념의 무기고로 둔갑한 상아탑'이라는 제하의 기획보도를 만들어 연재하기도 했다. 그 정도는 아니었지만, 아무튼 등골이 서늘해진 언론 보도였다.

주시열의 사퇴로 총장이 공석인 가운데 한 학기를 보냈다. 그러자 예상했던 대로 교수들이 쥐새끼들처럼 떼를 지어 다니며 개구리들처럼 중구난방으로 울어 댔다. 당시 이런저런 이유—자신들의 셈법으로 만들어 냈을 것으로 추정되는—로 반대하는 교수 세력도 일부 있었으나, 뜻밖에도 조금식 교수가 주동적으로 나서서 적극적으로 모도일의 총장 추대를 도왔다.

"오시는 길에 꽃과 비단을 깔아 드릴 수는 없습니다만, 잡음과 소란은 제 한 몸 바쳐서라도 제거해 드리겠습니다."

스스로 좌파라고 밝힌 미디어영상학과 조금식 교수였다. 모 이사장은 이 충직한 뉴 페이스의 자발적 제안을 마다할 이유가 없었다. 이런 치들은 한 줌 권력을 얻기 위해 동료들의 권한과 권리를, 필요하다면 인권까지도 통째로 훔쳐 내 법인에 슬그머니 갖다 바치고, 학교와 법인 사이를 뻔질나게 오가며 이간질과 고자질을 일삼았다.

도일의 입장에서는 없으면 만들어야 할 판인데, 알아서 해주니 반갑고 고마운 일이 아닐 수 없었다. 모도일 이사장이 지난 10년 동안 이런 치들을 벌레 보듯이 경멸하면서도 방관하고, 적당한 때에 기꺼이 이용해 온 이유 중 하나였다.

총장이 된 모도일은 가장 먼저 주시열이 내지른 문제를 해결해야 했다. 당시 시열은 총장직만 사임한 것이 아니라, 팩스를 이용해 자필로 쓴 교원 사직서까지 법인의 이사장 비서실로 보낸 뒤에 잠적했다.

가끔 보여 온 상투적 행동이었는데, 윤우는 이번에도 나름의 노림수가 있을 것이라고 진단했고, 도일도 동의했다. 이념 분쟁을 일으켜서 학교를 자중지란에 빠뜨려 자신의 위상을 공고히 해보려는 의도가 있는 것 같다고 하였으나, 그것이 의도였다면 실패했다고 볼 수 있었다. 잠적 이후 추종자들을 통한 원격조종이 여의치 않게 된 것이다.

사리 분별과 판세 분석이 영악한 교수들은 일단 주시열이 모도일과의 싸움에서 패한 것으로 보고 거리를 두기 시작했기 때문이었다. '주시열 지는 해, 모도일 뜨는 해.' 조금식이 둘의 위상을 이렇게 정리했다.

어쨌든 주시열로서는 나름의 승부수를 띄운 것이었는데, 똑똑한 추종자들의 배신으로 인해 일이 이상한 방향으로 꼬인 셈이 되고 말았다. 하지만 백전노장 시열은 그리 만만한 상대가 아니었다.

시열에게 당한 일곱 명의 교수가 그의 오래된 사생활을 문제 삼았기 때문에 그가 사직원을 제출할 수밖에 없었다는 괴소문이 돌았다.

사직서에 이어 내용증명으로 날아온 사직 사유서를 받아 본 이사장 모도일은 자지러지게 놀라지 않을 수 없었다. 악에 받친 일곱 명의 교수가 시열을 곤경에 빠뜨려 보복하기에 충분한 건수이다 싶었으나, 아무리 그래도 이건 아니지 싶었다.

모도일은 소문 기획 및 제조자로 의심받는 조금식 교수와 전파자 역을 한 측근인 차무건 교수와 봉백구 감사실장을 급히 불러 각자 수단과 방법을 가리지 말고 시열의 진짜 사직 사유를 알아내 보고하라 이르고, 조건성 비서실장에게는 그 일곱 명의 교수와 만날 수 있는 자리를 당장 마련하라고 지시했다.

잠수를 탄 주시열을 찾기 위해서도 백방으로 노력했다. 가족은 모른다 할 것이고, 그렇다고 해서 경찰의 도움을 받을 수도 없는 노릇이어서 심부름센터와 달건이들을 이용해 찾을 수밖에 없었다.

모도일은 일련의 뒤치다꺼리를 하면서도 주시열 총장의 무모한 인사권 농단 및 전횡 시도가 도통 이해되지 않았었다.

윤우는 주 총장의 고질적이며 오래된 교만에서 비롯된 새판잡이로 자신은 충분히 예상했던 일이라고 했다. 어차피 주시열이 이런 수구적 프레임을 구축하지 못하면 총장직을 오래 수행할 수 없다는 것을 안다고도 덧붙였다. 알면서도 그를 총장에 추대했다니 기가 막혔다. 교활하고 괘씸한 놈이었다.

모도일은 시열과 윤우의 셈법을 도무지 헤아릴 수가 없었다. 도일은 윤우와 생각이 달랐다. 시열은 힘을 가졌을 때 자신의 약점을 잡고 있는 반대 세력을 제거하지 않으면 현재는 물론이요, 미래도 없다고 판단했을 것이다. 그리고 동병상련일 수밖에 없는 모도일도 모르는 척하거나 도울 수밖에 없을 것으로 생각했을 것이다.

하지만 이웃집 불보다 내 발등에 떨어진 불똥을 더 중히 여기는 현실주의자 도일은 미래의 걱정을 없애자고 당장의 위험을 감수할 수는 없었다.

주시열은 물이 줄줄 새는 바가지인 양 어리숙해 보이지만, 탄탄한 경륜에 뿌리박은 의외성과 사람을 놀라게 하는 무모한 결단력이 있었다.

아무튼 일곱 명의 교수가 역공 또는 보복을 위해 까발리려 덤벼들었던 주시열의 사생활은 모도일에게 있어서도 살아 작동하는 시한폭탄이었다. 주시열의 퀴퀴한 사생활이 비단 그의 문제로만 끝나는 것이 아니라, 모도일 일가의 사생활과도 엮일 수밖에 없기 때문이었다.

도일은 일곱 명의 교수들을 위해 따로 마련한 술자리에서 각자가 시열에게 당한 만큼, 아니 그 이상의 정신적 손해를 인사 및 물적으로 성심껏 보상해 줄 터이니 애교심을 발휘하여 문제 삼지 말아 달라고 당부했다.

6

공민구가 윤우 교수와 통화를 하려고 며칠째 휴대전화 문자질에
매달리고 있을 때, 창밖을 바라보며 긴 침묵에 빠져 있던 아버지가
말했다.

"죽으면 영은 하늘나라로 갈 것이고, 육은 땅에서 썩어진다. 그러
니 내가 남기고 갈 육에 꺼들리지 말고 깨끗이 태워 없애라."

"……."

"납골할 필요 없다. 곰팡이 슬고 벌레 든다."

"아니, 아버지……."

"풍광 좋은 곳을 찾아가서 멋 부리며 함부로 뿌릴 생각도 마라. 산
천 오염된다. 수골사가 내 뼛가루를 한지에 잘 말아서 내줄 것이다.
그걸 들고 밖으로 나가서 곧장 뼛가루를 버리는 통으로 가라. 15미터
쯤 걸으면 왼편에 통이 보이는데, 못 찾겠으면 거기 관계자에게 물어

봐라. 뼛가루들이 어느 정도 모이면 화장장 측에서 알아서 수거해 볕 잘 들고 바람 잘 통하는 곳에 따로 잘 묻어 준다고 하더라."

아버지는 사전에 조사 내지는 답사라도 다녀온 듯, 좀 듣기 민망하다 싶을 정도로 상세히 일러 주었다.

수의 문제도 아버지가 직접 해결했다. 이 문제는 평생을 하녀처럼 상명하복식으로 다소곳이 살아온 어머니에게 지시하듯 말했다.

삼베 수의는 까끌해서 싫으니, 평소 주일예배 갈 때 즐겨 입던 감색 양복을 세탁해 입혀 달라. 하나님을 만날 때마다 입었던 차림으로 하나님을 만나고 싶다. 양복을 입힐 때, 넥타이는 매되 허리띠는 묶지 말라. 답답하다.

농담까지 섞어 가며 장의 절차에 대한 당신의 구상과 계획을 세세히 밝혔다. 그러고는, "슬퍼 마라. 나는 이제 자유로워지는 것이다"라고, 담담하게 말했다.

민구는 문득 아버지가 얻게 될 자유가 부러웠으나, 죽어야 비로소 얻을 수 있는 궁극의 자유인지라 함부로 부러워만 할 수 없다는 생각이 들었다.

윤우 교수는 민구가 수차례 보낸 문자에 대한 답장을 주지 않았다. 사흘째 연락 두절이었다.

"조사가 필요할 것 같습니다, 총장님."

3개월 전, 봉백구 감사실장이 총장에게 한 제안이었다.

모도일 총장은 부릅뜬 눈과 주름을 풀지 않았다.

"조사하면, 다 밝혀질 것입니다."

일찍이 총장 보필을 위한 멸사봉공·분골쇄신을 맹약한 백구가 덧붙였다. 그가 자질과 능력에 비해 그것도 너무 빠르게 높은 자리에 오를 수 있었던 것은 이런 재능 때문이었다.

공민구는, 조직이 아니라 조직의 장에게 대놓고 충성을 맹세한 총장의 번견(番犬) 봉백구를 총장보다 더욱 두려워했다. 봉 모사로 불리는 놈은 자비가 없었다.

세계 최고의 명문 의대를 나온 총장은 불행하게도 무능한 자와 양아치 같은 자들이 조직의 장(長)을 이용해 조직에서 성공하는 수법을 제대로 파악하지 못했다.

봉백구는 비서실장으로서 주시열을 5개월간 모셨고, 그 뒤 모 총장의 비서실장으로서 7년 가까이 붙어 지낸 자였다.

"총장님!"

공민구가 자리에서 튕겨 오르듯 자신도 모르게 소파에서 벌떡 일어나며 소리쳤다. 그는 억울했다. 너무 억울해서 고함을 내지르고 통곡이라도 하고 싶었다. 조사라니?

그러나 모 총장이 되레 일어선 채 자신을 내려다보고 있는 민구에게 고함을 지르며 경고했다.

"앉앗! 당장 앉으란 말이오!"

고함칠 때 묵은 술 냄새가 느껴졌다. 총장은 곧바로 맞은편에 앉은 비서실장 조건성을 노기 띤 눈길로 쏘아보았다. 네 생각도 어서 말해 보라는 다그침의 눈빛이었다.

"예. 그런 것 같습니다. 필요할 것 같습니다요."

봉백구 후임인 3개월 차 비서실장이 일말의 머뭇거림 없이 고개를 끄덕이며 답했다. 뒤늦게 결연함을 내보이듯 굳게 다문 입술로는 여덟 팔자까지 그렸다.

"즉시 그렇게 하시오."

민구는 감사실장의 조사 제안과 비서실장의 동조를 받아낸 총장의 승인과 지시 그리고 뒤따른 복명 고함에 기가 막혔다.

문제가 엉뚱한 방향으로 튀어서 커질 것 같다는 낌새를 챈 민구는 전날 오후 감사실을 찾아가 총장이 문제 삼을 것으로 짐작되는 것에 대한 입증 문건을 봉백구 실장에게 보여 주며 디테일한 부연 설명까지 덧붙였다. 민구의 결백 내지는 무관함을 입증할 수 있는 회의록 원본이었는데, 봉 실장은 허공에 눈을 둔 채 마지못해 보고 듣는 시늉만 할 뿐 가타부타 말이 없었다.

업무간사가 작성한 일광대 『35년사』 제작 관련 회의록이었다. 그 회의록에 따르면 총장의 주장과 조사 지시가 일종의 모함 또는 오해에서 비롯된 근거 없는 억지이자 트집임을 곧바로 알 수 있었다.

그래서 이 문건을 봉 실장에게 미리 보여 주고 도움을 청해 본 것인데, 뜻밖에도 이 물증을 본 봉 실장이 시치미를 떼고, 총장에게 조사의 필요성을 건의한 것이다. 민구는 이게 꿈인가 싶었다.

민구는 『20년사』를 엉터리로 만들어 40년사도 아닌 『35년사』를 만들게 한 주시열이 원망스러웠다.

"배포 및 발송 계획서, 그거 왜 아직까지 안 올리시는 겁니까?"

민구가 40일 전에 올린 서류를 총장은 받아 보지 못했다며 소리쳤다. 화가 나서 흥분한 총장이 침까지 튀기며 말을 더듬었다. 그러고는 창밖으로 보이는 만정산 꼭대기를 노려보며 어금니를 깨물었다.

민구는 어처구니가 없었다. 생트집이었다. 순간, 일이 뭔가 잘못 꼬여 돌아가고 있음을 직감했다.

이런 의심은 조사 범위를 통해 현실로 나타났다. 조사는 배포 및 발송 계획안 보고가 늦어졌다는 것에 대해서—어쩌면 이번 조사가 헛발질이 되면 안 되기 때문에, 조 비서실장이 이 문제는 공민구의 잘못이 없다는 보고를 뒤늦게 했을 가능성도 배제할 수 없었다—가 아니라, 일광대『35년사』제작 과정 전반에 대한 업무 일체였다. 과다한 발행 부수 산정과 과다한 제작 경비 책정이 포함되었다. 이 둘에 대한 결정과 책임이 전적으로 공민구 한 사람에게 있다는 것이 모 총장의 믿음인 것 같았다.

그가 민구를 이런 식으로 토끼몰이를 하듯이 마구 몰아세우는 것은 처음 겪는 일로서 분명 이유가 있을 터였다. 대다수 구성원의, 특히 교수들 대다수의 강력한 만류와 반대에도 불구하고 직원 신분인 민구를 친히 발탁하여 교수로 만든 총장이 아니던가.

민구는 총장의 이러한 파격적 배려에 깊은 감사와 감동을 느꼈었다. 2년 임기의 비정년 계약직 교수이기는 하지만, 일광대 역사로 볼 때 인사 혁명에 준하는 특단의 조처였다. 돈이라면 커피 한 잔 값에도 벌벌 떠는 모 총장이, 직원으로 받았던 연봉액—비정년 계약직 연봉은 2천5백만 원이었으나, 민구의 연봉은 4천5백만 원이었다—까지 인정해 주면서 실로 '파괴적'인 인사 조처를 단행한 것이다.

공민구에게 있어서 비정년 계약직은 정규직 교원으로 건너갈 수 있는 징검다리였다. 대학은 교원과 직원의 구분과 거리가 엄격한 신분 사회였다. 그러니까 교수와 직원 들 양쪽 모두가 민구를 교원으로 인정해 주지 않고 왕따를 시킬 수 있었다. 그래서 총장은 멀어도 에돌아가는 길을 택한 것이라고 귀띔해 주었다.

불과 수개월 전까지만 해도 이토록 세심하게, 모든 것을 챙겨 주었던 모 총장이 돌변하여 전격적으로 민구의 조사를 명한 것이다. 총장이 조사를 이유로 제기한 문제들은 민구의 잘못이, 아니 민구와는 무관한 것이었다. 발행 부수도, 관련 예산도, 제작위원회의 세 차례 회의를 통해 정식 논의를 거쳐 의결한 것이었다.

민구는 머릿속의 기억들을 하나하나 들쑤시고 헤집어 가며, 근자에 자신이 부지불식간일지라도 총장의 눈 밖에 날 만한 특별한 짓을 저지른 것은 없는지 자체 검열을 해봤으나, 특이 사항을 찾아낼 수 없었다. 정확히 말하자면 없어서라기보다 많아서였다.

독대 자리에서 민구의 직언은 어제오늘 일이 아니었고, 총장은 또 이에 대해 한 번도 꼬투리를 잡거나 문제 삼지 않았다. 합리적이고 논리적인지라, 논거가 확실하거나 질문에 정확한 답만 하면 웬만해서는 트집을 잡거나 야단을 치지 않았다. 되레 모 총장의 측근들이나 처장급에서는 민구의 말이 충언을 가장한 아부라면서 문제를 삼아야 한다고 주장하는 경우가 더러 있었다.

아무튼, 이렇게 해서 개교 이래 36년 만에 1년 차 일개 계약직 교원을 상대로 한 조사가 전 구성원의 은밀한 호기심과 지대한 관심 속에서 대대적·전방위적으로 이루어지게 되었다. 민구는 부당한 표적 조사라고 생각했으나, 그건 112명 중 한 명에 불과한 일개 풋내기 비정규직 교원인 공민구의 사적 판단에 근거한 사적 생각일 뿐이었다. 총장의 말 한마디에 민구는 일단 피의자 신분이 되었다.

3일 만에 조사위원회가 꾸려졌다. 다른 일에 비할 때 속전속결이었다. 모두 10인으로 구성되었는데, 정규직 교수 7명, 직원 3명이었다. 비정규직이 있다고 해서 민구의 편을 들어주는 것은 아니겠지만, 비정규직은 없었다.

학교에서 비정규직 교원은 장사꾼의 기분에 따라 좌우되는 덤과 같은 존재였다. 직원은 교무팀장과 감사실장과 비서실장이었고, 직원인 간사까지 포함하면 모두 11명이었다.

민구는 조사위원회가 꾸려지는 속도와 위원의 숫자 그리고 그들의 면면과 그 구성 비율 등을 보고, 자신을 조사하라고 한 모 총장의 뜻이 어디에 있는지, 결론이 어떻게 날 것인지를 미루어 짐작할 수 있었다.

잘못을 찾아내려는 조사라고 했으나, 잘못을 찾아내지 못하면 얼마든지 만들어서라도 내놓을 수 있는 조사위 멤버들이었다. 이 그물과 덫은 촘촘하고 겹겹이어서 절대 벗어날 수 없고, 만약 민구가 결백 내지는 무죄를 입증하고자 한다면, 조사 결과를 보고 그에 따라 행정소송을 택하는 수밖에 없을 것 같았다. 그러나 행정소송으로 가든, 가서 이기든 진 것만 못할 가능성이 컸다.

일광학원도 초·중·고와 대학까지 갖춘 나름의 학원재벌인지라, 법이 못마땅하면 무시할 수도 있었고, 또 현 보수 정권하의 사학분쟁조정위원회 등의 편파적 행태로 볼 때 얼마든지 법 위에 군림할 수도 있었다.

인근 향토사학 중명대학교는 행정소송에서 학교 측이 최종 패소

했으나, 다시 재임용을 해야 할 다섯 명의 교수들을 복직시키지 않고, 월급만 챙겨 주며 일 년을 버티기도 했다.

민구 역시 행정소송에서 이긴다 할지라도 모 총장이 끝내 '용서' 하지 않으면 복직이 불가능하리라는 것을 명확히 알고 있었다. 그게 공민구에게는 없는 모도일의 힘이었다. 모 총장의 힘은 사실을 무시하고, 의견에 따라 판단하고 결정할 수 있다는 것이었다.

일광대와 큰길 하나를 두고 이웃한 중명대의 이사장은 행정소송에서 승소한 비정년 교원들에게 월급은 곱빼기로라도 내줄 수 있으나, 그들을 학교에 다시 들여놓을 수는 없다고 했다. 결국 강의 없이 월급만 또박또박 받던 비정년 교수 다섯 명 가운데 두 명은 일 년이 안 되어 더럽고 치사하다면서 스스로 사직하고 말았다.

조사위는 구성을 마치자마자 제일 먼저 공민구 개인 명의로 문서를 발송했다. 예산 산정 및 지출 근거와 발행 부수 5천 부 결정 과정에 따른 사실관계를 문건과 경위서로 소명하라는 것이었다. 수신자가 공민구 개인이었다. 참조는 없었다. 세상에나 36년이나 된 대학 조직에서, 그것도 학원재벌 축에 끼는 규모와 권위를 갖춘 조직에서 이렇게 계통과 절차를 무시한 공문을 만들어 보낼 수 있나 싶었다.

간행위원장을 비롯한 간행위원들은 임기 만료로 해체되기는 했으나, 마땅히 업무를 주관한 『35년사』 간행위원회 전(前) 위원장 앞으로 보내졌어야 할 공문이, 일개 집필 및 편집위원인 공민구 개인 앞으로 날아온 것이다. 혹시나 절차상 하자인가 싶어 조사위 간사에게 확인해 보니 공문은 민구에게만 보낸 것이 맞고, 답변서도 민구가 작성하는 것이 맞다고 했다.

소명서와 비용 산출 근거 및 사용 내역을 근거 자료들과 함께 일주일 내에 제출해 달라는 요청이 공문 말미에 붙어 있었다. 민구는 집필위원 겸 편집간사였다. 때문에 비용 산출이나 집행 등은 편집간사가 아닌 업무간사의 일이었다. 이런 사실을 조사위원회가 모를 리없었다.

민구는 어쩔 수 없이 이 점을 지적하지 않을 수 없었다. 그러나 돌아온 답이 가관이었다. 산출 근거를 만들 때 참여했고, 그 근거에 따라 돈이 지출될 때, 협조 난에 확인 도장을 찍어 주지 않았느냐는 것이었다. 비용 지급 기준이 필요하다며 업무간사가 의견을 달라고 해서 적어 준 의견을 관여로 둔갑시켰다. 설령 업무간사가 전적으로 한 일일지라도 당신이 전직 인쇄·출판 계통 전문가로서 그를 마땅히 보조할 의무와 책임이 있는 것 아니냐고 따져 물었다.

입사 5년 차 간사가 25년 차 근무자인 민구에게 행정절차를 가르치는 양 억지를 부리며 덤벼들었다. 결국 송수화기를 힘껏 움켜쥔 채 버르장머리 없고, 경우도 없는 5년 차 후배와 옥신각신 티격태격하지 않을 수 없었다.

이튿날, 이 티격태격에 대한 보복이 새로운 공문 한 장에 담겨 돌아왔다. 5년 차가 급히 상신해 처리된 인사 공문이었다.

IBWCC(일빛 라이팅 클리닉 센터) 태스크포스 팀에서 면직한다는 인사 발령 통지였다. 발령 일자가 5일 전인 지난달 말일 자였다. 이른바 소급 면직이었다.

IBWCC는 민구의 제안과 총장의 특별 승인에 따라 학생들의 실용 글쓰기 능력을 향상시킬 목적으로 개설·추진 중인 센터였다. 문

예문 가르치듯 하고 있는 글쓰기 교육을 실용문 쓰기 방식으로 당장 바꿔야 한다고 여러 근거를 들어서 총장을 설득한 결과 만들어진 센터였다.

모 총장은 교육부 지원금이 걸린 사업인 만큼 이 센터의 설계는 물론 설립 및 운영에 지대한 관심을 보였고, 민구에게 태스크포스 팀을 직접 꾸려 속히 일본의 우수 대학으로 벤치마킹까지 다녀오라며 전폭적으로 지원해 주었다. 말하자면 상상력과 창의력 증진을 위해 고전 독서 활성화와 함께 새롭게 추진코자 한 특성화 전략 사업 중 핵심 사업이라 할 수 있었다.

또 총장은 이 사업을 통해 민구를 십분 활용하려는 목적이 있었으나, 비정년 교수인 공민구는 정년 교수로의 신분 상승을 목표로 삼아 목매달고 전력투구하는 사업이기도 했다.

조사위는 IBWCC 태스크포스 팀의 운영비 사용 내역도 곁들여 들여다보겠다고 했다. 5백만 원에 불과한 업무추진비가 운영비의 전부였다. 뿐만 아니라 들여다보는 길에 민구가 지난 19년 동안 직원으로 장기 근무해 온 미디어운영팀의 지출 사항도 들춰 볼 것이라고 했다.

민구는 어둠과 안개에 덮인 고속도로를 힘껏 내달렸다. 차량 계기판의 시계가 새벽 2시 10분을 알리고 있었다. 시속 140킬로미터였다.

민구는 둘째 동생으로부터 새벽 1시 30분에 아버지의 부고를 받았다.

조수석에 앉은 아내는 눈을 감은 채 아무런 말이 없었다.

7

　지난주, 두 번째 재정지원제한대학 선정에 따라 모도일 총장이 긴급 소집한 비상회의에 맞서 교협이 이튿날 긴급 공개대책회의를 소집했다.

　사표를 던지고 잠적했다가—툭하면 던지는 주시열의 사표는 모도일에게 보내는 경고장과 같은 의미였다— 제 발로 나타난 주시열이 첫 발언자로 나서서 사자후를 토했다. 휴심산방(休心山房)에 틀어박혀 사표가 수리되기만을 기다렸는데 종무소식이어서 항의 방문차 학교에 왔다가 학교 꼴이 걱정되어 참석하지 않을 수 없었다고 했다. 시열다운 변명이었다.

　시열은 개방형 공개회의라는 민주적 형식을 빌미로 뒤쪽에 두 줄의 간이의자로 방청석을 따로 만들어 동아리연합회 소속 학생들을 앉혔다. 총학은 윤우가, 동아리연합회는 시열이 각각 지지 세력으로 잡고 있었다.

시열은 일 년 전에 있었던 구조개혁을 문제 삼았다. 개별 학문이라는 건 어디까지나 각각의 정체성과 위상이 있고, 위계와 질서가 있는 법이다. 그래서 학문 체계라고 한다.

구조개혁을 이유로 영문학, 불문학, 중문학, 일문학, 러문학 관련 학과들을 인문대학에서 모조리 뽑아내 경영대학 경영학과 밑으로 밀어 넣었다. 그것도 본래 있던 개별 학과가 아니라, 글로벌언어학부라는 틀을 짜고 위상을 격하시켜 그 아래 전공 분야로 쪼개어 넣은 것이다.

이를 주도한 구조개혁본부에서 주장하길, 어학은 어차피 수단의 학문이지 목적의 학문이 아니기 때문에 급변하는 경쟁사회에서 살아남기 위해서는 이런 조처가 타당하다고 했다. 그러니 경영학과를 도와서 취업률을 높이고자 경영대학 내에 편입키로 혁신적인 결단을 했다는 것이다.

각각 어학과 문학으로 이루어진 학과들이지만, 구개본은 구조개혁의 편의상 어학 기능만 취하고 문학 기능은 차차 버려 나갈 것이라고 선언했다. 그 어느 때보다 선택과 집중이 필요한 시기인지라 문학을 버리고 어학을 선택해 집중할 것이라고 했다.

이런 주장을 하는 이유로 구조개혁본부는 이렇게 해야 교육부가 요구하는 재정지원사업을 신청할 최소한의 자격 요건이 마련되기 때문이라고 했다.

그런데 학과는 구조개혁을 했음에도 사업에서 떨어졌다.

영상철학과—철학과가 신입생 모집을 위해 궁여지책으로 바꾼

학과명인데, 학생들은 영화를 찍는 학과로 보고 대거 몰려들어 신입생 모집에서만 한때 대박이 터진 바 있다—교수인 주시열이 이를 문제 삼으며 학문 질서를 파괴한 책임을 구개본에 공개적으로 물었다.

윤우는 시열의 뒷담화에 어처구니가 없었다. 구조개혁 당시에는 일체 입도 벙긋 안 하던 그가, 아니 나중에는 되레 구개본 편에 서서 개혁안을 두둔하는 모양새까지 보였던 그가 이제 와서 게거품을 물며 비분강개하는 것도 그렇지만, 찍소리도 못 한 채 눈만 껌벅껌벅하며 납작 엎어져 있던 해당 학과 교수들이 폭풍우가 친다고 판단했는지, 뒤늦게 들고일어나 개구리 떼가 울듯이 그 부당성을 지껄여 대며 중구난방으로 성토하는 모습도 가히 꼴불견이었다.

최고 지성을 자부하는 학자이자 교육자 들의 회의라기보다 이성을 잃고 나대는 시정잡배들의 악다구니 경연장 같았다.

일 년 전 구개본 최종 의사결정 회의에서 모 총장은 개가 짖어도 기차는 간다, 라는 좀 상스럽지만 단호한 의지 표명으로 학과 구조개혁에 강한 의지를 밝혔다. 어쨌든 학교는 교육부의 교육역량강화 사업 신청을 위하여 외국어 관련 학과를 모두 인문대학에서 뽑아내 경영대학 밑으로 몰아넣었다.

학교 측은 점점 학생 수가 줄어 대학이 망해 가는 판에 경제 논리와 정치 논리로 압박하는 교육부의 강압을 감당할 재간이 없다면서 공식적인 양해 글까지 발표한 뒤, 이 기형적이고 무모한 구조개혁을 유일하고 시급한 현실적 생존 전략으로 내세워 강력하고 신속하게 몰아붙였다.

이렇게 도 아니면 모라는 각오로 기형적 구조개혁을 단행했는데,

결국은 교육역량강화사업에서 떨어지고 말았다. 당시 사업 수주가 확실하다며 관련 학과들을 윽박지르고 호언장담했던 구개본의 입장은 간단명료했다. 어찌 결과를 내다보고 개혁을 할 수 있겠는가. 우리가 전지전능한 신이기를 바랐는가.

그러면서 덧붙이기를, 전화위복이 될 수 있는 윷놀이 판의 '빽도'로 만들자고 했다. 많이 배운 것들이라 참으로 말들은 천의무봉하고 기기묘묘했다.

주시열은 교협이 주관한 긴급 공개대책회의 발언에서 모도일 총장이 책임져야 할 첫 번째 문제로 구개본을 조종하고 최종 의사결정을 한 이 학과 구조개혁을 꼽았다.

일광대는 2014년부터 경기도 하남 금암산 자락에 제2 캠퍼스, 즉 분교를 짓고 있었다. 학교가 잘 되어, 바꿔 말해 신입생 모집이 잘 되어서 넘치는 신입생을 더 받고자 짓는 것이 아니라, 입학 재원이 바닥을 때릴 2022년 이후로도 쭉 살아남기 위한 장기 생존 전략에 따라 암중모색 끝에 조용히 짓고 있는 분교였다.

이 분교를 지으면서 서울로 진입하는 서울 강동구 변두리에 50병상 규모의 제2 부속병원도 함께 짓는다고 했다. 대학이 일단 수도권 근처로 가면 입학 재원 확보가 유리했다. 수도권이라면 전 국민의 50퍼센트 이상이 모여 사는 곳이 아닌가. 지금도 여기서 넘친 재원이 지방으로 흘러 내려오고 있는 것인데, 지리적으로 서울과 가까운 곳에 있는 대학이 아무래도 그 낙수 효과를 먼저 또 더 많이 받을 수밖에 없었다. 또 고등교육 정책이 요상해서 학생이 줄었다면서 지방대학의 정원은 줄이는데, 서울은 되레 대학 정원을 늘려 주고 있었다.

지금은 공공연한 비밀이 되어 쉬쉬하며 분교를 짓고 있지만, 다 짓고 나면 장차 일광의 새로운 중심이 될 대학 캠퍼스였다.

학교법인은 모도일이 이사장으로 들어온 뒤, 지난 18년 동안 살뜰한 등록금 집행으로 매해 학교 부지를 추가 매입하고 건물을 짓는 데 많은 자금을 쏟아부었다. 교육부 간섭이 없거나 지금보다 덜한 시절에 지출을 실제보다 과다 계상하는 방법으로 등록금을 최대한 올렸고, 지난 10년 동안 그 차액을 이월금 또는 적립금이라는 이름으로 차곡차곡 쌓아 두고 있었다.

당시 모도일 이사장은 지방대학이 살아남기 위해서는 시설 투자가 반드시 필요하다고 했다. 분교 건설비로 100원을 쏟아부었다면, 재단 전입금 1원에 적립 등록금 99원꼴이었다. 또 이 건설 사업을 한답시고, 임금은 15년째 사실상 동결되었고, 학교 운영 예산 가운데 소모성 예산은 반 토막이 났다. 그래서 장학금 지급률이 지역 대학 중 꼴찌였다.

이뿐만이 아니었다. 분교를 지으면 본교가 사라질 것이라는 유언비어를 확실히 잠재우겠다면서 지난해 600억 원대에 이르는 대형 기숙형 학교와 62억 원대에 이르는 의과대 제2 강의동을 착공했다. 이것이 2012년 건전한 재무 구조에도 불구하고 재정지원제한대학이 된 사유 중 하나로 작용했다.

주시열은 모 총장이 책임져야 할 두 번째 문제로 분교 건설 추진 부분에서 부지 매입비 과다 산정 및 지출, 건물 공사비 과다 책정 등을 들었다.

세 번째 문제는 모 총장의 종잡을 수 없는 혼군(昏君) 리더십이라고 했다. 일단 모 총장은 자기 밑으로 모든 구성원을 평등하게 대했다. 교수와 직원과 학생이 모두 동등하게 취급되었다.

또 이것저것 남들이—대학이 되었건 기업이 되었건 가리지 않고—잘한다는 것은, 또는 좋게 본 것은 어김없이 탐을 내서 무조건 건드려 보고 흉내를 내 봐야 직성이 풀렸는데, 어느 하나 끝까지 해서 끝을 제대로 본 것은 없었다.

실체를 지칭할 수 있는 용이성 때문이었는지, 벤치마킹을 유난히 좋아했는데, 이 기업 저 기업, 이 대학 저 대학에서 잘하고 있는 것을 본떠 적용시키라며 닦달을 했다. 해당 기관의 잘나가는 점들은 그 조직의 여러 가지 유용한 구성 요소들이 이리저리 유기적으로 맞물려 나타나는 결과물일 터인데, 모 총장은 이런 조건과 전제 따위는 깡그리 무시했다.

결정적으로 모 총장은 아는 것과 행동이, 말하는 것과 행동이 각각 달랐다. 그는 실천보다는 지적 유희와 언어유희를 즐기는 듯싶었다.

몰라서 못 하는 것은 장차 알면 할 수도 있을 것이라 기대할 수 있으나, 빤히 알면서도 못 하는 것은 기대조차 할 것이 없었다. 그래서 측근들은 수시로 말의 아름다움으로 총장의 비위를 맞춰 가면서 농락하고 희롱했는데, 모 총장은 알면서도 시치미를 떼고 있는 것인지, 몰라서 그러는 것인지 언제나 이를 지켜보며 즐기기만 했다.

총장은 태스크포스 팀 구성과 회의 소집을 즐겼다. 그는 월급만 주면 그 사람의 정신과 몸 일체, 그러니까 그 사람의 24시간 전부, 아니 인생 전체를 사들인 것으로 생각하는지 구성원이 불철주야 일하는 것을 당연시했다. 이 때문에 각양각색의 회의가 난분분했고, 온

갓 아이디어, 아이템, 전략, 방안, 대책, 대안 등이 무진장 쏟아져 나왔다.

물론 이론적이거나, 실현 불가하게 이상적이거나, 표리부동한 것이 대부분이었으나, 하도 많은 회의를 하다 보니 가끔 반드시 시행이 필요하고 또 시행할 경우에 혁신적 성과를 거둘 수 있는 주옥같은 방안들도 꽤 나왔다. 그러나 거기까지였다. 금맥을 찾았으면 개발을 해야 하는데, 작업비가 아까워 그냥 지나치는 경우가 다반사였다. 딸랑이 측근들이 늘 모 총장 앞에서 작업비를 문제 삼아 방해를 일삼았다.

결국, 일광대가 머리를 싸매고 연구와 고민 끝에 무더기로 쏟아 놓은 방책들을 이웃의 라이벌 대학들이 공짜로 가져다가 유용하게 쓴다는 소문이 나돌았다.

회색 두루마기 차림의 주시열은 포마드로 떡칠을 해 올백으로 넘긴 흰머리를 손바닥으로 꾹꾹 눌러 가며 계속된 발언에서 느닷없이 공민구를 거명하며 '악마의 변호인'인 그가 들려준 의견과 주장을 빌려 모 총장의 문제점을 전방위적이며 종합적으로 지적했다. 그러면서 이 모든 문제는 근본적으로 일광 가족이라고 하면서도 구성원들의 도덕성을 믿지 않는, 즉 불신과 얕잡아 보는 태도의 소산이며, 또한 지나친 장기 집권을 하는 동안, 일과 사람을 안광이 지배를 철할 만큼 시시콜콜 꿰는 동안 선입견과 고정관념이 생기게 되었는데, 이 선입견이 낳은 고질적 병폐라는 지적을 덧붙였다.

이렇게 해서 명분, 금전, 자질 등 세 가지 부문에 걸쳐 심각하고 치유 불가한 결격 사유가 있으므로 모도일 총장은 부실 대학에 대한 모든 책임을 지고 즉각 퇴진해야 마땅하다는 결론을 내렸다.

주시열의 비판적 강성 발언에 화답하듯이 박수가 터져 나왔다. 주장의 옳고 그름을 판단해서 터져 나온 박수라기보다는 잠복되어 있던 교수들의 묵은 울분을 속 시원하게 지껄여서 터져 나온 박수갈채였다.

시열은 자신의 발언 장면을 스마트폰으로 찍고 있는 주철 교수에게 눈을 부라려 경고했다. 주철은 성폭행 사건에 연루될 정도로 행동거지가 지저분할뿐더러 아군인지 적군인지 모를 놈이었다. 소셜 미디어에 대고 학교의 비위를 시시콜콜 까발리는 것을 보면 아군 같기도 했으나, 윤우의 손아귀에서 노는 꼬붕인 것을 보면 적군이 분명해 보였다.

어쨌든 오랜만에 모습을 드러낸 시열은 5분 동안 주어진 무작위 자유 발언을 엿가락 늘이듯 25분까지 늘여 가며 교수들의 울분을 대신 터뜨려 주고, 모 총장을 향해 의미 있는 선빵을 날렸다. 모 총장을 상대로 이 정도 수위의 비난을 쏟아부을 교수가 없는지라 교수들 대다수가 대리 만족을 얻은 양 고무된 분위기였다.

아무튼, 모 총장의 위기는 곧 시열의 기회였다. 시열로서는 절호의 기회가 찾아왔으니, 이것저것 간을 보면서 최대의 전투력을 발휘하여 장차 부빌 언덕을 만들어 보자는 계산이었다.

"그렇다면 이참에 모 총장님을 퇴진시켜 버리자는 주장이신가요?"

또 주철이 나섰다. 전공이 해부학인지라 살가죽을 째고 뼈를 발라 가며 들여다보는 것과 소셜 미디어질이나 할 줄 알지, 융통성이라고는 눈곱만큼도 없는 놈이었다.

시열은 이런 어리고 조심성 없고 부도덕한 놈이 공동대책위원장을 맡았다는 것 자체가 마뜩찮고 불만스러웠다.

"일광의 실소유주가 모 총장이신데, 퇴진을 하시면 어디로 가시나요? 이사장 자리로? 아님, 이사? 것도 아님, 교수…… 직원? 가당키나 한 소릴 하시오."

이번에는 시열의 답을 대신해 모 총장의 패로 분류되는 경찰학과 차무건 교수가 야유 섞인 질문을 쏟아 내며 끼어들었다.

차무건 역시 샷된 마음을 선한 표정 뒤에 감추고 다니는 음흉한 놈이었다. 경찰학과 내 동료 교수들과 사이가 안 좋은 그는 경호무도학과로의 전과를 희망했다.

그 때문에 경호무도학과가 조만간 사회체육학과와 통폐합된다는 구개본의 초안을 접한 그는 팔뚝에 '경호명가'라는 문신을 새겨 넣고 다니며 경호무도학과 결사 수호를 강력히 피력했다. 간특하기까지 한 것이 아니라 언제나 전후좌우 살피지 않고 제 이득만 챙겨 꼴통으로 분류되고 있었다.

그래도 그는 지역의 최고 명문인 영명고와 해병대 장교 출신이었다. 그것도 일반적인 영명고 출신이 아니라, 영명고 출신을 대표하는 행동대장이었다. 모 총장과 함께하는 술자리에서 누가 되었건 언행이 불손하다 싶으면 즉각 눈알을 부라려 제압하는 특급 호위무사를 겸했다.

"실수 없이 사는 사람이 어디 있다고들 그래?"

이해실 의상디자인학과 교수가 차 교수를 거들고 나섰다. 재정지원제한대학을 두 번씩이나 맞은 것이 단순 실수라는 과감하고 독창

적인 주장이었다.

이 교수는 감사실장이 된 봉백구와 가까워진 사이라고 했는데, 어떤 연유로 가까워졌으며 또 얼마나 깊게 가까운지에 대해서는 아는 사람이 없었다. 아무튼, 5년 전 동료 교수의 묵은 비리를 사금파리 모으듯이 정성껏 긁어모아 금덩이로 만들어서 총장에게 진상하고, 충성심과 애교심을 동시에 인정받은 무서운 여자였다.

모도일은 조직 발전을 위해서는 여성의 파워도 필요하다면서 그녀를 교무연구처장으로 전격 발탁했다. 이 시기를 전후하여 비서실장이었던 봉백구와 이해실은 이심전심 수준까지 가는 무척 가까운 사이가 되었다고 했다.

"총장님께서 조만간 실질적이며 구체적인 대책을 발표하신다고 했으니, 뭐 또 그 말씀이 그 말씀이겠으나, 그래도 기다려 보는 것이 도리가 아니겠습니까."

경영학과의 가만익 교수였다. 교수 된 지 6개월이 채 안 된 이놈 또한 말은 이렇게 하지만, 누군가 모 총장의 비위에 어긋나는 발언을 한다면, 그 내용과 사람 이름을 적어서 총장에게 일러바친다는 소문이 나도는 음흉한 놈이었다. 일광대의 권력 구조와 속성을 단 몇 개월 만에 파악한 무서운 신예였다.

아무튼, 시열의 발언과 맞서서 쏟아 내는 말들이 도긴개긴인 양 한통속이어서 따로 합숙 훈련이라도 하고 온 듯싶었다.

하지만 이런 젖비린내 풍기는 하수들의 시비나 수작에 말려 어설픈 덫에 걸릴 시열이 아니었다. 주시열은 숱한 세월 만고풍상을 꿋꿋이 견뎌 낸 관록 있는, 어쩌면 옹이투성이로 자란 거목이었다. 때문에 도끼질 몇 번쯤 받는다고 해서 까딱할 사람이 아니었다.

"지역 오피니언 리더나 동문분들이나 또 여기 계신 여러분을 포함한 학내 구성원들이 모 총장님을 마구 흔들어 대고 있지 않습니까? 총장님 스스로 흔들리시는 것 같고……. 그래서 이런 상황을 반전시켜 우리 모 총장님께 새로운 힘을 실어 드리자는 의미에서 형식적이긴 하지만, 우리 모 총장님에 대한 교수 여러분의 신임 여부를 한번 물어보자는 겁니다."

시열이 천연덕스러운 표정으로 옷에 묻은 검댕을 털어 내듯 가볍게 말했다. 지금 상황에서 신임 여부를 묻는다는 것 자체가 퇴출을 뜻하는 말이었다.

이 말에 차무건 교수가 화들짝 일어나 씩씩거리며 콧김을 내뿜었다. 그러고는 "지금 당장 이 자리에서 박수로 만장일치 신임해 드리면 되지, 번거롭게 그런 걸 왜 따로 묻는단 말입니까?"라며 고함을 내질렀다.

시열은 굳이 대꾸하지 않았다. 인의 장막으로 불리는 A,B급 충성파들의 저항과 방해가 예상외로 디테일하고 조직적이었다.

이번에는 이치와 순리에 준하는 방식에 따라서 살얼음판을 걷듯 한 발 한 발 더디게 나아갈 생각이었다. 지난번 총장직에 있을 때처럼 한꺼번에 거칠고 급하게 몰아칠 생각이 없었다. 중요한 것은 표리부동한 교수들을 잘 꼬드겨서 동조 세력을 끌어모아 뒷심을 키우는 것이었다.

그는 9년 전에 실패한 속전속결 대신 처삼촌 벌초하듯이 건성건성 쉬엄쉬엄 허허실실 만만디 정신으로, 그러나 차근차근 야금야금

해볼 작정이었다. 일단 머리와 입만 살아 있는 이 개구리들을 어떻게 해서든지 잘 유인해 혼효(混淆)의 물에 빠뜨린 뒤, 서서히 화력을 올려 익혀 볼 생각이었다.

지난번처럼 물만 먼저 펄펄 끓였다가 장작만 다 써버리는 우를 범하거나, 처음부터 뜨거운 물에 몰아넣어 개구리들이 놀라 뛰쳐나오는 우를 반복하지 않겠다는 다짐이었다.

"우리가 꼬랑지에 불붙은 멧돼지 새끼들처럼 계통 없이 이렇게 중구난방으로 헤맬 것이 아니라, 다들 모인 이 자리에서 향후 대책위의 활동 범위와 수순과 절차 등을 정해 봅시다."

주철의 표현이 그의 행동거지만큼이나 거칠었다.

"어머. 우리가 그래도 배울 만큼 배운 사람들인데, 교양 있는 비유와 용어는 써야죠."

"칼질만 배워서 교양이 없나? 뒷자리에 어린 학생들도 와 있구먼."

이해실과 차무건 교수가 느닷없이 주철에게 교양을 요구하며 소리쳤다.

"사태 해결을 위한 수순과 절차에 대해서는 앞전에 모 총장님께서 다 브리핑을 하시지 않았나요?"

이해실이었다. 헤실헤실 헤프게 웃으며 하는 말이나 행동거지가 총알받이를 각오한 것 같았다.

"그건 모 총장의 일방통행적인 생각이 아니었나요? 이참에 우리의 생각도 정리해 보자는 얘깁니다."

다시 주철이었다. 공동대책위원장인 그는 부뚜막에 얌전히 앉아 졸고 있는 고양이처럼 자리만 지키고 있는 공동대책위 위원들을 바라보며 말했다.

"총장이 뭐야, 교양머리 없이! 총장이 당신 친구얏! '님' 자 붙이세요."

또 이해실이었다.

대학의 대책회의 분위기가 국회 청문회 분위기를 본뜨고 있었다.

"맞소. 총장의 생각과 경영 방식이 두 번씩이나 부실 대학을 낳았으니까네, 거기서 벗어날 수 있는 방안을 이제는 고마 피고용인인 우리도 머리를 맞대고 한번 궁리들 좀 해봅시다. 우리도 생각할 수 있는 머리들을 가지고 있다 아입니까······?"

성기봉 교수가 이해실의 말을 무지르고 나섰다. 말마디에 옹이가 박히고 말투에는 철심이 박혀 있었다.

말을 마치고 허리춤을 추스른 성 교수가 고개를 돌려 시열과 눈을 맞췄다. 나 어땠어, 하고 묻는 듯한 태도였다. 그러고는 더그아웃의 감독과 주루의 선수가 사인을 주고받듯 서로 간에 잠시 의미 있는 눈빛과 표정을 교환했다.

지난 8년 동안 일광대학은 오직 모 총장 일인의 생각과 결정에 따라 모든 일이 일사불란하게 돌아갔다. 총장의 표현에 의하면, 최선의 진정성과 선진경영 기법에 따라 대학을 경영했다.

그래서 최소 10년 앞을 내다본다는 모 총장의 선진경영 기법을 제대로 이해하지 못하는 일반 교수들은 함부로 토를 달 수 없었다. 총장이 말하는 10년이 오려면 10년이 지나야 했기 때문에, 10년 앞의 꿈과 비전에 따른 계획을 가지고 누구도 잘잘못을 따질 수가 없었다.

그런데 그 선진경영 기법이 낳은 중간 결과가 재정지원제한대학,

즉 부실 대학이라는 대참사였다. 그런 총장이 셀프 해결책으로 내놓은 수순과 절차가 제대로 되었을 리 있겠는가.

물론 처음에는 해결책이라기보다 평가 결과에 대한 책임 일체를 구성원에게 떠넘기려는 변명이 주를 이루었다. 구성원들이 어영부영하며 따라 주지 않아 생긴 결과라고 주장했다. 머리 좋은 교수들이 이걸 받아들일 리 없었다. 더구나 모 총장은 경영 실패로 이미 코너에 몰린 상황이 아닌가.

시열은 이런 여론을 간파해 나름대로 활용하고 있는 성기봉 교수를 응원하며 힘껏 거들었다.

"그러니까 실패한 총장 시각이 아니라, 우리의 시각이 필요하단 거요."

성 교수가 요점 정리를 해주듯이 다시 말했다.

"일리 있는 주장이오. 많은 사람이 다양한 시각으로 다양한 방편을 모색해야 할 때가 온 겁니다."

말을 받은 시열이 다시 거들고 나섰다.

"곧 정년을 맞으실 텐데…… 걱정이 과하십니다. 학교를 통째 짊어지고 가시려나?"

반몽출이 삐딱하게 앉은 자세로 잠꼬대하듯 웅얼거렸다.

사십 대 초반인데, 모도령이 한입 베어 먹고는 버린 놈이었다. 그러니까 한입 베어 먹혔기 때문에 이걸 빌미로 강사에서 교수가 된 놈인데, 버르장머리 없이 백발에 수염까지 기르고 다녔다.

스스로 시열의 편에 붙었다가 이제는 윤우의 추종자를 자처하고 다니는, 줏대 없는 똘마니였다. 모도령에게 버림받은 처지로서 모 총장에게로 한 발이라도 더 가까이 가려면 측근인 윤우를 거쳐야 한다는 것을 간파한 놈이었다.

'아니, 저 대가리에 피도 안 마른 어린 새끼가 또 끼어들어서…….' 시열은 피가 거꾸로 솟아 자신도 모르게 쓰레기를 담은 비닐봉지에 손이 갔다. 집어 던지고 싶었던 것이다.

그러나 이만 갈 뿐 평소처럼 대꾸하지 않았다. 모 총장이 자기 밑으로 모든 구성원들을 평등하게 만든 결과였다. 대학에 애어른이 따로 없었다.

성 교수가 붉으락푸르락하는 시열을 향해 간곡한 눈빛으로 자제하라는 사인을 보내고 있었다.

어쨌든 시열이 종합적으로 볼 때, 회의 분위기는 자못 고무적이었다. 무언가 폭풍전야와도 같은 집단 반항의 조짐이 엿보였다. 4년 전 1차 부실 대학을 맞았을 때와는 사뭇 다른 분위기가 만들어지고 있었다.

그때는 어떤 항의의 뜻을 표명하거나 원인을 찾기 위한 것이 아니라, 일광대가 당한 재정지원제한대학이 뭐고, 이로 인해 대학이 정확히 어떤 상황에 빠졌으며, 이 상황이 무얼 의미하며, 어느 정도 심각한 것인지, 그리고 이런 상황에 대해 동료 교수들은 어떻게들 생각하고 있고, 또 어떤 이야기들이 오가나 하는 것 등이 단지 종합적으로 궁금해서 참석한 교수들이 대다수였다.

시열의 뒷자리에 앉아 '비상대기' 중인 문서견 교수가 엉덩이를 들썩이며 역할극에 나서려 했으나, 시열이 눈짓으로 주저앉혔다.

시열이 직접 뽑은 법학과 문서견은 겉보기에 얌전하나 성미가 급하고 입이 거친 친구였다. 그는 거친 입으로 법은커녕 상식에도 어긋나는 막말을 다반사로 내지르곤 했는데, 시열이 하고 싶어도 위신과 체통 때문에 못 하는 말을 대변인인 양 그가 대신해 주곤 했다.

문서견은 채용 시, 지방 국립대 출신인지라 1차 서류 심사에서 탈락한 지원자였다. 그러나 서류에 합격한 서울대 출신자가 자신의 최고 학벌만 믿고 일광대를 얕잡아 보는 발언을 하는 등 면접에서 오만방자한 태도를 보이는 바람에 비위와 자존심이 상한 시열이 그를 탈락시켰다. 일광대보다 더 좋은 대학에 자리가 나면 그리 가겠다는 철새 같은 놈을 어떻게 일광인으로 뽑을 수 있겠는가.

면접에 참여한 교무연구처장이 정직하고 솔직한 대답이니 괘념치 말고 뽑자고 했으나, '지잡대' 출신인 시열은 반대했다. 처장이 자신과 같은 명문 대학이라는 학연으로 끝까지 밀어붙이려 덤벼들었으나, 시열은 받아들이지 않았다.

고등학교 윤리 선생으로 시작해 잠깐 일광토건 회장 비서실을 거쳐 오십이 넘어서 천신만고 끝에 겨우 지방대 박사학위를 받은 시열로서는 동의할 문제가 아니었다. 자신을 얕잡아 보는 명문 대학 출신이라면 하버드대 모 총장과 기타 SKY 대학 출신 패거리들만으로도 족했다.

결국 그의 복이었는데, 다시 문서를 보고 뽑았다 하여 '문서재견(文書再見)'이라는 별명이 붙었다. 문서견은 거칠어질 때면 정말 도사견이 짖는 수준의 욕설을 거침없이 내뱉었다. 강의 때도 욕설이 빠지지 않는다고 했다.

군불에 밥 짓기 하듯 모도일 책임론까지 띄운 시열은 자리에 앉아 두 눈을 지그시 감았다. 더 이상의 발언은 사족일 뿐이요, 또 구차해 보일 수도 있을 것 같았다. 그래서 먼 산 불구경하듯이 여유를 가지고 회의 진행 상황을 지켜보기로 했다.

지난번 총장 재직 시처럼 일거에 밀어붙이다가 꼬투리를 잡혀 궁지에 몰리는 우를 범할 수는 없었다. 2차 재정지원제한대학 대상 통보는 시열에게 있어 두 번째로 거머쥔 행운의 꽃놀이패였다.

성기봉의 말마따나 휴심산방에 틀어박혀 전전긍긍하고 앉아만 있을 때가 아니었다.

시열은 대책회의 참석을 권유하고 시나리오까지 마련해 시열을 돕는 성 교수에게 무한한 신뢰와 애정을 느꼈다. 그는 세를 모았으니, 시열은 참석해서 좌정만 하고 있으면 된다고 했다. 그는 시열을 일광대의 '살아 있는 명분'이라고 했다.

15분간 쉬고 속개된 회의에서는 의사 개진 수순과 진행 및 결정 절차를 어떻게 할 것인가라는 방법론을 놓고 티격태격하며 갑론을박을 반복했다. 중구난방 좌충우돌 끝에 교협이 먼저 안을 만들어 오라는 그룹과, 비대위가 만들어 와야 한다는 그룹과, 아예 전체가 모인 이 자리에서 직접 중지를 모아 안을 만들어야 한다는 그룹으로 나뉘었는데, 이 문제를 놓고 생각이 다른 그룹 간에 50여 분 가까이 고성과 삿대질이 오가며 옥신각신했다.

뒷자리에서 참관하던 학생들이 참다못해 하품과 비웃는 소리가 들리는가 싶더니, 보다 못해 자리를 뜨느라 의자를 질질 끄는 소리가 들렸다. 의자 끄는 소리를 굳이 심하게 내는 것은 아무래도 항의와 조롱 같았다.

결국, 지금까지는 조직만 번지르르하게 꾸려 놓고 회비만 또박또박 받아 가며 허송세월한 어용 교협이었지만, 그래도 이 비상시국에 전체 교수를 대표할 수 있는 유일한 단체—물론 교협은 노조와 달리 법적 단체교섭권이 없다—인지라 모범이 될 만한 가안(假案)을 만들어서 금주 내에 다시 모이자고 했다.

그렇게 해서 겨우 마무리가 되나 싶었는데 끝이 아니었다. 그렇다면 안을 만들 때, 어떤 기준하에 어떤 내용들이 포함되어야 하느냐를 놓고 다시 한 시간 넘게 티격태격하며 의견을 수렴해야 했다. 또이 의견 수렴 결과를 놓고 다시 적절성과 타당성을 검증해 보자는 시비로 떠들썩했다.

각자 최고 지성을 뽐내는 우물 안 개구리들다웠다. 각자가 대상, 사물, 상황을 자기중심적으로 해석하고 의미 부여를 해가며 자기중심적으로 해결해 나가려고 할 뿐 절대 타인의 의견을 듣거나 받아들이려 하지 않았다.

주시열은 이 떠들썩한 혼돈 속에 영명고 떨거지들이 곳곳에서 그때그때 조직적·의도적·계획적으로 시비를 걸어 깽판을 치고 있음을 눈치챘다. 시열이 회의 참석 전에 성기봉을 비롯한 몇몇과 더불어 작전을 짰듯이 모 총장 측 세력들도 나름의 작전을 세운 것 같았다.

8

스마트폰에 6건의 문자메시지가 와 있었다. 그중 4건의 발신자가 공민구였다.

윤우는 유튜브 아이콘을 찍어 '말러 교향곡 5번'을 찾아 켰다. 모도일 총장과의 대화는 언제나 소득 없이 진만 빠졌다. 모도일은 상대에게 자신의 신념과 소신을 피력할 때, 회유·설득·훈계·생떼·어깃장·협박 등을 변화무쌍하게 사용했다. 또 타고난 집념과 아집에는 적수가 없었다.

윤우는 이동식 약품 냉장고에서 인슐린 주사기를 꺼냈다.

총장과 시열의 감정적이며 소모적인 충돌이 새삼 걱정스러웠다. 윤우의 힘으로는 말릴 방도가 없는 상대들이었다.

교협이 소집한 긴급 대책회의에 느닷없이 나타난 주시열의 발언과 떨거지들의 움직임을 지켜보면서 두 사람의 정면충돌 가능성을 읽었다.

　주시열은 명분과 주도권을 장악하기 위해 두 번째 당한 재정지원 제한대학 선정을 불쏘시개 삼아 밑불을 놓고 있었다. 그는 이번에 학교가 처한 위기 상황을, 자신의 욕심을 이룰 마지막 기회로 여겨 어떻게든 이용해 보려 다각도로 안간힘을 쓸 것이 분명했다. 내년 2월이면 정년이니 그에게는 물리적으로 남은 시간이 빠듯했다.

　그래서 쫓기는 듯 여기저기 흩어져 있는 자질구레한 팻감들까지 끌어모아서 강력하고 결정적인 하나의 팻감을 만들고자 안간힘을 쓰는 것이 역력했다.

　주시열 추종 세력이거나 기회주의적 성향이 강한 일부 교수들은 이대로 가면 학교가 망할 수밖에 없다면서, 모 총장의 독재와 전횡에 맞설 유일한 대항마가 주시열뿐이라면서 그의 과거 막강했던 영향력을 돌이켜 찬양하며 구세주로서의 '주시여' 컴백의 필요성을 주장하기도 했다.

　국보위 상임위원인 외삼촌이 빵빵하게 뒤를 봐줬던 1980년대는 아니지만, 전혀 일리 없는 주장이라고 할 수 없는 것이, 그가 이면에서건 전면에서건 대학을 이끌던 전반기 18년 동안은 한 차례의 자금난만 빼고는 일광대가 승승장구해 왔다는 사실인데, 이는 누구도 부인할 수 없었다. 또 그 자금난도 시열의 사재 출연과 묘책으로 극복했다. 이런 이유로 시열의 편에 빌붙어 새로운 길을 모색하려는 자들이 들썩이고 있었다.

　그러나 정작 시열의 관심은 일광인으로서 지나간 영욕의 37년을 의미 있게 정리하고, 65세 이후의 안정적인 영향력 행사 대책을 마련하는 데 있었다.

자신을 창학 일등 공신이라며 스스로 떠벌리며 다니는 그가 정년 퇴임을 얌전히 받아들일 리 만무했다. 그는 일광대가 설립자 모준오 와 자신의 합작품이라고 했다. 실제 이 논리로 자신의 공적 조서를 스스로 꾸며 비공식 루트를 통해 교육부에 국민훈장 동백장 서훈을 상신하기도 했다. 농담 같아서 안 믿었으나, 교육부 확인 결과 사실 이었다.

새로운 문자메시지 수신음을 들은 윤우가 스마트폰을 꺼내 액정 화면을 힐끔 들여다볼 때, 날 선 노크 소리가 들렸다. '용무가 있으신 분은 부속실을 이용하세요'라는 안내문을 붙여 놓고 평소에는 사용 하지 않는 문인데, 누군가 거칠게 두드려 대고 있었다.

막 인슐린 주사를 놓고 클래식을 들으며 잠시 쉬던 참이라 무시하 고 버티려 했으나, 다시 탕, 탕, 탕! 하고 짜증 섞인 노크 소리가 골속 까지 흔들어 댔다. 빨리 문을 열어 주지 않으면 때려 부수고라도 들 어올 기세였다.

부속실 조교가 학장실과 연결된 문을 빼꼼히 열고 머리통만 들이 민 채, 시위 학생들이 쳐들어왔다고 진지하게 일러 주었다.

—어디 계신가요? 급하게 상의드릴 일이 있어서...

윤우는 공민구가 여러 차례 보낸 문자메시지의 답을 미루고, 의자 에서 몸을 일으켜 폐쇄한 문의 잠금장치를 땄다. 그는 문을 밀어 열다가 어지럼증 때문에 머리를 감싸 쥐었다.

빼꼼히 열린 문을 거칠게 밀어젖히고 삭발한 머리통이 불쑥 들어왔다. 곧이어 다이어리를 옆구리에 낀 레깅스 트레이닝복 차림의 여학생이 들어왔는데, 큰 키에 긴 생머리였다. 윤우는 이 언밸런스한 커플이 우스꽝스러워 하마터면 헛웃음을 지을 뻔했다. 가까스로 웃음을 참은 윤우는 버르장머리 없는 놈들을 째려보다가 듣고 있던 유튜브 음악을 껐다.

붉은 천에 흰색 페인트로 '일수불퇴'라고 쓴 머리띠를 두른 땅딸보 까까머리는 알이 큼지막한 짙은 색 선글라스를 쓰고 있었다. 호박에 빨간 끈을 두르고 색안경을 씌어 놓은 것 같았다. 시위를 코믹하게 즐기는 놈들도 있구나 싶었다. 땀에 젖은 머리띠에서 시너 냄새가 풍겨 나왔다.

윤우는 버르장머리 없는 호박을 한 대 쥐어박고 싶은 심정이었다. 자신이 의대 학장 신분인 것이 싫었다.

물론 어쩌다가 등 떠밀려 된 것이기는 하지만, 등을 떠민다고 해서 선뜻 학장 선거에 출마한 자신의 경솔함과 순진한 책임감이 원망스러웠다. 학장이 아니라면, 지금 이곳에서 이 버르장머리 없는 애호박—게다가 어린놈이 대머리였다—의 무례하기 짝이 없는 방문을 받고 쩔쩔매야 할 이유가 없었을 것이고, 설령 면담 요청을 했다 할지라도 평교수라면 적절한 핑계를 대면서 슬쩍 미루거나 거절하고 빠져나가면 그만이었다. 그런데 직함이 학장이다 보니 학생회장의 면담 요청을, 물론 그가 일방적으로 쳐들어오기는 했으나, 이를 문제 삼아서 거절할 명분도 방법도 없었다.

서로가 급이 같은 공인의 처지였다. 스승과 제자 관계로 성립되는 사이가 아니었다.

안 그래도 만성질환에 시달리고 있던 윤우로서는 학생 시위로 비상대기 중인 근자에 들어서는 하루하루가 더욱 버겁고 힘겨웠다. 교수가 연구와 교육에 매진하기보다 학생들의 협박과 수모를 받아 가며 어르고 달래는 일에 매달려야 하다니……. 하나만 알고 둘은 모르는, 또 알아도 불리하다 싶으면 모른다고 딱 잡아떼며 덤벼드는 철딱서니 없는 학생들과 마주 앉아서 무슨 이야기를 나눈단 말인가.

윤우 입장에서는 모 총장이나 학생회장 놈이나 똑같은 놈들이었다. 그럼에도 불구하고 미치고 환장할 일은, 학생회장 앞에서 무조건 모 총장의 입장을 변호하고 옹호해야 한다는 사실이었다.

윤우는 혈기 방장한 철부지 앞에서 자기부정을 할 수도, 그렇다고 진실을 왜곡하거나 마음에도 없는 감언이나 요설을 뱉고 싶지도 않았다. 진리·자유·정의가 일광대의 교시인데, 윤우는 이 교시에 따라서 학생을 지도할 자신이 없었다.

그동안은 온갖 고난과 역경 속에서도 나름대로 안간힘을 쓰며 지켜 왔다고 자부할 수 있었다. 그러나 지원금을 미끼 삼은 교육부가 각종 규제를 만들어 대학과 맞짱을 뜨듯이 숨통을 바짝 틀어쥐고는 본격적으로 꼬나보며 흔들어 대기 시작한 2010년부터는 해마다 점점 더 학생 지도가 불가능하게 되어 가고 있었다.

교육부는 정부재정지원사업이라는 구덩이를 파고 그 속에 온갖 미끼를 깔아 놓고는, 선정 기준을 따로 만들어서 대학을 옥죄었다. 평가 점수가 낮으면 재정 지원만 안 해주는 것이 아니라, 주리를 틀듯이 금융권의 학생 등록금 대출까지 제한하는 방안도 함께 만들었다.

재정지원제한대학 소속 학생들은 은행에서 학자금 대출도 받을 수 없다는 것이다. 학교와 은행 간의 신용거래가 아니라, 개별 학생과 은행 간의 신용거래인데 이마저도 정부가 지원하는 몫이 있다는 이유로 막아버린 것이다.

교육부는 이 대학구조개혁정책으로 대학의 경쟁력을 공정하게 유도하고, 학령인구 부족에 따른 대학 과잉 사태를 막을 것이라고 했다. 평가를 해서 우수하면 지원을 해주고, 부실하면 과감히 퇴출시켜 매장해버리겠다는 뜻이었다.

평가 기준은 공정성을 위해 정량적 지표를 지향하되, 양으로는 따지기 어려워도 대학의 우수성과 부실성을 가리는 데 필수적이라고 판단한 점검 항목들은 따로 정성지표를 만든다고 했다. 자유시장주의 원칙에 어긋남은 물론이요, 불합리하고 불공정해서 가당치 않는 정책이었으나 지도·관리·감독권이 있는, 즉 대학의 생사 여탈권을 틀어쥔 교육부에서 하겠다는데 대학으로서는 이의를 제기하여 대들거나 개길 재간이 없었다.

반값 등록금 정책을 들먹이며 등록금 동결 내지는 인하를 강요했으며, 평가는 대학이 받기 싫으면 안 받아도 좋으나 대신 일체의 지원도 없다고 압박했다. 재정이 빵빵해서 지원 없이 버텨 보겠다거나 간덩이가 커서 버틸 수 있는 학교가 있다—실제로 있었으나, 곧 항복했다—고 할지라도 괘씸죄로 찍혀 문 닫게 될 뒤탈이 겁나 결국 평가를 받아들일 수밖에 없었다.

2016년 우리나라 예산 중 53조가 교육비요, 39조가 국방비로 그 뒤를 잇는다. 53조가 다 대학의 것은 아니지만, 등록금 인상을 틀어막고 이런저런 통제와 규제로 시시각각 숨통을 조여 대는 상황에서 대학으로서는 이 지원금을 포기할 수 있는 문제가 아니었다. 또 포기하면, 포기한 돈만 안 주고 다른 것은 내줄, 그렇게 인간미 넘치고 너그러운 호인 같은 교육부가 아니었다.

교육부는 슈퍼 갑(甲), 대학은 지질이 을(乙)이었다. 일광대도 다른 대학들을 벤치마킹하여 교육부에서 은퇴한 고위 관료 한 명을 특임 교수로 뽑았다. 물론 교육부 이전인 문교부 시절부터 이런저런 정보를 뒷구멍으로 빼내 준 간부급 공무원이었다.

대학에서는 그가 동아줄이라고 해서 연봉 1억과 31평 아파트를 얻어 주고 겨우 잡았는데, 썩은 동아줄이었다. 교육부 대학정책실에 있을 때는 나름대로 힘을 썼는데, 은퇴 후 학교로 와서는 허당이었다. 소문에 의하면, 재직 시절 뒷돈을 받아 챙길 때 혼자만 처먹고, 아랫사람에게는 뒷설거지만 떠넘기는 얌체 짓을 일삼았기 때문에, 그가 퇴직하자마자 같이 근무했던 사람들 가운데 아무도 그를 알은체하지 않는다고 했다. 하기야 홀인원을 하고도, 접대하는 대학 측의 돈을 따로 받아서 캐디들에게 생색낸 놈이었다고 하니 알조가 아닌가……. 이런 그를 주시열이 알뜰히 챙긴다는 소문이었다.

"솔직히 저희는 일광대학교에서 벌어지는 다른 문제들엔 관심 없습니다."

기 싸움을 하듯이 다리를 달달 떨며 선글라스 너머로 생각에 빠진 윤우를 바라보고만 있던 호박이 드디어 입을 열었다. 그는 손수건을 꺼내 땀이 밴 알머리를 닦으며 선심이라도 쓰는 양 말했다.

"다른 문제라니?"

"아이, 우리 윤 학장님. 왜 또 이러세요? 저희는 지금 학교에서 벌어진 비리, 비위 따위와는 무관할뿐더러 전혀 관심이 없다는 거잖아요."

호박을 거들고 나선 생머리의 만담 같은 말투가 귀에 거슬렸다.

두 차례나 맞은 재정지원제한대학 지정은 자기네들, 즉 의대와는 무관하다는 말로 들렸다. 이기심과 자긍심이 하늘을 찌르는 말이었다. 의대생들은 일광대학교 의과대학이 아니라, 일광의과대학교를 다닌다는 타 단과대 학생들의 공공연한 조롱이 헛소문은 아닌 것 같았다.

대거리하기 버겁다고 느낀 윤우가 인슐린 주사기를 보여 주며 잠깐만 쉬자고 제안했다. 호박이 어처구니없다는 표정으로 동의했다.

하지만 1분이나 지났을까, 복도에서 북과 꽹과리 소리가 침묵을 깼다.

"학장님요, 겁나 바쁜 우리가 학장님 얼굴 보려고 이래 온 것이 아입니다. 국시 준비도 해야 하고 우리가 무지 바쁜 사람들이거든예."

반바지 괴춤을 추스른 학생회장이 시커먼 선글라스를 벗으며 신경질적으로 말했다. 차림새가 자취방에서 편의점으로 담배 사러 잠깐 나온 학생 같았다. 놈은 호전성을 드러내느라 의도적으로 경상도 사투리를 쓰는 것 같았다.

"언제쯤, 얼마나 말을 해야 우리 문제를 다른 문제들과 떼어 내서 처리해 주실 겁니까?"

앞서 그가 말한, "솔직히 저희는 일광대학교에서 벌어지는 다른 문제들엔 관심 없습니다"에서 저희라 함은 의대 학생을, 다른 문제라 함은 대학이 부실 평가를 받아 헤매고 있는 것을 뜻했다.

"우리 의대도 이번 평가 결과로부터 자유로운 것이 아니라네."

"그건 또 무슨 말씀이십니까? 평가 점수를 깎아 먹은 건 다른 단대들과 학교법인 일광학원의 재정적 무능과 경영 능력의 한계 때문이 아닙니까?"

학생회장이 만지작거리던 선글라스를 다시 쓰며 따져 물었다.

하버드대 출신인 것을 자랑하는 모 총장처럼 의대생이라는 알량한 자부심으로 평소에도 타 단대 학생과 교수 들을 깔보며 무시하는 놈이었다.

"선글라스는 벗고 얘기하게. 불편하지도 않나?"

"아, 예. 제가 라섹 수술을 했어요. 그리고 요, 요 빡빡 민 까까머리통이 너무 쪽팔리기도 해서……."

학생회장이 손바닥으로 머리통을 매만지고는, 선글라스를 벗는 대신 히죽 웃으며 머리띠를 두른 이마 위로 올려붙였다. 어차피 대머리인 놈이 엉뚱한 변명을 지껄였다.

"대머리들도 있는데 뭘 그러나. 벗게! 자넨 예의도 모르는가?"

말귀를 못 알아듣는 양 느물거리며 개기는 학생회장에게 소리쳤다.

"예? 아, 예."

학생회장이 못마땅한 표정으로 선글라스를 벗어서 테이블 위에 버리듯이 툭 하고 던졌다.

'이 싸가지 없는 놈이…….'

윤우는 핏대가 섰으나 이를 악물고 견뎠다. 이제는 익숙해져야 하는데, 익숙해지지 못하고 있는 자신을 탓해야 했다.

"몇 번을 말씀드립니다만, 짝 쩍 짜아…… 이번 문제로 의대 전형 기준을 바꾸는 것과 쩝 쩝, 편입생 지원 기준을 바꾸는 것에 대해 결사반대라 안 합니까. 우짤라고 우리를 희생양으로 삼으려 하시는데예."

"껌도 뱉게!"

윤우의 말에 못마땅한 표정을 지은 호박이 잠시 머뭇거리다가 껌을 뱉지 않고 삼켰다. 그러고는 눈알에 잔뜩 힘을 주며 불편한 심기를 드러냈다.

"제가 워낙 높으신 학장님을 천신만고 끝에 뵙게 되니까네, 나도 모르게 존나, 아니 너무 긴장이 되어서…… 그런데 우리 학장님 생각보다 너무 권위적이시다, 그치?"

호박이 생머리의 어깨를 치며 호응을 구했다.

윤우는 조롱을 당하는 느낌이었다.

'이 썩을 놈이…….'

윤우는 다시 한 번 어금니를 질끈 깨물고 나서 말을 이었다.

"그건 학교 정책 문제일세. 정책 결정은 학생의 의견을 구해서 하는 것이 아니라, 학교가 고민해서 하는 걸세."

의대 학생들은 편입생 선발 기준 완화가 이번 평가로 어려움에 처한 일광대학이 향후 재평가에서 높은 점수를 받고자 자신들을 제물로 삼으려는 꼼수라고 주장했다.

견강부회가 위험 수준을 넘어서 있었다. 의대생들은 이 견강부회로 유언비어를 확대재생산해서 학부형들에게까지 지속적으로 퍼뜨리고 있었다.

"학생이 곧 학굡니다. 안 그러면 교수님들 강의 평가를 저희가 왜 하겠습니까?"

"그, 그게 무슨 말인가?"

"저기 대문짝만 하게 써 붙였잖아요."

맞은편 인문사회관과 도서관 외벽에 내걸린 대문짝 네 짝만 한 걸개용 현수막을 가리키며 말했다.

'학생이 중심이다 Students is Center'라는 문구가 속삭이듯이 바람에 살랑거리고 있었다. 그 현수막 밑으로 군복 차림에 붉은 조끼를 걸치고 군화를 착용한 예닐곱 명의 복학생들이 힘찬 구령에 따라 제식훈련을 하듯이 오와 열을 맞춰 씩씩하게 걸어가고 있었다. 그들은 목적지 없이 학교 여기저기를 걸어 다녔다.

위기 대응 매뉴얼대로 학내 안전과 질서를 유지하고자 해병대 출신들로 꾸린 자체 자율경비단인데, 지도교수가 비상상황대응 TFT 위원장이자 해병대 장교 출신인 차무건 교수라고 했다.

"……."

할 말을 잃은 윤우는 멍한 표정으로 창밖만 응시했다. 학생회장이 학장인 윤우에게 한번 놀아 보자고 대거리를 하는 것이 분명했다.

"고객인 학생이 있기에 학교도 있는 것 아닙니까?"

"자넨 그렇게 생각하는가?"

"제 생각이기도 하지만, 모도일 총장님께서도 저렇게 현수막까지 만들어 천명하신 생각이 아니시던가요?"

—우리들은 대한의 바다의 용사 충무공 순국 정신 가슴에 안고……

자율경비단의 야무진 군가 소리가 학생회장의 말 사이사이로 비집고 들어와 들러붙었다.

"……."

"'학생 중심!' 확실히 화끈하게 앞서가는 총장님이시지요. 어지간한 분 같으시면 '교육 중심'이라고 얼버무리셨을 텐데……."

학생회장이 히죽히죽 웃었다. 윤우는 굳이 그 웃음을 시비하고 싶지 않았다.

"학생은 대학의 고객이니까, 고객은 왕. 곧 주인이지요."

"그 고객이, 이 고객인가? 교육이 사고파는 공산품과 같다고 생각하는가?"

"등록금을 내고 얻는 거니까 상품이 아닌가요? 등록금을 안 내도 가르쳐 주나요?"

―나가자 서북으로 푸른 바다로……

"이보게 여긴 교육기관일세. 오직 가르치고 배우는 교육기관!"

"고객이라는 표현이 듣기 싫으시다면, 쓰지 않을게요. 등록금 90퍼센트, 기부금 3퍼센트, 재단 전입금 7퍼센트입니다. 막말로 자본주의사회에서 90퍼센트의 재정을 담당하는 게 학생이니까, 주인이나 마찬가지네요. 그러므로 학생은 대학의 주인이다. 됐죠?"

윤우는 목덜미를 잡았다. 이놈의 농락은 어찌 이리도 거침이 없단 말인가. 그는 이 버르장머리 없는 놈을 따끔하게 야단쳐 내치고 싶었다. 그러나 실천이 불가한 생각이었다.

"입시 기준을 바꾸면 후배들의 질이 떨어져 의대가 망하고, 편입 기준을 바꾸면 편입생들의 질 때문에 학풍이 무너져 우리 의대는 망할 수밖에 없습니다."

"왜, 무슨 근거로 그렇게 단정하나?"

"전자는 당연한 것이니 따로 설명드릴 필요가 없을 것이고, 후자
는 당초 질이 높았다면, 아니 합당했다면 정식으로 모집할 때 당당
하게 들어오지 왜 편입을 하겠습니까? 부족하고 모자라니까…… 정
문으로 못 들어오고, 개구멍을 뚫어 들어오는 거 아니겠습니까?"

"내가 진짜 궁금해서 묻네만, 말만 그렇게 하는 것인가, 정말 그렇
게 생각하는 건가?"

특권 의식도 아니고, 선민의식도 아니고…… 윤우는 이걸 대체 어
떻게 받아들여서 이해해야 할는지 난감했다.

"편입이라는 게 그 부족한 부분을 돈으로 채워서 개구멍으로 들어
오는 것 아닙니까? 그렇게 할 수 있도록, 그러니까 개구멍으로 받던
애들을 아예 정문으로 당당하게 들이려고 이러는 거 아닙니까?"

"세상을 너무 너희 입장에서만 보는 것이 아니냐?"

"그 말씀은, 우리가 지금 특권 의식 내지는 기득권 의식에 젖어 있
다고 비난하시는 말씀인가요?"

역시 머리가 있어서인지 말귀는 밝은 놈이었다.

"생각을 달리해 보게. 한 번 넘어진 사람에게 다시 일어나서 뛸 수
있는 기회조차 줄 수 없단 말인가? 자네들에게 일으켜 세우라고 하
는 것도 아니지 않나?"

"그러신 교수님께서는 왜 재학 시절에 편입 반대 시위에 선봉을
서셨나요? 그땐 생각이 마, 지금과 쪼매 달랐나요?"

'아, 이 썩을 놈이…….'

윤우는 회의용 탁자 밑에서 두 주먹을 불끈 쥐었다. 그러나 단지 그뿐이었다. 불끈 쥔 주먹으로 할 수 있는 것이 없었다.

그때 북과 꽹과리 소리가 다시 울렸다. 고저장단 없이 무작위적으로 때리는 난타였는데, 해병대 군가와 뒤섞였다. 아마도 학생회장을 쫓아온 응원 부대가 자율경비단의 위협 순찰에 맞서 복도에서 으르렁거리고 있는 것 같았다.

시끄러워 대화가 어려워지자, 학생회장이 문을 열고 나갔다. 난장 소리가 멈추고 와 하는 함성이 들렸다. 협상 중인 회장을 맞이하여 기를 북돋아 주려는 의식 같았다. 윤우는 놈들이 하는 짓이 31년 전 자신들이 했던 짓과 다르지 않다는 생각이 들어 겸연쩍고 섬뜩했다.

"여러분, 모든 것이 억수로 부족한 저에게 힘과 기를 불어넣어 주십시오. 학생이,"

복도에 우뚝 선 학생회장이 난데없이 구호를 매겼다. 그러자 기다렸다는 듯이 이를 받아서 외치는 소리가 들렸다.

"주인이닷!"

주먹질을 하며 구호를 두 번 외쳤는데, '학생이'의 '이'는 길게 늘어뜨려 끝을 한껏 올리고, '주인이닷'의 '닷'은 짧고 힘차게 끊었다.

기를 잔뜩 받아서 다시 자리로 돌아온 학생회장이 의기양양한 말투로 하던 말싸움을 계속했다.

"학장님도 다른 교수님들처럼 자기부정을 하시는지……?"

학생회장은 힘이 잔뜩 들어간 눈빛으로 윤우를 쏘아보았다. 거짓 답변은 용납할 수 없다는 경고의 눈빛 같았다. 거친 갑의 눈빛이었다.

"무슨 뜻인가?"

"학장님, 저는 진정성 있는 대화를 원합니다. 이번 사태의 상황과 맥락을 저희보다도 더 빠삭하게 알고 계시는 학장님이 아니십니까? 다 아시면서 수구 꼴통 정치인들처럼 동문서답하시듯이 자꾸 묻지 않아 주시면 좋겠습니다."

"내가 뭘 안다는 건가? 또 뭘 알면서도 내가 자꾸 묻는다는 거지?"

윤우도 딴청을 부렸다.

"저희도 힘듭니다. 저희 투쟁 본부는 집에 못 들어간 지가 오늘로 십육 일쨉니다. 그러니 제발이지 도와주세요, 학장님."

"이보게. 내가 뭘 아느냐고 묻고 있잖나?"

윤우는 자기부정이 무얼 말하는 것인지 알면서도 계속해서 물었다.

1985년 학생 시절에 자퇴 불사라는 배수진을 치고 학교 측과 싸워 얻어 낸 결과를 지금에 와서 그 당위성과 정당성을 부정한다면, 그 것이 결국 자기부정이 아니고 무엇이냐는 이야기였다. 아울러 학생들은 자기부정을 하는 비양심적, 반도덕적인 교수가 어떻게 학생들을 지도하고 가르칠 수 있느냐며 모 총장 편에 선 교수들을 압박했다. 그러나 윤우는 일단 시치미를 떼고 따지는 수밖에 없었다.

"편입 반대 항쟁은 학장님께서 재학생 시절에 시작한 것이 아입니까."

이놈은 투쟁을 꼭 항쟁이라고 불렀다.

"물론 학장님은 그때 가담을 안 하셨을 수도 있겠지요. 하지만 그 당시 재학 중이셨던 모든 선배님의 이름을 걸고 벌인 항쟁이었으니,

학장님도 무관하다고 주장할 수는 없는 겁니다. 아무튼 그때 그 시절에 오십 일 점거 항쟁으로 얻은 결과가 부당한 편입 불가였습니다."

놈이 사실까지 뭉개버려 가며 어르고 달래는 식으로 덤벼들고 있었다.

"오 년 전부터 편입생을 받고 있지 않은가?"

"그것도 잘못된 것이지요. 말이 나왔으니까 말씀드리자면, 삼십일 년 전에 선배님들이 분명하게 아퀴를 짓지 않아서 이 사달이 계속해서 생기는 게 아니겠습니까. 결국 수구화된 선배님들의 업보 때문에 어쩔 수 없이 저희도 참고 양보했다 아입니까."

놈이 31년 전 일을 들추어 냈는데, 결국 윤우의 과거 잘못을 빗대어 지적하려는 의도가 엿보였다. 그러니까 윤우는 두 눈 멀쩡히 뜨고 백주에 제자에게 능멸을 당하는 중이었다.

"양보라니? 학사 정책을 자네들이 하나? 민주주의 사회에서 공정 경쟁을 위해 기울어진 운동장을 바로잡아서 다양한 기회를 제공해 주는 것이 왜 잘못됐다는 건가? 그리고 참았다니…… 대체 뭘 참았다는 건가?"

윤우가 온 힘을 다해 막 나가는 학생회장에 맞섰다.

"편입을 계속해서 받지 않으면 재정지원제한대학이 될 수 있으니, 한 번만 양해해 달라고 사정을 해서 조건부로 협조해 드린 것을 벌써 잊으셨다는 겁니까?"

그 조건부가, 편입생으로부터 받을 입학금과 등록금 일체를 오로지 의대 학생들의 면학 여건과 복지 증진을 위해 쓴다는 조건이었다. 조건부 덕에 의대 전용 버스를 두 대나 구입하고 해부학 실습 시설을 확충하고 카데바(해부학용 시신)를 확보하는 등 교육 환경을 개선했다. 주철을 뽑아 해부학 교수가 세 명이 된 것도 이때였다.

"……"

윤우는 할 말이 없었다. 사실 5년 전, 윤우는 학생들이 끝까지 꺾이지 않고 버텨 주기를 바랐다. 교수 신분인 자신이 나서서 반대를 관철시킬 수는 없는 노릇이었다.

그러나 학생들은 학부형들을 동원한 학교 측의 집요한 회유와 협박, 그리고 달랑 전용 버스 두 대와 장학금 몇 푼 인상 등을 엮어 던진 미끼를 덥석 물고 말았다. 각자 몫의 삶이 있듯이 각자 몫의 투쟁도 있는 것이다.

그 당시 윤우는 안타까웠지만 끼어들어 도울 수가 없었다. 입장을 표명하면 곧 선동 및 사주였다. 다만 이런 안쓰러움과 답답함을 술 안주 삼아서 주철에게 털어놨는데, 혈기 방장하고 입빠른 주철은 강의 시간마다 윤우의 넋두리를 자기 소견인 양, 또는 하소연인 양 학생들에게 주야장천 전달했던 것이다.

이것이 주철이 모 총장에게 찍히게 된 이유 중 하나가 되었다. 그러니까 자기 소신 때문에 찍힌 것이 아니라 윤우의 소견을 지껄였기 때문에 찍힌 것이다.

"당시 학교 측에 그런 뜻을 전달하신 분이 윤 학장님이셨던 것으로 압니다만……"

윤우는 부인하지 않았다. 당시 서울대 출신 학장이 총장과 학생 사이에 형성된 전장에서 버티지 못하고 보직 사임을 하는 바람에 윤우가 학장 직무대리 겸 비대위원장을 맡게 되었다. 사유는 일광대

의대 1회 출신에, 애교심과 제자애가 타의 추종을 불허한다는 것이었다. 어쨌든 위기 때 윤우가 나서야 하는 것은, 일광대에 있는 한 그의 숙명이었다.

"그렇다면 이미 오 년 전 합의하에 잘못된 것을 왜 지금에 와서 문제 삼는 것인가? 특별한 이유라도 있는 건가?"

윤우가 논점을 흐리고, 빠져나갈 틈을 찾으려 짐짓 딴청을 부렸다.

"학장님!"

놈이 고함을 버럭 질렀다.

"정말 이러실 겁니까? 의학을 공부하신 전문의께서 어찌 간을 쓸개인 양, 쓸개를 간인 양 뒤바꿔 말씀하십니까?"

"부끄럽지도 않으세요?"

학생회장 곁에 붙어 앉아 대화를 메모하던 생머리가 눈알을 부라리며 끼어들었다. 여학생의 볼록한 젖가슴이 면 쫄티 밖으로 튕겨 나올 것만 같아 민망했다.

"……."

"윤 학장님께서 총장님의 뜻을 받들어, 어쩌면 먼저 제안하셨을는지도 모르지만, 아무튼 편입 기준을 낮춰야 한다는 데 동조하시고 계신 것이 아닙니까?"

놈이 윤우를 무턱대고 몰아붙였다. 옹색해지고 있다는 자백이었다.

"아무 근거도 없이 나라고 콕 집어 지목하진 말게. 그리고 모 총장님 뜻이 아니라, 교육부 뜻일세."

"우리 대학은 교육부가 전가의 보도인가요?"

키 큰 생머리 여학생이 눈알을 부라리며 물었다.

"……."

윤우가 아무 대구 없이 노려보자, 여학생이 눈을 내리깐 채 쥐고 있던 볼펜 끝을 잘근잘근 씹어 댔다. 윤우는 더 노려보고 싶었으나 불룩한 젖가슴 때문에 그럴 수 없었다.

"학장님께서 총장님의 뜻을 받들어 의대 교수회의에서 교수들에게 동의 내지는 묵인해 줄 것을 종용한 것으로 알고 있습니다."

"이제부터는 자네가 책임질 수 있는 말만 하게."

윤우는 엉덩이를 들썩이며 발끈했다.

교수가 찬반 두 패로 갈렸는데, 학생들이 이 두 패 사이를 왔다 갔다 하면서 자신들의 투쟁 전략을 모색했다. 윤우가 학생회장으로부터 무시를 당하는 것도 교수가 두 패로 나뉘어 깨진 바가지처럼 이런저런 정보를 줄줄 흘려 주고 있기 때문이었다.

"학장님은 저희에게 책임지지 못할 말들을 마구 쏟아 내시면서, 왜 저희에겐 책임질 수 있는 말만 하라고 옥박지르십니까? 학장님과는 더 이상 이성적인 대화를 나누고 싶지 않습니다."

학생회장이 자신이 뱉은 말을 실천이라도 하려는 듯이 의자를 박차고 벌떡 일어섰다. 그 기세에 의자가 뒤로 넘어가 모노륨 바닥을 세차게 때렸다.

그는 연구실에 들어올 때부터 손에 말아 쥐고 있던 A4용지를 윤우에게 건넸다. 심판이 주는 경고 카드인 양 두 손이 아닌 한 손으로 내밀었다. 받을 테면 받고 싫으면 그만두어도 좋다는 태도였다.

윤우는 땀에 젖어 눅진해진 A4용지를 얼결에 받아 쥐었다. 예비

역이고 서른이 넘었다는 학생 놈이 스승을 대하는 태도가 동네 달건이 수준이었다. 입학 당시 면접을 볼 때 아버지가 법조계 고위직에 있고, 어머니도 주류 언론계 고위직에 있다며 자랑삼아 말한 놈이었다. 확인해 보니 인터넷 검색어에 등록된, 이름난 부모였다.

"이보시게⋯⋯."

윤우가 돌아서서 나가는 학생회장을 불러 세웠다. 네 맘대로 해볼 테면 어디 한번 해보라고 놔둘 상대가 아니었다. 놈이 상대하기 싫다고 해도 상대를 안 해준다 해도, 윤우는 상대를 해야만 하는 상대였다. 안 그러면 놈은 이를 빌미로 모 총장을 상대하겠다고 나댈 것이고, 총장은 윤우를 불러서 상대할 터였다. 더욱 두렵고 힘든 것은, 만약 모 총장이 평소처럼 상대를 거부한다면, 놈이 제 엄마의 힘을 빌려 언론을 상대할 것이라는 점이었다.

16일 전, 출정식에서 눈물 속에 삭발을 한 뒤 공언한 다짐의 말을 통해 대화가 끝까지 안 되면, 이번에야말로 기필코 행동으로 보여주겠다며 혈서까지 쓴 학생회장이었다. '진격하는 강하고 정의로운 청춘'이 이놈들의 슬로건이었다.

그 진격의 일차 목표가 총장실 점거였다. 이놈들은 평소에도 학장과 통하지 않으면, 또는 학장이 피하는가 싶으면 곧장 총장을 상대하려 들었다. 처장도 소용없고 부총장도 소용없다고 했다. 방계 라인이라는 것이 이유였다.

오직 직계 라인을 통해 의사결정권이 있는 최고 짱하고만 상대하겠다는 것이었는데, 학장은 계통과 절차상 또는 예우상 무시할 수 없어서 거친다고 했다.

"대자보로 곧 보시겠지만, 먼저 보시는 것도 나쁠 것 같지 않네요."

받아 쥔 A4용지를 막 펼쳐 살피려 할 때 학생회장이 잽싸게 학장 실 문을 박차고 나갔다. 쾅, 하고 문 닫히는 소리가 너무 커 윤우는 깜짝 놀랐다. 그 소리에 씨바, 하는 욕설이 묻힌 것 같았다. 윤우는 설마…… 바람 탓에 잘못 들은 것이겠지, 라고 생각했다.

"학생이 주인이닷!"

"편입 반대, 결사 항쟁!"

복도에서 진을 치고 있던 시위 학생들이 구호를 외치며 학생회장 을 맞이했다. 윤우는 그 구호가 자신을 나무라며 압박하는 욕설로 들렸다. 곧이어 자발맞은 북과 꽹과리 소리가 따라붙었다. 해병대 군가 소리는 들리지 않았다.

A4용지를 펼쳐 확인한 윤우는 깜짝 놀랐다. 문소리, 욕설, 구호, 농악기 소리 따위는 하찮아서 문제도 아니었다.

1985년 편입 반대 결의서 복사본이었는데, 연판장이 첨부되어 있 었다. 연판장에는 윤우의 자필 서명과 지문 날인도 보였다. 연판장 에 표기된 당시의 윤우 직책이 민주의대사수투쟁본부 대외협력 및 쟁의부장이었다.

이 31년이나 지난 문건을 대체 어디서 누구로부터 어떻게 구했다 는 것인가. 자기부정이란, 이 문건을 근거로 던진 말이었다.

윤우가 호박의 손바닥 안에서 놀았던 것이다. 이걸 확대하여 대자 보로 만들어 붙이겠다는 말인가. 윤우는 학생회의 이기적이고 일방 적인 행동을 용납할 수 없었다. 사지가 부들부들 떨렸다.

대체 어떤 놈이 학생들에게 이런 '무기'를 쥐어 준 것인가. 교육부가 제기한 편입학 관련 문제를 총장이 구개본에게 던져 주었는데, 구개본은 이 문제에 대한 아무런 검토 없이 무조건 받은 대로 수용하고는, 나름의 모범 답안을 만들어서 윤우에게 하달한 것이다. 그러니까 이 일방적이고 부당한 모범 답안에 대하여 교수들끼리 가타부타 왈가왈부하는 과정에서 관계가 분열되고 신뢰가 붕괴되었다.

교육부와 사학 운영자가 자신들의 편의와 이익을 위해 권력의 힘을 빌려 밀어붙일 수 있는 억지 방침을 만들어 내서 정답이니 그대로 하라고 윽박지르는 꼴이었다. 어쨌든 분규를 한차례 치를 때마다 의대 교수들은 서로서로 불구대천지원수가 되어 우연히 마주치는 것마저 꺼리는 교수들이 대여섯 쌍씩 생겨났다. 상처투성이가 된 윤우도 이 틈새에 끼어 동네북 신세였다.

'이놈들이 대체 무얼 어쩌자고⋯⋯.'

윤우는 묵직한 가슴 통증을 느끼며 학생회장이 두고 간 선글라스를 바라보았다. 검정 선글라스가 자신을 노려보고 있는 것 같아 숨이 차올랐다.

그는 선글라스를 집어 모노륨 바닥에 패대기를 쳤다. 가늘고 긴, 한 가닥 숨이 간신히 터져 나왔다. 잠시 숨을 고른 그는 스마트폰을 집어 들고 공민구가 보낸 문자메시지에 답을 달았다.

─연구실에 있다네. 의대가 비상 상황인지라... 미안하네

윤우는 부의금을 반몽출 교수 편에 보냈으며, 사정이 여의치 않아 문상을 가지 못해 유감이라는 뜻의 긴 문자를 추가해서 보냈다.

문자를 찍어 보내고 난 뒤, 험악한 노크 소리에 시선을 들었다. 이미 문을 열고 들어온 호박이 장승처럼 우두커니 서 있었다.

　그는 바닥에 박살이 나 흩어진 선글라스 조각들과 윤우를 번갈아 바라보며 황당하다는 표정을 짓고 있었다.

9

개교한 지 6년 만에 일광대학은 최악의 자금난에 허덕였다. 주시열의 로비 덕인지, 아니면 문교부의 필요 때문인지 해마다 문교부로 올리는 족족 허가받는 증과증원으로 인해 입학 정원이 팍팍 늘었다.

그래서 강의실과 연구실 등을 속속 지어야 하는데 마땅히 돈 나올 구멍이 없었다. 일광대 부속병원도 본과 4학년이 최고 학년으로 근근이 유지될 때였다. 또 당시에는 재학생 수가 적어 등록금 규모라야 쌈짓돈 수준이었다.

이런 상황을 외면하고서 모준오는 설립 당시 낸 출연금이 가진 사재의 전부라고 우기며 버텼다. 그러면서 운영자금이 떨어졌으면 은행 빚을 얻어서 쓰라고 했다.

주시열은 이 양반이 제정신인가 싶었다. 그럴 수가 없는 것이다. 생긴 지 6년밖에 안 된 신생 대학이 시설 투자금은커녕 당장의 운영

자금이 없어 빚을 내 쓰고 있다는 게 소문이라도 나면 더 이상의 학교 발전은 끝이라고 봐야 했다. 종합대학교 승격의 꿈은 물거품이 되는 것이요, 당장 문교부는 부실 또는 '문제 대학'으로 분류하여 증과증원을 유보할 것이 뻔하기 때문이었다. 일광학원은 자칫 태어나서 제 발로 걸어 보지도 못하고 엉금엉금 기어만 다니다가 문교부가 내지른 발길질 한 방에 비명횡사할 수도 있었다.

주시열은 그러려고 모준오를 부추겨 대학을 설립한 것이 아니었다. 간난신고 속에서도 불철주야로 분골쇄신해 온 지난 6년을 물거품으로 만들 수 없었고, 또한 일광학원을 위해 멸사봉공하겠다는, 그리하여 자자손손 빌붙어 누릴 수 있는 영속적 지분을 확보하겠다는 소망을 버릴 수 없었다.

모준오 설립자를 다시 어렵게 만나 담판을 지으려 했으나, 답은 한결같았다. 계속 다그치자, 노가다판 출신답게 옷자락을 들추고 칼자국이 선명한 아랫배를 보였다. 배 째라는 뜻이었다.

"이보시오, 주시열 씨. 당신 입으로 일광대학은 공공의 대학이라고 하지 않았소. 아직 젊은 사람이 벌써 치매요? 왜 공공의 문제를 사적으로 풀라고 자꾸 찾아와 떼를 쓰는 게요. 주 선생이 내게 해줬던 말을 벌써 잊은 거요. 내가 대학 설립이냐, 세금 납부냐를 놓고 고민할 때, 대학 설립이다, 라고 분명한 답을 준 사람이 누구요? 그래서 설립을 했잖소. 그런데 이제 와서 왜 자꾸 운영을 말하는 거요? 그리고 주 교수는 스스로 방법을 찾지 않고, 왜 자꾸 내게 와서 없는 돈을 내놓으라 성화요."

이렇게 쐐기를 박은 모준오가 돌아서 나가는 시열의 뒤통수에 대고 결자해지하시오, 라며 못을 쳤다. 시열은 그 등 뒤의 못질이 어처구니가 없고 아뜩했으나, 결자해지할 방법을 찾아보기로 결심했다.

모준오의 말대로 시열이 결자라면 설립자에 준하는 책임을 져야 한다는 것인데, 책임이 있다는 것은 결국 권리도 있다는 것을 인정하겠다는 말이 아닌가. 시열은 이런 나름의 합리적 추론을 마치자, 어처구니없는 중에도 피식 하고 새어 나오는 웃음을 멈출 수 없었다. 그 웃음과 함께 열정과 용기와 책임감이 뿔끈 솟아올랐다.

그런데 이런 와중에 모준오가 급사하는 일이 터졌고, 그렇지 않아도 자금난으로 표류하던 학교는 난파 직전에 처했다. 시열은 절차상 모준오의 유족들과 다시 상의했으나 이 핑계 저 핑계를 대며 결정을 미루었다. 이때 모준오의 둘째 딸인 모미미가 사재 5억을 내놨으나 언 발에 오줌 누기였다. 시열은 마전자 여사를 학교법인 임시 이사장에 앉히고, 그 5억에 자신의 5억을 보태 한 달을 버텨 냈다.

버티는 한 달 동안 근본적인 대책 마련을 위해 전전반측하며 밤낮 없이 고민한 끝에 CD, 콤팩트디스크가 아니라 양도성예금증서를 담보로 하여 제2 금융권에서, 대학이 아닌 제삼자의 이름으로 빚을 얻었다. 이렇게 해서 급한 불을 끄고 순차적으로 해결해 나갈 수 있는 숨통을 열었다.

모도일은, 주시열이 저지른 이런 몰상식적이고 위험천만한 도박에 대해 큰아버지와 다투는 과정에서 얻어들은 바 있었다. 그런데 모도일이 이사장으로 들어온 지 3년 만에 대학이 2차 자금난에 빠졌다.

아버지 모준오는 종합건설사 일을 몹시 힘겨워했다. 재건축 사업과 관련하여 어쩔 수 없이 끌어들인 조직폭력배의 지분 요구에 꺼들렸고, 허구한 날 술과 여자 접대가 많고 정계·관계·언론계까지 아부와 사정할 일들이 많아 위와 간이 많이 상했다. 모준오는 간과 쓸개도 보호하고, 원치 않는 과음을 멀리하기 위해 망해 가는 허름한 언론사를 인수하려고 했다. 그러나 박학다식하고 말발 센 주시열이 밑빠진 독을 왜 사들이느냐고 만류하는 바람에 포기했다.

언론사는 언제 어디서나 '갑'이 될 수 있는 사업체였다. 즉 밤엔 술과 여자를 대접해 가며 아양을 떨고, 낮엔 관으로 기어들어 가서 사정사정하며 굽신거릴 필요가 없었다.

그때 아버지의 심복 비서였던 주시열은, 대안으로 모도일의 경영 참여를 제안했다. 경영대학을 졸업하는 대로 모도일을 경영에 참여시키자고 했다. 그런데 모도일이 거부하고 유학을 떠난 것이다. 명문대 경영학과를, 그것도 우수한 성적으로 졸업까지 한 놈이 느닷없이 적성 타령을 하며 의학 공부를 하겠다고 미국으로 떠버린 것이다.

모도일도 험한 건설업은 하고 싶지 않았다. 물론 모준오도 아들의 도미 유학을 허락하지 않았다.

하지만 모도일은 도미 전에 학비와 체류비를 확보해 두었고, 부족한 부분에 대해서는 아들을 유독 끔찍하게 여기는, 아니 그럴 수밖에 없는 양모 마전자 여사의 전폭적인 지원을 받을 수 있었다.

마 여사는 기른 정만으로 모도일을 온전히 소유하기 위해 물심양면으로 지극정성을 다했다. 양모인 마전자 여사에게 있어 유산상속자 일 순위가 된 모도일은 알파이자 오메가였고, 가치 판단의 기준이자 중심이었다.

이런 마 여사의 사랑이 도일의 든든한 힘이었는데, 만약 안 그랬다면 도일은 드세고 경우도 없는 큰누나의 등쌀에 일찌감치 잡아먹히고 말았을 것이다. 물론 마 여사가 도일의 편에 서 주지 않았다면, 훗날 주 상속자가 된 모도일은 마 여사를 버렸을 것이다.

모도일이 잡아먹히지 않고 살아남아서 상속받은 유산이 600억대였다. 이것이 밝혀지면 그동안 돈 없다고 한 것이 거짓말이 되고, 또 지금과 같이 대학 재정이 어려워진 상황에서는 하다못해 몇 푼이라도 내놓는 시늉을 해야 할 판이었다.

아무튼, 재산 내역이 공개되는 것도 버틸 수 없는 일이지만, 공개되면 그 재산 가운데 단돈 몇 푼이라도 내놔야 할 터인데, 생각만으로도 절대 용납이 안 되는 일이었다. 이제 사업 개념으로서의 육영 사업은 끝났다. 곧 교육 예비 재원이 바닥을 칠 것이기 때문이다. 모도일은 이런 상황에서 사재 출연을 한다는 것은 투자가 아니라 투기(投棄)라고 생각했다.

어쨌든 모도일은 당시에 자신이 사면초가에 놓였다는 사실을 깨달았다. 비록 아버지가 얼떨결에 세금폭탄 대신 선택한 대학이라고는 하지만, 장차 작지만 특성화된 대학으로서 하버드대 분교쯤의 위상을 가질 만한 명문 사학을 만들겠다는 야심찬 계획이 있었다.

그러나 아버지 살아생전에 확고한 철밥통을 얻고 자신의 기득권 속에 깊이 뿌리박은 교수들은 모도일이 어떤 지시나 제안을 해도 시늉만 보일 뿐 실제로는 따르지 않았다. 명색이 학교법인 이사장으로 들어왔으나, 모도일이 할 수 있는 일이 없었다.

이렇게 하자고 하면 저런 이유를 들어 어렵다고 했고, 저렇게 하자고 하면 이런 이유를 들어 불가하다고 했다. 마치 세상 물정 모르는 어린아이 취급을 했다. 이미 해봤는데 안 됐다고도 했고, 성경 전도서의 말씀까지 빌려 해 아래 새로운 것이 없다며 비아냥거리는 놈도 있었다.

뭉그적거리거나, 엉뚱한 결과물을 가져오거나, 다른 일로 바빠 깜빡했다고 개기는 놈들도 더러 있었다. 그 가운데 유독 대놓고 안 된다고 하는 인간이 있었는데, 주시열이었다.

이사장 부임 3년 차가 되었을 때, 유산으로 물려받은 재산 중 일부만이라도 출연해 자금난을 해결하고 지배력을 강화하고 싶었으나, 그것도 쉽지가 않았다. 학교에서의 권력과 지지 기반이 약해 힘들었던—박영홍, 고무승, 구본수가 들러붙어 충성을 맹세하기 전이다—이사장 부임 초기에 술기운을 빌려 마누라를 슬쩍 떠봤으나, 반대가 발악 수준이었다.

유산 중 5퍼센트만 내놔도 된다고 했으나, 비명까지 지르며 술이 많이 취했으니 주사는 그만 부리고 잠이나 자라고 했다. 그러면서 권력과 충성심은 돈으로 사는 것이 아니라 마음으로 얻는 것이라는 충고까지 덧붙였다. 전공이 역사학인 때문인지 마누라가 내뱉은 말은 박영홍, 고무승, 구본수가 서로 앞다퉈 가며 들러붙으면서 현실이 되었다.

당장 자금난에 빠진 모도일은 불철주야로 좌고우면했으나 마누라까지 돌아서는 바람에 고립무원의 처지를 벗어날 수 없었다.

그때, 그러니까 17년 전인 1999년 5월쯤 뜻밖에도 주시열이 성큼 다가왔다. 그는 1차 자금난과 지금은 상황과 성격이 다르니 운영자금을 융자로 해결하면 문제없을 것이라고 했다. 그러니까 증과증원 등 교세 확장이 끝났기 때문에 더는 교육부 눈치 볼 일이 없다는 것이었다.

모도일로서는 전혀 예상치 못한 충격적인 조언이자 협력이었다. 사사건건 대립각을 세워 온 그가 아니었던가. 지금도 그렇지만, 당시에 주시열은 일광대학의 거두이자 모도일 개인적으로 볼 때도 존재감이 큰 인물이었다. 어린 시절 모도일은 열두 살 터울인 주시열의 등에 업혀 벚꽃이 흐드러진 방등천 둑길에서 봄맞이를 한 기억도 있었다. 도일의 입장에서 볼 때, 주시열이 매국노에서 애국자로 전향하겠다는 뜻을 밝힌 것이나 다름없었다. 도일은 시열의 환골탈태를 조건 없이 환영했다.

시열은 다성고교 출신이었다. 영명고 출신들이 지역사회의 이권을 놓고 분탕질치고 있었으나, 고교평준화 이후에는 다성고에서 걸출한 인물들이 많이 배출되어 영명고 출신들의 전횡을 막을 수 있는 대항마로 크고 있었다. 이런 점에서 볼 때도 시열의 '전향'은 여러 측면에서 고무적 사건이었다.

고무승, 박영홍, 구본수, 주시열이 모도일 앞에서 벌이는 충성 경쟁은 아교처럼 끈끈하고 투기(妬忌)인 양 치열하고 또 기상천외했다. 가끔 이들이 중견 교수가 맞나 싶을 때도 있었다.

대부분 각개약진을 통해 충성 경쟁을 했으나, 그러면서도 자신들 간의 힘의 균형이 깨졌다 싶거나, 공동의 이익을 위해 도일을 상대할 일이 있으면 합종연횡도 불사했다. 물론 자신을 높인 주시열은 나머지 셋과 따로 놀았다. 다시 말하자면 '주시열 : 나머지 3인'의 구도인데, 합종연횡은 그 나머지 세 명이 서로서로 견제하기 위해 필요할 때마다 했다. 이들 사이에는 적과 동지가 따로 없었고, 학문 연구나 학생 교육 따위는 신경도 쓰지 않았다. 오직 모도일의 심경을 헤아려 살폈다.

일광 가족은 이들 네 명을 싸잡아 '주·고·박·구'로 불렀다. 한통속으로 본다는 의미였는데, 이들이 일광 가족의 권익을 볼모로 모도일과 이해관계를 주고받고 한다는 뜻을 담아 만든 조어라는 소문이 있었다.

그러나 일광 가족은 이들이 작당을 하여 모도일을 겁박하기도 한다는 사실을 알지 못하는 것 같았다. 시간이 지나면서 이들 주고박구의 역할과 그 성과에 따라 위상이 구분되었다. 서로 의논해서 역할 분담을 했을 리는 없을 텐데, 서로서로 알아서 경쟁하다가 각자의 자질과 능력이 달라 자연스럽게 나뉜 것 같았다.

어쨌든 그들은 서로 나뉘어서 주고받고 하며 연구와 교육이 아닌 권력과 총애를 얻고자 나름대로 가열찬 충성 경쟁을 했다.

주시열은 이류(二流) 다성고 출신이면서 일류 영명고 출신 가운데 일부 교수들을 규합—어느 집단이든 구박받는 비주류가 있는 법인데, 이들을 따로 꼬드긴 것이다—하여, 다수의 영명고 출신 교수들을 효과적으로 통제·제압하고, 모도일에게는 그동안 음주가무로 관리하며 친분을 쌓아 온 교육부 과장급 떨거지들을 붙여 주었다.

그러나 모도일은 돈과 여자만 밝히면서 장차 교수 자리를 보장받고 싶어 치대는 이 교육부 떨거지들을 달가워하지 않고 멀리했다. 직급이 낮은 문제도 있는 것 같았다. 국장급도 붙여 주었으나, 이들과는 알바 여대생이 시중드는 강남 룸살롱에서 한 차례 만나 놀고, 현금이 든 쇼핑백을 선물한 뒤부터 멀리했다.

아무튼, 모도일이 총장직을 수행하면서부터 주시열과 3인은 모도일의 일광학원 내 권력 장악을 돕기 위해 음과 양으로 더욱 지대한 공을 세웠다. 이들 주고박구는 일 년이 채 안 되는 짧은 기간 동안 구성원의 권익과 기득권은 물론이요, 기본권과 전통적이며 일반적인 관례와 상식 그리고 교권까지, 더 나아가서는 일용직의 인권까지도 깡그리 수거하여 모도일 총장에게 아낌없이 바쳤다.

모도일로서는 이 기특한 간신배들을 굳이 내칠 이유가 없었다. 그러면서 그는 차츰 이들로 구성된 인의 장막에 갇혔다.

모도일은 자신의 수족이자 입속의 혀가 되어준 주고박구의 역학 관계를 적당히 이용해 주시열을 견제하기도 했다. 고무승·박영홍·구본수 3인으로써 주시열을 상대토록 하기도 했고, 3인의 상충되는 이해관계를 이용해 3인이 하나로 뭉치는 것도 막았다.

주시열과 고무승, 박영홍, 구본수의 충성 경쟁으로 인해 손쉽게 절대 권력을 얻은 모도일은 이사장 시절부터 하고 싶었던 모든 일을 마음껏 해볼 수 있었다. 물론 학교에 주고박구만 있는 것이 아니라, 나름대로 소신을 밝히는 여러 구성원도 있었다. 하지만 굳이 모도일이 그들을 상대하지 않아도 주고박구가 앞서 말한 보직자 또는 총애받는 자의 '권한'을 내세워 알아서 했다.

회계학 교수 박영홍—경영학과를 나왔으나, 국제공인회계사 자격증이 있었다—의 해박한 회계 기술로 인해 해마다 10퍼센트씩 인건비가 절약됐다. 인근 대학들이 5퍼센트씩 인상할 때, 일광대학은 되레 5퍼센트씩 깎을 수 있었다. 깎는 근거로는 별로 하는 일 없이 학문적 동종교배·근친상간이나 하면서 빈둥거리는 교수들이 하는 일에 비해 월급이 지나치게 많은 편이라는 것이 이유였다. 그는 일하는 시간을 돈으로 계산하여 더하지 않고, 노는 시간을 돈으로 계산해서 깎았다. 물론 박영홍의 기준에 의한 생각이었다. 깎는 게 귀찮아진 2006년에는 입학 재원 감소로 대학의 미래가 불투명하다는 이유를 들어 아예 성과연봉제로 바꿔버렸다. 호봉제를 없애버렸고, 따로 연봉 협상을 하고 동의서도 받아야 했지만 받지 않았다. 정식으로 문제 삼아 떠드는 구성원도 없는데 굳이 협상을 하고 동의서를 받는다면서 법석을 떨 이유가 없었다. 만약 그러다가 문제라도 생기면 모두 긁어 부스럼 만든 박영홍 탓이 될 터였다. 연봉은 깎지도 않았지만, 보태지도 않았다.

동화작가 고무승은 관과 언론의 간섭으로부터 모 총장을 지켜 주었다. 학교가 어려움에 처했을 때는 교수와 직원 교인들을 반강제적으로 모으고 유명 목사를 학교로 초청하여 '구교(救校)를 위한 특별 기도회'도 열었다. 그는 역사가 일천한 대학은 비난이나 비판보다 이해와 격려, 기다림의 미덕이 필요하다며, 모도일의 독단과 전횡으로 인해 생기는 문제와 부작용을 탁월하고 강력한 리더십에 따르는 필요악으로 규정한 뒤, 하나님의 힘까지 빌려 전방위적으로 틀어막아 주었다. 고무승은 남들이 뭐라 하건 굳건히 자신의 길을 가는 '스트레이트 맨(직진맨)'이었는데, 사석이건 공석이건 가리지 않고, 모 총장님께 할 욕이 있으면 자신에게 하라고 했다. 총장님은 일찍 아버지를 여의신 고아이시며 일광 조직을 홀로 이끌어 가는 고독한 영도자라고 했다. 그 때문인지 고무승은 술에 취하면 총장을 '우리 형 님'이라고 바꿔 칭했다. 모 총장이 고무승보다 9세 아래였다. 그리고 그는 모 총장의 고교 시절, 과외 스승이었다.

경호무도학과 교수 구본수는 학내외에 떠도는 온갖 소문과 정보 를 수집·분석·가공해서 바쳤다. 차무건 교수와 짝짜꿍이 되어 일주 일에 A4용지 50여 장 분량의 동향 보고서를 올렸다. 주로 교수들의 동향이었는데, 올리기 전에 봉백구의 사전 검토를 받았다. 모 총장 은 이 보고서를 통해 불온 세력들의 겉과 속을 손금 들여다보듯이 볼 수 있었다.

모도일의 이사장 재임 5년 차 때는 주시열의 일시적 충성—돌이 켜 보니 전략적 충성이었다—으로 인해 모 이사장의 말이 곧 진리 요, 법으로 거듭나기도 했었다. 교수들은 제멋대로 하거나 혹은 소 신껏 하다가도 시열을 통해 이사장의 생각을 알아보고자 애썼다. 시 열은, 이사장의 말이 꿈같이 몽롱하여 현실성과 설득력을 잃고 한쪽 구석에 처박히면, 슬그머니 일으켜 세워서 생기를 불어넣고 날개를 달아 주기도 했다.

우주에 떠도는 별이 어찌 하나뿐일 수 있겠냐마는 일광대의 밤하 늘엔 오직 하나의 별만 떠서 반짝일 수 있었다. 일광대는 주고박구 로 인해 우주 밖을 떠도는 왜성이 되고 말았다.

그러나 주시열의 언행은 극과 극을 오갔다.

그는 2007년 9월 총장직을 자진 사퇴한 뒤 2008년 3월에 자신의 후임으로 총장이 된 모도일과 한 달가량 극한의 대립을 일삼았다.

한 달 동안이나 무단결근을 하고, 연락조차 끊고 지냈다. 시열의 가족조차 그의 행방을 몰랐다.

　모도일은 봉백구에게 소재 파악을 지시했고, 봉백구는 심부름센터를 통해 시열의 행방을 찾았다. 육종금 여사와 유럽 여행 중이라고 했다. 도일은 시열에게 특별 안식기(安息期)를 급조해서 6개월의 장기 휴가를 주고 그가 유럽 여행에서 돌아오는 날 공항까지 마중나가 특별 위로금을 건네며 달랬다.

10

전의를 다지며 철야 농성 중이던 의대생들이 급기야 본부 건물을 기습하여 14층 총장실을 전격 점령했다. 장대비가 퍼붓는 일요일 새벽 4시에 기습 점거를 감행한 것이다.

현장을 확인 점검한 조건성 비서실장이 짧은 다리로 허둥지둥 먼 길을 달려와 보고했다. 모도일은 파라다이스 호텔 객실에 마련한 임시 집무실에서 대면 보고를 받았다.

그의 긴급 보고에 의하면, 위기 대응 매뉴얼에 따라 총장실을 철통 방어하던 중 순식간에 벌어진 기습이었는데, 직원 경계조의 교대 시간을 알아낸 적들이 사전 계획을 치밀하게 짰고, 워낙 기습적이었던 데다가 젊은 패기와 힘으로 무장한 적들의 가공할 돌파력에 허망하게 뚫려버렸다며 탄식했다.

그러면서 정규직과 비정규직 직원 112명을 골고루 섞어 20명 안

퓨으로 구성한 5개 경계조를 편성해서 돌렸는데, 50명씩 2개 조로 짜서 맞교대로 돌리지 않은 총무팀장의 허술하고 안이한 판단이 결정적 잘못인 것 같다고, 뚫린 원인을 분석했다.

비서실장의 자의적 분석은, 희생양을 찾아서 책임을 미루는 몸에 밴 고자질이었다. 아무튼, 정신력이라기보다 숫자와 완력에 밀려서 뚫렸다는 말이었다.

감사실장 봉백구는 직원들이 철야 경계근무를 시키는 것에 대하여 노조를 통해 우리가 경비원이냐며 강한 불만을 제기하는 통에 어쩔 수 없이 전체를 5개 조로 쪼개 느슨하게 구성한 것과 누군가에 의해 경계 계획이 누출된 것을 치명적 문제점으로 지적했다.

어쨌든 사무처는 나름대로 보완책까지 짜서 철저히 실행했는데 불가항력이었다고 주장했다. 일광대 출신 선배들로 구성된 학생서비스팀 정규 직원 8명을 2명씩 4개 조로 편성해 의대 시위대들이 떼거리로 몰려 있는 곳과 그들의 동선을 따라 감시토록 조처했다.

의대 건물과 기숙사가 소로 하나를 사이에 두고 마주하고 있어서 시위대의 집결지인 대형 세미나실이 훤히 내려다보이는 기숙사 2층에 감시 초소를 만들고 24시간 감시자들을 배치했다. 그런데 이를 눈치챈 의대생들이 위계(僞計)를 썼다.

밤샘 농성하는 17일 동안 제대로 씻지도, 속옷을 갈아입지도 못했다면서 A,B 두 개 조로 나누어 한 조씩 각자의 숙소로 돌아가 씻고 옷을 갈아입은 뒤에 다시 모일 것이라는 거짓 정보를 학교 측 감시자에게 흘렸다. 마지못해서 하는 허술한 감시인지라 이 위계가 먹혔다.

밤비 속을 뚫고 각자의 거처로 가는 척 나간 A조가 당당하게 서문을 빠져나가 신축 원룸촌 골목을 우회해 동문으로 기어들어 와 단숨에 총장실을 점거한 것이다.

승강기는 총장실이 있는 14층에서 열리지 않도록 조작하였고, 계단 복도와 연결된 세 곳의 비상출입문 중에 두 곳을 삼중 시건장치로 단단히 폐쇄한 뒤, 출입을 위해 한 곳만 부분 개방한 상태였다. 물론 개방한 문은 다섯 명씩 한 조가 되어 번갈아 가며 철통같이 지키고 있었다.

학생들은 자신들의 혈기왕성하고 야무진 몸과 그 몸을 이용해 다룰 수 있는 해머와 못뽑이와 드라이버와 알루미늄 야구방망이 등 각종 장비와 도구를 동원하여 폐쇄한 비상문 가운데 한 곳을 때려 부수고 개 떼처럼 쳐들어왔다. 학생들은 비상문으로 다가가기 전에 멀찌감치 서서 준비해 온 주먹만 한 짱돌 수십 개를 던져 비상문 이마와 그 맞은편에 달려 있는 감시카메라 두 대를 작살냈다.

이렇게 쳐들어온 학생들은 반대편의 개방되어 있는 출입구로 몰려가 인근에 모여 있던 30여 명의 비상대기 직원들을 비상계단 쪽으로 밀어냈다. 이 과정에서 대다수의 직원들은 불상사를 염려해 못이기는 척 밀려나 주었다.

그러나 25년 차 아줌마 직원 두 명은 밀쳐 내는 남학생과 맞붙어서 그들의 어깨와 손등 등을 닥치는 대로 깨물었다. 다행히 깊이 파고들지는 않아 뼈는 상하지 않았다고 했다.

모 총장은 보고를 듣다 말고, 두 아줌마 직원을 파악해서 따로 보고하라고 했다.

모도일은 눈 뜨고 코 베인다는 속담처럼, 철통같은 경계 속에서도 또다시 총장실을 빼앗겼다는 사실에 강한 불만과 분노와 수치심을 느꼈다. 주요 서류와 귀중품 들은 미리 빼냈기 때문에 지난번처럼 학생들이 탈취한 문건을 가지고 공갈과 협박을 해대는 황당한 일은 없겠으나, 고가의 비품에 흠집을 내고, 고급 카펫 위에서 가스버너를 피워 눌어붙게 만들고, 음식물을 흘려 얼룩을 만드는 등 온갖 분탕질을 칠 것이 뻔했다.

2년 전 점거를 당했을 때, 청소하고 카펫을 새로 깔고 가구를 다시 들이는 데 닷새가 걸렸으며 복구비로 5천만 원이나 들었다. 당시 학생지원처장 정출 교수에게 이 복구 비용 전액을 변상받으라고 지시했으나, 무슨 이유 때문인지 아직껏 받아내지 않고 있었다.

당시 모도일은 주동자 색출과 엄벌도 필요하다고 주장했다. 모 총장은 이 조사 및 징계위원회가 일사불란하지 않고 우왕좌왕하는 하는 모습을 보고 분개했다. 그러나 누가 됐건 단 한 명의 학생이라도 징계 조처가 이루어지면 의대생 전원이 자퇴하겠다며 집단행동으로 버티는 데야 징계위도 달리 방법이 없었다.

모 총장으로서는 이런 상황이 가당치 않았다. 방귀 뀐 놈이 성내는 꼴이 아닌가. 그러나 당시 의대생들이 각자 자퇴서를 써서 이를 취합한 뒤, 소속 학장에게 등기 속달로 부쳤다. 봉백구 감사실장 말에 의하면, 등기 속달을 접수한 학장이 학생회장을 불러 절차에 따라 학과장의 결재를 득해 오라고 했으나, 콧방귀도 뀌지 않았다는 것이다.

당시 학과장이 윤우였다. 당시만 해도 학생들은 윤우를 두려워했다. 징계위원회는 목적과 방향을 상실한 채, 명분과 기준을 찾지도

정하지도 못한 채 석 달 가까이 질질 끌며 갈팡질팡 뭉그적거리다가 흐지부지됐다. 결국 이 문제로 의대 내 교수들 간에도, 의대와 일반 단대 교수들 간에도 갈등과 감정의 골만 더욱 깊어지게 되었다.

주시열은 학생 징계보다 대화를 주장한 윤우의 모호하고 무책임한 태도가 사태를 키웠다면서, 강경 좌파 학생을 두둔한 그의 책임론과 징계를 주장하기도 했다.

모도일 총장은 임시 집무실에서 의대학장과 학생지원처장과 사무처장을 호출하여 향후 대책을 따져 물었다. 입술이 갈라져 터진 사무처장이 책임을 통감한다면서 조속한 총장실 '탈환' 방안을 강구해 보겠다고 했다.

이 말을 들은 학생지원처장 정출이 헛웃음을 지으며, 그게 말이 되는 소리냐며 나무랐다. A, B조로 나뉘었던 시위대가 지금은 모두 총장실에 들어가 뒤엉킨 독사 모양 똬리를 틀고 있는 상황인데, 그렇게 엉겨 붙어 독을 뿜고 있는 농성자 수가 2백 명이 넘는다고 했다. 그러면서 덧붙이기를, 이 2백 명을 모두 끌어낸다는 것은 스티븐 시걸이 그린베레를 데리고 와도 힘들 것이다. 안 되는 일을 억지로 하다 보면 큰 불상사가 생긴다. 지역 기자들과 숫자를 보강한 경찰서 정보계 형사들이 학교를 수시로 들락날락하며 상황을 예의 주시하고 있다. 이런 상황에서 학생들과 부딪치면 돌이킬 수 없는 불상사가 발생한다. 그러니 지금은 참고 기다려야 할 때다. 학생지원처장이 핏대를 세워 가며 이런 주장을 사무처장에게 훈계하듯 말했다. 물론 모 총장도 들으라는 훈계였다.

모 총장은 학생지원처장의 발언 내용이 불순하고 또 수수방관하자는 말로 들려서 찜찜하고 못마땅했다. 회의용 테이블이라도 걷어차고 싶었다. 그러나 학생지원처장은 교수였다. 직원인 사무처장을 대하듯이 성질대로 야단을 칠 수는 없는 노릇이었다. 그래서 더욱 부아가 치밀었다.

모 총장은 학생지원처장을 노려보며 기물 파손, 무단 점거 등의 범법 사실이 인정되니까 경찰을 불러서 농성 학생들을 끌어낼 방안을 찾아보도록 하라고 했다. 그러고는 회의를 마치겠으니 다들 나가 보라고 손사래를 쳤다.

회의를 마치자마자 복도를 서성대고 있던 차무건 교수가 모 총장의 안색을 살피며 게걸음으로 들어왔다. 카펫이 깔려 있지 않은 방이라 군화 소리가 맨바닥뿐 아니라 벽면까지 울렸다.

아마도 밖에서 엿들은 바가 있기 때문에 총장의 심기를 살피는 것 같았다. 군모를 벗어 옆구리에 낀 차무건이 총장의 귀에 대고 경찰에 협조를 받을 양이면 차라리 용역의 도움을 받는 것이 안전하다고 조언했다.

이 사람이 막장 드라마를 만들자는 건가 싶어 황당했다. 모 총장은 화를 낼까 하다가, 그동안의 노고를 생각해서 못 들은 것으로 할 테니 입 닫고 그만 나가 보라고 했다.

용역을 부르자는 것은 빈대 잡자고 초가삼간에 불을 놓자는 충동질과 다름없었다. 모 총장은 실망과 서운함과 불만이 뒤섞인 표정으로 돌아서 나가는 차 교수를 급히 불러 세웠다. 그러고는 해병대 교관 모자와 군화는 유치해 보이고 불필요한 위압감과 위화감을 줄 수 있으니 그만 벗으라고 했다.

　총장의 말에 잠시 우두커니 서 있던 차 교수가 난데없이 차렷 자세를 취한 뒤 거수경례를 했다. 당황한 총장이 거수경례로 답하자, "옛! 잘 알겠습니닷!" 하고 물러났다. 총장은 어처구니가 없었으나, 그도 역시 함부로 대할 수 없는 교수였다.

2부
학생 중심 대학

오늘의 적으로 내일의 적을 쫓으면 되고

내일의 적으로 오늘의 적을 쫓을 수도 있다

이래서 우리는 태평으로 지낸다

—김수영의 시 「적 1」 중에서

1

거무튀튀한 하늘이 연이틀 비를 내뿜었다. 비를 싫어하지 않는 모도일 총장이었으나 중국발 황사와 엉켜 풀풀 날리는 것이 구질구질해 보여서 영 못마땅했다.

아침 일찍 긴급 미팅을 마친 모 총장은 오전 10시 정각에 학교 측이 주관하는 2차 대책회의에서의 발표문을 점검했다. 실질적이고 구체적인 대책을 내놓으라는 교협 요구에 답을 해줘야 했다.

천만다행으로 의대를 뺀 나머지 단대에서는 학사 일정이 평소와 다름없이 순조롭게 진행되고 있다는 보고가 올라왔다.

대책회의장 앞에서는 30분 전부터 50여 명의 의대 학생들과 직원들이 뒤엉킨 채 옥신각신하며 실랑이와 몸싸움을 벌였다. 학생들은 교협이 주최하는 대책회의 때는 학생을 초대하고 학교가 주최하는 회의에는 학생을 초대하지 않는 이유가 뭐냐고 따져 물었다. 놈들은 총장실을 탈취하고도 성이 차지 않은 것 같았다.

대책회의장 입구에는 학생과 직원의 절반 이상이 우산이나 우비 없이 비를 맞아 가며 뒤엉켜 고성과 욕설 속에서 몸싸움을 벌이고 있었다.

총학생회와 의대를 뺀 6개 단대 학생회 임원들이 대책회의 참관을 공식 요청했는데, 왜 의대생만 회의장 진입을 봉쇄하느냐는 항의였다. 물론 억지 주장이었다. 총학과 의대 학생회 임원진은 30명 선에서 선별적으로 회의 참관이 허용된 상태였다. 6개 단대 임원들은 '학생이 주인이다'라고 손으로 쓴 팻말을 위아래로 흔들며 학생회 차별을 규탄했다.

모 총장은 차무건 교수와 그가 급조해 가동하는 자율경비단이 전광석화 같은 몸싸움 끝에 골을 터 준 틈바구니를 비집고 회의장 안으로 잽싸게 진입했다.

총학생회장이 급히 손을 뻗어 모 총장의 옷깃을 잡으려고 하자 차교수가 총학생회장의 목덜미를 잽싸게 낚아채 밀쳐 냈다. 넘어지면서 회의장 문짝에 머리를 부딪친 총학생회장이 욕설과 함께 눈을 부라리며 항의했으나, 차 교수는 이를 무시하고 총장의 꽁무니에 따라붙어 회의장 안으로 사라졌다. 그러자 자율경비단이 곧바로 문을 닫고 출입을 통제했다.

"부실 대학 책임지고 모도일은 퇴진하라!"

"퇴진하라, 퇴진하랏!"

밖은 문을 발로 차며 항의하는 학생들의 고함과 욕설로 소란스러웠지만, 방음 시설이 잘 갖춰진 회의장은 물이 가득한 어항 속처럼 조용했다. 다만 천장 유리창에 부딪히는 빗소리가 묵직한 침묵을 가볍게 두드려 댔다.

컨벤션 홀에 모인 2백여 명의 교수들을 설핏 훑어본 모도일 총장은 지난 회의 때보다 더욱 긴장한 탓인지 불필요한 헛기침으로 목청을 가다듬었다. 그러고는 평가준비팀에서 미리 띄워 놓은 PPT 화면을 레이저 포인터가 아닌 손가락질로 가리키며 말했다. 긴장을 한 데다가 감정 절제마저 안 되는지 언성이 몹시 날카롭고 높았다. 아마도 처음 당하는 일인지라 굴욕감을 느끼는 듯싶었다.

"보세요. 정량지표 미달은 장학금 지급률 하, 하납니다. 그나마 비교 대학에 비해 2.3퍼센트 포인트 나, 낮을 뿐입니다. 요, 요기……요, 요, 2.3…… 아주 미미한 수준이지요."

비서실장 조건성이 테이블 위의 포인터를 집어서 건넸다. 포인터를 받아 든 총장은 틈틈이 혀를 뽑아 마른 입술을 적셨다. 그러고는 갈라진 목소리를 추스르느라 헛기침을 하며 숨 고르기를 반복했다.

'미미한 수준'이라고 강조할 때, 좌중 여기저기에서 기다렸다는 듯이 한숨이 터져 나왔다. 교수들의 모욕적 반응에 모 총장의 얼굴이 벌겋게 달아올랐다. 분노 때문인지, 부끄러움 때문인지, 죄책감 때문인지는 알 수 없었다.

"변명을 하시는구먼."

"0.1 차이로 순위가 바뀌는 상황인데 2.3이면 엄청난 거 아닌가?"

"역시 변한 게 없어."

"십상시 놈들이 제 놈들 잘못을 감추려고 총명했던 총장을 멍청이로 만들어 놨어."

"왜 십상시 탓을 하고 그래. 그 십상시를 만든 게 누군데……."

"인식의 차이가 여전히 크구만."

"관점의 차이지."

"이봐, 육 교수. 인식이나 관점이나 기준이나 입장이나 다 같은 말 아닌가?"

"우리 일광대가 애꾸 나라가 된 것이지. 이제 두 눈 가진 놈은 병신 이라니까."

"우리를 탓하는 걸 보니, 곧 책임을 따지실 것 같은데."

이런 자괴 어린 말들이 웅성거림 속에서 튀어 나왔다. 파도에 떠밀리는 배처럼 이리저리 술렁거리는 분위기에 잠깐 침묵하며 고개를 숙였던 총장이 고개를 빳빳하게 세우고 다시 소리쳤다.

"자, 자! 그런데 다른 지표를 한번 볼까요. 여기! 요기…… 이."

스크린에 바싹 다가선 모 총장이 손가락으로 화면을 콕 짚어 가리키며 말했다. 막대그래프 하나가 총장의 턱밑에 걸렸다.

"이 지표들을 보란 말입니닷! 정성지표들이 인근 대학들과 비교해 10퍼센트 포인트대에서 18퍼센트 포인트대까지 확 떨어져 있는 게 보이지요? 안 보이십니까? 저는 이런 점을 당, 다, 같이 반성하자는 겁니다."

학사 관리 및 교육과정 운영 부문에 나타난 두 개 항목을 가리키면서 말하다가 총장은 '당신들'을 '다 같이'로 급히 바꿨다.

"그 정성지표가 낮은 것은 앞선 정량지표와 상관 있는 거 아닌가?"

누군가 구시렁거리듯 말했다. 정량지표로 나타난 재정 평가가 낮으니, 그와 유관한 정성지표도 낮은 것이 당연하다는 말이었다.

"꼭 돈이 들어가야만 일을 잘할 수 있단 말씀이 아니잖아. 그러니까 총장님 말씀인즉슨 교수들도 책임이 있다는 말씀 아이가."

성기봉 교수가 걸쭉한 경상도 말로 비아냥거렸다. 윤우도 그렇게 들었다. 입장에 따라 보는 시각이, 해석과 판단의 결과가 저렇게 다를 수도 있구나 싶었다. 아무려면 한 대학의 사활을 좌지우지할 수도 있는 평가인데, 어떤 평가위원이 정성적 평가치에 결정적 비중을 두겠는가.

정성평가는 평가 대상의 선정 기준 설정이나 또 그 기준에 준하는 채점 기준이나 방식 등, 모두가 주관성에 근거를 둘 수밖에 없기 때문에 말 그대로 엿장수 마음대로가 아니었느냐는 시비 발생 소지가 컸다. 보편성·객관성·합리성·타당성·적절성·효율성·논리성·형평성 등등을 사유로 들고나와 항목 선정 기준과 채점의 공정성 등을 일일이 따지고 덤벼들면 감당하기 곤란한 난리가 아닌가.

기준이 수치로 정해진 정량평가가 있는데, 머리 좋고 자기방어력 뛰어난 교수들로 꾸려진 평가단이 굳이 정성평가에 결정적 판단 기준을 둘 이유가 없었다. 그러니 비교 평가 결과, 정성에서 −50이고, 정량에서 −5라고 할지라도 정량의 감점 결과가 절대적이며 결정적인 영향을 끼치는 것은 당연한 일이었다.

또한 모 총장이 주장하는, 비교한 상대 대학에 비해 2.3퍼센트 포인트 낮은 차이라는 표현에는 어폐가 있었다. 그 상대 대학은 평소 일광대 구성원이 대학으로 쳐주지도 않던, 모 총장 표현에 의하면 그래서 비교 대상 밖에 있던 개교 10년 차 '하바리 저질 대학'이었다.

그러나 모 총장은 이번 부실 대학 판정에 따른 책임은 지난 2012년 때와 달리 재정과 경영 부문이 아니라, 교육과 학사 관리에 있다는 주장을 강력히 펼쳤다. 즉 평교수와 직원 들에게 있다는 말이었다.

코 빠진 모 총장이 변명인지 사과인지 알 수 없는 정체불명의 입장을 주절주절 반복해서 늘어놓고 있었다.

"어쨌든 두 번 다시 같은 과오를 되풀이하지 않으려고 모두들 열심히 뛰었는데, 결과가 또다시 참담하게 나왔습니다. 그러나 최종 결과는 아니라고 하니……."

굳은 표정의 모도일 총장은 혀끝으로 입술을 적시며 주어가 빠진 문장을 구사했다.

총장이 쥐고 있는 포인터에서 나온 빛이 벽면에 닿아 있었는데 심장박동기에 나타난 그래프인 양 불규칙하게 바들바들 떨고 있었다. 멘붕 상태인 것 같았다. 평소 열심히만 해서는 안 된다고 주장해 온 총장이었다.

그는 일빛학습센터 특강을 통해 '열심히'는 필요조건이고, '잘'이라는 충분조건이 갖춰져야 제대로 일을 한 것이라고 강조해 왔다. 그런 그가 열심히 해 왔다고 자평하는 일만 줄줄이 열거했다. 잠시 민망스러워하던 교수들의 반응이 점점 시큰둥하게 변했다.

"국책 사업으로 오백억여 원, 기타 사업으로 이백억여 원 받았습니다. 중부권 대학 중에 최다액입니다. 국고 지원을 이렇게 많이 받은 대학이 어떻게 부실 대학이라는 것입니까? 그렇다면 교육부는 지금까지 이런 부실 대학에 재정 지원을 해 왔단 것입니까? 이게 말이 됩니까?"

모 총장은 교육부의 이중 잣대를 성토하면서 2차 부실 대학 가지

정의 부당함을 역설했다. 그는 입장 발표를 하는 내내 인정이 아닌 회피의 방책을 찾고 있는 것 같았다. 결국, 이번 사태의 대응 방안으로 그는 재심을 받을 수 있도록 정해진 절차에 따라 즉각 이의신청을 제기할 것이라고 했다.

"향후 대책이 이의신청입니까?"

주철 교수가 비아냥조로 물었다.

이런 주철을 윤우가 쏘아보고 있었다. 입장과 노선을 바꿔 모 총장에게 덤벼드는 주철을 윤우도 어쩌지 못하고 있었다.

"……."

잠시 묵직한 침묵이 흐르고, 침묵을 두드리는 빗소리가 들렸다.

"그럼 어쩌라는 거야? 이의신청도 하지 말란 거야, 뭐야?"

이해실 교수가 끼어들어 꽁알거렸다.

"거 참. 밥 먹을 때 똥 싸는 얘기는 하지 맙시다."

시열의 충견인 문서견 교수가 이해실의 뒤통수에 대고 막말을 내질렀다.

"어머, 어머머머! 얻다 대고 누구한테 개소리얏! 똥이라니?"

고개를 돌린 이해실이 벌떡 일어나 문서견을 노려보며 맞받았다.

뜻밖의 막말 배틀 상황에 당황한 총장이 어쩔 줄을 몰라 했다.

문서견 옆자리에 앉은 한복 차림의 주시열이 포마드를 발라 번쩍이는 머리를 양 손바닥으로 누르며 연방 헛기침을 내뱉었다. 시열이 잠시 멈추었던 말을 이어 붙였다.

"이메일을 통한 긴급 자체 설문조사 결과에 의하면, 정년 교수 가운데 팔십칠 점 육 퍼센트가 모도일 총장님의 사퇴를 요구합니다.

여기에 대한 총장님의 생각을 듣고 싶습니다."

순식간에 얼굴이 시뻘게진 모 총장이 주시열을 노려보았다. 저런 놈의 아비가 보수 여당의 5선 중진 의원이라는 것이 믿어지지 않았다.

"저 추접스러운 새끼가 지금 얻다 대고……."

벌떡 일어난 차무건 교수가 시열에게 욕설과 삿대질을 하며 째렸다. 당장 달려들어 주먹질이라도 할 기세였다.

"차 교수님. 깜냥이 안 되는 사람과는 상대하지 마세요. 그냥 무시하세요. 우리가 지성인답게 하기로 하지 않았나요?"

이해실이 비아냥거리는 말투로 차무건을 거들고 나섰다. 잠시 술렁거림이 이어졌다.

"이번 일은 여러 교수님의 뜻에 따라 총장님께서 책임을 지시는 게 좋을 것 같습니다."

성기봉 교수가 사투리 없이 총장 퇴진을 요구했다.

이때 와지끈, 하는 소리에 이어 문짝이 떨어져 나가고 와, 하는 함성과 함께 비에 젖은 학생들이 회의장 안으로 밀려들어 왔다. 밀고 들어오는 다수 학생들과 이를 막으려는 소수 자율경비단 학생들 사이에 혈전이 벌어졌다.

아비규환 속에서 길을 뚫은 의대 학생 일부가 면담을 거부해 온 모 총장을 향해 물밀듯이 달려들었다. 모 총장의 양복이 뜯어졌다. 순식간에 학생들에게 붙잡혀 둘러싸인 모 총장은 빙그레 웃었다.

2

윤우는 총장의 부당한 시각과 부적절한 판단이 바로 부실 대학을 불러온 가장 큰 원인이라는 것을 말하고 싶었다. 그러나 어차피 받아들이지도 않을 게 뻔한데, 굳이 나서서 입바른 소리를 지껄여 미움을 사거나 불필요하게 찍힐 일이 아니라는 생각에 꿋꿋하게 침묵했다.

더구나 지금은 학장으로서 의대생의 총장실 점거 농성에 대해 책임져야 할 죄인 입장이었다.

공민구의 거듭되는 문자를 씹을 수밖에 없었던 이유도 이 때문이었다. 그를 도울 힘이 없었다.

처음 부실 대학 통고를 받았던 2012년에 미디어 팀장 공민구가 윤우의 연구실로 불쑥 찾아와 말했다.

"내일 소집한 교수회의에서 부실 대학 판정에 대한 책임을 교수들에게 엄중히 묻겠답니다."

"누가 말인가?"

윤우는 설마 하는 심정으로 물었다.

"그야 총장님이시지요. 그렇게 되면 교수들이 반발할 텐데…… 어떤 일이 발생할까 걱정입니다."

"그러게 말일세. 운전자가 교통사고 책임을 승객들에게 묻는 꼴인데……."

"부총장님께서 조금만 참고 지켜보시라며 간곡히 청을 드렸다고 하는데, 받아들이지 않으실 것 같답니다. 그래서…… 총장님의 총애가 각별하신 학장님께서 만나 뵙는 것이…… 뵙고, 한 말씀을 올리는 것이……."

민구가 윤우의 눈치를 살피며 말했다.

"고양이 목에 방울을 달라는 말이지? 부총장님께서 간곡하게 말씀드렸다면서…… 그럼 됐지, 뭘 또……."

윤우가 급히 돌아서며 말했다. 이미 부총장이 간청했다는데도 강행하는 걸 보면, 판단과 결심이 섰다는 뜻이었다.

"소심하신 딸깍발이 부총장님께서 말씀드리는 시늉만 하셨겠지요. 우리 모 총장님이 어디 자기 목소리 가진 양반을 보직에 앉히시는 분인가요. 잘 아시면서……."

민구가, 어린 행정 조교들에게조차 또박또박 선생님이라는 존칭까지 붙이며 싫은 소리 한마디 못 하는 부총장의 성품을 들추며 덧붙였다.

"자네도 알다시피 지금은 내 코가 석 자일세. 내가 가르치는 학생들이 지금 강의실에 있는 것이 아니라, 학장실을 강제 점거하고는 학장과 총장님께 이래라저래라 호령하고 있잖나."

그때 윤우는 학과장으로서 의대생들이 편입 반대를 이유로 벌인 학장실 점거와 수업 거부 농성을 감당하고 있어 거듭 거절의 뜻을 밝혔다.

"지금 상황에서 총장님께서 교수들을 질책하시거나, 책임 공방을 벌이자고 덤비신다면 화약고에 불을 댕기는…… 아니 울고 싶은 아이 뺨 때리는 짝이 아닐는지요."

"노백호가 바라는 대로 되겠지. 운전대를 잡은 운전수가 사고 책임을 승객에게 묻는다며, 교직원들을 선동하고 다닌다면서."

모 총장과 교수들 간의 예견되는 충돌을 막아 보겠다며 나서는 사람이 아무도 없었다. 지금 상황에서 부실 대학 판정 결과에 대한 책임을 교수들에게 미룬다면 '자폭'을 감수하고라도 덤벼들 교수가 있다는 것을 모 총장이 미처 모르고 있는 것 같았다.

"그렇다면 제가 한번 찾아뵙는 것은 어떨까요?"

"공 팀장이?"

윤우는 잠시 뜸을 들였다. 위험천만한 일이었기 때문이다. 민구가 총장을 만나면 어떤 이야기를 어떤 방식으로 할지 빤했다. 무엇보다 그의 직설적이며 저돌적인 표현 방식을 걱정하지 않을 수 없었다. 게다가 그는 직원이었다. 하지만 마땅한 대안이 없어 말릴 수도 없었다.

"그래 보시겠나?"

윤우가 지나가는 말인 양 물었다.

민구는 그 물음에 담긴 표정에서 불감청일지언정 고소원의 뜻을 읽었다.

"조직이 무너지는 것은 외부로부터의 충격이 아니라, 내부로부터의 분열 때문이 아닙니까. 제가 총장님 독대를 요청드려 보겠습니다."

"그러시게. 다는 말씀드리지 말고, 좀 부족하다 싶은 만큼만 말씀하시게. 그러니까…… 조금만, 조금만 말씀 올리게. 그리고 꼭 조용조용하게……."

윤우는 모 총장도 공민구도 각자 타고난 성정대로 사는 것이라는 생각이 들어 더는 말하지 않았다.

며칠 뒤 알게 된 바에 의하면, 역시 공민구는 공민구였다. 윤우의 당부와 코치대로 하지 않았다.

공민구는 전체와 부분을 아우르는 그림을 그리고 볼 줄 아는 친구였다. 남다른 안목과 재주는 있었으나 부친을 닮아 타고난 성품이 괴팍스럽고 강직했다. 그래서 제가 한 말로 제가 갇힐 감옥을 만드는 친구였다. 그런데 놀라운 것은 가끔 민구의 충언이나 고언이 먹혀 모 총장의 마음을 움직이기도 한다는 사실이었다.

공민구의 총장 독대가 있고 난 뒤에 열린 2012년의 전체 교수회의에서 모 총장은 표정과 말투 관리까지 해가며 발언의 수위를 낮추어 조절했다. 그 때문인지 자칫 총장과 교수 간의 무의미한 책임 공방으로 번질 수도 있었던 험악한 위기 상황은 벗어났다.

공민구는 이 독대로 인해 2년쯤 지난 뒤, 직원에서 교원으로 전격 발탁되었다. 대학이 지독한 신분 우선주의 집단이기에, 비정년이라고는 하지만, 직원이 교수가 됐다는 것은 모두가 놀랄 일이었다.

모 총장이 교무위원들과의 술자리에서 공민구야말로 어둠 속에서 묵묵히 일해 온 숨은 일꾼이자 진정한 '일광맨'이라고 추켜세웠다는 소문이 돌았다.

그날 술자리에서는 참석한 교무위원들 대다수가 반감이 담긴 떨떠름한 표정을 지었는데, 그중 몇 명만은 총장님의 안목과 인사권에 경의를 보낸다고 하면서, 일광인 모두에게 '평평한 운동장'을 제공하여 신분 상승의 기회를 주신 총장님의 이번 용단이야말로 학문의 자유와 일광대의 무한 발전에 초석이자 디딤돌이요, 버팀목이요, 희망이라며 찬사를 아끼지 않았다고 했다.

이런 아부를 앞장서서 이끌어 간 사람은 고무승이었다. 대외협력 겸 홍보처장을 맡고 있는 그는, 일설에 의하면 밖에서는 모 총장의 독단을 은유와 비유적인 표현으로 헐뜯고 다니면서도, 모 총장 앞에서 할 건배사와 발언 아이템은 따로 메모해서 암기하는 이중인격자라고 했다. 그러나 이를 알 리 없는 모 총장은 그의 교언영색에 대부분 박장대소하며 일희일비했다.

모 총장이 공민구를 진정한 일광맨이라고 한 이유에 대해서는 별도의 설명이 없었다. 다만 총장은, 공민구가 이번 사태를 계기로 진정한 충성이란, 조직의 장에게 하는 것이 아니라 조직에 하는 것이라는 말을 했는데, 다들 술과 함께 음미해 보길 바란다고 했다는 것이다.

교수들은 직원 공민구의 교원 발탁이 정년 교원이 아닌 비정년 교원이기 때문에 따로 문제 삼지 않는 것 같았다. 교수라고 해서 다 같은 교수가 아니었다. 비정년과 정년은 급이 달라서 서로 상대하지 않았고, 또 SKY 및 해외 명문대 출신과 기타 대학 출신은 격이 달라서 섞이지 않았다.

공민구는 피아를 구분하지 않는 독립군이자 자유인이었다. 오직 자신만의 원칙과 소신이 있었는데, 이것이 도덕적·논리적·체계적으로 철저하고 견고하게 무장되어 있었다.

그는 상업고 출신으로 짧은 은행원 생활을 거친 시인이자 문학 박사였다. 그는 길을 걷다가 흔하게 부딪히는 그런 시인이 아니었다. 이른바 국정원이 '관리'하는 진보좌파 시인이었다. 그러나 직원이기 때문에, 또 좌파 시인이기 때문에 일광대 내에서는 스스로 잘난 척이나 하는, 분수를 모르는 재수 없는 놈으로 취급받았다.

그는, 불법적으로 환경을 파괴하는 4대강 사업을 처음부터 지켜보기만 한 토목공학과와 환경공학과 교수들을 어용이라며 비난하는 칼럼을 지역신문 곳곳에 게재했고, 정부 조직을 제멋대로 개편하고 장관들까지 선임한 뒤에 국회의 승인이 없어 국정을 못 한다며 대국민담화를 발표한 여성 대통령의 뻔뻔한 탈법적 행위를 그저 지켜보기만 한 법학과 교수들도 외부 특강을 통해 싸잡아 맹비난했다.

모 총장은 이런 공민구를 몇 단계 절차를 더 거치고 시간을 더디게 하면서 정년 교원으로 만들려는 궁극적인 뜻이 있다는 소문이 돌았다. 이를 뒷받침해주듯이 모 총장은 비정년 교원의 1년 차 평균 연봉인 2천5백만 원이 아니라, 그가 직원으로서 받고 있었던 4천5백만 원의 연봉액을 유지·적용시켜 주었다.

그러나 최근 공민구의 처지가 급전직하했다. '여도(餘桃)의 죄'를 묻고자 하는 것인지, 아니면 부관참시를 통해 절대 권력의 지엄함을 보이고자 함인지 가늠키 어려운 뜻밖의 사달이 터졌다.

윤우는 사달의 원인으로 2012년 첫 부실 대학 판정 시 가졌던 총장과 민구와의 독대를 꼽았다. 그때 민구가 드린 고언 속에 역린을 건드린 독설이 있었다고 보는 것이다.

또 이 직접적 원인을 문제시하여 제공한 사람들로 봉백구와 조건성을 의심했다. 지난 1차 부실 대학 판정을 받았을 때 공민구의 직언으로 인해 겪었던 문책을 또다시 당하지 않고 빠져나가려는 측근들의 선제적 견제라고나 할까.

일광대 십상시에게 민구는 공적(共敵)이었다. 당시 민구의 직언으로 자신들의 위상이 크게 흔들렸고, 일부 책임을 지는 일까지도 생겼던 때문이었다. 다시 말해 봉백구의 경우에는 권력의 핵심 서열에서 밖으로 밀렸다.

백구는 시간이 지나 책임 공방이 흐지부지되자, 민구가 당시의 총장에게 엄중한 상황을 기준으로 하여 말씀드리느라 다소 격했던 표현들을 나름대로 재구(再構)했다. 그러고는 상황과 맥락을 왜곡하여 당시 공민구의 발언이 의도적으로 악의적이고 모욕적이었다고 고자질을 한 것이다.

감사실장 봉백구가 혼자 한 것이 아니라, 조건성 비서실장을 비롯한 십상시들이 각자의 역할에 따라 계획적·단계적·지속적으로 참소했다. 십상시 카르텔이 담합해서 민구를 총장으로부터 떼어 내려는 모략이었는데, 모 총장은 그 저의를 제대로 알지 못했다.

공민구는 4년 전, 독대에서 나온 고언(苦言)에 대한 재해석으로 모 총장에게 단단히 찍혔다. 무엇이 결정적인 빌미—교재 발간비 유용 의혹이나 『35년사』 제작 과정상 비위 의혹 등은 겉으로 내세우기 위한 구실일 뿐이다—가 되었는지는 알 수 없으나, 모 총장은 일단 찍으면, 반드시 찍어 내는 사람이었다.

윤우는 3개월 전 조사가 시작되었을 때, 피조사자 신분이 된 공민구에게 4년 전 총장과의 독대 자리에서 오간 말들을 다시 물었다. 은유와 비유와 상징 등은 빼고 핵심만 재구해 보라고 했다.

의사 결정이 지나치게 늦고, 하나의 사업에 여러 콘셉트를 섞고, 여러 사람까지 붙여서 일의 본래 목적과 추진력을 떨어뜨리고, 일이 잘못되어도 마땅히 책임을 따져 물을 사람이 없고……. 아슬아슬했지만, 여기까지는 그래도 총장이 들어 줄 만했을 텐데, 이런 문제에 따른 원인을 고하면서 모 총장이 아랫사람을 신뢰하지 않고, 지나치게 돈에 집착하고, 개인 영리 사업체를 운영하는 오너인 양 독단적 결정이 많고……. 게다가 측근과 보직자들 상호 간에 오고 가는 말들만 정체도 실속도 없이 아름답고, 논쟁이라고는 찾아보기 힘든 상명하복 조직은 어려움에 처할 수밖에 없다는 주장을 전했다는 것이다.

민구가 알고 있는 것과 말로 뱉는 차이를 가볍게 본 것 같았다. 그러나 그때 모 총장은, 등에 도끼를 메고 온 조선조 유생이라도 만난 양, 공민구의 이렇듯 거칠고 버르장머리 없는 말을 간특한 참언으로 듣지 않고, 용기 있는 충언으로 받아들였다는 것이다.

스스로 고무된 탓이었는지, 민구는 독대를 마치면서 총장에게 불필요한 말을 덧붙였다. "그들은 총장님께 충성하는 것이 아니라, 총장님이 가진 권력을 사랑하는 것입니다." '그들'이 곧 십상시인데, '주고박구(주시열·고무승·박영홍·구본수)'와 봉백구를 포함한 열댓 명 안팎의 측근을 말했다.

윤우는 끝말을 들으며, 민구가 뱀을 그리고 나서 발을 덧붙이는 우를 범했다고 생각했다. 발이 재앙 아닌가. 그러니까 모 총장이 겪을 불행 전에, 민구의 불행이 먼저 닥친 것은 지극히 당연한 이치였다.

전 구성원이 십상시의 폐해를 알지만, 그들에 대한 총장의 절대 신임을 바탕으로 그들의 결속력과 추진력과 권력은 나머지 구성원 전체의 힘을 합친 것보다 월등했다. 또 십상시는 총장에게 손발과도 같은 충신이었다. 그런 십상시를 모질게 '음해'했으니, 공민구 역시 자신이 걸었던 험난한 길을 걸을 것이라는 우려가 앞섰다.

민구는 비정규직이기에 그의 장래를 가늠하기 어려웠다. 장차 민구의 고난은 안 봐도 뻔했다. 윤우는 이런 험악한 이전투구에 끼고 싶지 않았다.

총장의 측근이라 할 수 있는 자신도 십상시가 주도해 나가는 각양각색의 보복을 받고 있는 중이었다. 이전처럼 윤우의 말이 총장에게 직접 가 닿지 않았다. 총장과 윤우 사이에 십상시가 똬리를 틀고 앉아 있었다. 그들은 윤우가 한 말에 나름대로의 의미와 의견을 달아서 총장에게 전했다.

모 총장은 윤우가 직접 한 말보다 이들이 해석하고 의견을 달아 전하는 말을 더 믿고 따랐다.

아무튼 뒤늦게 십상시의 도움으로 관점을 바꿔 민구의 고언(苦言)

을 재해석하게 된 모 총장은, 강직하고 솔직하지만 버르장머리 없는 일개 비정년 교수에게 당한 수모를 되갚아 주고, 불행한 사람은 자신이 아니라 민구라는 사실을 일깨워 주기 위해 기회를 노려 온 것 같았다.

조사위원장은 따로 있으나, 총복 봉백구를 실질적 책임자로 하는, 개교 이래 초유의 10인 조사위원회까지 꾸려 3개월째 조사가 진행 중인 것만 봐도 얼마나 단단히 별러 왔는지 알 수 있었다.

하지만 4년 전에 한 말을 뒤늦게 문제 삼아 열 명 가까운 조사관이 비정년 교원 한 사람에게 들러붙어 3개월씩이나 조사할 것이 뭐가 있단 말인가. 부관참시가 따로 없었다.

모 총장은 6개월 전에 월요 본부주요보직자 회의에서 교재개발비 의혹 문제를 제기했고, 봉백구가 이에 따라 내사를 벌여 왔다. 그러니까 4년 전 공민구의 고언을 총장 능멸 사건으로 재해석하여 모 총장에게 세뇌한 시점과 일치했다. 이 내사가 지지부진해진 상태에서 느닷없이 일광대『35년사』제작 관련 문제가 추가 조사 대상이 된 것이다.

봉백구가 어떤 근거에 의해 어떤 빌미를 잡았는지는 몰라도, 공민구를 몰아붙이는 총장의 말이 떨어지자마자 마치 기다렸다는 듯이 즉각적이고 전격적인 조사의 필요성을 제기했다.

윤우는 봉백구가 이해실 교수와의 문제로 생긴 불신임을 해소하기 위해 동문이자 동료였던 공민구를 희생양으로 삼으려는 것이 아닌가 하는 의구심이 들었다. 윤우는 좀 더 지켜보며 알아보기로 했다.

교재개발비와 관련한 공민구에 대한 내사가 2개월째로 접어들 무럼에 공교롭게도 일광대가 2차, 그러니까 두 번째 부실 대학 대상으로 선정되었다는 통고를 받은 것이다. 첫 번째와 다른 것은, 이번의 경우에는 부실 대학으로 확정된 것이 아니라 가(假)선정, 그러니까 대상자가 되었다는 점이었다.

모도일 총장은 2차 부실 대학 가선정 사실을 받아들이려 하지 않았다. 이번 사태가 자신을 미워해서 학교를 위기에 빠뜨리려는 불순 세력의 무책임한 작당으로 인해 빚어진 자폭 행위쯤으로 의심하는 것 같았다.

물론 전혀 근거 없는 의심은 아니었다. 대외협력 겸 홍보처장인 고무승은 관선이사 파견 가능성을 슬쩍슬쩍 흘리며 다닌다고 했는데, 봉백구가 이를 채증해 보고했다는 말이 돌았다.

이처럼 분위기가 심상치 않은지라, 윤우는 공민구에 대한 구명 운동―구명 운동이라기보다 사실만 밝히면 될 일이었다―을 할까 했으나, 그럴 수가 없었다. 자신이 외밭에 있는지라 신발 끈을 고쳐 맬 수 없는 상황이었다.

윤우는 전체 교수회의가 열리던 날, 일단 공민구와의 연락을 끊었다. 공연히 엮여 불필요한 오해나 소모적인 고생을 반복하고 싶지 않았다. 공민구의 휴대전화번호를 '이 발신자 차단'으로 설정했다.

3

점심시간이 지나자마자 5대의 분뇨 수거차가 꼬리를 물고 캠퍼스에 들이닥쳤다. 5개 호관으로 나뉘어 수거 작업을 하는 바람에 쿰쿰하고 퀴퀴한 냄새가 비 비린내와 섞여 교정 가득 퍼졌다.

모 총장은 분뇨 수거 작업을 수업이 없는 주말이나 휴일에 하지 않고 굳이 월요일에 하는 것이 못마땅했다. 사무처장을 불러서 이유를 물었더니, 분뇨를 수거하는 인부들도 노동자인지라 주말과 휴일에는 쉰다고 했다. 관련 구청과 업무 협조가 안 되느냐고 다그쳤더니, 분뇨 수거 일정 조정은 업무 협조 사항이 아니라고 답했다.

모 총장은 시퍼렇게 멍든 눈으로 요령부득인 사무처장을 째렸다. 학생들의 포위망을 뚫다가 넘어지는 바람에 의자 등받이에 부딪혀 눈두덩에 멍이 들었다. 하마터면 눈알이 빠져나갈 뻔했다. 갈아입을 윗옷을 가져온 여비서가 교내 식당에서 구했다며 날달걀을 건넸다.

회의장에서는 필사적으로 빠져나왔으나, 시위 학생들이 총장과의 면담을 요구하며 도서관을 에워쌌다. 결국 외부로 나가려면 학생들과 충돌이 불가피했기 때문에 삼선짜장으로 점심을 때웠다.

창문 틈을 비집고 들어온 똥 냄새와 음식 냄새가 버무려져 욕지기가 날 지경이었다. 모 총장이 투덜대자, 날달걀을 건넨 여비서가 황사 마스크를 사 왔다. 학교 의무실 마스크는 홑겹으로 얇아서 착용하나 마나라고 했다. 꼼꼼한 여비서가 나가면서 촛불을 켜고 페브리즈를 뿌렸는데, 모두 뒤섞여 풍성해진 냄새는 더욱 오묘해져 코가 아닌 배 속까지 들쑤셨다.

마스크를 쓴 모 총장은 굳게 처닫은 창틈으로 스멀스멀 비집고 들어오는 묵은 똥 냄새를 맡으며 누나와 마주 앉았다.

자신이 저지른 잘못이 있기 때문에 그동안 감히 찾아올 엄두조차 낼 수 없었을 큰누나가, 그것도 면담 신청 절차마저 무시하고 막무가내로 들이닥친 것이다.

명품으로 치장한 그녀는 지방흡입술로 라인을 되살려 잘록해진 허리를 꼿꼿이 펴고 맞은편 소파에 앉아 독을 품은 전갈처럼 모도일을 쏘아보았다. 차오른 전의 때문인지 똥 냄새는 개의치 않는 것 같았다.

마흔 전에 이혼을 두 번 하고, 쉰을 넘자마자 세 번째 이혼에 이어 네 번째 결혼을 호시탐탐 노리고 있는 누나였다. 나이가 쉰여섯이었으나, 아버지를 빼닮아, 허우대만 좋으면 누나가 쑤시고 다니며 찝쩍거리지 않은 남자 교수가 드물다는 소문이 돌고 있는 정도였다. 20년 동안 침만 발라 놓거나 몇 차례 간만 보고 나서 차버린 남자 교수만도 대형 버스 한 대분이 넘을 것이라고 했다.

큰누나 모도령은 모씨 가문의 미운털이자 수치였다. 주철의 추악한 스캔들을 단호하게 응징 못 한 것도, 윤우 교수의 지극한 구명 운동 때문이라기보다 현재 진행형인 큰누나의 부도덕하고 부적절한 이성 관계가 결정적인 이유였다. 큰누나만 아니었다면, 설령 윤우가 비 오는 달밤에 식칼을 물고 찾아와서 사정이 아닌 협박을 쳤다 할지라도 주철같이 추접한 놈은 단칼에 날려버렸을 것이다.

"너는 어떻게 십팔 년 동안이나 운전대를 잡았는데도, 아직도 툭 하면 대형 사고를 치니. 그러기도 힘들 텐데, 참 딱도 하구나."

누나가 혀를 차며 비아냥거렸다.

도일은 모욕감에 뺨이라도 얻어맞은 듯 얼굴이 붉어졌다. 욕이 튀어나오려 했으나 욱여넣었다.

"너같이 머리 좋은 애들의 공통된 문제가 뭔지 아니? 머릿속에서 가능한 것들이 현실에서도 실현 가능하다고 생각하는 거야. 자만심 때문인데, 내가 생각하는 것이 모두 옳고, 그렇기 때문에 반드시 그렇게 되어야 한다고 생각하는 거지."

"내 몸 네 몸도 구분 못 하고, 자기 몸 하나도 제대로 간수하지 못해서 온갖 구설에 오르내리는 누난 대체 뭔데?"

도일이 마스크를 벗어 다탁 위에 던지며 성난 표정으로 맞받았다.

"어머, 얘 좀 봐. 네가 지금 내 라이프스타일을 디스하자는 거야? 난, 네 말처럼 들러붙는 놈들이 많아 내 한 몸 간수는 못 해도, 남들에게 꿈과 사랑을 주지 집단적인 피헬 주진 않잖아? 요즘은 내가 네 누나라는 사실이 쪽팔려서 학교 오기가 버겁다니까. 그런데도 너는 항상 너만 똑똑하다고 생각하잖아. '오직 나만을 따르라', 이게 너 잖아, 안 그래?"

오묘한 냄새에 누나의 너절한 말까지 섞이니 더욱 견디기가 힘들 었다.

"찾아온 용건이 뭐야?"

모도일은 하찮고 무의미한 말다툼으로 시간을 끌고 싶지 않았다. 임시 총장실 쪽을 향해 학생들이 주먹질해 대며, 총장과의 면담이 아 니라 즉각 사퇴를 요구하는 구호와 함성도 점점 커지고 있었다.

"결혼."

잠시 멋쩍어하던 누나가 눈을 내리깔고 답했다. 당당한 답이었는 데, 도일은 뻔뻔스러운 그 말에 혀를 찼다.

"누구? 그 스무 살 연하남과?"

모도일은 반문을 하고 나서 목덜미를 잡았다. 왜 누나가 지금, 이 런 상황에서 연락도 없이 자신을 찾아왔는지 알 것 같았다. 경황이 없을 때, 제대로 따지거나 판단할 여력이 없을 때, 자신의 뜻을 관철 시키려는 얕은 수작이었다. 동생의 불행에서 자신의 행복을 도모하 는 여자였다.

56세인 누나가 34세의 허우대 멀쩡한 강의 전담 교원과 깊이 사귀 고 있다는 소문이 벌써부터 나돌았다. 미국 국적을 가진 총각 공수 창이라고 했다. 국적은 확인이 가능했으나, 총각은 불가능했다. 신 언서판(身言書判)에 큰 문제가 없는 것으로 보아, 즉 정상적인 연애 와 결혼이 가능하다고 볼 수 있기에 누나와의 교제에 노림수가 있는 의뭉스러운 놈이 분명했다.

방조고 석좌교수 곁에 들러붙어서 융·복합 교과목 개설의 당위성과 필요성을 주장하는 놈인데, 일단 학벌도 삼류이고 미국에서 다녔다는 대학원도 낯설어 학문적 근본마저도 불명확한 놈이었다. 융·복합이 번성하면서 대학에는 이런 야바위꾼 같은 놈들이 늘었다.

놈이 컴퓨터공학으로 전공을 바꾸는 바람에 누나와 사달이 난 것 같았다. 두 사람의 연구실이 복도 끝 쪽에서 마주 보며 이웃하고 있었는데, 학사 전산화 시행 과정에서 컴맹인 누나의 애로 사항을 이 놈이 몇 차례 도와주면서 사달이 생긴 것이다. 아니 어쩌면 누나가 컴맹을 빌미로 놈을 꼬드겼을 수도 있다.

"왜? 나이 차 때문에 안 된다는 거니?"

몰개념인 누나였다. 분뇨 수거차에 달려 보내고 싶었다. 나이 차 때문이라니……. 그놈에게 이용당할 수도 있다는 생각은 안 드나 싶었다. 도일은 만공주로 나고 자라서 세상 물정 모르는 누나의 순진무구함에 동정심과 화가 동시에 치밀었다. 이런 게 애증인가 싶었다.

"누나의 재혼은 누나가 결정할 일이지, 나한테 와서 허락받을 일이 아니잖우?"

도일이 짐짓 딴청을 부렸다.

"그건 네 말이 맞아. 반댄 안 한다는 거지?"

"내가 왜? 그럼 됐지?"

도일이 응접 소파에서 일어나 책상 쪽으로 몸을 돌렸다. 용건 끝났으면 그만 가 보라는 뜻이었다.

"얘, 너 잠깐 앉아 봐."

도령이 어처구니없다는 표정으로 말했다.

"왜? 반대 안 한다고 했잖아."

"넌 이 큰누나가 일개 강의 전담 교원과 결혼하길 바라는 거니?"

도령이 드디어 찾아온 용건을 밝혔다.

"왜 안 되는데? 사랑에 나이와 신분이 뭐 중요하다고……. 나이 차와 신분 차이는 연애하기 전부터 알았을 것이고, 또 그런 차이를 서로 인정하고 결혼하겠다는 거 아니었나? 그 자식이 따로 조건을 달았나 보지?"

"그 자식이라니?"

도령이 도일에게 바싹 다가서며 발끈했다.

"그래, 그 자식! 아니 그 자식들!"

이렇게 해서 도일이 교수로 만든 누나의 남자가 두 명이었다. 이 두 놈은 누나와 이혼한 뒤 지금도 재직하고 있었고, 이 중 한 놈이 주시열의 꼬붕이었다가 윤우에게 들러붙은 반몽출이었다. 철학과 전공 교수로 배속시켜 주었는데, 누나와 이혼 후 3개월 만에 버젓이 재혼까지 했다.

"내가 이부진이니?"

"그러네. 그분이라면 누나처럼 천방지축으로 날뛰면서 몰상식한 짓은 안 하겠지. 누난 지금 학교가 어떤 상태이고, 내가 어떤 처지에 놓여 있는지 몰라서 이러는 거야? 누나 귓구멍에는 나 물러나라고 개지랄들 떠는 저 소리가 안 들려? 자칫 삐끗하면 곧바로 관선이사 들어와. 벌써 관선이사가 들어올 것이라고 지껄이며 다니는 놈들이 있어요."

"어머, 어머머…… 얘 말하는 것 좀 봐. 내가 학교와 너를 이렇게 만들었니? 네가 육영보다는 사업 쪽에 치우쳐서 생긴 문제잖아. 건물만 때려 짓는 이유도 미래를 위한 투자 전략 아니었어?"

"……."

모도일은 뜨끔했으나, 대꾸하지 않았다.

"너와 학교를 이 지경으로 만든 게 나냐고! 너 아니야?"

"아이 씨…… 무슨 뜻이야?"

모 총장은 가까스로 욕설을 참고, 다시 목덜미를 주물러 대며 물었다. 답을 몰라서, 답을 듣고자 한 질문이 아니었다.

"혼자만 잘났고, 그래서 남의 말 무시하고…… 너 뺀 모든 사람을 무조건 의심하잖아, 넌?"

속이 답답한지 손부채질을 해대던 누나가 구찌 담배 케이스에서 담배를 꺼내 물었다. 똥 냄새, 음식 냄새, 페브리즈 냄새에 담배 냄새까지 버무려질 판이었다.

"아무리 그래도 그렇지, 이건 아니잖아?"

도일이 버지니아 슬림 레드를 빼앗으며 말했다.

"너는 내 아버지가 물려준, 아니 내 아버지로부터 빼앗은 학교를 소꿉놀이하듯이 주물러 대고 있는데, 나는 고작 남자 몇 명도 주무르면 안 된다는 거냐?"

도령이 새 담배를 물며 말했다. 도일에게 학교를 강탈당했다며 떠들고 다니는 무개념의 누나다운 말이었다.

"내가 언제 학교에서 소꿉놀이를 했다는 거요?"

도일이 이번에는 담배 케이스를 통째 빼앗았다.

"도일아, 어린아이도 새로 산 장난감을 가지고 놀 때, 사용설명서를 공부하거나 작동 요령을 숙지하거든. 그런데 넌 대학 경영에 대해 뭣도 모르면서, 하버드대만 생각하고 요리 조물락거리고 조리 조물락거리고 있잖니. 학생들의 자질이나 수준은 생각지 않고…….”

“내가 누나들이 팽개친 업보를 홀로 짊어지고 죽을 둥 살 둥 열심히 해 왔다는 건 큰누나도 알잖아?”

모도일도 맞섰다. 하지만 말이 옹색해서 기세가 오르지 않았다.

“그래 열심히는 했지. 그런데 바로 그게 문제라는 걸 아니? 열심히 잘해야 하는데, 뭣도 모르면서 열심히만 해서 다 망친 거야. 다시 말해 줄까? 교육 시스템과 커리큘럼이 최고라서 최고의 인재가 양성되는 게 아니라니까.”

“벤치마킹은 학습이야. 학습을 하지 않는 조직은 망할 수밖에 없다고…… 누나가 피터 드러커의 그 말을 알아?”

누나가 말없이 콧방귀로 답했다.

“자기야말로 뭣도 모르면서…….”

도일이 투덜댔다.

“아무튼, 입씨름하러 온 건 아니고, 돈이라면 아까워서 발발 떠는 너에게 따로 축의금 받을 생각은 없으니까, 축의금 대신 예비 매형 공수창 씨의 인사 발령이나 잘 부탁해. 싫으면 이번 참에 학교를 쪼개서 내 몫을 내주든지.”

“이런 무식한 억지가 통할 거라고 생각해?”

벌떡 일어선 도일이 눈알을 부라리며 말했다.

“어머. 너 잘하면 날 치겠다.”

“큰누나가 이러는 걸 작은누나가 알면 뭐라고 할까?”

"걘 걔고, 난 나다."

"아무튼, 더는 안 돼!"

"지난 학기에도 비정년을 정년으로 만들어 준 사례가 있잖아. 네 여자는 무제한 되고, 내 남자는 두 명만 된다는 게 학칙에 있어?"

모도령이 출석부와 교재를 챙겨 일어서며 말했다.

4

"이 하이에나 닮은 언론들이 이참에 우릴 죽이려고 작당이라도 한 것 같습니다."

감사실장 봉백구가 이미 여러 명이 돌려 가며 보느라 꼬깃꼬깃해진 신문을 모도일 총장 면전에 들이밀며 비분강개한 어조로 말했다.

총장이 최측근들만 따로 소집한 자리였는데, 봉 실장이 대책회의에 앞서 악의적인 보도로 일광대 명예를 실추시킨 사이비 언론에 대한 강력한 대응이 우선되어야 한다며 게거품을 물었다. 그는 단지 '재정지원제한대학' 가선정일 뿐인데, '부실 대학'이라고 부풀려서 단정적으로 표기한 것부터가 악의적 명예훼손에 해당한다면서 당장 법적 조처를 취해야 한다고 비분강개했다.

기사 내용이 악의적 명예훼손인지, 표현의 자유에 해당하는지는 따져 봐야 하겠으나, 봉백구는 일단은 총장 앞인지라 오버를 하고 있었다.

"제가 주필을 만나서 잘 달래 보겠습니다요."

평소 「중부신보」 주필과의 친분을 자랑하던 대외협력 겸 홍보처장 고무승이 말했다. 그러고는 덧붙였다. "이 친구. 서운한 게 있으면 내게 먼저 말을 하지 않고……."

째진 눈매로 흘겨본 봉 실장의 까무잡잡한 얼굴에 잠시 비웃음이 스쳤다. 봉 실장이 보기에 고무승은 입술엔 꿀을 바르고 등 뒤엔 비수를 숨긴 간악한 놈이었다.

"술값은 얼마든지 쓰세요."

모 총장이 술값 지급을 허락했다.

팔짱을 낀 채 두 눈을 지그시 감고 있던 구본수가 봉 실장의 눈짓을 받자, 주필도 아니고 사장도 아닌 회장을 만나겠다며 끼어들었다.

"구 교수가 정말 그래 주시겠습니까?"

모 총장이 반색했다. 그러자 봉 실장이 거들고 나섰다.

"중부신보 회장님과는 막역한 사이랍니다요."

모 총장은 측근들의 이런 적극성과 열정으로 똘똘 뭉친 사태 해결 의지와 충성 경쟁이 언제나 마음에 들었다. 그는 「중부신보」 회장을 직접 만나겠다는 구본수의 자신감 넘치는 제안에 감사의 뜻을 표했다.

"이깐 일로 회장까지 만났다가 나중에 더 큰일이 생기면 어쩌려고……."

머쓱해진 고무승이 구시렁거리며 펼쳐 쥐고 있던 「중부신보」를 회의용 테이블 위에 던졌다.

「중부신보」 심층보도 건은 구본수가 회장을 만나 엄중 항의 겸 선처를 부탁하고, 홍보실장이 학회에서 돌아오는 대로 홍보팀이 별도 추경을 받아서 광고를 주는 것으로 마무리되었다.

"본래 우는 아이에게 떡 하나 더 주는 법이지요."

회의를 마치며 기획개발처장 박영홍이 말했다.

"우는 아이가 나올 때마다 떡을 줘야 하나요?"

조처가 못마땅한 모 총장이 허를 찔렀다. 말 속에 가시가 있었는데, 떡[예산]을 쥐고 있는 기획개발처장이 그런 말을 한 것에 대한 심각한 우려 표명으로 들렸다.

날달걀로 눈자위의 멍을 문지르며 봉백구가 건의한 언론 대책 긴급 미팅을 마친 모도일 총장은 손짓으로 측근들을 내보낸 뒤, 복도에서 대기 중인 사무처장을 들라고 했다.

"십사층 경계는 이상 없소?"

매뉴얼 북을 펼친 총장이 물었다. 14층이라 함은 의대생들이 점거 농성 중인 총장실을 말하는 것인데, '경계'가 아닌 '봉쇄'라는 표현이 옳았다.

차무건 교수가 얼개를 짜고 총무팀이 완성한 매뉴얼에 따르면 보급로를 끊어 점거농성자들의 식음료 반입을 원천 봉쇄하는 것이었다. 연락로, 즉 통신도 함께 끊어야 효력이 배가될 터인데, 유선이 아닌 무선 통신을 끊어버릴 수 있는 뾰족한 대책을 찾지 못했다. 비서실장 조건성이 정보통신원 운영팀장을 따로 은밀히 불러 14층 전파를 차단 또는 방해하는 방법이 없겠느냐고 물었으나, 잠시 머뭇거리며 난색을 짓다가 기술상 어렵다고 했다. 기술상 어렵다는 말은 핑계이고, 차단했을 때 생길 수 있는 법적 파장과 책임을 생각해서 어렵다고 둘러대는 것 같았다.

모 총장은 봉백구의 학생 동향 파악과 건의에 따라 자신의 집무실을 청소 용역을 동원하여 금요일 심야에 도서관 관장실로 옮겼다. 총장실 기습 점거에 대비해 본부 건물보다 방어와 경계가 유리한 임시 총장실을 급조한 것인데, 이보다 더 중요한 이유는 14층 총장실을 들어가지도 나가지도 못하게 점거 전에 원천 봉쇄하고자 함이었다. 여러 가지 경우를 대비한 선제적 조처였는데, 이 조처가 뚫린 것이다.

"아예 십삼층과 십오층까지 폐쇄했습니다."

민방위훈련 모자를 쓴 사무처장이 결연한 표정으로 말했다. 차무건의 군모가 생각나 한마디 하려다 눌러 참았다. 다 잘해 보자고 이러는 것이 아니겠는가.

"그게 무슨 소리요?"

15층이야 14층 폐쇄에 따라 자동적으로 출입이 막힐 수밖에 없는 것이고, 또 몇 개의 회의실과 보직자용 비상 숙면실뿐이니 일시 폐쇄를 해도 문제없다고 하지만, 13층은 미래전략, 기획, 재무, 교무가 포함된 네 개 팀과 감사실 등 행정사무실이 있었다. 그런 13층을 통째 폐쇄했다는 것이 이해되지 않았다. 더구나 사전 보고나 허락도 없이…….

"십삼층을 비무장지대로 만들었습니다. 십사층에 있는 농성 학생들과 십삼층에서 대치하고 있는 경계조는 물론이고, 행정직원의 불필요한 상호 접촉이 잦은 것 같아서 이를 차단하려고…….'

농성 학생의 완전 고립을 위해 일요일 심야 시간대에 13층 행정

공간의 주요 집기와 문서 들을 9층의 학습 공간으로 긴급히 옮겼다는 얘기였다.

"업무에 지장이 없다면 됐소. 그런데 농성 학생들과 내통하는 직원도 있다는 말이오?"

"그게 아니라, 완전 고립을 위해…… 비상계단과 엘리베이터도 완전 차단했습니다."

"금고는 안전한 거요?"

총장실 숙면방에 있는 LU-5000 금고에는 약간의 현금과 봉백구가 보고한 기밀 문건과 총장의 프라이버시와 관계된 주요한 사적 문건들이 들어 있었다.

"학생들이 금고를 건드리는 일은 없을 겁니다. 총장님께서 이중 잠금장치만 잊지 않으셨다면 안전합니다."

금고를 직접 사들인 사무처장의 장담이었다.

"시건장치는 조 실장이 매일매일 퇴근 전 최종 확인한다고 들었소."

"그러시다면 걱정 안 하셔도 됩니다. LU-5000은 등록이 되어 있는 총장님 지문으로만 열 수 있는 금곱니다요."

"그 말을 믿어도 되겠소?"

총장의 가시 돋친 질문에 사무처장이 찔끔했다.

"강도 높은 예행연습을 두 차례나 해서 모든 것이 완벽하니까, 아무 염려 말라고 호언장담했던 총장실도 빼앗겼잖소. 그런데 내게 뭘 믿으라는 거요?"

"죄송합니다. 하지만 금고는……."

사무처장이 양 손바닥을 맞비비며 안절부절못했다. 그는 측근이 아니었다. 고향 출신의 먼 친척 일가붙이였다.

"죄송하면, 됐으니 그걸로 끝냅시다. '하지만'은 하지 마시오."

"그게 시위 집합 장소와 의대생의 동향만 예의 주시했는데, 예기치 않았던 총학생회가 극좌적인 학생 백여 명을 동원해서 가세를 하는 통에 그만……."

"그만큼 허술했다는 거 아니오? 타조 같은 짓을 한 것이지."

경멸조의 말이었다. 날지 못하는 새인 타조는 위기가 닥치면 제 머리만 땅에 처박는다고 하는데, 사무처장이 그렇다는 질책이었다. 모 총장은 사무처장의 두루뭉술하고 엉성한 보고와 느긋한 성미가 영 마음에 들지 않았다. 바로 이런 엉성한 점 때문에 봉백구를 사무처장에 앉히려 한 것인데, 뜻밖의 파렴치한 금전 사고를 친 것이다.

"총학생회는 걱정하지 않아도 된다고 당신이 장담하지 않았소? 학생회장 아버지까지 만나서 다 조처를 했다고 하지 않았느냔 말이오! 허위 보고를 했던 거요?"

모 총장은 말을 할수록 자꾸 화가 났다. 그 때문인지 목소리의 톤이 점점 높아지고 있었다.

"예. 분명 그랬습지요. 뒤통수를 맞은 것 같습니다요."

사무처장은 곤경에 빠졌다 싶으면, 말이 고어(古語) 투로 바뀌고 말끝에 '요'자를 달아 붙이는 버릇이 있었다.

"정이만 의원이 허언을 하고 우릴 속였단 말이오?"

정이만은 총학생회장 아버지로 4선 시의원이었다.

"속였다기보다……."

"속였다기보다…… 뭐란 말이오? 이보시오, 처장. 그런 걸 속였다고 하는 거요. 그리고 이런 경우를 두고, 우리가 속았다라고 하는 거고. 속이고 속는 것이 뭔지도 모르면서 어떻게 사무처장을 한다는 거요?"

"죄송합니다. 하…….."

사무처장은 엉겁결에 다시 '하지만', 이라고 하려다 급히 입을 닫았다.

"지금 십사층에 총학생회장도 있단 말이오?"

"아닙니다, 없습니다. 의대생들뿐입니다."

"의대생과 같이 들어갔다면서?"

총장의 말이 짧아졌다.

"예, 맞습니다요. 총학생회가 선발대로 나서서 십사층을 점거한 뒤, 의대생들이 나가 달라고 해서 인계를 했답니다요."

"인계?"

총장이 눈을 부라렸다.

꽹과리와 북 소리가 닫힌 창을 두드려 댔다. 비는 여전히 추적추적 내리고 있었다. 우비를 뒤집어쓴 선전대가 빨갱이 놈들처럼 일빛 대로를 타고 오르락내리락하며 일반 학생들의 시위 참여를 독려하는 것 같았다.

똥 냄새는 빠졌지만, 북과 꽹과리 소리는 신경을 긁었고, 놈들이 내지르는 구호와 함성이 골을 때리는 것 같았다.

"죄송합니다. 부, 불법 무단 점거입니다요."

긴장한 사무처장이 뒤늦게 중언부언하며 눈치를 살폈다.

"사태가 엄중하구만."

손바닥으로 귀를 막은 총장이 이를 갈며 말했다. 총학생회장이 들어가 있다면 정이만 의원을 움직여 어떻게라도 돌파구를 찾아보겠는데, 의대생 놈들이 쫓아냈다니 그마저도 어렵게 된 것이다.

"예. 그렇습니다요."

"점거 농성을 말하는 것이 아니라, 점거 농성에 대응하는 당신네들의 자세를 말하는 거얏!"

고함을 지른 총장이 목덜미를 잡고 비서실장을 불렀다.

"방조고 석좌교수님을 모셔 오게."

안 그래도 연구실에서 대기 중이라고 했다. 모 총장은 지금과 같은 위기 상황에서, 같은 미국 물을 먹은, 이심전심 관계인 방조고 석좌교수가 존재한다는 자체만으로도 믿음직스럽고 고마웠다.

"공권력에 도움을 청해야 할 것 같습니다. 배우는 학생들이 가르치는 학교를 대상으로 한 범법 행위는 교육적 차원에서라도 반드시 응징해야만 합니다."

매뉴얼 북을 다시 들여다보던 모 총장이 "빌리언 교수님도 역시 그렇게 생각하시는군요?"라며 맞장구를 쳤다. 방조고의 미국 이름이 빌리언(Billion)이었다.

"긴급 교무회의를 소집할까요?"

"마음이 아프시겠지만, 이런 일은 용단이 빨라야 합니다."

방조고가 총장을 재촉했다. 총장이 결정을 늦추고 측근들의 백가쟁명을 부추길 것이 뻔하기 때문이었다.

총장이 잠시 빌리언 방 교수를 바라보았다. 빈말이었겠으나, 마음이 아플 것이라는 방 교수의 말을 이해하지 못했기 때문이었다. 총장은 잠시 뜸을 들인 뒤에 비서실장을 불러 한 시간 뒤에 비상 교무 회의를 소집한다고 일렀다.

교수와 학생을 동시에 상대한다는 것은 앞뒤로 적을 놓는 격이었으나, 그렇다고 해서 학생들의 기세를 꺾지 않아 사태를 키울 수도 없는 노릇이었다.

"장소는 어디로 할까요?"

비서실장이 물었다. 그러고 보니 평소 교무회의를 열던 15층 회의실의 사용이 불가했다.

"아니, 이 많은 건물 안에 교무회의 하나 열 장소가 없다는 거요?"

"아무래도 잔뜩 악이 오른 학생들과의 불필요한 충돌을 피하시려면……."

"내게 범죄 학생들 눈치를 보라는 겁니까?"

"저는 그런 말씀이 아니오라……."

화들짝 놀란 조 실장이 머리를 조아리며 쩔쩔맸다.

"그러시면 이번에 새로 지었다는 총동문회관에서 하시는 것은 어떨는지요?"

방조고가 마치 묘안이라도 찾은 양 의견을 냈다.

"어려울 겁니다요. 동문회가 학교에 호의적이지 않습니다."

비서실장이 모 총장 눈치를 살피며 조심스럽게 말했다.

학부 총동문회는, 어용으로 규정한 현 교협보다 먼저 총장 퇴진 성명을 발표했다. 아직 유구한 학교 분위기를 제대로 파악하지 못한 빌리언 방 때문에 분위기가 썰렁해졌다.

"총동문회도 하이에나가 된 거요?"

모 총장이 볼멘소리로 웅얼거렸다. 적절치 않은 비유로 분위기는 더욱 초라하고 썰렁해졌다.

"그럼 까짓것 법인에서 합시다. 한 시간 뒤에 다들 법인 대회의실로 모이라고 하시오."

독기가 잔뜩 밴 목소리였다.

"예. 그렇게 조처하겠습니다."

답을 하고 돌아서 나가려는 비서실장에게 총장이 물었다.

"공 교수는 오늘도 출근을 안 했소?"

"예?"

비서실장이 어떤 공 교수를 말하는지 몰라 되물었다. 일광대에는 공 교수가 둘이었다. 총장의 큰누나 모도령과 결혼설이 오가고 있는 공수창 교수와 공민구였다.

"공민구 말이오."

"상조 휴가 중입니다요. 오늘이 출상인 것으로 알고 있습니다."

공민구라는 말이 나오자, 방조고의 얼굴이 일그러졌다. 모 총장이 못 본 척 외면했다.

모도일 총장은 장례식장에 비서실장 조건성을 보내 대리 조문했다. 비서실 운영 규정에 따라 따로 조화는 보내지 않고 부의금으로 10만 원을 보냈다. 본래 비정규직 교원은 5만 원인데, 특별히 5만 원을 더 넣으라고 했다.

5

공민구는 조사를 받으면서 발병한 공황장애 증상으로 석 달째 제대로 된 잠을 못 자 비몽사몽이었다.

그는 총장을 대신한 조건성 비서실장의 조문을 받았다. 10만 원의 부의금이 들어 있었다. 비정년 교원은 부의금 지급 대상이 아니었다. 게다가 직원이 5만 원인데, 10만 원은 뜻밖이었다.

다리가 짧아서 남들 한 걸음 디딜 때 한 걸음 반을 떼어야 하는 비서실장은 영정 앞까지 가지 않고 입구에 선 채로 봉투만 전하고 돌아갔다.

민구가 기다리는 윤우 교수는 나타나지 않았다.

비서실장이 급히 돌아간 뒤, 공민구는 조문 온 동료 교수를 붙잡고 학교 상황을 전해 들었다. 인조가 청군에 밀려 남한산성으로 들어가 농성할 때 입만 살아 있는 대신들이 싸우자, 항복하자, 를 놓고 피 터지게 말쌈질만을 해댄 것처럼 일광대 교수들도 이와 같이 패가 둘로 나뉘어 서로의 목과 등을 겨누고 있다고 생각하면 틀림없다고 했다.

하지만 이상 징후도 감지되고 있는데, 총장 측근 중 몇몇이 총장과 거리 두기를 시작한 것 같다고 했다.

모도일은 일광대 주인이다. 모도일이 어디로 물러갈 수 있단 말인가. 모도일이 물러나도, 일광대는 모도일의 것이기 때문에 모도일의 뜻에 따라 운영될 것이다. 또 어차피 모도일을 대신해서 누가 온다고 해도 모도일의 카게무샤요, 바지총장일 뿐이다. 그가 물러나면, 일광대의 중심도, 종심(縱深)도 한꺼번에 무너지고 말 것이다.

그게 무슨 가당찮은 소린가. 모도일은 이참에 반드시 물러나는 것이 옳고, 또 그가 물러나야만 비로소 살길을 틀 수가 있다. 설령 바지총장을 찾아서 앉힌다고 해도, 또 새로운 총장이 스스로 바지총장이 된다고 해도 지금의 모 총장보다 나을 것이다. 바지총장은 적어도 일광인들을 무시하지 못할 것이며, 강압하지 못할 것이고, 또 실속 없이 일만 벌여서 교력(校力)을 허투루 소모하지 않을 것이 아닌가.

일광대가 모 총장 진퇴를 놓고, 이렇게 두 패로 갈라서서 서로 다른 이유와 명분을 내세우며 열심히 설전을 벌이고 있는데 물러나야 한다는 주장이 약간 우세하다고 전했다.

공민구는 이제 와서 모 총장에게 모든 책임을 씌워 묻는 교수들의 간교한 언동이 납득이 되지 않았다. 오늘날의 모 총장을 만든 장본인들이 '주고박구'를 비롯한 그들인데, 그들은 그 밑에서 사적 이익을 한껏 챙기고는 이제 와서 총장의 지시에 따랐을 뿐 책임질 것이 없다면서 쏙 빠져나가고, 모 총장을 타깃 삼아 그에게만 모든 책임을 덮어씌우고 있다는 것이다. 많이 배웠다는 교수 놈들이 신의도 의리도 없는, 양아치만도 못한 놈들이었다.

교수들 대다수는 주시열이 처음 언급하고, 모도령이 전파한 '총장 운전대론'을 들고나와 이것을 받아들일 수 없다면서 모도일이 어서 빨리 정신 차려서 책임지기를 강력히 촉구한다고 했다는 것이다.

아무튼 이 두 패로 나뉜 일광 가족이, 두 패로 그치는 것이 아니고, 각각의 조직 내에서 판단 기준과 이해관계의 차이에 따라 다시 둘 내지 셋으로 또 갈라지고 있다고 했다. 둘일 경우는 강경파와 온건파이고, 셋일 경우는 중도파 또는 미온파가 있다고 했다. 그렇게 세세히 나뉘는 만큼 요구 사항들도 제각각 쪼개져 디테일하게 다듬어지고 있다고 했다.

더욱 심각한 것은, 그동안 침묵했던 어용 교협이 갑자기 민주 교협을 표방하며 내부에서 세포분열을 하듯이 종잡을 수 없을 만큼 파가 나뉘고, 학생회도 단대별 동아리별로 나뉘었으며, 총동문회도 이에 질세라 진보와 보수라는 이념 성향에 따라 나뉘었다고 했다. 이렇게 나뉘어서 자기들끼리 시비하고 헐뜯으며 싸우기도 한다는 것이다.

죄인 취급을 당해 코너에 몰린 모도일 총장은 이렇게 나뉘고 갈라진 틈새 속에 웅크리고 들어앉아서 자신과 일광대의 활로를 찾고 있는 것 같다고 했다. 이사장 부임 초기에 '주고박구'가 모 총장에게 조언할 때, 교수는 분할하여 통치하면 된다고 했는데, 스스로 분열해준 일광인들에 대해 모 총장이 업신여기면서도 매우 고마워하는 눈치라고도 전했다.

토요일과 일요일에 연이어 전체 교수 긴급비상소집을 당했다고 했다. 그러고 보니 오늘이 월요일이었다. 공민구는 조문객을 받느라 날짜 가는 줄 모르고 있었다.

윤우 교수의 부의금을 대신 가져온 양모구 교수가 강제 소집은 아니라고 했으나, 학생들의 과격 시위가 벌어지고 있는 위중한 상황에서 집에 들어앉아 있다가 찍히면 어쩌나 싶어서 등교를 했고, 오늘도 수업은 없지만 문상을 마치는 대로 다시 학교로 돌아가 눈도장을 찍으며 돌아다닐 작정이라고 했다.

비상소집 문자는 공민구의 휴대전화에도 여러 번 찍혔다. 직원들은 모두 비상 출근을 할 것인데, 뜻있는 교수들도 나와서 학생 지도 설득 및 시위 저지에 동참해 달라는 지시였다. 위기관리 매뉴얼 북에 의하면, 직원이 방어벽을 쌓고, 교수는 참여 학생들 가운데 지도가 가능한 학생들을 개별적으로 찾아내서 적극적이며 지속적으로 설득·회유한다, 였다. 또한 '건전한 사고력'을 가진 학부형들의 도움을 받아 양동 작전도 병행한다고 했다.

공민구는 동료 교수를 배웅할 때 다시 한 번 영안실 입구와 복도를 살폈으나, 총장 명의의 조화도, 학교의 근조기도 오지 않았다. 직원이 아니기 때문에 직원 상조회에서는 조기를 보낼 이유가 없었고, 비정년 교원은 상조회가 없었다. 정년 트랙이 아닌 비정년 트랙 교원은 교원 상조회 회원 가입 자격이 주어지지 않았다.

민구는 일광 가족임에도 불구하고 일광대학교로부터 어떤 근조기도 기대할 수 없었다. 이와 달리 일광토건 회장은 조화를 보냈고, 많은 전·현직 임직원들이 문상을 다녀갔다.

공민구는 스마트폰을 꺼내 액정화면을 살폈다. 두 건의 부재중 전화가 있었고, 3건의 문자메시지가, 5건의 카톡 메시지가, 1건의 텔레그램 메시지가 있었으나, 그 가운데 윤우 학장이 보낸 답신은 찾아볼 수 없었다.

윤 학장은 직접 조문이 어려워 대리 조문을 보낸다는 문자 말고, 민구가 연락 바란다며 보낸 문자에는 답을 달지 않았다.

발신 이력을 찾아 최근 발신 번호를 다시 터치했다. 발신음이 10여 차례 이상 반복되었으나, 윤 학장은 끝내 전화를 받지 않았다.

어제 17시 10분에도, 오늘 9시 50분에도, 지금도 전화를 받지 않았다. 두 차례의 문자에도 답이 없었다. 그동안 한 번도 없었던 일이었다. 깐깐한 내과 전공의답게 늦더라도 답을 꼭 주는 사람이었다. 사흘 동안이나 전화도 문자도 받지 않는다는 것은, 자신을 끌어들일 생각일랑 말고 스스로 알아서 해결하라는 무언의 메시지 같았다.

윤우 교수는 일광대 『35년사』 간행위원장이었다. 발행 부수 결정이 간행위원회 회의를 통해서 이루어졌고, 관련 예산 또한 공민구가 방만하게 운영한 바 없다고 책임 있는 증언을 해줄 수 있는 사람이었다. 윤 교수는 공민구의 조사가 억울한 핍박임을 잘 알고 있었다.

위원장 윤 교수가 집필위원 공민구에게 발행 부수를 어떻게 할 것인가를 물었을 때, 간행위원들의 의견을 들어서 결정해야 한다고 했고, 그가 편집 및 집필 경비를 넉넉히 책정하자고 했을 때, 불필요한 오해의 소지가 있으니 적당히 하자면서 이를 반대한 사람이 공민구였다.

조사위에서는 조사 초기에 간행위원회 회의록을 확인하고도 어찌 된 일인지 발행 부수 결정을 공민구의 주장인 양 일사불란하게 몰아갔다. 경비 지출 근거 또한 당초 윤 교수가 제시한 초안에 비해 30퍼센트가량 삭감한 조정안을 제출했으나, 이와 같은 과정도 인정되지 않는 분위기였다.

조사위는 공민구에게 아버지의 상을 치르고 돌아오는 즉시 최종 대면 조사를 받아야 한다고 휴대전화 문자와 이메일로 통지를 했다.

감사실장 봉백구는 조사를 교외로 확대하여 디자인 제작 업체를 상대로 방문 및 서면 조사를 했다. 그가 집중 조사한 부분은, 첫째, 발행 부수를 5천 부로 늘려 주고 그 대가로 제작 업체에 무엇을 요구했는가, 또는 금품을 받았는가였다. 둘째, 출판 제작 과정에서 관행화되어 있는 커미션이 공민구에게 지급되었는가였다.

그는 출판 인쇄 제작 및 납품 관련 시스템과 관행을 잘 알고 있었기에 첫째보다는 둘째 의혹에 확신을 걸고 있는 것 같았다. 때문에 그는 서울의 디자인 업체를 직접 찾아가 방문 면담 조사까지 했다.

서울 소재 디자인 업체 사장이 공민구에게 대체 무슨 일이냐고 하면서 전화로 방문 조사 당한 사실을 일러 주었다. 그러면서 책은 원하는 대로 이상 없이 제작하여 이미 3개월 전에 납품을 마쳤는데, 대금 지급을 중지시켜 놓고 감사실장이라는 사람이 불쑥 찾아와 취조하듯이 조사까지 하고 간 이유가 대체 뭐냐며 불쾌한 심기를 노골적으로 드러냈다.

사장은 일광대 측으로부터 아직도 대금을 받지 못해 지대와 인쇄비와 제본비 모두를 독촉받고 있는 실정이라며 이해할 수 없는 학교 측의 처사에 강한 불만을 드러냈다. 이해할 수 없기는 공민구도 마찬가지였다.

이해할 수 없는 것이 어디 이뿐인가. 공민구가 조사를 받고 있다는 사실은 일광인이면 누구나 아는 일이었다. 그런데 공민구의 결백을 입증해 줄 수 있는, 즉 발행 부수 책정 회의에 참여했던 간행위원 5명도 위원장이었던 윤우처럼 모르쇠로 함구를 하고 있었다.

공민구는 이들의 이런 기피 행위가 도저히 이해되지 않아 개별적으로 찾아가 도움을 구했다. 그러나 입이라도 맞춘 듯이 한결같이 똑같은 답이 걸작이었다. 자신들은 오래된 일이라 기억이 나지 않고, 35주년기념사업단 행사총괄 간사였던 모도강 교수가 관련 행정을 총괄했을 터이니 그에게 가서 사실관계를 파악해 보고 도움을 청해 보라는 것이었다. 그들은 10여 개월 전 일이 기억 불가한 오래된 일이라고 주장했다.

공민구는 어처구니가 없었다. 총장에게 발행 부수 결정을 공민구가 했다고 허위 보고, 아니 무고를 한 장본인이 모도강이었다. 그런데 그놈에게 가서 직접 물어보라니…….

모도강은 교수인지라 행정을 잘 알지 못했다. 알지 못하면 직원의 도움을 받으면 될 터인데, 자신이 아랫것으로 취급하는 직원의 '도움' 따위는 받고 싶지 않아 자신이 아는 깜냥만큼만 행정 절차를 밟은 것이다. 상식적으로 이해가 안 가는 일이지만 교수 가운데는 의외로 이런 인간들이 꽤 있었다.

당시 위원회에서 회의를 통해 결정한 발행 부수에 대한 보고 책임은 모도강에게 있었다. 그러나 모도강은 총장에게 그 회의 결과와 관련된 서면 보고는 물론이요, 구두 보고조차 하지 않았다. 그러고는 자신의 책임을 회피하기 위해서 회의 사실을 통째 숨기고, 공민구가 마치 모 총장과의 사전 협의를 통해 승인을 받은 양 5천 부 제작을 주장했다는, 거짓 진술을 한 것이다. 물론 공민구는 이것이 무고에 가까운 명백한 거짓임을 입증할 또 다른 증거 자료를 조사위에 제출했다. 모도강에게 보낸 이메일이었다. 내용은 이렇다.

위원회에서 결정한 것이라 따를 수밖에 없으나, 제가 볼 때 총장님께서 발행 부수가 많다고 하실 것 같습니다. 그러니 보고하실 때, 5천 부 발행에 따른 근거를 추가적으로 잘 설명하셔야 할 것입니다.

그러나 어찌 된 일인지, 이 증거 자료도 아무런 소용이 없었다. 사실을 주장하고, 그 사실을 입증하고 방증할 수 있는 어떤 자료를 제출해도 상황이 바뀌지 않았다. 이미 조사 결과를 정하고 짜 맞추지 않았다면 있을 수 없는 일이었다.

공민구는 너무 어처구니가 없어서 조사위 간사에게 전화를 걸어 항의했다.

"내 잘못이 없다는 명백한 증거 자료를 제출해도 인정되지 않는 이유가 도대체 뭐요?"

"왜 저한테 이러십니까?"

간사의 답이었다. 마치 술주정하는 취객을 대하는 듯한 태도였다.

그래서 별수 없이 조사위원장 차무건 교수에게 전화를 했다.

"공 교수, 성질 급하시네. 시건방 떨지 말고 아직 조사 중이니까, 기다려 보세요."

"명백한 증거들을 모두 제출했는데, 조사를 왜 계속해야 하나요? 그래야 할 이유가 있습니까?"

"아니, 공 교수. 듣던 대로구먼. 왜 그리 성질이 급해. 기다려 보라 잖앗!"

공민구는 모두가 자신을 구렁텅이에 처박아 죽이기 위해 한통속이 되어 짜고 덤벼드는 것 같다는 생각이 들었다. 가슴이 벌렁거리고 정신이 아뜩해지면서 얼굴이 화로처럼 달아올랐다. 공민구는 식욕도 수면도 생각도 모두 잃고 말았다.

윤 교수가 공황장애 증상이라며 치료가 필요하다고 했다. 그는 고립무원 속에서 무방비 상태였다. 당장이라도 본부 건물 15층 꼭대기에서 투신하여 결백을 입증하고 싶었다.

민구가 장례식장 입구 한 켠에 비켜서서 비 내리는 밖을 내다보며 스마트폰을 만지작거리다가 이런저런 생각에 빠져 있을 때, 여동생이 찾았다. 염을 하러 가야 한다고 했다.

염은 간단했다. 장의를 맡아 진행하는 교회 집사가 냉동칸에서 아버지의 시신을 꺼내 이동식 스테인리스 수레에 싣고 염하는 방으로 끌고 왔다.

아버지는 영혼의 부피와 무게가 빠져나간 때문인지 목각 인형 같았는데, 생전보다 왜소하고 가벼워 보였다. 아버지는 유언대로 주일

예배를 보러 갈 때 즐겨 입었던 감색 양복을 입고 있었다. 분명 몸은 작아진 것 같은데, 양복은 크지도 작지도 않고 딱 맞았다. 민구는 신기하다는 생각이 들었다.

장례를 맡은 집사는 면장갑을 벗은 맨손으로 아버지의 얼굴을 씻기고, 머리를 가지런히 빗기고 매만졌다. 냉동된 아버지의 얼굴과 머리에 물기가 닿을 때 허연 김이 아지랑이처럼 피어올랐다가 사라졌다. 집사가 양복의 주름진 곳을 매만져 폈다. 그러고는 양손을 가지런히 모으고 정중히 머리를 숙여 먼저 "장로님, 편히 가세요"라고 예를 갖춘 뒤, 유족에게 마지막 작별 인사를 나누라고 했다. 먼저 엄마가 아버지의 뺨에 자신의 뺨을 비비며 "민구 아버지. 다시 만날 때까지 잘 있어요"라며 인사했다. 민구도 인사를 했다. "아버지, 죄송해요." 민구의 코끝에 맺혀 있던 눈물이 아버지의 볼에 떨어졌다. 떨어진 자리에서 김이 피었다. 민구가 물러서자, 동생들이 차례로 작별 인사를 건넸다.

한국전쟁 때 황해도 곡산에서 할아버지를 따라 무조건 월남한 아버지는 국민학교 문턱을 겨우 넘었다. 열세 살에서 열일곱 살 때까지는 머슴살이를 했고, 그 뒤로는 도라쿠[트럭] 조수 생활을 3년 동안 했고, 수도 공사를 하는 '일광수도사'에 들어가 노가다를 하다가 모준오와 깊고도 질긴 연을 맺었다.

고졸 학력이 없으면 딸 수 없었던 자격증을 아버지가 어떻게 해서 다섯 종이나 딸 수 있었는지 모르겠다. 아버지는 이 모두가 하나님의 은혜라고만 했다.

염을 마치자, 관이 닫혔다.

다시 문상객을 맞을 때, 휴대전화가 진저리를 쳤다.

"아이고오…… 우리 공 교수. 그래 얼마나 상심이 크신가?"

주시열 교수였다. 그가 수화기 저편에서 곡을 하며 조문했다.

"내가 일이 꼬여 바로 못 가고, 하이고오…… 조화만 먼저 보내는 결례를 했소이다, 공 교수우."

"감사합니다, 교수님. 바쁘신데 안 오셔도 됩니다."

"아니, 아니…… 서운하게 그게 무슨 말씀이야. 지금 가는 중이오. 그리고 힘내시오, 공 교수. 사람 사는 세상에는 도리와 이치라는 게 있는 법이오. 그걸 모르거나 지키지 않으면 금수요."

모 총장을 금수라고 하는 말로 들렸다.

6

생명보험회사 영업지사에서 영업부장을 해 먹던 사람이 어쩌다, 아니 어떻게 통신사 소속 간부급 언론인으로 둔갑을 했는지 모를 일이었다. 군소 인터넷 통신사가 우후죽순 격으로 생기다 보니 경영·광고·보도를 망라할 팔방미인의 언론인을 만든 것 같았다.

동양미디어통신사
보도2 부장 피상조

감사실장 봉백구가 몽롱한 조명 아래에서 금빛으로 번쩍거리는 명함을 받아 한참동안 들여다보았다. 회사 심벌마크를 유광 금박으로 박은 명함이었다. 휴대전화번호에는 숫자 '8'이 나란히 네 개가 붙어 있었다.

언론 자율화 이후, 인구 100만도 안 되는 코딱지만 한 지방에 수십 종의 언론사가 생겼다. 사건·사고보다 언론사가 더 많아진 것이다.

가상공간에서도 인터넷 언론사를 만들어 운영할 수 있게 되면서부터 언론 과잉 현상이 생겼다. '카더라'와 유언비어 급의 부실하고 수준 낮은 기사가 곳곳에 나도는 요지경 세상이 된 것이다.

이들에게 대학은 '호갱'이자 만만한 먹잇감이었다. 찝쩍거리면 돈이 나왔다.

피상조 부장과 마주 앉은 봉백구 시각으로는 소나 개나 맘만 먹으면 언론인이 될 수 있는 세상으로 받아들여졌다. 백구가 만나서 몇 마디 나누다 보니, 놈에게 어떤 능력과 재주와 배짱과 처세술이 있어서 통신사 보도부장이 되었는지 감이 잡혔다.

"이렇게 나와 주시다니 정말 영광입니다, 봉백구 감사실장님."

놈이 뒤늦게 손을 불쑥 내밀어 너스레를 떨며 악수를 청했다. 왼 손목에 묵직한 베르사체 금팔찌가 늘어져 있었다. 백구는 기자가 손목에 두르고 있는 팔찌가 낯설게 보였다.

피상조는 한 달 전 학교 일용직 미화원의 부당노동행위와 인권 문제에 대한 비방과 폭로성 기사를 써서 학교와 모 총장을 곤경에 빠뜨렸었다. 그때 고무승 대외협력 겸 홍보처장이 적당히 돈을 찔러 주고 인터넷 사이트에 올린 기사를 내린 적이 있었다. 그러니까 피상조는 명백한 사이비 기자였다.

놈이 어떤 이유로 만나자는 제안을 한 것인지는 알지 못했으나, 내키지 않는 만남이었다. 그래도 접대를 잘해 두는 것이 이로울 것 같아 아가씨들이 예쁜 단란주점으로 부른 것이다.

도둑이 제 발 저리다고, 주식 투자 건으로 한번 언론의 입길에 올라 따끔한 맛을 본 봉백구는, 놈에게 어떤 개인적인 약점이라도 잡힌 것이 아닌가 싶어 입안이 말랐다. 어쨌든 작심하고 학교와 모도일 총장을 그렇게 무참하고 무자비하게 몰아붙인 놈이라면 만만히 볼 놈은 아니었다. 기자로서의 능력이나 사명감을 말하는 것이 아니라, 그 무식하고 패악한 멘탈을 말하는 것이다.

악수를 마치자, 놈은 불필요한 헛기침을 하며 자리에 털썩 주저앉아 웨이터가 건네준 물수건으로 얼굴과 목덜미와 귀때기를 차례대로 박박 문질러 닦았다.

백구는 놈을 만나러 나오기 전에 그가 쓴 기사를 찾아서 손가락 끝으로 짚어 가며 다시 한 번 자세히 들여다보았다.

일광대(총장 모도일)가 지난 10년간 용역 미화원들을 대상으로 갑질에 버금가는 횡포를 부린 사실이 한 달 동안 탐사 취재를 한 결과로 들어났다.

재활용 폐기물은 분리수거하여 팔기도 하는데, 학교 측이 임명한 명조기 (64·남·가명) 청소반장을 통하여 이 수익금조차 대학 측에서 강제 상납을 받은 것으로 들어났고, 영하 10도 아래로 떨어진 엄동설안에도 설립자 모준오 동상의 주기적인 물청소를 강요하기도 했다. 지난해 겨울 10미터 높이의 설립자 입상(立像) 꼭대기에 올라가 무리하게 머리와 귓바퀴 부분을 걸레로 닦던 추무성(62·남·가명)씨가 미끄러져 떨어지는 바람에 전치 8주의 진단을 받는 불상사도 있었다. 뿐만 아니라, 예산군 대술면 소재 설립자 고 모준오(모 총장의 부친)의 생가까지 무급(無給) 출장 청소를 보내는 등 부당노동 행위도 마구 저질러댄 것으로 들어났다.

성희롱도 빈번히 툭하면 발생한 것으로 나타났다. 이과대의 모 교수는 마땅한 휴게 장소가 없어서 어쩔 수 없이 복도 바닥 한 구석에 앉아 쉬는 미화원 정주자(45·여·가명)여사에게 "여자는 찬 바닥에 앉으면 안 돼. 거기로 찬 기운이 들어가면 신랑하고 밤일을 못해서 쫓겨날 껄"이라는 말을 비롯하여 인권유린에 해당하는 차마 입에 담기 추접한 말들을 한 것은 물론, 심지어는 자신의 개인 연구실 컴퓨터에 야동을 틀어놓은 채 미화원 아줌마를 불러 청소를 부탁하여서는 변태적이며 야만적인 행위도 여러 명을 상대로 수차례 버러졌던 것으로 밝혀졌다.

또한 평균 연령 55세인 청소 미화원들을 일용직 잡부를 부리듯이 일손이 필요한 곳이면 아무 때나 무조건 보내 지원을 강요한 것으로 나타났다. 이들은 아침 7시에 출근해 점심시간 1시간을 제외한 저녁 6시까지 근무를 해 하루 10시간 동안의 초살인적인 강제 격무에 시달린 것으로 드러났다.

읽으면 읽을수록 저급하고 황당무계하고 수준 미달의 선정적인 기사였다. 맞춤법도 모르고, 사용한 용어도 객관성이 없었고, 근거가 희박한 추측과 예단이 상식을 넘어선 수준이었다.

아무튼, 보험사 영업사원 출신이라 그런지 곳곳이 오문투성이고, 사실보다는 주장과 허구가 8할 이상을 차지하는 야설 같은 내용이었다. 백구가 언론중재위에 중재를 요청하거나 명예훼손으로 법에 도움을 구하자고 했으나, 불필요한 화근을 만들지 말라고 했다. 놈이 물고 늘어진 1할의 팩트가 치명적인 파괴력을 갖기 때문이었다.

홍보기획팀 쪽에서도 90퍼센트가 왜곡 과장된 보도가 분명하나, 사실에 근거한 10퍼센트의 내용 때문에 절대 함부로 건드릴 수 없다고 했다. 건드리면 10을 가지고 1000을 만들어 죽기 살기로 덤벼드는 것이 요즘 기자 놈들이었다.

피상조가 바로 그런 놈으로 대학 사회에서 악명이 높았다. 그러면서 악당을 처치하는 장고가 아니라면 쓸데없이 맞서 싸울 것이 아니라, 돈을 바라고 쓴 허접한 기사인 만큼 술 한잔 먹이고 몇 푼 챙겨 주면 기사가 사라지는 체험을 하게 될 것이라고 했다. 그러니까 굳이 시시비비를 따져 일을 키우면서 바보 짓을 할 필요는 없다.

실제로 고무승 처장이 홍보기획실장과 동행하여 놈을 만나서 30만 원을 찔러 준 뒤에 관련 기사는 마술인 양 감쪽같이 사라졌다.

봉백구는 젖가슴을 어깨에 밀착시킨 채 슬금슬금 비벼 대고 있는 마담에게 밸런타인 17년산을 시킨 뒤, 예쁜 아가씨들로 짝을 맞춰 넣어 달라고 부탁했다.

여자가 궁한 놈인지, 놈은 아가씨란 말에 썰면 한 접시가 나올 만한 크고 두툼한 입술로 헤벌쭉 웃으며 침을 질질 흘렸다.

"우리 자긴 걔 불러 주면 되지?"

푼수데기 같은 마담이었다. 백구는 못마땅한 표정으로 고개를 끄덕이면서 단골 술집을 바꿀 때가 되었다고 생각했다.

"기자에게 취재원은 생명줄이자 밥줄입니다."

마담이 나가자, 눈알만 굴리고 있던 놈이 입을 열었다.

백구는 놈이 뜬금없이 내뱉은 말뜻을 눈치챘다. 백구의 주식 관련 기사에 대해서는 묻지 말라는 뜻이었다.

"거짓은 세월이 지나면 다 밝혀집니다."

백구는 뼈 있는 말로 시큰둥하게 받았다.

"늘 등잔 밑이 어두운 법이지요."

놈이 의례적 대꾸인지 힌트인지 모를 말을 했다. 간 보고 뜸 들이는 재주가 별난 놈이었으나, 다행히 술수와 밑천이 그렇게 많아 보이지는 않았다.

"아무튼 그 기사는 유감이었습니다. 하하하."

놈이 사과했다. 그러고는 어색한 선웃음을 짓고, 물수건을 쥐어짜다가 용건을 꺼냈다.

"세상을 위해 반드시 진실을 밝혀야 할 때도 있습니다만, 때로는 세상을 위해서 숨겨야 할 때도 있는 것 같습니다. 이게 언론인의 딜레마이자 일종의 아이러니지요."

백구는 놈이 자신의 언론 철학을 떠드는 줄 알았다. 하지만 사이비 기자에게 어울리는 말이 아니란 생각이 들었다.

그러니까 '진실'을 팔아 볼까 하고 나왔는데, 사겠느냐는 질문이었다. 놈이 선문답 식으로 헛바퀴를 돌리며 흥정을 걸어온 것이다.

"엄청 고가의 명품 진실이라도 가지고 오셨나 봅니다."

백구가 내질렀다.

"아, 그걸 어떻게······?"

백구의 말에 놈이 허를 찔렀다고 생각했는지 당황하는 기색을 보이며 히죽 웃었다. 조금 전까지만 해도 침을 질질 흘려 가며 멋쩍은 웃음을 짓던 놈이었다.

"어떻게 해야 저도 피 부장님처럼 작은 글로 큰돈을 만들 수 있을까요?"

백구가 진담을 농담처럼 던졌다.

"칭찬으로 들었는데, 비아냥처럼 들립니다."

놈도 뱉은 말과 무관한 웃음을 붙였다.

"갑에게 비아냥거리는 멍청한 을도 있던가요?"

백구는 너스레를 떨며 상대의 표정을 살폈다.

사각 턱인데, 볼이 패여 합죽이 같았다. 이마는 좁고 눈매가 면도날로 그은 것처럼 쪽 찢어졌는데, 눈 밑에 다크서클이 멍처럼 번져 있었다. 드러난 표정만으로는 속을 읽기 어려운 놈이었다. 마치 스티븐 시걸의 연기인 양 표정 변화를 찾아보기가 힘들었다.

백구가 놈의 상판을 들여다보며 이런저런 생각을 하고 있을 때 술이 들어왔다. 웨이터가 확인시켜 준 술병을 빼앗아 다시 확인한 백구는 직접 마개를 땄다. 술병을 빼앗기고 뜨악한 표정을 짓고 있는 웨이터에게 만 원짜리 한 장을 건넸다.

"모 사장님께서 요즘 많이 어려우실 것 같습니다."

웨이터가 호출용 벨의 위치를 일러 주고 나가자, 피상조가 다시 입을 열었다. 술자리에서 총장을 사장으로 부르는 것은 일종의 관행이었다. 옆 룸에서 '개똥벌레'를 부르는 노랫소리가 점점 커졌다.

"안 외로우신데……."

"아니 어려우시겠다고요."

개똥벌레 탓이었다.

"그런가요……? 걱정해 주시는 것은 감사한데, 왜 그렇게 생각을 하시는지……?"

백구가 잔에 술을 따르며 물었다.

"술이 술을 먹는다고, 싸움도 적당한 선에서 치고받고 끝내야 하는데, 주변 상황은 돌아보지 않고 죽기 살기로 싸우다 보면…… 싸움의 목적이 사라지고, 싸움하는 행위만 남아서 도를 넘게 된다는 말씀이지요."

놈이 남의 집안일에 주제넘은 말을 하고 있었다.

"피 부장님도 일광대 홍보팀장에 관심 있으세요?"

"예?"

놈이 백구의 질문에 당황했다.

지방신문 기자 중에는 신문사보다 상대적으로 근무 환경과 처우가 좋은 대학 홍보직을 노리고 틈틈이 '작업'을 거는 자들이 있었다.

그때 들락날락거리기만 하던 마담이 아가씨를 달고 들어왔다. 마담과 아가씨들이 뿜어내는 서로 다른 향수 냄새가 뒤섞여 백구의 가슴을 달구었다.

이르지도 늦지도 않은 음주 시간이라서 그런지 아가씨들이 평소보다 일찍 들어왔다.

마담의 소개에 따라 공손히 인사를 한 아가씨 중 하나가 거침없이 달려와 백구의 무릎이 부뚜막인 양 냉큼 올라앉았다. 그러고는 고양이처럼 야옹야옹 울어 대며 볼을 비벼 댔다. 백구가 피 부장의 눈치를 살피며 난색을 표했으나, 지명 파트너인 오지명은 막무가내였다.

"오늘도 우리 아싸리하게 열두 시 전에 이차 가자."

지명이 백구의 귓불에 침을 발라 빨아 대며 속삭였다.

민망한 백구가 지명의 볼에 잽싸게 입을 맞춰 답을 한 뒤, 눈짓과 손짓으로 마담과 두 아가씨를 내쳤다.

술과 여자가 섞여 엉클어지기 전에 일부터 마무리를 지어야 했다.

마담과 여자들이 나가자, 눈치 빠른 놈이 용건으로 돌아갔다.

피 부장이 곁에 있는 금색 비닐 서류 가방을 벌려 주섬주섬 뒤지더니 두툼한 각대 봉투를 꺼내 건넸다. 갈색 겉봉에 아무런 인쇄 글귀도 없는, 문방구에서 산 싸구려 크라프트지 봉투였다.

"며칠 전에 우연찮게 얻은 건데, 아무리 생각을 해도 우리 회사가 감당할 소스가 아닌지라……."

봉투가 꽤 두툼하고 묵직했다. 백구가 각대 봉투를 열어 검수하듯이 내용물을 꼼꼼히 살폈다.

얼핏 4, 50여 장쯤 될까 싶은 A4용지와 성냥갑 크기의 녹음테이프한 개와 CD 한 장이 보였다. 녹음테이프와 CD는 내용을 당장 확인할 수 없어 아쉬웠다.

"제가 받지요. 우리 집안 것이니 내가 회수해야 하는 것이 도리가 아니겠습니까."

룸의 조광기를 조정해 A4용지에 프린트된 내용물을 다시 한 번 들여다본 백구는 반응을 기다리는 놈과 눈을 맞춘 뒤 조심스레 말했다.

"정말 감사합니다."

놈이 벌떡 일어서서 과장된 동작으로 고개를 숙인 뒤에 다시 앉았다. 그러고는 넉살맞은 시선으로 백구를 바라보았다.

"기자들이 찾아낸 겁니까, 아니면 누가 제보를 한 겁니까?"

백구가 놈과 눈을 맞춘 채 물었다.

"그게 왜……? 중요한가요?"

"아니, 중요한 건 아니지만, 궁금할 수 있잖아요? 또 생산자를 알아야 품질에 대한 믿음도 생기고……. 새우깡에도 봉지마다 생산 담당자 이름을 찍어서 밝히는 세상 아닙니까. 하하."

백구가 농담을 섞었다. 그러고는 테이블 위에 턱을 괴고, 놈의 눈을 뚫어지게 바라보았다.

문건과 부속물들의 실체를 이미 봤으니, 백구로서는 칼자루를 쥔 셈이었다. 이런 부정한 거래의 경우, 구매 당사자가 해당 물건을 보고 확인을 마치는 순간, 그 물건의 절반을 소유한 것이나 마찬가지가 아닌가. 해당 특정인에게나 의미 있는 물건으로서 다른 사람에게 팔 수 있다고 해도 부정하게 획득한 물건의 정체와 소유자가 밝혀진 이상, 없었던 것으로 할 수 있는 문제가 아니었다.

"제보를 받은 겁니다."

한참 눈알을 굴리며 생각하던 놈이 답을 했다.

"누가 줬나요?"

"제보자도 취재원이라, 특정하는 것은 곤란합니다. 취재원 보호는 법으로도 보장되어 있는 것이어서 그것까지는 말씀드리기가……."

"무덤까지 엠바고 할게요."

"무슨 뜻인가요? 봉 실장님 개인과 관련된 제보가 아닌데, 어떻게 봉 실장님이 비밀로 하겠다는 겁니까?"

맞는 지적이었다. 백구는 헛소리가 먹히지 않자 잽싸게 말을 바꿨다.

"피 부장님이 가져온 이 자료는 사본입니다. 물론 원본이 있어야 한다는 게 아니라, 이런 사본은 얼마든지 만들 수 있는 것이고, 또 여러 사람에게 얼마든지 제공할 수 있는 것이 아닙니까? 이 자료를 준 사람이 피 부장님과 전속 계약을 맺은, 법무부로부터 공인받은 취재원은 아니잖아요."

"……."

연거푸 자작을 하고, 육포를 씹던 놈이 머쓱한 표정으로 백구를 바라보았다.

"이깟 사본 값이야 얼마나 하겠습니까?"

백구는 사본을 얻는 것이 중요한 것이 아니라, 이 사본의 출처나 원본이 아니라, 생산자를 밝힐 수 있는 제보자를 알아내는 것이 중요했다. 그러니까 백구는 정보 값보다 정보 제보자의 이름 값이 더 비싸다는 것을 일러 준 것이다.

백구가 값을 앞세워 흥정하듯이 계속 다그치자, 취기가 든 피 부장의 표정이 흔들렸다. 아니 표정이 아니라 눈동자가 흔들렸다. 백구의 요구에 반응하고 있다는 뜻이었다.

"예쁜 아가씨들을 침만 발라 놓고 너무 오래 밖에 세워 두면 뒤늦게 온 다른 손님들이 채갑니다."

"이름 값이 얼마요?"

"그거야 이름에 따라 다르지 않겠습니까? 그런데 가격을 봉 실장님이 정할 수 있는 겁니까?"

모 총장의 재가가 필요하지 않느냐는 질문이었다.

"그럼 누가 정하겠습니까. 그 이름을 돈 주고 사겠다는 사람이 나 말고는 아무도 없을 겁니다. 그리고 모 총장님은 불법이나 편법이라면 질색하시는 분입니다. 제 말이 못미더우시면 구매자를 한번 찾아보시고 나서 다시 만날까요?"

틀린 말은 아니었다. 모도일 총장을 포함해서 그 어느 측근도 이런 거래는 할 수 없었다. 모 총장은 당사자이기 때문에, 측근들은 뒤탈이 두려워서 엄두도 못 낼 일이었다.

놈이 또다시 스스로 잔을 채워 단숨에 비운 뒤, 자료 제공자의 이름을 불었다.

백구는 놈이 알려 준 낯익은 이름 두 자를 한 자 한 자 또박또박 두 번 복창했다. 놈에게 확인받기 위함이었다. 놈이 이름 두 자의 거래 가격을 물었다. 백구는 묻지 말고 원하는 가격을 부르라고 했다. 그러고는 벽을 더듬어 인터폰 송수신기를 집어 들었다.

놈이 별다른 망설임 없이 오른손가락 다섯 개를 활짝 펼쳤다. 미리 매겨 둔 가격 같았다. 순간, 5백으로 받아들인 백구는 부담스러움을 느꼈다. 감사실에는 비자금이 따로 없었다.

5백이라면 사비 처리가 힘든 만큼 보고를 해야 하는데, 보고할 사안은 아니었다.

뾰족한 수가 없다고 생각한 백구는 잔머리를 굴렸다. 그러고는 짐짓 딴청을 부리듯이 "좋습니다, 오십!" 하고 외치며, 자신도 손가락 다섯 개를 활짝 펴 답했다. 그러자 백구의 외침을 듣고 손가락을 본 놈이 잔을 머리 위로 번쩍 들어 올리며 흡족한 웃음을 지었다.

백구는 기가 막혔다. 지질이 같은 놈 앞에서 쓸데없이 긴장했던 것이 억울하기까지 했다. 막걸리 몇 잔으로 해결될 놈인데, 비싼 양주를 먹이고 있는 것도 후회스러웠다. 놈이 차고 있는 팔찌와 목걸이도 도금으로 보였다.

50이면 보고할 필요 없이 백구의 사비로 기꺼이 해결할 수 있었다. 물론 당장은 사비로 처리하고 '가라' 지출 건을 만들어 공금에서

털 생각이었다.

백구는 공민구와 주철을 계획한 바에 따라 한칼에 때려잡을 때, 이 각대 봉투까지 제 몫을 해준다면 모 총장이 '보류'시킨 사무처장 자리는 따 놓은 당상이라고 생각했다.

"적게 먹어야 길게 오래 먹을 수 있다는 이치를 따르는 겁니다. 주류 언론사 기자들이 받아 챙기는 촌지라고 생각하시면 될 겁니다. 삼류 통신사 기자이지만 제가 가지고 있는 정보가 많은지라 교육부도 저를 대놓고 무시하지는 못한답니다."

놈이 50을 불렀다고 해서 자신을 얕잡아 보지 말라는 말을 우회적으로 표현하는 것 같았다. 그리고 삼류 언론사 기자들에게는 주지 않는 촌지를 알아서 챙겨 가는 것이라 생각하고 너무 타박하지 말라는 뜻으로 들렸다. 또한 거래할 정보가 더 있으니 자주 보자는 말로도 들렸다.

흥이 난 백구는 목청껏 소리쳐 마담을 불렀다. '개똥벌레'가 끝난 옆 룸에서 시끄럽다며 씨발 하는 욕설이 들렸다. 술들이 일찍 취한 것 같았다.

백구는 피 부장과 술 마시고 노래하고 춤추는 내내 샤갈의 그림 〈도시 위로〉처럼 하늘을 나는 기분이었다.

버르장머리 없는 파트너 오지명이 조강지처 값을 하느라 혀 꼬인 소리로 "우리 자기는 생긴 게 시커먼 몽돌 같아여. 지난여름에 몽돌 해수욕장에 가서 자기 얼굴 닮은 몽돌을 엄청 많이 밟고 다니며 놀았거든여"라고 주절거렸다. 그러자 얼굴이 넙데데하고 비쩍 말라서 키만 큰 피 부장의 파트너가 "와, 대박 사건!"이라며 낄낄거렸다.

다른 때 같았으면 당장 테이블을 엎고 방 마담을 불러들여서 무릎을 꿇릴 일이었으나, 기분이 붕 떠 허공에 있는 백구는 오지명을 바짝 끌어안은 채 피 부장의 '애모'에 맞춰 빙글빙글 돌기만 했다. 다만 노래와 춤을 잠깐 쉴 때, 넙데데에게 잔이 넘치는데 술을 계속 따르거나 입에 넣은 술을 물티슈나 우롱차 캔에 뱉어버리는 짓거리만 제발 하지 말라고 당부했다. 넙데데는 마시는 술보다 뱉는 술이 더 많았다.

손자 오냐오냐 하고 받아 주면 결국 수염과 상투 잡고 논다고 했던가. 오지명이 두 번째 블루스를 추면서 아이스링크인 양 번들거리고 휑한 백구의 머리통에 손을 얹어 빙빙 돌리면서 "도대체 자기는 키가 몇이야? 백오십은 돼? 정말 대박이다!"라며 조롱하는 불상사가 발생했다.

"키 커서 뭐 하냐, 네가 좋아하는 거기가 크면 됐지."

백구가 지명의 귀때기를 잡아당겨 비틀며 크게 소리쳤다.

"아악! 그래서 자기 이름이 백구구나? 대박 사건!"

"백마가 아닌 걸 다행으로 알아, 이년아."

음주가무와 음담패설로 질탕하게 놀고 헤어질 때, 아쉬워하는 피 부장에게 넙데데를 보너스로 붙여 주었다. 백구도 더 놀고 싶었으나, 놀고 있을 때가 아니어서 어쩔 수 없었다.

넙데데가 기자는 누구나 진상이라서 찝찝하다며 자꾸 빼는 바람에 화대에 팁을 얹어 주었다. 지명도 귀에 대고 이차를 보챘으나, 백구는 그 짓을 할 시간이 없었다.

"내일 우리 회사에 오시면 피 부장님께서 관심 있어 하실 만한 소

식이 대자보에 적혀 있을 겁니다. 기사로 잘 다루어 주신다면 조만
간에 진하게 한잔 더 사겠습니다."

기사에게 차비를 건네고, 피 부장과 넙데데를 택시에 태우며 백구
가 말했다.

"걱정하지 마시유. 돈 워리, 워리, 워리…… 씨바."

놈이 술주정하듯이 건성건성 답했다.

백구는 술 취한 놈의 무성의한 답변에 신경 쓰지 않았다. 50을 받
으러 학교로 찾아왔을 때, 다시 꺼내 부탁하면 될 일이었다.

툴툴거리는 오지명을 뒤로하고 호출 택시에 오른 백구는 각대 봉
투를 다시 열었다. 법무팀과 검토하거나 상의해야 할 부분이 있을
것 같았다.

백구는 A4용지를 꺼내 내용을 다시 한 번 훑었다. 4, 50대 교수
32명이 모여 대학 '정상화를 위한 비상 모임'이라는, 별칭 '자활단(自
活團)'을 만들어 자체적으로 재단 비리들을 조사하여 정리하고, 구
세력을 배제한 자활 방안을 구상하여 동조하는 세를 규합하는 등의
이런저런 작당 모의를 하고 있다는 내용이었다.

자활단의 주장에 의하면, 60대 안팎의 중견·원로 교수들이 오늘
날의 비정상적인 일광대를 만든 주범들임에도 불구하고 오직 자신
들의 자존심과 잇속만을 챙기겠다는 얕은 속셈으로 8년 전에 시행한
연봉제를 문제 삼아 소송을 준비하고 있으며, 또 이들은 대부분 5년
이내에 정년퇴직 해당자들이기 때문에 작금의 비상사태를 보는 인
식이 절박하지 않을 뿐만 아니라 왜곡되어 있고, 미래지향적인 해결

의지 없이 단기간 내에 자신들의 이권만 챙기려 혈안이 되어 있다, 이런 무책임하고 철면피한 선배 교수들을 절대 믿을 수 없기 때문에, 일광대의 미래가 곧 자신들의 미래라고 생각하는 4, 50대 교수들이 전면에 나서서 사태 해결과 개혁의 주체가 되어야 한다는 것이다.

이렇게 주장하는 교수들이 자활단을 꾸려 이런저런 활동 결과를 정리해서 그중 일부분을 특정 비주류 통신사에 메일로 보내고 있다는 것이다. 주류가 아닌 비주류를 택한 이유는 주류 언론이 학원재벌과 같은 편이기 때문이라고 했다.

정상화를 위한 비상 모임 명의로 모든 언론사에 보낸 공식 보도자료가 아니라, 미화원 혹사 관련 내용을 폭로한 통신사를 '약한 고리'로 보고 담당 출입 기자에게만 흘린 것이다.

담당 기자가 학교 측과 감정싸움 중이라는 것을 알고 한 짓 같았는데, 이 기자의 직속 상관이 피상조 부장이었다. 비위라고 주장한 내용은 주로 학교 회계 관련 의혹들이었다. 위법한 비위라고 볼 수는 없으나, 기사로 공개되면 학교가 입을 도덕적 데미지가 결코 적다고 할 수 없는 사안들이었다.

자활단은 이사장과 총장, 보직 교수뿐만 아니라, '주고박구'를 비롯한 선배 중견 교수들을 싸잡아서 멀쩡한 일광대학을 파탄지경으로까지 몰고 간 책임을 엄중히 따져 묻겠다고 했다.

정책과 운영을 통괄한 모도일 총장에게는 총체적 책임을 반드시 묻고, 선배 교수들에게는 젊은 교수들의 꿈과 미래를 자기들 멋대로 함부로 끌어다가 무책임하게 소진하고 있는 데 대한 책임을 엄중히 묻겠다고도 했다.

자활단은 연봉제 소송에서 선배 교수들이 승소할 경우, 그들이 지급받게 될 차액만큼 결국 젊은 교수들은 손해를 입을 수밖에 없다는 주장이었다. 입학 자원 줄고, 학과 정원 줄고, 등록금 수입 줄고, 국고 지원금까지 줄어 재정 상황이 어려워질 것이 빤한데, 선배 교수들이 소송까지 걸어서 덜 받은 자기네들 월급을 소급해 챙기겠다고 나대는 것은 뻔뻔스럽고 부도덕한 짓이라는 것이다.

프린트물인 A4용지 가운데는 모 총장과 그 일가의 부적절한 사생활 관련 내용도 있었다. 아무래도 모 총장과 끝장을 볼 작정들인 것 같았다. 백구는 자활단이 아니라, 자해공갈단의 짓으로 보였다. 녹음테이프와 CD에는 또 어떤 내용들이 있을지 궁금해졌다.

백구는 험악한 파고 한가운데서 점점 기울어져 가는 일광의 배가 언제까지 버틸 것이며 어디까지 항해를 계속할 수 있을는지 걱정스러웠다. 일광대에 기생하던 개미와 새와 쥐 들이 저마다 살길을 찾아 우왕좌왕하며 백가쟁명하는 가운데, 유독 소리가 시끄럽고 줄기찬 개구리들이 물불을 가리지 않고 패거리를 만들어 제각각 목청껏 울어 대는 모습들이 예사롭지 않았다.

"봉 실장님 회사는, 회사가 어느 회사 못지않게 건실하고 깨끗한 것 같기는 한데, 구심점과 추진력이 없는 것 같아요. 왜 그런 겁니까?"

비가 내려 물이 불어난 방등천 하상도로를 택시가 더듬더듬 기어가고 있을 때, 술 취한 피상조가 했던 말이 떠올랐다. 술을 얻어먹어서 하는 칭찬인지, 아니면 취기를 빌린 비아냥인지 모를 말이었다. 놈이 일광대를 깔보는 것 같아 기분이 상했다.

"재단은 중부권 최고의 건설회사이니 튼튼할 것이고, 이십 년째

한 해 걸러 건물만 두세 동씩을 때려 짓는데도 아무런 문제나 의혹이 없으니 깨끗한 거 아닙니까? 곁에 있는 중명대를 보세요. 툭하면 재단 비위로 학교가 난장판이 아닙니까. 그런데 봉 실장님 회사는 어찌 된 일인지 문제가 없잖아요. 웬만하면 문제가 생길 만도 한데, 아무리 파 봐도 깨끗해요."

피 부장이 이런저런 경로를 통해 여기저기 파 봤는데, 이렇다 할 건설 관련 비리를 찾아내지 못했다고 했다. 건설업계의 관행상 오고 가는 뇌물이 있을 터인데, 그런 기미조차도 찾을 수 없었다고 했다.

하지만 피 부장은 다른 경로로 더 파 볼 계획이라고도 했다. 백구는 놈이 잽처럼 날린 협박성 발언에 어처구니가 없었다. 어떤 경로를 통해 어디를 얼마큼이나 파고 다녔는지는 모르겠으나, 백구가 보기에 실력이 없는 놈인 것만큼은 틀림없었다.

"그분이 뭐가 부족하셔서 공사판 뇌물을 받으시겠습니까? 어서 이 잔이나 받으세요."

백구가 잔을 권하자, 피 부장이 다른 화제를 꺼냈다.

"역시 아는 것과 실천은 다른 문제인가 봅니다."

"많이 배운 놈들일수록 실천은 덜 하지요."

백구가 오징어 다리를 씹으며 무심코 맞장구를 쳤다. 그런데 놈이 말하고자 하는 대상이 교수가 아니었다.

"정말 우량 회사인데…… 그냥 놔 둬도 잘 굴러갈 텐데…… 사장님이 하바드대 출신이신데……."

놈의 불경스러운 말에 주의를 주려 했으나 넙데데가 끼어들었다.

"어머, 대박! 하바드? 누가 하바든데?"

넙데데가 입에 댄 물수건에 술을 뱉으며 물었다.

"너네 총장, 아니 사장인가 보네, 맞죠?"

오지명이 끼어들어 넙데데에게 답을 했다. 그러고는 육포 한 점을 냉큼 집어 백구의 입에 물리고 손가락으로 턱 밑을 긁어 주며 물었다. 그 틈에 넙데데는 물수건을 짰다.

"……."

백구는 이게 무슨 시추에이션인가 싶었다. 그래서 잠깐 멍 때리는 사이에 지명이 물려 준 육포가 사타구니께로 떨어졌다. 백구가 지명을 노려보자, 지명이 육포를 주워 입에 물고는 배시시 웃었다.

"하바드 맞아요, 맞습니다. 그런데 뭐가 안타깝다는 거요?"

"아무튼 학벌과 리더십은 별개인가 봅니다."

"……?"

"오우, 우리 아저씨는 지잡대에, 양아치에, 무능하신 분? 그래서 다 아신다……?"

넙데데가 표정 없는 피 부장의 입에 프리고 스트링 치즈를 넣어 주며 말했다. 그러면서 또 물수건을 집어 들었다.

백구는 이놈이 지금 누구를 두고 막말을 하는가 싶어 마음이 상했다. 사이비 기자 놈이 비열하고 저급한 말재주로 백구에게 꼬장 부리며 일광대를 모욕하고 있었다.

그러나 백구는 놈이 마음만 먹으면 얼마든지 해코지를 할 수 있는 기자인 데다, 또 놈의 도움을 받아야 할 일이 아직은 남아 있는지라 국으로 견딜 수밖에 없었다. 그러고 보니 이놈의 말이 공민구의 주장과 닮았다는 생각이 들었다.

"술 그만 뱉어, 이 쌍년앗!"

백구는 넙데데를 향해 씹던 오징어 다리를 던지며 욕설을 내질렀다. 빗나간 오징어 다리가 피 부장의 이마빡에 맞았다.

끼이익!

"어이쿠. 죄송함닷!"

급브레이크에 백구의 이마가 앞 좌석 등받이에 처박혔다. 자신도 놀란 택시 기사가 급히 사과했다. 고개를 드니 부지런히 작동하는 윈도 브러시 앞에 승용차가, 그 너머에 적색 신호등이 보였다. 아마도 꼬리 물기를 하려다가 앞차가 멈추는 바람에 급제동을 건 것 같았다.

기사가 운전석 창을 내렸다. 바깥바람을 쐬려는 것인지, 백구가 뿜는 술 냄새 때문인지 알 수 없었다. 백구도 창문을 열고 창밖으로 손을 뻗었다. 빗줄기가 손바닥을 두드렸다.

"'모모 회사, 리더십이 답이다'라는 주제로 기획 시리즈라도 한번 뽑아야 하지 않을까 싶어요. 지켜보고만 있기가 영 안쓰러워요. 언론이 무책임한 것 같기도 하고…….

넙데데를 이용해 피 부장에게 보낸 간접 경고가 전혀 먹히지 않았다.

"대학도 언론사도 모두 오므라드는 처지가 아니오. 삼십여 년 전부터 생겨난 당신네와 같은 고만고만한 군소 언론사들도 지금은 유기된 강아지들처럼 길바닥에 쫙 깔렸잖소. 문교부가 1980년부터 지방 곳곳에 무턱대고 싸질러 놓은 대학도 당신네들과 마찬가지 신세 아니오. 인구 팔십만이 겨우 넘는 소도시에 대학이 여섯 개요. 이제는 교육부가 대학을 만만하게 보면서 죄인 취급을 하는데, 우리같이 지은 죄가 없는 지방의 군소 대학들은 눈치만 보면서 벌벌 떨고 있소. 이런 살벌한 야만의 세상에서 우리 같은 지방의 지질이들이 서로서로 돕고 살지 않고 아웅다웅하면, 그러면!"

하던 말을 끊은 백구가 고함을 내지르고 잔을 비웠다. 그러고는 빈 잔을 대리석 테이블 위에 힘차게 때려 붙이고 남은 말을 이었다.

"각개격파 당하고 마는 거요. 안 그렇습니까?"

잔이 깨졌는지, 백구의 손에 피가 흘렀다.

"우와! 우리 옵빠 짱!"

넙데데와 오지명이 기립 박수를 쳤다.

"맞습니다, 맞고요. 우리 대한민국은 민주공화국이자 자유 시장 경제를 표방하는 국가요. 회사마다 자기들이 속한 시장에서 고객들을 상대하며 알아서 경쟁하면 될 일입니다. 국가기관이 시장에 개입해서 이 회사는 좋다 나쁘다, 싸다 비싸다, 살 수 있네 없네, 기타 등등…… 간섭하고 통제하고 평가하고 지랄들을 하면서…… 굳이 이 지메 같은 짓을 할 필요가 없는 것이지요."

뒤늦게 술값을 하려는지 피 부장이 맞장구를 쳤다.

"학생 중심, 일광대. 파이팅!"

넙데데의 난데없는 추임새였다. 지명이 기립 박수로 동조했다. 백구도 휘파람으로 호응했다.

단순 무식한 사이비 기자라고 생각했는데, 의외로 의식이 있는 놈 같았다. 그러니까 백구가 볼 때 대한민국 교육부 관료가 지방의 허접한 군소 언론사의 사이비 기자나 접대부들만도 못한 것이다.

빗속에서 몇 번 껌벅거리던 적색 등이 청색 등으로 바뀌었다. 백구는 주머니를 뒤적여 넙데데가 준 껌을 꺼내 씹었다.

액셀러레이터를 급히 밟은 기사가 3차선에서 좌회전을 했다. 끼이익 하는 타이어 마찰음과 함께 옆 차의 빠앙 하는 경적음과 욕설이 들렸다.

사이비 기자의 말이 틀린 말은 아니었다. 1980년대 초에는 전두환 군부가 사립대학을 설립하라며 지방의 재력가들을 회유·협박했다. 그래서 그즈음 한 해에 네댓 개의 대학이 급조되기도 했다. 그러고는 이후 십수 년 동안 소나 개나 대학을 설립하겠다고 껄떡대면 인가를 내주었다. 처음에는 기획재정부에서 예상 수요를 파악하고 그에 따라 인가를 내주던 절차를 폐지하고, 문교부가 알아서 인가를 내주도록 제도를 바꿨다.

장차 공급이 수요를 크게 웃돌 것이라는 사실을 빤히 알면서도 문교부는 고등교육 경쟁력 강화를 위해 신설 대학 인가가 계속해서 필요하다는 이상야릇한 주장을 피력하면서 멈추지 않았다. 그러다가 지금에 와서는 문교부의 후신인 교육부가 교육지원재정을 통째 틀어쥐고는 말 안 듣는 대학을 부실 대학으로 내몰아 퇴출시키겠다며 망나니 칼춤을 추고 있는 것이다.

"개지랄들을 떨어요."

백구가 단물 빠진 껌을 뱉고 새 껌을 뜯어 씹으며 중얼거렸다. 기사가 난폭 운전을 나무라는 욕으로 알아들었는지, 룸미러에 대고 백구를 째렸다.

7

　"오늘 긴급 교무회의는 교수들에 의해 시급하게 대두되어 모레 십칠 시까지 답을 달라고 한 현안 네 가지를 해결하고자 긴급히 소집한 자리입니다. 지금 이 자리에서 학생 징계 문제를 다루자는 것은 시기적으로도 그렇고 매우 부적절한 제안이며, 불난 집에 기름을 붓자는 짓과 다를 바가 없습니다. 학생들의 방해로 교무회의조차 학교에서 못 하고 있는 상황입니다. 특임 부총장님께서는 교무회의조차 숨어서 해야 하는 사정을 헤아려 주시기 바랍니다. 그럼 별다른 이견들이 없으시다면, 계속해서 회의를 진행토록 하겠습니다."

　고무승 처장은 결연한 목소리로 회의 장소가 학교도, 법인—사전 장소 유출로 시위 학생들이 법인 건물 앞 진입로를 점거했다—도 아닌 파라다이스 호텔임을 다시 한 번 강조하면서 상황의 엄중함을 일깨웠다.

그러고는 방조고 특임 부총장의 의사진행발언을 뭉개고 예정한 대로 진행을 밀어붙였다.

교무위원들은 침묵으로 고 처장의 발언에 묵시적 동의를 대신했고, 분위기를 파악한 모 총장도 더는 학생 징계에 대한 안건 상정을 고집하지 않고 고 처장의 회의 진행을 방관했다.

아메리칸 스타일로 흥분한 빌리언 방의 표정이 일그러졌다.

"갓 대 잇. 디스 이스 낫 더 케이스."

그러고는 자리를 박차고 나갈 채비를 했으나, 모 총장이 눈짓으로 주저앉혔다.

상정된 긴급 안건 네 가지란, 교협과 직원노조에서 각각 성명서를 통해 학교 측에 요구한 사항을 뜻했다. 평가 결과에 대한 총장의 공식 사과 및 책임 있는 행동 촉구, 하남 캠퍼스 공사의 즉각적인 중단, 구체적이며 실행 가능한 개선책을 조속히 제시, 교직원의 사기 진작을 위한 방안 제시였다.

표현은 점잖고 두루뭉술했으나 까놓고 말하면, 모 총장의 즉각 사퇴, 투명하고 합리적인 자금 운용, 학교를 구원할 새 총장의 선임권과 위기 극복을 위한 전권 위임, 중부권 대학 중 최하위로 밝혀진 교원 월급 인상 약속이었다.

"잠깐. 긴급하게 다룰 문제가 있어서 열린 것이 긴급 교무회의 아니오. 가장 긴급한 문제를 뺀 이게 어떻게 긴급 교무회의라는 거요. 제 말이 틀리오?"

역시 빌리언 방이었다. 포기를 모르는 그는 술 취한 사람처럼, 치매에 걸린 환자처럼 방금 전 일을 까맣게 잊었다는 듯이 다시 문제를 일으켰다.

"맞습니다, 특임 부총장님. 그래서 긴급히 제기된 네 가지 안건을 놓고 긴급한 논의를 하고자…….."

고 처장이 빌리언 방과 같은 방식으로 대응했다.

"헤이, 코우 처장!"

말을 자른 방조고가 혀를 굴려 고함을 질렀다. 상대를 윽박지르듯이 고함을 내지르는 모습이 주시열과 흡사했다.

방조고의 고함에 고 처장이 들고 있던 회의 자료를 테이블 위에 내던졌다. 그러고는, "왜 소릴 지르십니까? 지금, 저를 야단치시는 겁니까?"라며 항의했다. 거친 행동에 비해 말투는 얌전했다. 모 총장이 있기 때문인 것 같았다.

방조고는 하버드 출신일 뿐만 아니라 고 처장에게는 영명고 15년 선배이자 영명고 모임의 수석 고문이었다. 함부로 대들었다가는 호래자식이 되어 생매장을 당할 수도 있었다.

게다가 방조고는 모 총장의 충복이라고 하지만, '주고박구'처럼 동료 교수들의 권한을 통째로 수거하여 총장에게 헐값에 갖다 바치고, 그 대가로 보직과 총애를 얻어 행세하는 값싼 딸랑이가 아니었다. 다시 말해 블루투스를 노래방 반주기 대용으로 휴대하고 다니면서 노래 도우미 역할을 자처하고 다니는 고 처장 따위가 감히 맞설 상대가 아니었다.

"지금 학교가 전쟁터요. 적이 눈앞에서 총질을 해대고 있소이다. 대장을 살려 내서 이걸 먼저 헤쳐 나가야 다음이 있는 거요. 시위 학생들이 총장님실을 크로우바(쇠지렛대)와 해머로 때려 부수고 불법으로다가 무단 점령을 해버렸소. 이런 일이 지성의 전당인 대학에서 생겼다는 것은 세계적인 수치요. 곧 하남 캠퍼스 공사 현장도 점령을 하겠다는 게요. 빨갱이들이나 가능한 짓이요. 이건 일광대 존망이 걸린 시급하고 중차대한 문제입니다. 심지어 고 처장 말대로 이 회의조차 학교에서 열지 못하고 호텔로 쫓겨 와 여는 거 아니오, 지금. 그런데 이런 긴급한 문제를 먼저 해결하지 않겠다면, 대체 어떤 문제가 긴급한 문제라는 거요?"

온몸으로 현란한 제스처를 곁들여 가며 열변을 토하느라 얼굴이 벌겋게 달아오르고 게거품을 문 빌리언 방이 주먹으로 테이블을 내리치고는 눈까지 부라렸다.

지난번 교협 주관 회의에서 주시열이 기습 제기한 총장 신임 가부 표결은 차무건의 활약으로 무산됐다. 그러나 패악한 놈들이 언제 또다시 표결을 들고 나올지 모르는 상황인지라, 빌리언 방은 이에 대한 선제적 대비책으로 어떻게 해서든지 본부 처장들의 총장 지지 서명을 받아 놓으려고 안간힘을 썼다.

"그러시면 특임 부총장님께서는 대체 무엇이 긴급하다는 것입니까요?"

방의 기세에 주눅이 든 고 처장이 말만 하시면 따르겠다는 듯이 물었다.

"그걸 콕 집어 말을 해줘야 아오? 대장 없이, 대장을 무시하고 어떻게 이 잔악무도한 전쟁을 치르겠다는 거요?"

"예?"

"먼저 대장을 신임하고, 권위를 존중하고 명령에 따르겠다는 공동

지지 성명을 내는 게 순서 아니겠소?"

안건 토의에 앞서 '모 총장 구하기', 즉 절대 권력 되찾아 주기를 먼저 하자는 말이었다. 사태 파악이 빠르고 임기응변이 빼어난 방조고가 모 총장이 제안한 학생 징계 논의를 접고 그 대신 총장 신임 문제를 들고나왔다.

두 눈을 부릅뜬 모도일 총장은 자신의 뜻을 대변해 주고 있는 방조고의 일거수일투족을 예의 주시하며 그의 발언을 경청했다.

모 총장은 학생들에게 학교를 빼앗겨 호텔에서 몰래 교무회의를 하는 상황인데도 끝끝내 정신을 못 차리고 있는 교무위원들이 한심했다. 그는 이렇게 의리도 신의도 없는 데다가 감까지 떨어지는 인간들을 데리고 지금까지 일광대를 반석 위에 세워 꾸려 온 자신이 스스로 대견스럽게 느껴졌다.

이전까지만 해도 교무회의 안건은 모두 모 총장의 사전 내락 또는 통제하에 상정되었다. 2012년 1차 부실 대학이 됐을 때도 예외가 아니었다.

그러나 이번 안건은 모 총장의 통제권을 벗어나 멋대로 상정되었다. 일종의 반란이었다. 빌리언 방이 나서서 회의 안건과 진행 과정을 트집 잡지 않을 수 없는 이유였다.

뒤늦게 감을 잡았는지, 분위기를 겨우 감지한 고 처장이 방의 눈치를 살피며 우물쭈물했다. 잠시 웅성웅성하다가 침묵이 흘렀다.

그때 의대 학장 윤우가 나섰다.

"의대 시위 학생 징계 문제는 원인과 결과의 순서를 거꾸로 말씀하시는 겁니다. 학생들의 행위가 아무런 이유 없이 발생되었다는 말씀처럼 들립니다."

윤우의 발언을 들은 모 총장이 불에 덴 듯 화들짝 놀라 눈을 떴다. 그러고는 곧바로 윤우를 째렸다. 배신자를 보는 분노의 눈빛이었는데, 레이저 수준이었다.

빌리언 방이 제안한 안건을 틀자는 것인지, 의대 학생 징계 문제에 물 타기를 하려는 것인지, 그도 아니면 의대 시위 문제 제기로 빌리언 방의 제안을 막으려는 것인지 도무지 알 수 없는 발언이었다.

모 총장으로서는 윤 학장의 발언 진의를 파악하는 것이 우선이었다. 그가 적인지 아군인지를 알아야 대처가 가능했기 때문이다.

"아니, 윤 학장님. 지금, 총장님실을 강점한 학생들의 패륜적인 행위가 온당하다고 두둔하시는 거예요, 지금?"

교무연구처장 이해실 교수가 윤 학장을 겨눴다.

"석고대죄를 해도 시원찮을 판에 과격 학생들의 편이나 들고 있다니…… 쯧쯧."

회의 장소가 바뀌는 바람에 뒤늦게 나타난 박영홍 기획개발처장도 총장의 눈치를 살피며 거들었다.

윤우는 두 처장의 쌍끌이 식 반박과 면박에 대응하지 않았다. 언제부터인가 그도 자신의 말만 할 뿐, 남의 말은 듣지도 괘념치도 않았다. 지금 그에게 중요한 것은 의대 학생들과 모 총장 사이에 자신이 살 수 있는 교두보를 마련하는 것이었다. 그것을 마련하지 못하면 윤우는 살아 있어도 살아 있는 것이 아니었다.

"원인은 불법이라 할 수 없으나, 결과는 명백한 불법이오. 학생들의 총장실 점거의 경우에는 원인과 결과가 서로 무관하다는 말이오.

그러니까 따로따로 해결하는 것이 이치에 맞는 거요. 눈앞에 벌어진 불법에 대한 대응 방안부터 논의합시다. 아니, 그 전에 총장님에 대한 확고한 지지 결의부터 합시다."

방조고가 모 총장을 지키려 억지를 부렸다.

배가 산으로 올라가고 있는데도, 학무부총장과 경영부총장을 비롯한 처장급 교무위원들 스물아홉 명은 별다른 표정 변화도 없이 입을 꾹 다문 채 눈동자만 멀뚱멀뚱 상방 15도 전방을 주시할 뿐, 별 무반응이었다.

"의대생들의 총장님실 점령은 이번 재정지원제한대학 선정 문제와는 아무 상관이 없는 문젭니다. 화의 뿌리는 1989년 윤 교수, 당신의 재학 시절에 있는 거요. 최초의 의대 편입생 모집 반대 데모에 윤 교수도 깊숙이 참여한 걸로 알고 있소만……."

박영홍 기획개발처장이었다. 이해실과 박영홍이 윤우를 상대했다.

"그만하시오. 싸우자고 모인 자리도 아니고, 책임 규명을 하자고 모인 자리도 아니오."

최종 판단권을 쥔 모 총장이 나서서 윤우의 주장을 싸우자고 덤비는 행위로 규정지었다.

"학부모들의 협조를 구하는 게 어떨까 싶습니다요."

교수들 틈에 끼어 분위기만 살피던 직원 대표 사무처장이 끼어들었다. 차무건과 사전 상의한, 아니 차무건으로부터 부탁을 받은 대리 발언이었다.

"그거 좋은 생각이오. 자기 자식들이 하라는 공부는 안 하고 불법 데모질이나 하고 있다는 사실을 부모들은 모를 거요."

방조고였다. 박영홍과 차무건이 호들갑스럽게 손뼉까지 치며 동조했다.

"그렇다면 이참에 이런 사실을 알리고 도움을 받도록 합시다."

학무부총장이 덧붙여 말하자, 경영부총장도 고개를 끄덕여 동조했다.

"아이들이 점거 농성을 풀지 않으면 공권력의 도움을 구하는 수밖에 없다는 사실도 같이 알리는 게 좋겠습니다."

방조고였다.

사무처장의 제안에 교무위원들이 돌림노래 부르듯이 떼창을 했다. 고무승 처장으로부터 회의 진행을 넘겨받은 박영홍 처장이 학부형들에게 보낼 협조 서신의 초안과 통화 시 필요한 표준 멘트 안이 필요하다고 했다.

이해와 설득을 구해서 동참토록 해야 하니, 논리력과 호소력이 있는 멘트를 만들어야 한다고 했다. 총장이 적임자로 방조고 특임 부총장을 지명했다. 철학을 공부했고, 인성교육원장을 겸하고 있어 적격이라는 것이었다.

박 처장이 총장의 뜻을 받아 좌중의 생각을 묻자, 다들 고개를 끄덕였다.

"특권 의식으로 똘똘 뭉쳐 안하무인으로 나대는 학생들에게 온정주의는 안 됩니다요. 법대로 감방에 처넣어야 합니다."

교무위원은 아니지만, 상황이 상황인지라 총장의 명에 의해 비상상황대응 TFT 위원장 자격으로 참석한 차무건 교수가 윤우를 쳐다보며 강경 대응을 주장했다. 그는 일부 불온한 좌파 학생들에게 쓸데없이 질질 끌려다니면서 시간만 버리고 기를 살려 주고 있다면서 길길이 날뛰었다. 그러면서 의대 학생회장의 아버지가 좌파 검사라고 했다. 참여정부 시절 부장검사로 고속 승진했다는 것이 좌파 검사라고 주장하는 유일한 근거였다.

그의 아버지가 설령 좌파 검사라 하더라도, 아버지가 좌파 검사인 것과 아들의 편입 반대 시위가 유관할 수 없으나, 마치 좌파 검사 아버지의 사주를 받아서 그 아들이 잘못된 좌파 논리로 학생들을 선동하여 해교 행위를 선동하는 양 몰아붙였다.

무엇이 됐건, 진위를 가리기보다 예의범절 또는 이념의 잣대를 들고나와 사실과 진실을 난도질하며 린치를 가하는 것이 차무건 교수의 문제해결 방식이었다. 모 총장은 이런 방식에 큰 관심과 애정을 쏟았다.

"교도소는 학교와 같은 곳이지요. 학생을 교도소로 보내겠다는 것은, 올바로 지도해 가르쳐야 할 학교가 지도를 포기하겠다는 말과 다를 게 없잖습니까."

남들의 주장에 일체 무대응이었던 윤우가 차무건의 무리하고 난폭한 주장에 제동을 걸고 나왔다. 그는 일방적 주장들에 의해 회의가 토의 없이 몰상식한 방향으로 흐르고 있는 것도 지적했다.

이런 회의 진행이 결국 모 총장의 바람일 터인데, 원인과 과정 없이 결과만을 가지고 시비를 거는 것은 언 발에 오줌 싸기와 다를 바가 없었다. 윤우는 이런 식의 오줌 싸기가 숱한 세월 동안 거리낌 없이 누적되어 왔기 때문에 조만간 언 발을 잘라 내야 하는 불행한 사태가 올 것을 알고 있었다.

"자칫 아이들을 자극해서 일이 더 커질 수도 있잖아요?"

정출 학생지원처장이었다. 어쨌든 현장에서 학생들과 직접 부딪혀야 하는 그로서는 과격하고 극단적인 대응이 달가울 리 없었다. 말로 불을 지르고 빠지는 놈들과, 그 불길 속으로 뛰어들어 개고생을 해야 할 놈의 입장이 결코 같을 수 없었다.

그러나 모 총장은 학생지원처장의 이런 뜨뜻미지근한 태도가 못마땅했다.

"저도 생각이 같습니다. 공권력을 끌어들이는 것은 신중할 필요가 있습니다. 그렇게 되면 우리가 학생들과의 분쟁을 해결할 만한 능력이 없다는 것을 자인하는 꼴이 되는 겁니다."

양모구 주간이었다.

"거, 발언권 없는 양 교수는 이제 그만 떠드시고 빠지세요."

이해실이 동생 타이르듯 말했다.

"그렇게 능력이 있으시면 당신이 해보시든가."

불편한 심기를 참지 못한 총장도 양 주간에게 쏘아붙였다. 모 총장이 공식 석상에서 교수의 발언에 대해 이처럼 못마땅한 반응을 직설적으로 내보인 것은 처음 있는 일이었다.

모 총장은 이놈들이 나의 권위에 흠이 생겼다 싶으니까, 자신들의 피난처로 회색 지대를 만들어 놓고 슬금슬금 게걸음을 치며 뭉치고 있는 것이 아닌가 싶어 불쾌하고 또 불안했다.

아무튼 혼잣말인 양 빈정댄 총장의 한마디가 회의 석상에 새로운 긴장을 불러왔다. 이 때문에 총장이 장시간 만정산을 주시하는 동안 모두가 숨을 죽인 채 무거운 침묵이 흘렀다.

"어떤 조처이건 간에 절차상 하자는 없어야 한다, 그러니까……"

창조인문대 성기봉 학장이 침묵을 깼다. 다소 엉뚱하고 애매한 발언이었다. 절차상 하자만 없다면 공권력을 학내로 끌어들여도 무방하다는 뜻인지, 아니면 공권력을 끌어들이는 것 자체가 절차상 하자가 있다는 뜻인지 알 수가 없었다. 그러나 뒷말을 듣고는 그 의미가 분명해졌다.

"연봉제처럼 요상스레 처리해서는 안 된다, 이 말입니다."

전혀 예기치 못한 엉뚱한 비유에 총장의 표정이 일그러졌다. 교무위원들도 난감해하는 표정들이었다. 숨은 저의가 읽히는 가시 박힌 비유였기 때문이다.

9년 전, 호봉제를 폐지하고 성과연봉제로 슬그머니 전환할 때, 개별적인 명시적 동의 절차를 거치지 않았다. 절차상 하자였다. 이와 유사한 경우를 문제 삼은 중부권 타 대학 두 곳의 교수들이 민사소송을 걸었고, 1심에서 보란 듯이 승소했다.

이 소식을 접한 일광대 교원들은 복음이라도 접한 양 한껏 고무되어 소송 참가자를 은밀히 모집 중이었는데, 모 총장은 이를 해교 행위로 규정하고 반드시 막아야만 대학이 살 수 있다는 뜻을 천명한 바 있었다.

그러니까 연봉제 소송 준비의 총책으로 알려진 성기봉이 공석에서 모 총장을 겁박하는 발언을 한 것이다.

그 연봉제를 기획·설계한 사람이 국제공인회계사 자격증을 소지한 박영홍 교수였다. 그가 지난 9년 내내 주요 보직을 독차지하고, 다시 기획개발처장에 앉아 있는 것은, 연봉제를 설계하고 이를 성공적으로 시행하고 있는 혁혁한 공을 인정받았기 때문이었다.

박영홍을 도와 실무를 담당했던 직원이 혁신개발팀장이었는데, 그가 조건성 현 비서실장이었다. 다시 좌중이 웅성웅성했다. 성 학장을 노려보던 모 총장이 자리를 박차고 일어났다. 그러고는 딴청 피우고 있는 좌중을 향해 소리쳤다.

"누구 담배 가진 사람 있으면, 한 대 주시오!"

가까운 자리에 있는 성 학장이 자신의 담배를 꺼내 갑째 건넸다. 그러나 모 총장은 거들떠보지 않았다. 그러고는 박영홍 처장이 대여섯 걸음 걸어와 머리를 조아리며 내미는 담뱃갑을 받아 세미나 룸을 나갔다. 회의는 정회되었다.

네 가지 긴급 안건은 모 총장의 바람에 따른 방조고의 훼방과 성기봉 학장의 돌출 발언으로 인해 끝내 논의되지 못했다. 방조고가 주장한 모 총장 신임 문제도 일단 중동무이가 되고 말았다.

하지만 모 총장은 회의를 파국으로 몰고 갈 수 있는 핑곗거리를 만들어 준 성 학장이 고마웠다. 회의장에서 윗옷을 잡아 뜯은 학생 놈들만큼이나 고마웠다.

네 가지 안건은, 본래 안건이 될 만한 사안이 아니었다. 학교의 실소유주인 총장의 사퇴 관련 문제는 교무위원들이 왈가왈부할 문제가 아니기 때문이다.

고용 총장이라면 진퇴 여부를 놓고 이런저런 논의가 가능할 수도 있겠으나, 자신이야말로 총장직을 사퇴한다 해도 이사장이 되어 현행법에 따라 교수의 인사권을 얼마든지 좌지우지할 수 있는 절대 권력자인데, 그런 총장이 주재하는 회의에서 누가 감히 사퇴 문제를 입에 올린단 말인가. 물론 총장의 거취 문제를 드러내 놓고 안건에 담은 것은 아니나, 자세히 들여다보면 그게 그거였다.

하남 캠퍼스 공사 중단 문제도 마찬가지다. 공사 중단은 표면상 구실이고, 알맹이는 공사 대금 과다 산정 내지는 유용 의혹을 파 보겠다는 심산이 분명했다. 공사를 진행하는 업체는 우양건설로 되어 있으나, 우양건설이라는 겉포장을 뜯어내면 알맹이가 일광토건이라는 것을 알 수 있었다.

그러나 이 포장을 뜯어내어 알맹이를 찾아낸다고 해도 문제 될 것은 없었다. 두 회사가 실체적으로는 이윤 공동체이나, 법적으로는 완전 별개의 독립된 업체이기 때문이었다. 뿐만 아니라 모도일은 소심한 성격상 뇌물을 받는 부정한 사람이 아니었고, 무엇보다 육영 말고는 달리 해보고 싶은 사업이 없었기에 목돈을 빼돌릴 일이 없었고, 또 뒷돈을 받아서 챙겨야 할 만큼 궁하지 않았다.

때문에 교비를 뒤로 빼돌려 학교 재정을 부실하게 만들어 사회의 공적이 된 중명대와는 달리 일광대의 재정 상태는 투명하고 건실했다. 20년째 두 해 건너 강의동 한 동씩을 올릴 수 있었던 것도 모 총장의 건전하고 도덕적인 재정 운영 때문에 가능했다.

그는 사학이 뒷돈만 챙기지 않고 헛짓거리만 하지 않으면 등록금만으로도 얼마든지 빵빵한 재정 운영이 가능하다고 말했다. 물론 창학 초기 10년을 빼고.

아무튼 모도일은 누나 둘을 제치고 합법적으로 받은 유산만으로도 자자손손 떵떵거리며 살 수 있는 재력을 확보하고 있었다. 그런 그가 뭣 때문에 불필요한 부정을 저지른단 말인가.

다음으로 구체적이며 시행 가능한 개선책 제시인데, 이 개선책 수립의 전제가 새로운 총장 영입이고, 그 총장이 개선책을 마련할 주체이다. 결국, 모 총장의 진퇴 여부와 맞물려 있는 문제인 것이다.

네 번째는 월급 인상이다. 학생 수가 줄고, 등록금 재원이 줄어 이미 사양길로 접어든 사업인데, 어떤 바보가 내리막길로 곤두박질치고 있는 사업의 인건비를 올린단 말인가. 더구나 회의 전에 봉백구로부터 확인받은 바에 따르면, 교수 일인당 9년 치 부족분 보상 차액이 1억 원이 될 것이라고 했다. 어떤 근거에 의한, 어떤 셈법인지 모르겠으나 교수가 고리대금업자의 이율로 공갈을 치는 것이나 다를 바가 없었다.

이렇듯이 뭐 하나 제대로 논의할 수 있는 타당성을 갖춘 안건이 아니라는 것을 알면서도 긴급 교무회의를 소집하지 않을 수가 없었다.

회의 소집은 총장의 의무이자 몫이고, 소집된 회의의 참석과 논의는 교무위원들의 의무이자 몫이었기 때문이다. 교무회의에서의 의사결정은 다수결 원칙에 따르게 되어 있었다.

의사결정권이 총장 개인에게 있는 것이 아니었다. 물론 지금까지 의사결정을 다수결 절차에 무턱대고 맡겨 놓은 적은 한 번도 없었다. 사전 조율을 거치거나, 회의 도중 이심전심 과정을 거쳤다.

모 총장이 원치 않는 결정이 날 경우에는 이런저런 사유를 달아 연기 내지는 유예시키다가 흐지부지 방치하고 말든지, 그럴 수 없는 결정이라면 설득과 조율 과정을 거쳐 재상정했다.

모든 결정에 대한 책임을 져야만 하는 명백한 실제 주인이 있는데 선택과 결정을 다수에게 맡긴다는 것은, 주인이 자신의 책무를 다수에게 떠밀어 회피 또는 방기한다는 뜻이 아니고 무엇이겠는가. 윤리 도덕의식이 분명한 모도일로서는 절대 용납할 수 없는 일이었다.

성기봉의 부적절한 비유 발언으로 인해 무산되었던 회의가 30분 만에 다시 열렸다. 봉백구의 긴급 보고 때문이었다. 네 가지 상정 안건에 대한 처리 결과를 보도자료로 만들어 지역 언론사에 보내 주기로 했으며, 또 추가로 농성에 가담한 총학에서 이 회의의 결과를 기다리고 있다는 것이다. 회의에 참석한 고무승 대외협력 겸 홍보처장도, 정출 학생지원처장도 보고하지 않은 내용이었다.

모 총장은 이들이 보고하지 않았다는 것은 그다지 중요하지 않다는 의미가 아니겠냐며 봉백구의 보고를 무시하려 했다. 그러자 봉백구는 오늘까지 결과가 공개되지 않을 경우, 언론사는 우리 대학의 위기 실상을 자기네들이 지금까지 취재해서 얻은 부정적 정보와 자료를 바탕으로 알아서 보도하겠다고 했으며, 뒤늦게 농성에 가담한 총학은 내일 아침 세종시 교육부를 전격 방문하여 탄원 시위를 하겠다는 의사를 공식적으로 표명했다는 것이다. 모도일은 어처구니가 없었다.

그는 당장 두 처장을 따로 불러내서 이렇듯 중대하고 긴급한 사실을 보고하지 않은 이유를 따져 묻고 싶었으나 참았다. 자칫 사소한 화가 파멸을 부를 수도 있는 상황이라는 직감 때문이었다.

이미 모도일의 조직 장악력에 심각한 구멍이 뚫렸다는 것인데, 굳이 둘을 불러서 어쩌고저쩌고해 가며 확인할 필요까지는 없다는 생각이 든 때문이었다.

모 총장은 봉백구에게 이 두 사람의 향후 동태를 단단히 지켜보라고 이르고, 비서실장을 시켜 해산한 교무위원들을 부랴부랴 다시 불러 모았다.

결국 전·후반으로 나누어 치러진 교무회의는 평상시와 모든 것이 달랐다. 모 총장은 논의와 결정에 따른 절차와 권한 모두를 참석한 교무위원들에게 통째 넘겨줬다.

일종의 스트라이크로 볼 수도 있었는데, 나는 빠질 테니 너희끼리 알아서 하라는 뜻이었다. 모 총장은 이런 뜻을 전하며 손톱을 물어 뜯었다.

지은 죄가 있는 대외협력 겸 홍보처장과 학생지원처장이 당황스러운 표정으로 모 총장의 눈치를 살폈다. 모도일은 오불관언인 체하며, 논의가 겉돌거나 정체되었을 때 이런 원칙만을 반복해서 천명했다.

"학교가 절체절명의 위기에 직면해 있습니다. 참석하신 교무위원 여러분께서는 소관 분야 문제에 대해서 기탄없는 의견 개진과 건의, 그리고 후회 없는 아주 충분한 논의를 해주시고, 일광대 역사에 길이 남을 만한 선택과 결정을 내려 주십시오. 특정인이 해를 독점할 수 없듯이, 일광대학도 어느 특정 개인의 소유물일 수 없는 것입니다. 공공의 대학입니다. 때문에 죽어도 함께, 살아도 함께해야 할 것입니다. 그게 일광의 건학 정신이자 전통입니다."

낯간지럽고 뻔뻔한 비유를 섞었으나, 모도일은 제스처까지 동원해 열연을 하듯이 혼신의 힘으로 열변을 토했다.

모도일은 후반전에 해당하는 회의 내내 결연한 표정으로 두 눈을 지그시 감고 있었는데, 잠깐잠깐 눈을 떴을 때는 만정산이 아닌 멀리서 무심히 흐르는 방등천을 바라보고 있었다. 파라다이스 호텔 세미나 룸은 평소 교무회의가 열리는 학교 15층 중회의실보다 천장이 세 배 이상 높고 통유리 창 또한 세 배 이상 넓고 커서 답답하지 않아 좋았다.

네 가지 상정 안건은 모 총장의 결연한 입장 표명이 있었으나, 총론적 입장에서 유야무야 식의 결론이 맺어졌다. 모 총장이 어떤 입장을 밝히든 결국 일광대는 그의 것이었다. 바보이거나 간이 배 밖으로 나온 교무위원이 아닌 다음에야 모도일이 짐짓 떠넘긴 선택과 결정을 함부로 할 수 없는 입장이었다.

평가 결과에 대한 모 총장의 공식 사과 및 책임 있는 행동 촉구에 대해서는 동의하며 절차를 밟는 것으로 했다. 하남 캠퍼스 공사의 즉각적인 중단 요구에 대해서는 공사를 계속했을 때와 중단했을 때 발생하는 여러 가지 문제와 효과 등에 대하여 외부 기관에 컨설팅을 의뢰하기로 했다. 구체적이며 실행 가능한 개선책의 조속한 제시에 대해서는 교협과 노조 등이 참여하는 TFT를 따로 구성하여 마련키로 했다. 교직원의 사기 진작을 위한 방안은 여론 수렴을 거쳐 해당 부서인 교무처와 총무처에서 작성, 검토토록 했다.

회의 말미에 차무건이 나서서 주시열과 주철을 성토하는 발언이 있었다. 차무건이 멍석을 깔자 빌리언 방이 나섰다. 난파의 원인은 불가항력적 풍랑 때문이지, 선장의 운항 잘못이 아니라는 중론도 모았다. 그는 이렇게 모아진 중론을 근거로 총장 신임 서명을 받아냈다.

네 가지 안건에 대한 결론에 미흡한 감이 있다며 일부 교무위원들끼리 수군거렸으나, 사안이 엄중한지라 이 자리에서 확실한 결론을 내릴 수는 없으니, 보다 구체적이고 실질적인 방안은 좀 더 시간을 갖고 구성원들의 여론 수렴을 충실히 거치고 또 교무위원들도 각자 개별적으로 충분히 고민한 뒤에 다시 만나 논의하자는 선에서 마무리가 되었다.

언론을 상대로 보도자료를 내고, 학생을 상대로 설명을 해야 하는 고무승과 정출은 부족하고 부실한 결론에 대해 떨떠름한 표정이었다. 이를 눈치챈 모 총장이 부족한 부분은 해당 처장들의 책임하에 보충·보완하여 자신의 결재를 득한 후, 조처하는 것으로 매듭지었다. 그러면서 모 총장은 난처해하는 두 처장을 따로 불러 각별한 주인 정신을 강조했다.

최종 결론, 그러니까 언론 보도자료와 학생 설명 자료 작성을 위한 형식적 회의가 아니라, 진짜 결론을 낼 본격 회의를 언제 속개할 것인가를 놓고 서로서로 눈치를 보고 있을 때, 모 총장의 바지 주머니 속에서 휴대전화가 진저리를 쳤다.

액정화면에 '3M'이라는 발신자명이 떴다. 모미미(Me Me). 작은누나였다.

모 총장은 부르르 진저리를 치고 있는 휴대전화를 손에 쥔 채 한 달음에 세미나 룸을 나왔다. 작은누나는 큰누나 모도령과 질과 격과 성질머리가 다른 여자였다.

가까이 있는 큰누나가 아버지의 후광을 업고 사사건건 문제를 일으키는 철부지라면, 멀리 중국 광둥성 선전(深圳)에 가서 거점을 마련하고 사는 작은누나는 모도일의 뒷배이자 일광대의 수호천사였다.

"이젠 전화 하나도 제때 못 받니? 지랄이다."

사기그릇을 나무젓가락으로 두드리는 듯한 맑고 투명한 목소리였다. 도일은 이 목소리와 비속어 듣기를 좋아했다.

일 년 만의 통화였는데, 급하고 까칠한 성격에 공격적인 화법은 여전했다. 몸매 또한 나무젓가락처럼 군더더기가 없을뿐더러 감정을 숨기지 못하는 가식이 없는 여자였다. 그러나 너무 솔직하고 담백해서 상대하기가 두려울 때가 많았다.

"미안해요, 누님. 비상 교무회의 중이었어요."

"너, 그 회의 좀 작작해라."

일반적인 사람이라면, 이런 경우에는 의례적으로라도 '그러면 이따가 다시 통화할까?'라고 물어볼 법도 한데, 3M은 달랐다.

"허구한 날 하나 마나 한 회의만 하고 있다는 소문이 여기까지 파다하다. 어차피 네 맘대로 결정할 거면서 왜 자꾸 아까운 시간만 낭비하니?"

"……."

모 총장은 누가 들을까 싶어 귀에 바싹 대고 있던 휴대전화를 두어 뼘가량 뗐다. 식상한 잔소리는 듣기 싫었다.

"얘, 얘…… 야! 여보세요? 통화는 가능한 거야?"

"아, 예, 예. 가능해요, 누님. 잘 안 들리니까, 짧게……."

"아주 지랄을 한다. 안 들려? 이게 진짜…… 거짓말까지 해. 내가 언제 너처럼 질질 늘어지는 거 봤니?"

작은누나의 목소리가 복도 공간을 울렸다. 다시 휴대전화를 귀에 바싹 댔다. 그러고는 수신 음량을 줄이며 세미나 룸으로부터 더 먼

곳으로 갔다.

매사가 화끈한 작은누나 모미미는 토목공학을 전공했다. 아버지가 정해 준 전공이었다. 일리노이대 어바나샴페인에서 토목공학 박사 학위를 받은 누나는, 현대건설에 스카우트되어 현장에서 일할 수 있었으나, 아버지의 강권에 따라 일광대 토목공학과 교수가 되었다. 그러나 누나는 아버지 장례를 치르자마자 교수직을 그만두고, 도시 설계사인 매형과 함께 도시 개발이 한창인 중국 선전으로 들어갔다. 이유는 삼 남매가 일광대에 옹기종기 모여 있는 것이 남들 보기에도 좋지 않다는 것이었다.

작은누나는 토목기사로 활동하다가 2013년부터 선전 중심가에 '일광한국어학당'을 설립하여 한국 유학을 희망하는 중국 현지 학생들에게 기초 한국어 교육을 했다. 그런 다음 한국어 교육과정을 통해 선발한 중국 유학생을 일광대로 보냈다.

미미 누나가 이렇게 해서 조달하는 중국 유학생이 해마다 250명 안팎이었다. 작은누나는 젊음을 바쳐 공부한 토목 일을 그만둔 것이 한국에서의 사학 운영이 날로 힘들어지고 있다는 소식을 듣고 일광대를 돕기 위해 자기희생적으로 선택한 것이라며 공치사했다.

"우리 대학이 또 부실 대학 된 거, 여기도 소문 다 났다. 도대체 너는 장사를 하자는 거야, 말자는 거야?"

"죄송해요, 누님."

"그러게 이제 토목공사 그만하고, 교수들 처우나 좀 개선해 줘라. 넌 어쩌다가 토목을 나보다 더 좋아하게 됐니? 깔깔깔……."

누나가 말끝에 자발맞은 웃음을 달았다. 그래도 듣기 좋았다.

"누님, 우리 일광도 지잡대인데 건물마저 후지면 누가 들어오겠어요. 다 살려고 발버둥치는 거예요."

"누가 살려고? 네가, 아님 학교가?"

"작은누나까지 왜 또 이러세요?"

"건물만 많이 때려 지어서 여차하면 팔아먹겠다는 생각일랑 하지 마라."

"누가 그래요, 팔아먹을 생각이 있다고? 큰누나죠?"

손톱을 물어뜯던 모 총장이 발끈하며 물었다.

"됐고, 백 명 선발도 쉽지 않다. 장학금 올리고, 기숙사비 좀 깎자."

"누님, 학교도 재정 상태가 많이 어려워요."

"그럼 오십 명만 받을래?"

"누님까지 정말 왜 이래요?"

"도일아. 모든 권한에는 치러야 할 대가가 따르는 법이야. 책임경영이라는 말도 모르니? 경영도 네 멋대로 하고, 대가도 네 멋대로 받겠다는 거야? 경영은 얼마든지 네가 하고 싶은 대로 할 수 있지만, 대가는 그 과정과 결과에 따라서 정해지는 거야. 너는 언제쯤 책임지는 오너가 될 거니?"

"검토해 볼 테니까, 기다려 보세요, 누님."

"뭘 검토해? 그걸 너한테 승인받으라는 거야?"

"아이참, 그게 왜 저한테 승인받는 거예요? 구, 국제교류팀의 의견도 드, 들어 봐야 하고, 교무회의에서 최, 최종……."

모 총장은 누나의 다그침에 급기야 말을 더듬었다. 그가 말을 더듬는 것은, 사실과 다른 거짓말을 하고 있다거나, 흥분을 했다거나,

마음에 없는 말을 한다거나, 쫓겨서 다급하다거나, 생각이 말보다 앞서 나갈 때였다.

"얘가, 얘가…… 말 더듬는 걸 보니, 또 거짓말한다. 일광대에서 최종 의사결정권을 가진 놈이 너 아니야?"

"아이참, 그런 억지가 어디 있어요, 누님. 일광대가 구멍가겐가요?"

"억지? 너, 억지가 뭔지 모르는구나. 억지가 뭔지 한번 보여 줘?"

"왜 자꾸 이러세요, 누님."

"그래? 오늘 자로 일광어학당 문 닫는다, 됐지?"

농담과 악담은 해도, 빈말이나 험담은 안 하는 누나였다. 오늘 자는 아니어도, 닫는다고 하면 반드시 닫고야 마는 여자였다. 큰누나와는 달랐다.

"아, 알았어요. 누님 뜻대로 하세요. 저는 이제 회의 들어가 봐야 해요. 다들 기다리고 있어요."

모도일은 통화가 길어지면 또 다른 추가적 요구가 있을지 모른다 싶어 서둘러 전화를 끊었다. 미미 누나를 거슬러서 득 될 것이 없었다.

작은누나는 사재로 중국에 일광한국어학당을 설립했고, 현지에서 중국인 학생들을 끌어모아 일광대로 보냈다. 그러니까 자신의 전공과 전문직까지 버리고 학교를 돕고자 나선 것이다. 게다가 학교의 재정적 지원이나 도움 없이 어학당 수익금만으로 유지 운영비와 인건비 등을 자체 충당하고 있었다.

작은누나는 학교법인 일광학원 이사로서의 지위와 그에 합당한 권한과 역할만을 수행할 뿐, 그 밖의 일에는 엄격한 거리를 유지했다. 돌아가신 아버지가 건설업자가 아닌 훌륭한 대학 설립자이자 교육자로서 역사에 길이 남는 것이 작은누나의 소원이라고 했다.

통화를 마치고 다시 세미나 룸으로 들어가려고 할 때, 갑자기 문이 열리며 윤우 교수가 튀어나왔다. 표정이 붉으락푸르락했다.

"총장님. 저, 저 좀 잠깐 뵙지요."

뛰쳐나온 윤 학장이 뚱뚱한 몸으로 모 총장을 가로막고 서서 긴급 독대를 요청했다.

"그, 그럽시다."

모 총장이 윤우가 손가락질로 가리킨 휴게 공간 쪽으로 앞서 걸었다. 좀 전에 통화했던 공간이었다.

"총장님의 결단 없이, 사슴을 가리켜 말이라고 아첨하는 인간들과 이런 교무회의는 아무리 해봐야 아무 소용이 없습니다."

모 총장은 윤 학장의 막말 항의를 들으며 자신이 통화하느라 잠깐 자리를 비운 사이에 교무위원들 간에 험악한 다툼이 있었다는 것을 직감했다.

"그게 무슨 말씀이오?"

모 총장이 돌려주지 않은 박영홍의 담뱃갑에서 한 대 남아 있는 돛대를 뽑아 물고 끽연실로 들어서며 물었다. 윤 학장은 더는 모 총장의 담배를 빼앗을 수 없었다. 관계가 그만큼 멀어진 것이다.

"일광대를 이끄는 선장이 누구십니까? 총장님 아니십니까? 선장의 허락 없이, 선장의 묵인 없이는 절대 배가 움직일 수 없는 법입니다. 총장님께서 일광인들에게 지시하지 않아도, 일광인들은 어떻게 해서든지 총장님의 뜻을 찾고, 그 뜻을 좇아서 움직입니다. 총장님께서 지시하지 않으시거나, 총장님의 뜻을 알지 못하면 일광인들은 절대 움직이지 않습니다. 선택과 결정의 정점에 계신 분이 총장님이시기에 그렇습니다. 안 그렇습니까?"

"이보시오, 윤 학장!"

모 총장이 담배 연기를 길게 뿜다 말고 눈을 부라리며 소리쳤다.

통유리로 된 끽연실 밖에서 호두알을 으스러뜨리듯이 비벼 대는 소리가 났다. 윤 학장을 뒤쫓아 나온 차무건이었다. 그는 모 총장과 눈을 맞춘 뒤, 윤 학장이 쳐다보자 딴청을 부렸다.

"대체 무얼 말하고 싶은 거요? 내가 이 회의를 조종하고 있다는 뜻이오? 당신도 주시열이처럼 지금 나를 독재자로 몰아서 겁박이라도 해보겠다는 거욧!"

담배 연기가 윤우의 얼굴을 감쌌다.

"차라리 독재자가 낫습니다."

뒤늦게 담배 연기를 피해 고개를 돌렸던 윤우가 잔기침을 하며 말했다.

"뭐욧?"

모 총장이 피우던 담배를 휴지통에 던지고, 윤우를 쩨렸다.

"독재자는 배짱이라도 있습니닷!"

모 총장을 노려보며 맞고함을 지른 윤우가 급히 끽연실을 나섰다. 모 총장이 똥 씹은 표정으로 윤우의 뒤통수를 쩨렸다.

"제 좃 하나도 못 다스리는 놈이……."

끽연실 문밖에서 이를 갈듯이 호두알을 비벼 대며 이를 지켜보던 차무건이, 종종거리며 화장실로 향하는 윤우의 뒤통수에 대고 중얼거렸다.

8

모 총장과 헤어져 학교로 돌아온 윤우는 또다시 구석진 소변기 앞에서 땀을 삐질삐질 흘리며 긴 시간을 보냈다. 고혈압인지라 힘을 쓰는 것도 한계가 있었다. 때문에 힘 조절을 해 가며 나름대로 용을 썼으나 실금 난 콘크리트 벽에서 물기가 배어 나오듯 요도 끝에 오줌 방울이 맺힐 뿐이었다.

윤우는 고개를 빼 만삭의 배 밑으로 이슬처럼 맺힌 오줌 방울을 내려다보며 차무건이 한 막말을 인정하지 않을 수 없었다.

윤우는 가진 자들의 특권이라 할 수 있는 모 총장의 계통과 위계 없는 세계관이 무서웠다. 물론 이 편협한 세계관을 잘 살펴서 그때그때 적극적으로 역이용하고 있는 노백호 주시열은 그보다 몇 배 더 무서웠다.

모도일은 곱게 자라 양아치들과 후안무치한 놈들의 세상 사는 방식을 알지 못했으나, 산전수전 다 겪으며 살아온 시열은 그 방식뿐만 아니라 속까지 꿰뚫어 보는 능력을 가지고 있었다.

그는 이익을 위해서라면 얼마든지 필요한 명분과 구실을 만들어 간에 붙였다가 쓸개에 붙였다가 하면서 간과 쓸개를 하나인 양 오가는, 변화무쌍한 인간이었다.

그가 간에서 쓸개로, 쓸개에서 간으로 옮겨 다닐 때, 명분이 그럴듯하기에 함부로 욕할 수도 없었고, 또 신출귀몰하는지라 어디에 붙어 있었는지 추적도 불가했다. 간에 붙어 있건 쓸개에 붙어 있건 간에, 본래 간이었던 것 같았고, 본래 쓸개였던 것 같았다.

윤우는 일광대가 두 차례나 부실 대학이라는 불명예를 안게 된 것이 평가 때문만은 아니라고 생각했다. 모 총장의 세계관 문제라고 생각했다. 자신의 사적 신념을 진리와 동급으로 믿고 사수하려는 의지가 화근이었다.

하지만 하버드대라는 학벌과 엘리트로서의 자부심과 사회적 인정이 이런 것들을 강하게 밑받침해 주고 있었다. 또 어머니의 사랑이 부족한 가운데 드세고 까탈스러운 두 누나 틈바구니에서 살아남기 위해 다져 온 생존 훈련이 낳은 부작용이라고 볼 수도 있었다. 그는 사람도 현상도 보이는 그대로 믿지 않았다. 그러나 이와 달리 자신만은 믿었다.

모 총장은 자신이 생각하고 꿈꾸는 대학을 만들고자 혼신의 힘을 쏟았다. 그러나 그가 꿈꾸는 명문 대학은 현실 세계가 아닌 이상 세계에 있었기에 궁극적으로 그것이 어떤 대학인지 제대로 알고 있는 일광 가족은 단 한 명도 없었다.

그도 영락없는 학삐리였기에 머릿속으로 생각하는 것은, 의지와 노력 여하에 따라 모두 현실이 될 수 있다고 믿는 것 같았다. 그는 이론과 실제가 다른 삶을 한 번도 살아 본 적이 없기 때문이었다.

평생 공부만 했는데, 언제나 공부한 만큼 성적으로 나타나 인정받았고, 인정받은 만큼 결과를 얻어 온 때문이었다. 모도일은 사람이 만약 뜻을 세운 무언가를 이루지 못한다면, 그것은 능력과 의지와 열정이 부족해서 안 되는 것이라고 단언했다.

그런데 문제는 모 총장이 꿈꾸는 명문 대학이 교육부가 제시해 추진하는 한국의 대학 정책 방향과 같은 것 같으면서도 다르다는 데 있었다. 먼저, 점수와 등위를 매겨서 과학적이며 합리적으로 판단해야 하는 교육부는, 계수화되어 수치로 드러나는 정량적 성과 및 발전지표를 원했다.

그러나 모 총장은 대부분 돈이 들어가야 나오는 정량적 지표보다는 차별화와 내실을 기반으로 하는, 특색과 비전을 갖춘 미래지향적인 정성적 발전지표를 지향했다.

이를 두고 대다수 교수는 특별한 교육철학이나 목적이 있어서라기보다 정량은 돈이 들어가지만, 정성은 돈보다 일광 가족의 노력과 열정만으로도 이룰 수 있기 때문에 선호하는 것이라고 규정했다. 일광 가족의 마인드도 모 총장과 다를 바 없었다.

모 총장은 정량지표를 만들어 날강도처럼 덤벼드는 교육부의 지나친 간섭과 지시가 달갑지 않았다. 말하자면 칼자루와 돈 자루 꿰찼다고, 함부로 경영을 간섭하고 통제하는 것인데, 저희들 말만 듣다가 일광대가 망한다고 해서 지들이 책임질 것도 아닌데, 무슨 근거로 왜 주인 행세를 하느냐는 것이었다.

그래서 모도일은 이를 부당한 간섭이자 통제라고 생각했고, 경쟁과 서열화만을 앞세운 망국적 대학 획일화 정책으로서, 지방 사학 공멸의 원인 제공자가 교육부라고 주장했다. 물론 혼자만의 내면화된 주장이었다.

그러나 모 총장이 이런 주장을 내비칠 때 보면, 그가 말처럼 미국식을 선호하여 추종하는 것 같지도 않았다. 어쨌든 모도일은 개성과 자율성을 신봉했다. 물론 타인의 개성과 자율성은 화합과 성장의 장애물이라며 억압했다.

일광대의 헤게모니는 주인인 자신이 쥐고 흔들어야 마땅했다. 교육부의 지표나 지침 따위가 그 헤게모니를 대신할 수는 없었다. 따라서 주시열이 교육부 정책을 내세워 모도일을 압박할 때마다 그는 교육부를 사대(事大)하면 안 되고 일광대가 자존해야 한다고 일갈했다.

이를 눈치챈 양아치 같은 구성원과 무능한 구성원들은 모든 것을 모 총장의 세계관 중심—이 세계관 중심이, 심기 또는 비위 중심으로 바뀌었다—으로 해석 또는 각색하여 총장 앞에서 앞다퉈 아부하는 근거로 이용했다.

물론 노백호 주시열도 모 총장과 대척점에 서서 대립각만 세웠던 것이 아니라, 자기 이익이 걸린 일이면 그에게 아부할 때가 많았다. 그래서 윤우와 공민구는 모 총장에게 틈틈이 말했다.

"총장님께 충성하는 척하는 사람을 경계하시고, 조직에 충성하는 사람을 가까이하셔야 합니다."

모 총장은 윤우와 민구의 말에 따로 반론을 제기하지는 않았으나,

그렇다고 동의하지도 않았다.

"윤 학장님은 소변을 보시는 겁니까, 그걸 잡고 도를 닦으시는 겁니까?"

얼굴의 땀을 닦고, 막 바지춤을 추스르려던 윤우가 깜짝 놀라 고개를 돌렸다. 차무건이었다.

"회의는 잘 끝났으니까, 신경 쓰지 마시고 계속해서 쭈욱 볼일을 보셔도 됩니다. 흐흐."

어느 틈에 들어왔는지, 차무건이 옆 소변기 앞에서 기마 자세를 취한 채 세찬 오줌 줄기를 순식간에 뽑아내며 말했다. 소변기를 때린 그의 오줌이 윤우의 바짓가랑이로 튀었다.

"끄응."

윤우는 욕을 해주고 싶었으나, 참았다. 다리에 힘이 풀린 것을 보니, 20분 넘게 소변기 앞에서 도를 닦은 것 같았다. 아마도 이런저런 생각을 하느라 길어진 탓도 있으리라.

그런데 응용사회관에 연구실이 있는 차무건이 의대 건물에 와서 오줌을 싸고 가는 이유를 알 수 없었다.

9

    호텔 세미나 룸에서 긴급 교무회의를 마친 모도일 총장은 39층 특실로 올라왔다. 호텔경영학과 신임 학과장이 특실 앞에 대기하고 있다가 방문을 직접 열어 주며 안내했다.

    종종 사용하는 내 집 같은 특실이고 짐도 없어 벨보이 안내조차 필요 없는데, 굳이 학과장이 따라붙어 시종(侍從)인 양 행세를 하는 것이 불편했다.

    "실습 학생들을 합숙 지도하느라, 저도 월요일부터 호텔에 머물고 있습니다. 숙박하신다는 소식을 듣고 올라왔습니다. 이렇게 모시게 되어 영광입니다, 총장님. 불편하신 점이 있으시면 말씀해 주십시오. 성심껏 모시겠습니다."

    신라호텔 이사 출신인 학과장이 장황한 변명을 예의 바르게 주절주절 늘어놓았다.

"고맙소. 여긴 내 집이니 앞으로는 이렇게까지 신경 안 쓰셔도 됩니다. 담배 있소?"

파라다이스 호텔이 재단 소속이니, 모 총장이 내 집이라고 하는 것도 크게 틀린 말은 아니었다.

"예. 여기 있습니다."

무안을 당해 얼굴이 벌게진 학과장이 주머니를 더듬어 담배를 갑째 건넸다. 일제(日製) 말보로 퍼플 멘솔이었다. 모 총장이 금연 전에 즐겨 피우던 담배였다.

담뱃갑을 건네받은 모 총장은 필요하신 물품 어쩌고 하며 군말을 늘어놓으며 치대는 학과장을 내쳤다.

윤 학장의 갑작스러운 폭언이 계속 가슴을 후벼 팠으나 봉변당한 셈 치기로 했다. 지금은 윤 학장과 따지거나 다투거나 하면서 야단을 칠 계제가 아니었다. 현 상황에서 그는 최후의 보루였다. 그가 물러서거나 주저앉거나 빠지기라도 하면, 시위 학생들은 곧장 모 총장을 향해 거침없이 달려들 것이다.

모 총장은 자신의 집무실을 불법 점거한, 학생 같지 않은 학생들과는 결코 만나고 싶지 않았고, 그럼에도 불구하고 만나야 하는 불상사가 생긴다 할지라도, 마주 앉아 듣거나 들려주거나 나눌 말이 없었다.

모 총장이 담배에 불을 댕길 때 노크 소리가 들렸다. 조건성 비서실장이었다. 회의 중간에 문자를 통해 지시한 대로 관리팀장과 전산정보팀장이 비서실장 뒤에서 고개와 허리를 숙인 채 대기하고 있었다.

"세팅 끝났습니다요, 총장님."

양손을 배꼽 아래 공손히 모은 비서실장이 호텔경영학과 학과장보다 더 공손한 태도로 라지 킹사이즈 침대와 붙은 사이드 테이블 쪽을 손짓으로 가리키며 보고했다.

"이상 없나?"

사이드 테이블 위에 놓인 노트북을 힐끔 바라본 모 총장이 의례적으로 물었다.

"예, 확인까지 마쳤습니다. 이상 없이 작동합니다요."

답을 들은 모 총장이 턱을 살짝 추어올렸다. 뒤에 선 관리팀장과 전산정보팀장은 내보내도 좋다는 지시였다. 비서실장은 말을 대신하는 이런 식의 작은 제스처까지 즉각 알아채고 따랐다.

"저희는 일 층 커피숍에 대기하고 있겠습니다."

만약의 경우를 대비해서 다 같이 커피숍에 있겠다는 말이었다. 모 총장은 비서실장의 이런 디테일을 좋아했다.

침대에 걸터앉은 모 총장은 노트북에 세팅된 CCTV 녹화 화면을 재생시켰다. 총장실 기습 점거 장면을 담은 16분 20초짜리 동영상이었다.

선두에서 문을 부순 몇몇 놈들은 저마다 흉기를 든 채 마스크·모자·손수건 등으로 얼굴을 가리고 있었고, 의대생들은 검정색 과(科) 유니폼을 입고 있었다. 마스크, 모자, 손수건, 유니폼이 모두 검정색이었다. 유채색 옷을 입은 학생들은 의대생들을 돕는 총학 간부들이라고 했다.

용역이 개입된 기습 점거가 아니고, 영상이 풀 HD 210만 화소이기 때문에 신원을 밝히려면 얼마든지 밝힐 수 있을 것 같았다. 그러나 돌을 던져 CCTV와 유리문을 부순 놈들 가운데 우산과 양산으로 몸을 가린 놈들은 찾아내기 어려울 것 같았다. 고화질일 뿐 투시 기능이 없는 것이 아쉬웠다.

모 총장은 녹화 화면을 보는 내내 윤우가 한 말이 떠올랐다.

"차라리 독재자가 낫습니다."

그가 학생이었던 1986년에 아버지 모준오에게 퍼부었던 독설이었다. 그 독설을 30여 년이 지난 2016년 그 자식인 모도일에게 리마인드 시키고 있는 것이다.

"글쎄, 어떤 학생 놈이 나더러 책임은 질 줄 모르고, 뒤에 숨어서 권한만 행세하려 드는 추악한 독재자라고 하더구나."

아버지 모준오가 미국에서 유학 중인 아들 모도일에게 전화를 걸어 늘어놓던 하소연이었다. 취한 목소리였다.

"그래서 내가 그놈에게 요렇게 말했다. 내가 독재자가 아니었으믄, 네가 다니는 이 일광대학도 읎었고, 네 놈과 나와의 만남도 읎었다."

모도일은 아버지의 혀 꼬인 그 말이 윤우에게 하는 말인지, 자신에게 하는 말인지 분간이 어려웠다. '독재자'를 '바람둥이'로 바꾸면, 아버지로부터 익히 들어온 변명이었다.

"그랬더니 요 버르장머리 읎는 녀석이, 왜 경영을 말하는데 설립을 말씀하시느냐며 대들더구나. 동문서답을 한다면서 막 야단을 치는 거야, 글쎄."

아버지는 그 버르장머리 없는 녀석을 나무라는 것인지, 두둔하는 것인지 모를 군말을 덧붙여 가며 중언부언하는 주사를 한동안 이어 갔다.

"그래서 이 맹랑한 놈을 따로 불러 술 한잔 같이하면서 장차 뭐가 되고 싶으냐고 물었다. 교수 되는 게 꿈이라고 하더만. 그래서 내가 도와줄 테니 그 꿈을 일광대에서 이루라고 했다."

모도일은 일체 연락이 없던 아버지가 갑자기 전화한 이유를 헤아릴 수 있을 것 같았다. 윤우라는 학생을 스카우트해 놨으니, 뒷날 반드시 채용하라는 암묵적 지시를 하려고 전화한 것이었다.

가족도 모르는 마조히스트 기질이 있는지, 아버지는 아양을 부리며 고분고분하는 사람보다 대놓고 들이받는 사람에게 감화·감동되어 질질 끌려다니는 성향이 있었다.

모도일의 출생도 그 결과물 중 하나라고 할 수 있었다. 육종금 여사에게 도도하고 쌀쌀맞은 구석이 없었다면 아버지가 한눈팔지 않았을 것이다.

돌이켜 생각해 볼 때, 당시 아버지는 윤우에 대해 두 가지 생각을 가졌던 것 같다. 시위의 기획자이자 배후 조종자인 윤우를 꼬드겨 장기전으로 들어선 시위를 조기에 종결지으려는 생각과 두뇌와 용기를 갖춘 인재를 미리 확보해서 붙들어 두려는 생각.

아버지는 이 두 가지 생각이 맞아떨어졌기 때문에 따로 뒷조사까지 하고는 윤우를 미래의 사윗감 또는 교수로 점찍었을 것이다. 당신이 일찍 죽는 바람에 사위 만들기는 무산된 것이라고 볼 수 있었다.

윤우에 대한 아버지의 판단은 틀리지 않았다. 그는 환란에 처할 때마다 변함없는 애교심과 끊임없는 충성심을 보였다. 때로는 애틋하고 애절해 보이기까지 했다. 또 때로는 반항하고 거부하며 격하게 대들어 마음을 상하게도 했으나, 그의 말을 못 들은 척하고 뭉개거나, 그가 자기부정을 해야만 수행할 수 있는 강압적 지시를 일삼는 모도일로서는 마땅히 감수해야 할 곤욕이었다.

아버지 생전에 최측근이었으며, 이를 이용해 호시탐탐 자신의 이득을 취하려 천방지축으로 나대는 주시열 따위와는 바탕이 달랐다. 주시열과 윤우를 동시에 키우다니 아버지는 정말 알 수 없는 사람이었다. 도일에게 병과 약을 동시에 준 것이었다.

윤우는 주시열이 모 총장의 리더십을 흔들어 댈 때마다 주시열의 전략·전술의 맹점을 찾아 일러 주었다. 주시열은 교육부의 평가 정책과 지시를 교묘히 활용하여 모 총장을 지배하려 한다면서, 그 경우의 수를 일일이 까발리며 대비책을 마련해 주었다. 모도일은 언제나 교육부의 정책과 대척점에 서 있었다. 그는 엘리트답게 자주적이며 자율적인 사람이었다.

주시열은 교육부의 정책과 모 총장의 정책 사이의 간격을 좁히려고 하는 것이 아니라, 더 벌어지게 해서 그 틈바구니를 이리저리 쑤셔 대는 일을 즐겼다.

윤우에 대한 화가 가라앉지 않아 노트북 모니터에 정지 화면을 띄운 채 딴생각에 빠졌던 모 총장은, 재생 버튼을 다시 클릭했다.

그는 이 녹화 화면에서 반전의 돌파구를 찾고 싶었다. 차무건의 제안에 따라 14층 총장실로 통하는 입구 세 곳에 고화질 CCTV 아홉 대를 설치했다.

이 중에 여섯 대는 눈에 띄는 곳에, 나머지 석 대는 쉽게 눈에 띄지 않는 사각지대에 위장하여 설치했다. 카메라의 위치는 사각지대이지만 화각은 출입구 쪽을 확보하고 있었다. 덫을 놓은 것이다. 이 석

대 중 한 대가 당시의 불법 기습을 일목요연하게 담아 냈다.

놈들이 비상계단 쪽으로 침입했는데, 이곳에 설치한 넉 대의 CCTV 중에 석 대가 부서졌다. 그 석 대가 부서지는 장면도 나머지 한 대의 위장 CCTV에 고스란히 찍혔다.

학생이 여직원 둘과 격하게 몸싸움을 하는 장면이 보였다. 그는 정지와 재생을 반복해 가며 화면에 얼굴을 들이밀고 뚫어지게 주시했다.

홍여선 생활관팀장이 머리채가 잡힌 상태에서 학생에게 뒤넘김을 당하는 장면도 있었는데, 할리우드 액션이 가미되기는 했으나 애교심 없이는 불가능한 항전으로 보였다. 물론 태연자약하거나 불만스러운 표정을 드러낸 채 미온적인 자세로 뭉그적거리는 직원들의 모습이 압도적으로 많았다.

학생들처럼 직원들 역시 부서진 CCTV만 생각하고 숨겨진 CCTV는 미처 생각지 못한 때문으로 보였다. 심지어는 학생들과 몸싸움을 하는 척하며 부둥켜안은 채 싱글벙글 웃으며 무언가를 지껄여 대는 얼빠진 직원 놈들도 보였다.

모 총장은 정지 버튼을 눌러 그렇게 밸이 빠진 양 히죽히죽 웃는 놈들 가운데 유독 신경에 거슬리는 세 놈을 따로 추려 냈다. 그러고는 휴대전화로 비서실장을 불렀다.

"이놈들 셋은 이름을 적고, 여기 이 장면은 통째로 복사를 떠서 중동구의회 의장에게 보내시오."

모 총장이 모니터 화면에 있는 세 명을 손가락 끝으로 쿡쿡 찔러 가며 말했다. '여기 이 장면'이란, 몽키 스패너를 든 총학생회장이 몸싸움하는 장면이었다. 중동구의회 의장은 총학생회장의 아버지였다.

모 총장은 교수들이 징계를 끝내 반대한다면, 고발을 통한 형사처벌 절차를 밟을 생각이었다. 그 전에 중동구의회 의장의 의견을 듣고 싶었다.

"잘 알겠습니다요."

지시 사항을 메모한 조건성 비서실장이 복사한 USB를 노트북에서 분리해 주머니에 넣었다.

그러고는 방금 전 수집한 정보를 종합한 소식이라면서 심각한 표정으로 교수들의 동향 보고를 했다.

일부 소장파 강성 교수들이 따로따로 모임을 만들어 구체적으로는 모르나 지금까지와는 차원이 다른 강경 대응 방안을 논의 중이라고 했다. 봉백구로부터 넘겨받은 정보라고 했다.

모 총장은 보고하는 비서실장과 달리 대수롭지 않다는 반응을 보였다. 적들이 하나로 뭉쳐서 한 방향으로 나아가지 않고, 적들끼리 뿔뿔이 갈라지고 찢어지는 것이 자신에게 해가 될 리 없기 때문이었다.

윤우는 이를 가리켜 지식인 투쟁의 한계라고 일러 주었다. 하지만 비서실장의 두 번째 보고는 모 총장을 공황 상태에 빠뜨렸다.

"오늘 비공개로 모집한 연봉제 무효 소송에 스물다섯 명이 참여했답니다. 오전에 확인된 것만 스물다섯인데, 더 늘어날 것 같습니다."

9년 전, 모도일이 총장으로 들어오고 나서 대학 구조조정과 성과연봉제를 전격적으로 병행 실시할 때, 교직원의 동의 또는 합의 절차를 밟지 않은 것이 절차상 하자라고 주장하며 일부 중견 교수들이 이에 대한 소송 제기 의사를 밝히면서 학교 측에 협상을 제안해 왔다.

임금 인상분에 대한 지급은 법적으로 3년 동안만 유효하므로 이에 해당하는 일인당 1억 원 상당의 배상을 주장한다고 했다. 칼만 들지 않았다뿐이지 날강도가 따로 없었다.

만 8년 동안이나 동거를 하고, 사실혼 관계는 법적 효력이 없다는 점을 들어 그동안 상대에게 강간을 당해 왔다고 주장하는 경우와 다름없었다.

뚫린 입이라고, '들어주지 않을 것이 뻔하지만 학교 측을 상대로 협상을 제의한 것은, 절차상 하자 없는 소송 진행을 하기 위한 사전 절차'라고 했다. 소송에 앞서 소송의 불가피성과 절차상 정당성을 선전하면서 도덕적 우위를 점하려는 수작이었다.

불행은 한꺼번에 들이닥친다고 했던가. 학교와 모 총장이 위기에 몰리자, 그동안 아무런 탈 없이 지나갔던 일들이 심각한 문제가 되어 한꺼번에 달려들었다.

연봉제 문제도 유사한 1심 소송에서 이미 지방의 몇몇 대학들이 패소한 건인지라 우려가 크지 않을 수 없었다. 호봉제에서 성과연봉제로 바꿀 때 절반 이상의 동의 절차를 거치지 않은 것이 결정적 패소 사유라고 했다.

"명단을 알 수 있나?"

"봉 실장이 파악한 명단을 확인 중입니다. 확인하는 대로 가지고 오라고 하겠습니다."

비서실장은 감사실장에게 카톡 문자를 보내며 말했다.

"얼마나 더 늘어날 것 같은가?"

"파악한 교수별 성향으로 볼 때 지금의 배는 될 것으로 봅니다만,

봉 실장의 예측을 직접 들어 보시는 것이⋯⋯."

총장의 질문에 주눅이 든 비서실장은, 슬그머니 발을 빼며 감사실장을 끌어들였다. 배로 늘어나면, 배로 늘어난다고 예측한 비서실장에게 그 책임이 돌아오지 않을까 싶어 두려웠다.

"중구난방으로 울어 대는 개구리 새끼들과 달아날 구멍만 찾아 날뛰는 쥐새끼들뿐이로구먼."

모 총장이 푸념인 양 꿍얼거렸다. 교수는 개구리, 직원은 쥐새끼였다. 비서실장이 듣기에 틀린 말은 아니었으나, 그렇다고 전적으로 맞는 말이라고 하기도 힘들었다.

총장의 푸념이 분위기를 무겁게 만들었다. 비서실장은 모든 책임이 자신에게 있는 양 손바닥을 비비며 어쩔 줄을 몰라 했다.

"냉장고에서 얼음 좀 꺼내 주게."

모 총장이 장식장으로 가 양주와 잔을 꺼내며 말했다.

모 총장과 조건성 비서실장이 온더록스 잔으로 양주를 한 잔씩 나누고 있을 때, 봉백구 감사실장이 허둥지둥 들어와 거친 숨을 가눴다.

봉백구는 정보를 수집하느라 도리 없이 마신 술 때문에 1층 로비 커피숍에서 화장실을 들락거리며 물 양치질을 하고 30분 가까이 앉아 있다가 조건성의 카톡 문자를 받고 급하게 명단을 작성했다. 이해실 교무처장과 차무건 교수가 자신들이 자체적으로 확보한 기초 명단을 일러 주었다. 백구는 이 기초 명단에 정보원들을 통해 자체 수집한 명단을 취합하여 재차 확인했다.

모 총장은 객실로 들어서는 백구를 보자마자 대뜸 양주 한 잔을 권했다. 백구는 잔을 받아 급히 비운 뒤, 빈 잔을 든 채 머뭇거렸다.

잔을 채워 돌려줘야 하는지, 빈 잔을 돌려줘야 하는지 고민스러웠다. 이때 비서실장이 빈 잔을 낚아채며 눈짓을 보냈다. 빨리 명단부터 보고하라는 뜻이었다.

백구는 카톡을 열어 정리한 스물다섯 명의 명단을 읽었다. 모 총장은 백구와 서로 볼이 닿을 만큼 가까이 붙은 채, 백구의 스마트폰 액정화면을 노려보듯이 들여다보았다.

"얼마나 더 가담할 것 같은가?"

총장이 좀 전에 비서실장에게 던졌던 질문을 반복했다.

"파악해 둔 성향을 고려할 때, 지금의 배는 더 있을 것 같습니다요."

백구는 죄스럽다는 듯이 답했다.

"아무래도 승진과는 무관한 중견과 원로급 정교수들이 관심을 가질 것으로 예상되는데, 이 가운데 주시열 계열의 다성고 출신 교수들이 대거 가담할 것으로 예상됩니다. 창조인문대학장 성기봉 교수가 미참여한 다성고 출신들을 만나 충동질하고 다닌답니다."

"그래서?"

"예?"

대책이 뭐냐는 물음이었는데, 미처 질문의 뜻을 파악 못 한 백구가 반문을 했다.

"주 교수의 사주를 받은 성 교수가 막가자는 것 같은데, 제가 만나서 이런저런 이야기를 나눠 보고, 정말 막갈 생각인지 물어보려고 합니다."

뒤늦게 질문의 뜻을 파악한 백구가 답했다.

"어떤 얘길 나눠 보겠다는 건가?"

"그건 총장님께서 모르시는 것이 좋을 것 같습니다요."

봉백구에게 한 질문인데, 조건성이 잽싸게 나서서 답을 했다. 뭔가를 말하려던 백구가 급히 입을 닫았다.

모 총장은 만나서 나눠 보겠다는 이런저런 이야기가 뭔지에 대해 더는 묻지 않았다. 성기봉을 주저앉힐 만한 비책이 있다는 것으로 알아들은 모 총장이 입을 다물었다.

이런저런 이야기가 부적절하게 오갈 경우, 자칫 '사전 모의(謀議)'가 될 수 있기 때문이었다. 모 총장은 영리한 조 실장이 자신을 보호해 주기 위해 봉 실장과 자신의 입을 막은 것으로 판단했다.

"대체 어떤 놈들과 대화를 하고, 어떤 놈들이 지껄이는 말을 들어야 한다는 거야? 개구리들이야, 쥐새끼들이야?"

모 총장이 두 사람을 바라보며 짐짓 투정을 부리듯이 하나 마나 한 말을 했다.

"지금은, 강온(强穩)이 서로 다투느라 세포분열을 하고 있는데, 나쁘게만 보실 일만은 아닙니다요. 일사불란하게 하나로 뭉쳐 있으면 그거야말로 정말 더 큰일입니다요. 일일이 치고 쪼개 흩어 놓고 나서 상대해야 하는데, 흩어져 있으면 그럴 필요는 없지 않습니까?"

비서실장이 모 총장의 투정을 받아서 즉시 답하자, 감사실장이 맞장구쳤다. 모 총장은 모두 같은 생각을 한다는 것에 안심했다.

"무슨 소리야? 학교가 공중분해되거나 산산조각 날지도 모르는 판이구먼."

그러나 모 총장이 짐짓 생각에도 없는 말을 뱉었다.

"총장님 입장에서 볼 때, 지금은 어차피 모두가 적입니다. 덩치 큰적 하나를 상대해서 전면전을 치르는 것보다는, 조막만 한 적 수백 개를 각개격파하는 것이 우리로서는 유리한 것이지요."

모 총장이 감사실장의 '우리'라는 표현에 흐뭇해했다. 술상머리에서 삼배구고두례(三拜九叩頭禮)를 하고, 절대 복종을 다짐하는 충성주로 일편단심과 분골쇄신을 외친 자가 하는 말이었다.

하지만 윤우와 공민구를 빼고, 일광대에서 자기 앞에 조아리며 분골쇄신을 공언하지 않은 놈이 누가 있었단 말인가. 18년 가까이 오너로 있다 보니, 입술에는 꿀을 바르고 등 뒤에 칼을 감추고 있는 놈들 천지였다.

봉백구 감사실장은 8년을, 조건성 비서실장은 5년을 각각 검증에 검증을 거듭한 끝에 얻은 충복들이었다. 물론 감사실장이 엉뚱한 짓을 해서 실망을 하고 재검증에 들어간 상태이기는 하지만, 그 짓으로 인해 오히려 그의 충성심은 예전보다 더욱 깊고 넓고 높아져 가고 있었다.

재신임을 얻기 위해 애면글면하고 노심초사하는 것이 눈에 보였다. 공민구에 대한 불만을 슬쩍 내비치자, 대뜸 멍석부터 깔고 몽둥이까지 준비하지 않던가.

모 총장은 종종 이 두 충복에게 규정과 윤리의 사각지대에서 터진 문제를 해결하기 위한 악역과 뒤치다꺼리를 맡겼는데, 이 때문에 이 둘에게 적지 않은 적들이 생겼다는 얘기를 모도령으로부터 들은 적이 있었다.

모 총장은 자신이 의도한 바가 아니었기에 따로 신경을 쓰지는 않았다. 되레 두 사람을 따로따로 불러서 신중함이 부족하고, 부적절한 해결 방식 남용을 지적하며 각별한 주의를 당부하고는 했다.

조건성 직전의 비서실장은 직원이 아닌 교원 신분이었다. 임명한 지 6개월 만에 갈아치웠는데, 비서실장이라는 직책을 망각한 채 교수라는 권위주의에 푹 빠진 데다가, 넘쳐나는 잔머리에 비해 판단이 굼뜨고 입이 가벼운 놈이었다.

봉백구를 두고, 직원이 비서실장이기 때문에 총장과 교수 사이의 소통에 장애가 많다고 해서 교수를 비서실장에 앉혀 본 것인데, 잘못된 판단이었다. 비서실장이 상전이었다.

교수는, 교원이라는 본직과 장(長)이라는 보직이 있어 모가지가 둘이었다. 모가지가 둘이다 보니, 더구나 본직 모가지는 보직 모가지와 무관하다 보니, 생각과 행동이 따로 놀 때가 많아서 보좌가 엉성하고 헐렁했다. 교수가 비서실장을 겸했던 6개월 동안 모 총장은 이미지에 많은 데미지를 입었다는 사실을 나중에야 알게 되었다.

교수들이 학교 일에 반발하는 문제가 생기면 비서실장이라는 놈이 총장 편에서 이해와 설득을 시키는 것이 아니라, 오른손 엄지를 치켜들어 모든 것이 모 총장 결정이라는 고자질까지 일삼았다.

비밀은 입에 물고 있으면 약이 되지만, 뱉어버리면 독이 된다는 평범한 사실조차 모르는 놈이었다. 더욱 기가 막힐 노릇은 이놈이 뱉은 말들이 한때 트위터와 페이스북 등 소셜 미디어에 떠돌아 전국적인 망신을 당하기도 했다는 것이다.

모 총장은 이놈을 아예 면직시켜버리고 싶었으나, 법 때문에 그러지는 못하고 두어 차례 트집을 잡아 승진에서 누락시켰다. 결과적으로 조교수에서 부교수로 승진하는 데 동급 교수들보다 두 배 이상의 시간이 걸렸다. 그놈이 바로 시열의 사주를 받아 자신의 목에 칼을 겨누고 있는 성기봉이다.

소송 관련 원고 모집 현황 보고를 마친 봉 실장이 이어서 오늘 수집했다는 정보를 바탕으로 교협의 3차 비상대책회의에 대해 보고했다. 그러니까 호텔에서 긴급 교무회의를 할 때, 교협은 3차 비상대책회의를 했다는 것이다.

"지난 일, 이차 때처럼 이번에도 의견 수렴 방식과 비상대책회의의 운영 방식에 대해 치열한 갑론을박이 벌어졌다고 합니다요."

봉 실장이 갑론을박에 대하여 부연했다.

의견 수렴은 개별적으로 받는 것을 기본으로 하되, 학과별·단대별로 모아서 받는 것도 가능하다. 수렴한 의견은 비상대책회의 집행부에서 분류·통합하고 최종 취사선택 여부는 전체 총회를 열어 다수결로 결정한다. 학교 측의 인사상 보복이 우려되는바, 의견은 무기명 또는 가명으로도 제안할 수 있으며, 비상대책회의 의장은 현재의 교협회장 1인에, 평교수 8인을 추가하여 공동 의장단을 구성한다. 비상대책위의 일체의 권한과 책임은 이 9명의 공동 의장단이 공동으로 갖는다.

세 차례의 비상회의 끝에 겨우 의견수렴 방식과 공동 의장단 구성 필요성에 대한 합의만을 이끌어 냈다는 것이다. 다시 말해 아직도 이견이 많아 공동 의장단을 뽑지 못했으며, 해결 방안에 관한 의견 수렴은 시작조차 못 했다는 것이다.

봉 실장은 이를 지식인 투쟁의 비극적 요인이라고 비아냥댔다. 각자가 너무 똘똘해서 협력·화합·양보가 원천적으로 불가능한 집단이라는 것이다.

모 총장은 자신의 의사결정이 늦다고 비아냥대며 욕하던 놈들의 짓거리라고 믿기 힘들었다. 보고받는 그의 입가에 비웃음이 스쳤다. 봉 실장은 보고를 계속했다.

"투쟁 방식에 대해서는 세 가지 의견이 나왔다고 합니다."

첫째, 일단 긴급 교무회의 이후의 학교 측 타개책 발표를 지켜보자. 그런 뒤에 논의하자. 둘째, 우리 쪽에서 요구안을 내고, 답을 받아보자. 셋째, 시간을 질질 끌 문제가 아니니, 당장 총장과의 담판을 통해 해결책을 찾자.

이 대목에서 수첩을 꺼내 펼친 봉 실장이 총장과의 대면 담판을 요구하며 강경 분위기를 조장한 교수들의 명단을 밝혔다.

명단을 듣고 있는 모 총장의 표정에 분노와 배신감과 긴장감이 뒤엉켰다. 명단 중 8할이 술만 처마시면 충성을 맹세하고 평소에는 온갖 간살을 떨며 다른 교수의 잘못을 고자질하거나 헐뜯는 등 온갖 아첨을 떨며 입속의 혀인 양 놀던 놈들이었다.

모 총장은 치솟는 분노와 적개심을 끝내 이기지 못해 불끈 쥔 주먹으로 협탁을 내리치며 욕설을 내질렀다.

"갓뎀. 썬 오브 비치!"

"다, 다행히 두 번째가 채택되었답니다."

총장의 욕설에 놀란 봉 실장이 잠시 멈칫하고는 이어서 뒷말을 덧붙였다. "퇴근 시간 이후에 교협에서 이메일로 공지한 내용을 프린트해 왔습니다요. 이것이 요구안입니다요"라고 말한 뒤에 저고리 주머니에서 꺼낸 A4용지를 폭발물인 양 조심스럽게 건넸다.

—모도일 총장은 재정지원제한대학 지정에 따른 모든 책임을 지고 즉각 사퇴하라.

—학교법인 일광학원 모준삼 이사장은 평교수 5, 직원 3, 경영진 2의 비율로 일광대 차원의 공식적인 범비상대책위원회를 조속히 구성하고 최종 의결권을 부여하라.

—정량지표에서 낙제점을 받은 교직원 봉급과 학생 장학금을 즉각 인상하라.

—일광토건을 통해 건설 중인 기숙형 학교와 하남 분교 건설 공사를 즉각 중단하라.

네 가지 중에 첫 번째와 세 번째 요구 사항은 검토해 볼 수 있으나, 나머지는 들어주고 싶어도 들어줄 수 없는 사안이었다.

말이 범비상대책위원회이지 인민재판위원회와 다를 바 없을 위원회는 당연히 구성이 불가한 것이고, 건설 중인 멀쩡한 공사를 중단한다는 것 또한 지금까지 진행한 공사와 투자한 비용을 모두 날려버리겠다는 뜻이고, 더 나아가서는 일광대의 미래를 포기하겠다는 것과 다름없으니, 말이 안 되기는 위원회 구성 요구에 비할 바가 아니었다. 게다가 문맹도 아닌 놈들이 우양건설을 일광토건이라고 박박 우기고 있는 것도 문제였다.

적반하장도 유분수이지, 정작 책임을 져야 할 놈들이 누군데, 누구에게 책임을 몽땅 떠넘기고 사퇴를 강제한단 말인가.

정량지표에서 낮은 점수를 받은 전임교원 확보율[8점 만점]과 장학금 지원[5점 만점]은 각각 7.31점과 3.92점이었다. 그에 반해 정성지표에서 학생학습역량 지원[5점 만점]과 진로 및 심리상담 지원[3점 만점]

이 각각 2.57와 1.54였다. 딱 봐도 알다시피 정성지표의 성적 수준은 100점 만점으로 쳤을 때 50점 안팎이었다.

이 정성지표 항목은 총장 몫의 일이 아니라, 교수들의 일이었다. 다시 말해 총장 몫은 100점 만점에 90점 이상을 받은 것이다. 정성지표를 정량지표만큼만 관리했어도 D등급은 가뿐히 면할 수가 있었다.

이런 점을 찾아내 분석하여 알려 준 사람이 감사실장 봉백구와 비서실장 조건성이었다. 교협 측에서 교수 몇 놈이 모여 급조한 원인 분석 결과 보고서에는 이런 점이 아예 빠져 있었다.

봉백구가, 이는 많이 배운 놈들이 절대로 저지를 수 없는 짓으로서 실수로 보기 힘들며, 고의가 명백하다고 했다.

이렇게 사실을 은폐·왜곡하여 눈 가리고 아웅 하는 놈들, 손바닥으로 하늘을 가리려고 덤벼드는 놈들을 감사실장과 비서실장이 매의 눈으로 잡아내 일러 준 것이다. 더욱 놀라운 것은, 비서실장이 별도로 조사했다는 내용이었다.

평가준비위원 몇몇 놈들이 모여서 한 시뮬레이션을 통해 우리 일광이 D등급을 맞을 것이라는 사실을 미리 예측했다는 것이다.

모 총장은 조 실장의 보고에 분노가 치솟았다. 예측까지 했는데, 빤히 알고 있었는데, 왜 막지 못하고 이런 결과를 받았는가 말이다. 도무지 이해할 수가 없었다. 모 총장은 배신감과 황당무계함에 치가 떨렸다.

"대체 그게 있을 수 있는 일이오?"

비서실장이 총장의 분노를 누그러뜨리고 이해를 돕고자 조사 결과를 좀 더 상세히 보고했다. 모두 재정 투자와 관계된 것이었기에,

총장이 듣기 싫어하는 것이었기에, 들어도 실행하지 않을 것이 빤했기에, 굳이 말해서 미움받을 이유가 없었기에, 예측 결과를 보고할 당위성과 필요성을 느끼지 못했다는 것이다.

한마디로 말해 모 총장이 건설 이외의 투자라면 벌벌 떨었기 때문에, 감히 그 누구도 소모성 재정 투자의 중요성과 필요성에 대한 진언을 할 수 없었다는 것이다. 또 낮은 점수로 드러난 정성지표는 교수들과 직결된 문제였기 때문에 쉬쉬하며 감췄다고 했다.

모 총장은, 똑똑하고 의협심이 강한 조 실장이 이런 막중한 사실을 뒤늦게 알아냈다는 것이 통탄스러웠다. 옥에도 티가 있다더니 조실장도 이런 어처구니없는 실수를 하는구나 싶었다.

돈이 들어가는 일을 누군들 좋아하겠는가. 싫은 기색을 보이거나 까탈스럽게 구는 것은, 주인 된 자라면 누구나 당연지사가 아닌가 말이다.

아무리 그래도 그렇지, 그게 그렇게 중차대하고 결정적이며 시급한 것이었다면 강력하게 말해서 총장을 설득 내지는 납득시켰어야 옳은 것이 아닌가. 그게 평가준비위원으로서 마땅히 했어야 할 도리이자 의무가 아닌가. 그런데 갖은 간살을 다 떨고 온갖 비위를 다 맞춰 가며 문제없다는 점검 결과 공개 보고를 수차례나 해 놓고 이제와서 총장과 재단이 필요한 돈을 내놓지 않아서 부실 대학이 되었다고 덮어씌우고 있으니, 이야말로 천인공노할 일이 아닌가.

모 총장은 목덜미를 잡은 채 알 수 없는 괴성을 내지르고는 침대 위로 벌렁 나자빠졌다.

"기숙형 학교와 분교 건설에 엄청난 돈이 들어가고 있다는 것을 뻔히 아는 상황에서 어떻게 돈 얘길 꺼낼 수 있었겠습니까."

모 총장이 D등급 소식을 전해 듣던 날, 평가 관련 실무를 총괄하는 혁신평가팀장이 원인 분석 보고 중에 뱉은 말이 떠올랐다.

당시에는 이놈들이 또 돈타령이구나 싶어 대수롭지 않게 듣고 넘어갔다. 그런데 이제야 비로소 그 말에 담겼던 뜻을 명징하게 알 수 있을 것 같았다.

"마노길 혁신평가팀장도 교수들 틈에서 마음고생이 많았습니다요, 총장님."

모 총장의 생각이라도 읽은 것인지, 봉백구 감사실장이 뜬금없이 혁신평가팀장을 두둔하고 나섰다.

그러나 모 총장은 박영홍 처장과 마노길 팀장 같은 놈들이 장차 뒷구멍에서 일광대를 말아먹을 놈이라는 결론을 내렸다.

이런 혁신평가팀장을 두둔하는 봉 실장도 마음에 들지 않았다. 모 총장은 부아를 참느라 잠시 눈을 감았다. 놈의 마음고생을 알았다면, 봉 실장도 사전에 예측된 결과를 공유하고 있었다는 말이 아닌가.

화가 치민 모 총장은 빈 잔에 양주를 가득 따라 마셨다.

믿는 도끼에 발등 찍힌다더니…… 완전히 그 짝이 아닌가. 그러고도 그놈이 기획개발처장 겸 혁신평가위원장인 박영홍과 인사불성이 되도록 밤새 술을 처먹으면서 한통속으로 자신을 욕했다는 것이다.

의뭉스럽고 간살맞은 박영홍 교수도 용서할 수 없었다. 스탠퍼드대 경영학과를 나오고 국제공인회계사 자격증까지 딴 교수가, 학교 재정을 꿰뚫고 주무를 수 있는 권한을 부여받은 기획개발처장을 하면서 혁신평가위원장을 겸직하고 있는 교수가, 즉 치부책과 금고를 꿰차고 앉아 여닫는 권한을 부여받은 교수가 어찌 처삼촌 벌초하듯이 재정 운영을 해 왔단 말인가. 이것이 교수 놈들의 간교한 이중성인가?

분노 때문인지, 술 때문인지 얼굴까지 벌겋게 달아오른 모 총장이 침대에 벌렁 누워 천장을 바라보며 연달아 한숨을 내쉬었다. 한숨 속에서 침묵이 길게 이어졌다. 아마도 침묵 속에서 생각을 정리하는 것 같았다.

봉 실장과 조 실장은 불안 때문에 몸이 점점 뻣뻣해지는 것을 느꼈다.

한참 후, 몸을 일으킨 모 총장은 창가로 다가가 반쯤 닫혀 있던 비로드 커튼을 열었다.

눈치를 살피던 비서실장이 멀리 방둥천을 내려다보고 있는 모 총장의 등 뒤에 대고 학교에 나붙은 대자보와 현수막 들의 내용을 요약해서 보고했다. 보고해야 할 것은 보고를 해야만 했다. 또 그것이 조 실장의 책무였다. 총장이 학생대표단의 면담 제의를 무시하고 피해 다니기 때문에 불가피하게 총장 체포조를 구성했다는 대자보 내용도 보고했다.

"송구합니다요, 총장님."

조 실장이 보고 말미에 고개를 숙였다.

"이 새끼들 하는 짓이 완전히 빨갱이 새끼들과 똑같아요."

몸을 돌려 창을 등진 모 총장이 화를 참지 못하고 독설을 내뱉었다. 독설과 함께 튀어나온 침이 비서실장의 뺨을 때렸다.

"1986년 의대 편입생 선발 문제로 무고한 설립자께서 인민재판을 받았다던 때가 생각나는구먼."

모 총장이 다시 한 번 이를 갈았다. 이미 30년이 지났건만, 아직도 그때 일을 전해 듣고 받았던 충격이 잊히지 않았다. 당시 시위 학생들이 총장이나 이사장이 아닌, 아버지를 공개 토론장으로 불러내 야유와 망신을 준 사건이다.

양모(養母) 마전자 여사의 말에 의하면, 아버지는 막대한 세금 추징과 인신 구속을 피하고자 주시열을 내세워 학교를 지은 것이지, 육영에 뜻이 있었던 것은 아니었다. 그런 아버지가 시위 현장에 반강제적으로 끌려 나가 치욕을 당한 것이다.

당시 이사장도 이사도 아니었던 아버지를 실세인 설립자라는 이유로 지목하여 불러낸 자가 윤우였다. 의대 학생회장이라는 놈이 윤우가 불러낸 아버지를 향해 등록금으로도 모자라 편입생들 돈까지 받아야 학교를 운영할 형편이라면 자기가 인수할 테니 원하는 매각 대금을 말해 보라고 조롱하며 윽박질렀다는 것이다. 5백여 학생들을 들러리로 세운 자리에서.

모도일은 이 시위가 윤우의 설계와 지휘에 의해 이루어진 것이며, 의대 학생회장은 윤우의 꼭두각시로서 아버지를 공개적으로 망신 주고 협박한 것이라는 이야기를 귀국 후에 들었다. 그런데 아버지는 이런 패역무도한 놈을 일광대 동문 출신 교수 1호로 채용하도록 조처했다.

모도일은 물먹은 솜처럼 무거워진 몸을 일으켜 침대 끝에 걸터앉았다. 누워 있으니 몸이 녹아들어 매트리스 속으로 스며들 것만 같았다.

스트레스 때문인지 머리가 무겁고 이명이 들렸다. 수시로 물어뜯은 탓에 손톱 옆의 살갗이 터져 피가 나왔다.

학교와는 승용차로 30분가량 떨어진 거리에 위치한 호텔이었으나, 꽹과리 소리와 북소리와 구호가 금방이라도 옆에서 들려올 것만 같았다.

주시열, 주철, 성기봉, 문서견, 모도령…… 박영홍, 고무승 등등의 뻔뻔한 얼굴들이 눈앞에서 어릿거리다가, 시커먼 매연인 양 뒤섞여 한 덩어리가 되었다가, 뭉개졌다.

10

모도일은 피곤이 밀려왔다. 그러나 지금은 쉴 수 있는 상황이 아니었다. 정신이 까무룩해지면서 눈이 감기려는 순간, 화장실로 가 양치질을 하고 세수를 했다.

눈치를 살피며 머뭇거리던 봉백구가 독대를 청했다.

겨우 정신을 되찾은 모 총장이 비서실장을 내보냈다. 내보내기 전에 침묵 속에서 좀 전까지 고민한 결과를 일러 주었다.

"조 실장이 CCTV에 잡힌 폭력 주동자들을 처리할 방안을 찾아 주시오. 건조물 침입, 기물 손괴, 업무 방해로 형사 고발이 가능한지도 알아보시고."

그러고는 이 문제를 법인 법무팀장과 긴밀하게 협의하라고 덧붙였다. 또 학생들과 몸싸움을 하다가 상해를 입었다는 홍어선 팀장의 진단서가 필요하다고 했다. 특수상해 혐의를 추가할 생각이었다.

"진단서는 일광대 부속병원이 아닌 다른 병원에서 끊으라고 하시오."

"옛. 총장님!"

부동자세로 지시를 받은 비서실장이 확실하고 기운차게 답을 한 뒤, 봉백구에게 응원의 눈빛을 보내고 객실을 나갔다.

비서실장이 나간 뒤, CCTV에 잡힌 농성 학생들의 처리에 관한 생각을 다시 점검·정리하는지, 잠시 창밖을 바라보며 짬을 두었던 모 총장이 테이블로 다가와 감사실장과 마주 보고 앉았다.

백구는 통신사 피 부장을 만난 것과 만나서 얻은 정보는 보고하지 않기로 작정했다. 모 총장이 모르는 일이기도 했지만, 일단 묵혀 둘 깜냥이었다.

"주철 교수와 관련해서 확실한 정보를 얻었습니다."

백구가 총장과 눈을 맞추며 은밀히 말했다.

"어떤 정보요?"

예상대로 모 총장이 즉각적인 관심을 보였다. 백구는 며칠 전 모 총장이 주철 교수 문제로 윤우 교수와 불편한 대화가 오간 것을 알고 있었다. 총장은 마치 사냥감을 발견한 사냥개처럼 덤벼들었다.

"여자가 한을 품으면 오뉴월에도 서리가 내린다고 했는데, 그 말이 틀린 말은 아닌 것 같습니다요."

백구가 말을 한 바퀴 돌렸다. 총장의 궁금증을 자극하고 극적 효과를 높이기 위해 그가 자주 써먹는 상투적 수법이었다.

"대체 뭔 소리요?"

이마에 주름을 잡은 총장이 눈까지 부라리며 물었다. 피곤하니 뜸

들이지 말고 빨리 본론을 말하라는 뜻이었다.

"성애주 교수가 소문으로만 나돌던 주철의 의혹에 대해 드디어 깠습니다. 양심선언을 한 겁니다요."

봉백구는 꼬박 일주일에 걸쳐 성 교수를 자극하고 꼬드겨 얻어 냈다는 '양심선언'의 내용을 낱낱이 직보했다. 박사학위 논문 대필 의혹과 학회 및 SCI 제출 논문 표절 및 대리 작성 의혹 건이었다.

"양심, 양심선언이라…… 그 여자 말을 믿을 수 있소?"

총장은 암흑 속에서 빛을 본 양, 양심선언이라는 용어를 몇 차례 되뇌면서도 의구심을 버리지 못하는 것 같았다. 그 선언 내용은 마음에 썩 들어 하는 것 같았으나, 말 바꾸기에 능한 성애주 교수의 양심을 못미더워하는 것 같았다.

아무튼 평소에 팩트보다도 용어 선택과 워딩에 민감한 반응을 보여 온 모 총장다웠다. 모든 능력자들이 그렇듯이 모 총장도 상대방의 말을 듣기보다 판단하기에 능했다.

"성 교수의 주장일 뿐, 아직 증거는 내놓은 게 없습니다."

"그렇다면 거짓 주장일 수도 있고…… 아무 소용이 없는 주장 아니오?"

"소용 있습니다요, 총장님. 주장만 듣고도 학생들이 좌시하지 않겠답니다."

봉 실장이 교활한 웃음을 지었다.

"학생들이 알고 있단 말이오?"

"주철 교수에게 분노한 일부 학생들이 교내에 대자보를 붙이고, 언론사에 제보를 하겠답니다."

백구는 현재완료형을 미래진행형으로 바꿔 능청스럽게 보고했다. 자신이 꾸미고 사주해 벌이고 있는 일을 마치 학생들이 자발적·자율적으로 움직이는 양 말한 것이다.

봉백구는 학생대의원회가 요구한 축제 관련 이권을 보장해 줄 테니, 학교의 적폐청산을 위해 불량 교수 퇴출에 협조해 달라고 했다.

대의원회 의장의 책사라는 짱구 머리 사무국장이 정의를 위한 일이라고 하니 기꺼이 나서겠다고 호응했다. 그러면서 극우 사이트 '사이조케'를 운영한다는 사무국장은 학교를 혼란에 빠뜨린 좌파 교수를 응징하고, 자유 수호와 정의 구현에 앞장서는 일이 맞는다면 걱정하지 말라고 했다. 다만 자그마한 사적 민원 하나를 들어 달라고 했다.

백구가 자신의 선에서 해결 가능한 민원이라면 기꺼이 들어주겠다고 했다. 졸업 뒤가 걱정인데, 일광대 부속병원에 말단 직원 자리 하나를 예비해 줄 수 있느냐고 물었다. 졸업 앨범 제작업체 선정이나, 축제 대행업체 선정 등은 학생서비스팀장과 협의를 통하여 들어줄 수도 있는 문제였으나, 부속병원 직원 자리는 인사 청탁인지라 백구의 선에서 답을 줄 수 있는 문제가 아니었다.

결국 직원 채용 문제는 성과 보너스 차원에서, 일이 해결된 뒤에 부속병원 인사 담당자의 협조를 구해 보겠다는 선에서 양해를 얻었다.

"그게 무슨 소리요? 증거도 없는 주장만으로 무조건 일을 터뜨려서 키우겠다는 말이오? 상대방이 명예훼손으로 되레 문제를 삼으면 어쩔 거요?"

소심한 모 총장이 다소 불안한 듯 물었다.

"증거가 없어도 학생들이 소문에 대한 진상 규명을 요구할 것입니다. 그때부터 증거를 찾아야겠지만, 학생들은 의혹만으로도 퇴출을 요구할 수 있습니다. 그게 학생들의 초법적인 힘입니다. 학생들이 총장님실을 점거할 때, 법과 증거에 근거해서 행동한 게 아니잖습니까. 학생들이 의혹을 제기하면, 학교는 마땅히 진상 조사를 통해 사실 규명을 해주어야 하지 않겠습니까요."

"그건 또 무슨 소리요?"

"학생들이 문제를 제기하면, 총장님께서 즉각 진상 조사를 지시하시면 됩니다. 나머지는 제가 알아서 하겠습니다요."

뒤늦게 봉백구의 의중을 짚은 모 총장이 빙그레 웃었다.

학교 측의 도덕성을 문제 삼는 주철을 역으로 쳐서 의대를 두 패로 쪼갠 뒤에 흩어버릴 수 있는 계략이었다. 모 총장은 뒤늦게 백구가 자신을 모의에 끌어들인 것이 아닌가 싶어 찜찜했다.

조 실장이 '그건 총장님께서 모르시는 것이 좋을 것 같습니다요'라고 한 말이 떠올랐다. 그러나 어쩌랴…… 칼끝이 목에 닿았으니 더는 생각만 하고 있을 때가 아니었다.

조건성을 내보낸 자리에서 추가 상황 보고에 이어 주철 공략에 따른 세부 전략을 보고한 뒤 재가까지 받은 봉백구는, 모 총장이 주의와 보안을 당부하며 온더록스 잔에 가득 따라 준 17년산 밸런타인을 원샷으로 마시고 객실을 나섰다. 봉백구는 취기가 아니라 취흥이 도는 기분이었다. 그는 기회란 타인의 불행 속에 있다고 굳게 믿는 사람이었다.

복도 모퉁이를 막 돌아선 백구는 엘리베이터 앞에서 홍여선 팀장을 만났다. 홍 팀장은 테이크아웃 잔에 담긴 커피를 양손으로 조심스레 받쳐 들고 있었다.

백구는 모 총장처럼 눈자위가 시퍼렇게 멍든 그녀와 어색한 눈인사를 나눴다. 아마도 총장이 마실 커피를 직접 배달하는 것 같았다. 엘리베이터에 오르자, 그득한 향수와 커피 향이 백구의 코를 찔렀다.

호텔을 나온 봉백구는 길 건너편에 있는 어둠침침한 골목으로 급히 향했다. 정지신호를 무시하고 횡단보도를 뛰어 건너는 바람에 급브레이크를 밟은 택시 기사가 운전석 창을 열고 쌍욕을 퍼부어 댔다.

비는 멎었지만, 오가는 차량들의 불빛으로 질펀한 물기를 머금은 도로가 빙판인 양 번들번들해 시계가 불량했다.

초저녁부터 주시열을 미워하는 영명고 출신 주니어 교수들과 과음을 한 데다가 모 총장이 온더록스 잔에 가득 따라 준 양주까지 급하게 원샷을 한 탓인지 속이 울렁거리고 머리가 깨질 것처럼 쑤셨다. 술에 체한 것 같았다.

골목으로 들어가 하수구 덮개 위에 구토를 한 그는, 다시 큰길로 나와 택시를 잡았다. 좀 전에 쌍욕을 퍼붓고 지나갔던 택시였다. 백구가 멋쩍어하는 기사에게 일광대로 가자고 이른 뒤 눈을 감았다.

대의원회 짱구 머리가 약속한 대로 대자보를 붙였다는 문자를 보내왔으나, 두 눈으로 직접 확인해야 했다. CCTV 녹화 장면으로 확인할 수 있었으나, 이번에는 불가했다. 증거를 남기지 않기 위해 관리팀장의 협조를 받아 대자보를 부착하는 의대 건물 주변의 CCTV 작동을 01시부터 01시 30분까지 정지토록 조처해 둔 때문이었다.

11

"근처에 볼일이 있어 왔다가……."

홍여선 팀장이 모 총장에게 커피를 건네며 말했다.

"이 늦은 시간에 웬 커피를……."

배달한 커피를 받아 든 모 총장이 그녀의 시커멓게 멍들어 부어오른 눈자위를 들여다보며 물었다.

"조 실장님으로부터 총장님께서 제 걱정을 많이 해주신다는 말씀을 전해 들었어요. 총장님, 정말 감사합니다."

홍 팀장이 허리를 숙여 절했다.

모 총장은 그녀가 온몸으로 보여 준 진정한 애교심에 대해 위로와 격려의 말을 건넸다.

"총장님, 힘내세요!"

총장의 격려에 멋쩍은 표정을 짓던 홍 팀장이 시크한 웃음을 지으며 불끈 쥔 주먹을 들어 올렸다.

파이팅까지 외친 홍 팀장이 나간 뒤, 아메리카노를 마시며 10분가량 멍한 자세로 앉아 있던 모 총장은, 서둘러 객실을 나왔다. 그는 호텔 건너편으로 이어진 횡단보도를 건너 주택가 이면도로로 향했다.

출입문 바깥쪽을 주시하고 있던 사무처장이 커피숍에서 쏜살같이 달려 나가 골목 모퉁이를 돌아 나타난 모 총장을 맞았다. 사무처장이 전후좌우를 살펴 가며 모 총장을 목조 한옥을 개조해서 만든 커피숍으로 안내했다.

"제가 말씀드린 그 친굽니다."

사무처장이 자신의 친구라며 소개시킨 사람은 빨간색 한화 이글스 야구 점퍼 차림에 야구 모자를 푹 눌러쓴 덩치 크고 뚱뚱한 중년 사내였다. 인사를 할 때 잠깐 야구 모자를 벗는 시늉을 했는데, 조명을 받은 정수리가 번쩍했다. 그도 사무처장처럼 연신 전후좌우를 살폈다.

다탁 위에 이미 반쯤 마신 두 잔의 커피가 보였다. 그러고 보니 두 사람이 약속 시간보다 일찍 와서 이야기를 나누며 모 총장이 오기를 기다린 것 같았다. 이미 커피를 마시고 나온 모 총장은 따로 음료를 주문하지 않았다.

"재심을 받으시면 틀림없이 재정지원제한대학에서 벗어나실 겁니다."

야구 모자가 전후좌우를 살피던 눈알을 데굴데굴 굴려 가며 점쟁이의 덕담처럼 말했다.

"가능성이 어느 정도나 됩니까?"

조바심과 절절함이 밴 질문이었다.

곁에 있는 사무처장은 모 총장의 이렇듯 비굴해 보이는 조바심이 낯설었다.

"군에서, 소위라고 해도 다 똑같은 소위가 아니잖습니까."

"……?"

아버지 백으로 군을 면제받은 탓에 모 총장은 군과 관련된 비유를 알아듣지 못했다.

사무처장이 야구 모자의 말에 부연 설명을 하려 했으나, 무언가에 쫓기는 듯 계속 주변을 살피던 야구 모자가 재빠르게 뒷말을 이었다.

"D등급이라고 해서 다 똑같은 D등급이 아니라는 말씀입니다."

그는 불룩하게 솟은 야구 점퍼 앞섶을 감싸 쥔 채, 살생부에 이름이 올랐다고 해서 다 죽이는 것은 아니라는 식의, 투구로 치면 구질(球質)이 모호한 말을 던졌다.

"……?"

"그러니 자구 계획을 잘 준비하셔서 기다려 보세요. 저는 그럼, 이만."

자구 계획을 어떻게 준비하라는 것인지는 고사하고, 모 총장이 말뜻을 알아듣기도 전에 야구 모자가 불룩한 아랫배를 감싸 쥐고 일어섰다. 그러고는 뒤도 안 돌아보고 화장실로 통하는 뒷문으로 잽싸게 사라졌다.

"저 친구가 실무 라인에 있는 책임잡니다. 헛말은 아닐 것입니다."

사무처장이 친구가 남긴 말에 대해 설명을 덧붙였다.

"배만 불려서 보내 준 거요?"

모 총장이 황당하다는 표정을 지으며 물었다.

"오시기 전에 팁을 받았습니다. 총장님께서 직접 만나 보기를 원하신다고 하니까, 위험해서 절대 안 된다고 펄쩍 뛰는 놈을 억지로 붙들어 놓고 있었습니다요."

사무처장은 친구를 낮춰 놈으로 부르면서 자신을 높였다.

"아무리 그래도 그렇지……."

절박함이 담긴 넋두리였다.

"예의 바르고 의리가 강철 같은 친굽니다. 하지만 워낙 민감한 시기라서 이렇게 만난 것이 알려지기라도 한다면 쌍방이 좋을 게 없잖습니까, 총장님."

사무처장이, 마치 다 잡은 물고기를 놓치기라도 한 양 황당해하는 모 총장을 서둘러 달랬다.

아마도 그로부터 뭔가 확실한 답을 듣고자 했던 것 같았다. 위험천만한 자리에 기어이 나와서 돈 배달을 확인하는 것만으로는 성이 차지 않았는지, 다짐까지 받아 내려고 덤벼드는 모 총장의 무모함이 안쓰러워 보였다.

12

화장장에 도착한 장의 차량을 둘러싸고 화장장 측 직원들과 장례 집도를 위해 동행한 교회 부목사 간에 실랑이가 벌어졌다.

망자의 영을 하늘나라로 인도하기 위한 마지막 송별 기도를 해야 한다는 부목사와, 화장 스케줄이 빡빡해서 그럴 시간을 내줄 수 없으니 순서에 따라 당장 화장해야 한다는 화장장 측과의 실랑이였다. 결국은 참석한 조문객 모두가 화장장 측 직원들이 얼쩡대며 투덜거리는 가운데 아버지를 기도로써 전송했다.

기도 중에 주머니 속에 든 휴대전화가 잠시 부르르 떨었다. 공민구가 휴대전화를 꺼냈다. 조교가 보낸 문자였다.

[필독!] 일빛 WCC 실용 글쓰기 기초 1차 워크숍 안내
일시: 2015년 6월 2일(화) 13:30 – 3일(수) 18:30

장소: 충북 제천 레이크사이드 호텔

학생들이 한쪽에서 농성 중이어도 다른 한쪽에서는 학사 일정이 정상적으로 진행되는 것 같았다. 공민구가 기획하여 진행하기로 되어 있었던 워크숍 참석을 독려하는 안내 문자였다.

WCC 태스크포스 팀 소속 조교의 판단으로 안내 문자를 보냈을 리는 없었다. 조건성 비서실장이 조교를 시켜 한 짓이 분명했다.

기도가 끝나고 아버지의 초라한 목관이 6번 화로로 들어갔다. 관을 화로 속으로 밀어 넣을 때, 다시 문자가 왔다. 줄줄 흐르는 눈물 탓에 문자가 번져 보여서 읽기가 힘겨웠다.

―늦게라도 참석 가능하시면 문자 주시기 바랍니다

오늘로써 삼일장을 마쳤을 터이니, 내일 있을 워크숍에 참석하여 당초 맡은 일을 하라는 압박 같았다.

아버지를 화로에 넣은 가족들이 서로를 부둥켜안은 채 울부짖었다. 안고 있던 어머니를 품에서 떼어 낸 공민구는 화로 앞 대기 공간을 나와 조교의 전화번호를 찾아 눌렀다.

"누가 시켜서 문자질이지?"

민구가 거칠게 묻고는 고개를 들었다. 출입구 밖의 하늘이 높고 맑고 아득했다. 아버지가 저 아득한 곳까지 어찌 오르실지 알 수 없었다.

"비서실장님께서 혹시 오실는지도 모르니까, 의사를 여쭤 보라고 해서…….”

잘못 없는 조교가 주눅이 든 목소리로 덧붙였다.

“왜?”

“총장님께서 참석하실 예정이시기 때문에 여쭤 보라고 해서…….
또 교무연구처장님도 공 교수님이 참석을 못 하시면, 자기가 진행을
해야 하기 때문에 여쭤 보라고 하시고…… 다 알아서 할 것처럼 일
을 벌였으면 와서 매듭을 지어야지 상을 핑계로 무책임하게 빠져나
가면 어쩌라는 거냐고 하시면서 버럭 화를…….”

민구의 질문에 징징거리며 사실대로 답을 마친 친절하고 착한 조
교가, 교육부 평가 때문에 워크숍을 연기하거나 취소하지 못한다는
학교 측 입장까지 전해 주었다.

민구는 흡연 중인 상복 차림의 낯선 남자에게 다가가 담배를 빌렸
다. 두 번을 불러도 반응이 없던 남자는 옆구리를 건드리자 넋 나간
표정으로 민구를 바라보았다. 많이 울었는지 솜사탕처럼 팅팅 부은
얼굴이었다.

끊은 지 20년이 넘은 흡연인데, 맛이 몸에 착착 들러붙었다. 머리
가 아닌 몸이 담배 맛을 낱낱이 기억하고 있다는 것이 무섭고 신기
했다.

공민구는 허공중에 흩어져 사라지는 담배 연기를 멍하니 좇다가
갑자기 일광대와의 인연이 점점 멀어지고 있음을 직감했다.

그는 1회로 입학해서 1회로 졸업했다. 6개 학과, 285명이 입학했
는데, 4년 동안 158명이 휴학과 자퇴 또는 편입으로 떠났다. 졸업정
원제로 10퍼센트를 더 뽑았는데, F학점을 두 번 이상 연달아 받은

5명은, 졸업할 학생이 정원보다 적어졌음에도 불구하고, 졸업정원제에 근거해서 일찍 퇴학을 당했다.

공민구는 졸업 후 군 생활 2년과 출판사 편집자로 생활한 3년을 뺀 나머지 세월을 줄곧 일광대에 머물렀다.

민구는 시를 본격적으로 발표하고, 공부를 더 해서 강단에 서고 싶었다. 이런 꿈과 이유로 공민구는 1990년 일광대의 스카우트 제의를 받아들였다. 그러나 그는 모교로 이직한 이후 주어진 담당 업무보다 더 많은 잡무를 처리하는 데 모든 시간과 열정을 바쳐야 했다. 시도 공부도 뒷전으로 밀렸다.

민구는 첫 모금을 빨아들일 때 머리가 잠깐 찌릿해지면서 띵했으나, 중독되었던 니코틴 맛을 금방 되찾았다. 토해 낸 담배 연기는 계통 없이 허공을 배회하다가 자취도 없이 사라졌다. 불현듯 자신의 삶도 이제는 필터만 남았을지 모른다는 섬뜩한 생각이 들었다. 민구의 나이 어느덧 쉰일곱이었다.

그는 더욱 강한 흡연 욕구가 생겼으나, 참았다. 손가락에 끼고 있던 다 탄 꽁초를 버리고 6번 화장로를 향해 걸었다.

이미 숯검정이 되어 화로에 들어간 아버지는 재가 되기 위해 계속해서 타고 있었다.

화장로 입구 비좁은 의자에 걸터앉아 가족의 곡을 듣던 민구는, 어제 늦은 시간에 문상 온 주시열 교수가 했던 말이 떠올랐다. 검정 깃을 단 검정 두루마기 차림으로 나타났는데, 저승사자 차림이어서 깜짝 놀랐다.

아무튼 동료 교수 편에 부의금까지 보낸 주 교수가 굳이 자정이 가까운 시간에 직접 문상까지 온 이유를 알 수 없었다.

공민구는 교수라 불려도, 보통명사 교수이지 고유명사 교수가 아닌지라 급이 달랐다. 그래서 교협도 회원으로 받아 주지 않았다. 그러니까 공 교수는 초짜 비정년 교수였고, 게다가 주 교수와는 생각과 행동이 대척점에 있는 견원지간이었다. 그런 주 교수가 총장의 미움으로 벼랑 끝에 몰려 표적 조사까지 받고 있는 민구를 자정이 가까운 시간에 찾아와 깍듯하게 조문하는 예를 갖출 이유가 없었다. 또 평소 주 교수의 인간성이 그렇지 않았다.

주 교수는 돌아가기 전에 무슨 주문(呪文) 같기도 하고 예언 같기도 한, 아무튼 몹시 신경을 거스르는 묘한 언질을 남겼다. 언뜻 조언 같기도 하고 충고 같기도 했는데, 뒷맛이 개운치 않음은 물론 뜻을 짐작하기도 만만치 않은 말이었다.

"공 교수, 개살구는 먹을 수가 없소. 비유가 적절할는지 모르겠으나 상처뿐인 영광과 같소."

그가 가고 난 뒤에 민구는 아버지의 영정 앞에 놓인 각대 봉투를 보았다. 밀봉이 된 두툼한 비닐 봉투였는데 주 교수가 놓고 갔다고 했다.

3부
모도일의 대학

괴로운 설사가 끝나거든 입을 다물어라 누가

보았는가 무엇을 보았는가 일절 말하지 말라

그것이 우리의 증명이다

—김수영의 시 「설사의 알리바이」 중에서

1

　오전 10시가 조금 지나자 '일빛대로'가 밀려드는 차량들로 분주해졌다. 대열 운행을 하듯이 꼬리를 문 고급 승용차들이 교문과 '日光 VISION樓(일광비전루)'를 차례로 통과해 1.2킬로미터에 이르는 경사진 직선 대로를 타고 올라오기 시작했다.

　차량들은 관리팀 직원들의 수신호에 따라 본부 건물을 등지고 선 오정 모준오 선생 동상을 끼고 왼쪽으로 돌아 의대 건물 주변과 잔디밭에 주차했다.

　학교 측으로부터 자녀들의 불법 점거 농성을 말려 달라는 통지를 받은 학부형들이 각자의 차량을 몰고 학교로 속속 들이닥친 것이다. 의대 학부형들이 몰고 온 차량들은 학내에서 흔히 봐 왔던 일반 국산 차종이 아니었다. 벤츠, BMW, 볼보, 렉서스, 캐딜락, 포르쉐 등 외제 수입차가 대다수였고, 드문드문 에쿠스와 대형 제네시스가 보였다. 각양각색의 차종 때문에 의대 주변은 마치 야외 모터쇼 전시장 같았다.

운전기사를 달고 온 학부형들도 다수 보였다. 기사는 기본이요, 비서까지 달고 온 이른바 VIP 학부형—이들은 대외협력 부총장이 명단을 작성해서 평소에도 따로 관리했다—도 보였다.

학부형과 운전기사 들은 자신들이 몰고 온 고급 차량에서 모포, 생수, 곽 티슈, 컵라면, 일회용 컵, 휴대용 가스버너 등을 내렸다.

얼핏 보기에도 점거 농성을 말리려고 온 것이 아니라, 지원 물품을 가지고 지도 격려 또는 동참하러 온 것 같았다. 실제로 일부 학부형들은 분노에 찬 표정으로 자식들의 농성에 동참하기 위해 방문했다고 밝혔다.

기다리고 있던 의대생들이 짝짓기 놀이를 하듯이 각자의 부모 형제들을 찾아서 들러붙었다. 얼핏 논산훈련소 면회장 모습 같기도 하고, 떼를 지었다가 흩어져서 우왕좌왕 웅성웅성하는 모습을 보면 마치 유치원 학예발표회를 보는 것 같기도 했다.

주차 안내봉을 든 관리팀장이 소속 팀원들과 용역 경비들을 급히 소집해 무질서하게 뒤엉킨 차량을 분산 주차시키도록 안내하라고 지시했다.

휴대전화를 귀에 댄 관리팀장은 비지땀을 흘리며 모 총장에게 현재 분위기를 직보하는 중에도 한 손으로 손짓 발짓을 섞어 소속 팀원들과 용역 경비들에게 호통을 쳐 가며 계통 없는 주차 안내를 지적했다.

기숙형 대학을 짓는 터 파기 공사장에서 암반을 쪼개 발라내느라 연이어 터져 나오는 발파음 때문에 겨우겨우 몇 마디 직보한 관리팀장이 마침 옆으로 다가온 비서실장에게 휴대전화기를 넘겼다. 휴대전화를 건네받은 비서실장이 바통을 넘겨받은 계주 주자처럼 소음이 덜한 곳을 찾아 달려갔다.

관리팀장은 곁에 붙어 있는 건설 담당 과장을 현장 소장에게 보냈다. 오전 발파작업 중단을 요청하라고 했다. 펜스 등 안전장치가 부실해 위험스럽기도 했지만, 소음과 분진 때문에 극성맞은 학부형들이 항의 민원을 제기할 것이 뻔했다.

"다시 연락 올릴 때까지 호텔에 그대로 계시는 것이 좋을 것 같습니다요, 총장님."

1층 복도 끝 비상계단에 자리를 잡은 조건성 비서실장이 의대 현관 입구 쪽으로 삼삼오오 모여드는 학부형들을 곁눈질로 힐끔힐끔 바라보며 통화했다.

조건성도 관리팀장처럼 내교한 학부형들로부터 무언가 불길한 낌새를 감지했다. 학생들을 학업에 복귀시키기는커녕 잠자코 있는 학부형들까지 농성장으로 끌어들여 판을 키운 것이 아닌가 싶어 불안했다.

차무건 교수의 아이디어와 사무처장의 발언에 따라, 의대생 전원 유급 또는 중징계가 예상되니 자녀들의 부당하고 불법적인 점거 농성을 말려 달라며 지도를 당부한 가정통지문이 되레 학부형들을 자극하고 분노케 하여 집단 항의 방문을 자초한 짓이 되고 말았다는 판단이 섰다.

뒤늦게 본부 건물에서 달려 나와 오르막을 헐레벌떡 뛰어 올라온 정출 학생지원처장이 학부형들 앞에 서서 90도 인사를 한 뒤, 가쁜 숨을 가누며 큰 소리로 자기소개를 했다.

"저, 저는 학생지원처장 정출 교숩니다요. 하, 학교와…… 자녀들을 걱정하시는 마음으로…… 이렇게 바, 방문해 주신…… 학부형님 여러분께 모도일 총장님을 대신해…… 머, 먼저…… 머, 머리 숙여 깊은 감사 말씀 올립니다."

"누가, 누구를 대신한다고?"

한 학부모가 정 교수의 턱밑에 대고 손가락질을 하며 야유를 했다. 선글라스를 쓴 곱상한 중년 부인인데, 나이와 달리 몸매와 차림새가 여대생 같았다.

"총장에게 할 말이 있어 왔으니끼네, 당신은 고마 드가고 총장을 직접 나오라고 하소."

군용 모포를 옆구리에 낀 건장한 학부모가 거들고 나섰다. 아웃도어 차림이었다.

"초, 총장님은 곧 나오실 겁니다. 그 전에 사, 상황을 잠깐 설명드리자면……."

긴장한 학생지원처장이 아직껏 고르지 못한 숨을 마저 고르느라 계속 말을 더듬었다.

"학생들을 감금해 놓고, 설명할 상황이 뭐가 있단 말이오?"

검정 정장 차림에 반백의 머리를 2 대 8 비율로 깔끔하게 빗어 넘긴 중년 사내였다. 한눈에 봐도 왠지 고위 행정 관료가 아니면 법조인 같아 보였다.

학생 감금이란 말에 화들짝 놀란 학생지원처장이 눈을 부라렸다.

그러고는 순식간에 치밀어 오른 화를 어쩌지 못해 부라린 눈과 벌린 입을 다물지 못했다.

학생들의 총장실 불법 점거 농성을, 학교 측이 학생들을 총장실에 감금한 것이라고 둔갑시켜 주장하는 데는 억장이 무너질 노릇이었다. 그것도 상식을 갖춘 것으로 짐작되는 사람이. 정 교수는 분노 때문에, 겨우 가누었던 숨이 다시 차오르는 것 같았다.

아무튼 정 교수는 학부모의 적반하장에 어이가 없었다. 이거, 그 자식에 그 아비 어미가 아닌가, 라는 욕이 목구멍까지 치밀고 올라왔다. 그러면서 학부형의 협조를 받아야 해결 방안이 나온다면서 사태를 이 지경으로 키운 차무건과 사무처장이 떠올랐다. 그놈들이 주둥아리로 싸지른 똥을 또 치워야 하나, 라는 생각이 든 학생지원처장은 이를 갈다가 자신도 모르게 그만 욕설을 내뱉었다.

"개 같은 자식……."

"뭐욧? 지금 날 보고 개 같은 자식이라고 했소?"

중년 남자의 가지런한 머리카락이 바람에 흐트러졌다.

"그게…… 아, 아닙니다."

당황한 정 처장이 양손을 내두르며 뱉어버린 혼잣말을 수습하기 위해 안간힘을 썼다.

"그게, 그러니까, 처장님께서는 학부형님께 욕을 하신 게 아니라……."

학생지원팀장이 위기에 처한 처장을 거들고자 나섰다.

"형편없는 대학일세!"

"쯧쯧……."

누군가의 탄식과 혀 차는 소리가 버무려졌다. 순식간에 학부형들의 야유와 공격 대상이 되어버린 정 처장은 억울해서 미쳐버릴 것만 같았다.

형편없는 학부모가, 되레 대학을 형편없다며 욕을 하다니…….
20일째 천둥벌거숭이처럼 날뛰는 학생들을 상대해 온 것만으로도, 면담을 요청하며 찍자를 놓는 학생들을 총장이 무조건 피해 다니고 있는 것만으로도 감당이 어려워 도망치고 싶은 심정인데, 간신배 차무건이 불러들인 학부형까지 가세하여 그를 닦달하고 있는 것이다. 정출은 총알받이가 되어 허허벌판에 내동댕이쳐진 기분이었다.

'하아, 씨발!'

이 욕은 정출이 속으로 삭였다.

흥분한 학부형들은 정출의 부인에도 불구하고 학교 측의 부당·불법 행위에 대해 조목조목 열거하며 따지고 들었다.

정출이 장소를 세미나실로 옮겨 차근차근 대화를 나누자고 했으나, 흥분한 학부형들은 세미나를 하려고 온 것도 아니고, 또 우리를 욕으로 상대하는 당신 같은 사람과는 마주 보고 앉아서 따로 나눌 이야기가 없다며, 당장 총장이나 불러오라고 소리쳤다. 학부형들이 총장을 집 나간 개 취급을 했다.

"어린 학생들을 총장실님에 감금해 놓고 입구를 봉쇄해버렸다는 것이 있을 수 있는 일이에요?"

학부모라기보다 학조모(學祖母)로 보이는, 고운 한복 저고리에 마고자를 덧입은 할머니가 차분한 목소리로 항의했다. 자극적인 용어 사용과는 달리 옷차림새와 표정과 말투 자체가 모두 고상한 할머니였다. 그 때문에 할머니가 감금·봉쇄라고 한 말에 2 대 8 가르마보다 더 큰 긴장감과 호소력이 실렸고, 또 이 때문에 좌중이 동조하여 더욱 큰 동요가 일었다.

"어르신. 봉쇄라니요? 천부당만부당하신 말씀입니다."

학생지원처장의 입장에서 볼 때 점입가경이었다. 하지만 을의 입장이 된 그로서는 죄인인 양 하염없이 굽신거릴 수밖에 없었다.

"뭐가 천부당만부당이라는 거요? 여기 증거가 이렇게 있는 데도 부인하십니까? 이건 모의에 의한 집단 인신 구속입니다."

감금이라는 단어를 처음 꺼낸 정장 차림의 2 대 8 중년 사내가 손에 쥔 책자를 내두르며 고압적인 말투로 학생지원처장을 몰아세웠다.

그가 내두르고 있는 책자를 본 학생지원처장은 정신이 아뜩했다. 매뉴얼 북이었다. 당연히 대외비로 분류된 책자였다.

학부형들이 14층 총장실을 점검한 학생들이 자유롭게 드나들지 못하도록 직원들로 하여금 24시간 보초를 세워 출입구를 봉쇄한 사실을 문제 삼았다. 물론 완전 봉쇄한 것은 아니었지만, 자유로운 출입을 통제하고 일정한 시간대—예를 들면 보초를 서고 있는 직원들의 취침을 위해 자정부터 아침 6시까지—에 출입을 제한했다.

출입을 통제 내지는 방해한 것은 농성 학생들이 음식물과 속옷가지를 자유자재로 반입하지 못하도록 하기 위한 조처였다. 농성 장기화를 막으려는 의도로 의식(衣食)에 불편함을 준 것이었다. 이를 두고 학부형들이 인신 구속이요, 인권침해에 해당한다며 강력히 항의하고 나선 것이다.

"모의에 의한 인신 구속이라니요? 무슨 말씀을 그렇게 함부로 하십니까?"

집단 인신 구속이라는 말에 학생지원처장이 발끈했다. 그는 더 이상 속절없이 밀릴 수만은 없다는 판단이 섰다.

중년 사내의 말에 따르면, 대학은 학생들의 감금을 모의했고, 학생지원처장은 학생들의 불법감금을 지시 또는 관리 감독한 중대 범죄자인 것이다.

2 대 8이 소리치는 정 처장을 쩨려봤다. 학생지원처장도 자신을 쩨려보는 2 대 8을 잡아먹을 듯이 쩨려봤다. 두 사람의 모습이 마치 링 위에 올라서서 격투 전에 상대의 기를 꺾어 놓으려 심리전을 벌이는 파이터들 같았다. 잠시 긴장감 속에 눈싸움이 오간 뒤, 2 대 8이 흐트러진 자신의 머리칼을 손으로 빗질하며 물었다. 권위적이고 위압적인 말투였다.

"당신, 내가 누군지는 알아?"

갑자기 바람의 방향이 바뀐 때문에 애써 손 빗질한 중년 사내의 머리카락이 흐트러졌다. 또 바람을 탄 공사장 발파음이 정 처장의 귀를 때리는 바람에 2 대8의 '중대한 질문'을 미처 알아듣지 못했다.

"뭐욧?"

중년 사내의 고압적 표정만 본 학생지원처장이 눈을 부라리며 고성을 내질렀다. 교수도 사회적으로 꿀릴 만한 지위나 신분이 아니지 않은가.

"지금 내게 고함을 친 거요?"

눈을 치뜬 중년 사내가 키 크고 덩치 큰 학생지원처장의 턱밑으로 바짝 다가서며 물었다.

"아니, 여기서 대체 왜들 이러십니까? 영감님, 처장님. 학생들 싸움이 부모님들 싸움으로까지 되어서야…… 그리고 영감님은…….."

윤우였다. 어느 틈에 달려왔는지, 두 사람 사이에 급히 끼어든 윤우가 영감님이라 부른 중년 사내 쪽을 바라보며 일단 참으라는 눈짓을 보내고 뒷말을 마저 이었다.

"제게 연락이라도 하시고 오시지……."

넝마주이인 양 한 손에 너덜너덜한 전지(全紙)를 움켜쥔 윤우가, 영감님이라고 부른 중년 사내 앞에서 머리를 조아린 채 쩔쩔맸다. 영감님은 지검장이라고 했다.

지검장을 지점장으로 알아들은 정출은 고개를 빳빳이 쳐든 채 눈을 깔아 중년 사내를 계속해서 째렸다.

윤우는 의대 건물 뒤편과 옆구리 쪽 외벽에 나붙은 전지 크기 대자보를 뜯어내느라 현관 쪽에서 벌어진 실랑이를 뒤늦게 알게 되었다. 하기야 일찍 알았다고 할지라도 윤우로서는 대자보를 뜯어내는 일이 먼저였을 것이다.

학생 대의원회 명의로 나붙은 대자보는 공동대책위원장 주철에 대한 근거 없는 음해성 내용이었는데, 진위를 떠나 공개한 의혹만으로도 교수이자 학자로서의 생명 줄을 끊을 수 있는 추잡하고 치명적인 내용들로 가득 차 있었다.

윤우의 소개를 통해 신분이 밝혀진 영감님이 학부형들을 대표해서 학생지원처장을 본격적으로 몰아세웠다. 그는 법적 근거와 용어를 조목조목 찾아 대며 학교 측의 학생에 대한 부당 가해 행위를 항의했다.

정출은 그의 논리가 과장되어 있으며 억지스럽다고 생각했으나, 구사하는 법리와 내뱉는 낯선 법률 용어들이 그럴듯해서 주눅이 들 정도였다.

어디에 있다가 갑자기 나타났는지 모를 방송 기자들이 떼거리로 몰려와 카메라 앵글을 들이대며 영감님에게 항의 방문한 사유를 물었고, 신문 기자들은 영감님이 쏟아 내는 답변을 받아 적느라 야단이었다.

뒤늦게 사색이 되어 나타난 홍보팀장은 엉키고 뒤틀린 상황만 살피며 어쩔 줄을 몰라 했다. 학부형들 중 누군가가 학교로 오기 전에, 또는 오면서 언론사에 취재를 요청한 것 같았다.

윤우는 사태가 예기치 않은 방향으로 자꾸만 커지는 것 같아 안타깝고 참담했다.

"우리가 바쁜 사람들이오. 총장이나 당장 나오라고 하시오!"

학부형이 오라고 해서 올 총장도 아니었고, 만나러 간다고 해서 만나 줄 총장도 아니었다. 모 총장은 자기가 만나고 싶은 사람만 만나고 싶을 때 만나는 사람이었다.

중앙현관 계단 앞에 진을 치고 있던 학부형들이 계단 아래쪽으로 슬금슬금 내려섰다. 모 총장이 끝내 안 나오겠다면 우리가 찾아가는 수밖에 없다면서 마고자 차림의 할머니가 본부 건물 쪽을 손가락질하며 앞장섰다. 맞바람이 불어 할머니의 한복 치마가 깃발처럼 휘날렸다. 할머니의 선동적인 발언과 일거수일투족이 예사롭지 않아 보였다.

윤우가 서둘러 할머니 쪽으로 달려갔다. 순간 그의 눈에 현관 방풍실 유리벽에 나붙은 큼지막한 대자보가 보였다. '의대 주철 교수의 박사학위 부당 취득에 대한 학우들의 입장'이라는 제하의 대자보였다. 건물 뒤편과 옆구리 외벽에 붙였던 대자보와 같은 내용이었다.

비상 상황을 통제하느라 퇴근을 못 한 윤우는 새벽 2시에 외국인 교수 생활관에 들어가 잠을 자고 아침 10시쯤 일어나 나왔다. 전전 반측하다가 뒤늦게 잠이 든 탓도 있지만, 오랜만에 접한 편한 잠자리여서 늦잠을 잔 것이다. 그동안 20일째 밤샘을 하면서 연구실과 학장실을 오가며 군용 간이침대에 누워 잠깐씩 눈을 붙였었다.

생활관을 나서면, 야산 중턱쯤을 양팔 폭으로 깎아 만든 힐링 황톳길이 있었다. 길 아래가 수직면으로 가팔라 의대생들은 '일광 잔도(棧道)'라고 불렀다. 의대 건물 뒤편과 본부 건물 쪽을 잇는 샛길이었다.

시위 학생들이 총장실을 기습할 때 일부는 이 잔도를 이용했다. 윤우가 이 지름길로 오다가 의대 건물 외벽에 붙은 대자보를 발견한 것이다. 한밤중에 붙인 것으로 추정되는 대자보는 건물 뒷면뿐만 아니라, 건물 전체를 빙 돌아가며 도배라도 한 것 같았다.

할머니가 갑자기 앞을 막아선 윤우로 인해 주춤거리는 사이에 방송국 카메라 기자가 급히 대자보 쪽으로 달려갔다. 카메라 기자가 윤우보다 한발 앞서 방풍벽으로 달려가 대자보를 근접 촬영했다. 지검장의 운전기사도 자신의 스마트폰을 꺼내 대자보를 찍고 있었다.

윤우는 이미 촬영하고 있는 대자보를 뜯을 수도 촬영을 제지할 수도 없었다.

차무건 교수의 무모하고 불법적인 매뉴얼 작업과 무책임한 학부형 내교 제안과 모 총장의 우유부단한 동의가 어우러져 학부형까지 추가로 농성에 끌어들인 꼴이 된 일광대는, 사태가 뜻하지 않은 방향으로 일파만파 번지면서 또 다른 위기를 불러오고 있었다.

학내 분규 소식을 듣고 하루에 서너 차례씩 들러 첩보를 수집하던 중동부경찰서 담당 정보계장도 총장실 점거 사태가 발생한 이튿날 과장을 대동하고 시찰한 뒤부터 방문 횟수와 머무는 시간이 두 배 이상 늘었다.

그는 모 총장이 파라다이스 호텔 특실에 머무르고 있다는 것도 파악하고 있었는데, 일광대 상황을 소속 경찰서뿐만 아니라 국정원 지부에도 일일 보고를 한다고 했다. 그러니까 정출과 맞섰던 지검장은 마음만 먹으면 얼마든지 총장의 행방 따위는 간단히 알아낼 수 있는 사람이었다.

학부형들이 몰려들어 난리를 부리고 있는데도, 정작 학부형 내교를 건의했던 차무건은 코빼기도 보이지 않았다. 일을 벌인 놈은 언제나 그랬듯이 일이 잘못되면 모든 책임을 뒤치다꺼리한 놈에게 씌웠다.

학부형들은 자신들을 '초대'한 총장이 학내에 없다는 사실과 이에 대한 대응 방안을 의제 삼아 갑론을박했다. 그리고 난 학부형들은 일단 자신들이 학교 측으로부터 일방적으로 무시 내지는 농락당했다는 자체 결론을 내렸다.

총장만 안 계실 뿐 부총장들도, 학장들도, 학생지원처장도, 비서실장도 모두 학내에 대기하고 있다고 했으나, 학부형들이 꿩 대신 닭과 병아리들은 싫다며 상대하려 하지 않았다.

고지식하고 충성도가 높은 정출은 사안의 중대성이 크다고는 하지만, 그럴수록 밑으로부터 순서대로 풀어 올라가야 하는데, 무조건 총장부터 만나 위로부터 풀어 내려오려고 덤벼드는 학부형들의 태도가 못마땅했다. 그 자식에 그 부모라고, 학생 놈들과 하는 언행들이 판박이였다.

"학위를 위조한 무자격 교수도 데려다 쓰는 모양이네."

할머니가 윤우를 쳐다보며, 논문 위조 의혹을 학위 위조로 둔갑시켜버렸다.

"그러니 학교 꼬라지가 요렇게 형편없지."

"지들끼리 헐뜯으며 싸우고…… 지랄들을 떤다."

아들의 피켓을 빼앗아 든 학부형이 말했다. 피켓에는 '의대에게 독립을!'이라고 씌어 있었다.

"이러니 이런 사달이 나는 거예요."

할머니가 동조했다.

"왜 부실 대학이 됐겠어요?"

대자보에 쓰인 내용을 두고 설왕설래하는가 싶던 학부형들이 다시 슬그머니 움직이는 할머니의 뒤를 좇아 본부 건물 쪽으로 이동을 시작했다.

윤우는 자신을 비켜 걸어가는 할머니의 뒤통수를 멍하니 바라보며 서 있을 수밖에 없었다.

봉백구 감사실장은 본부 건물 옆 교직원 식당 뒤편에 숨어서 이런 모습을 예의 주시하고 있었다. 그의 옆에는 머리띠와 피켓을 든 예닐곱 명의 학생들이 대의원회 의장의 지휘 하에 대기하고 있었다.

마치 대테러 진압군들 같은 모습이었다.

"대체 누구 짓입니까?"

윤우가 촬영이 끝난 대자보를 뜯고 있을 때, 등 뒤에서 누군가가 따지듯이 물었다. 대자보를 구겨 움켜쥐고 뒤돌아섰다.

의대 동문회장이었다. 그는 윤우의 5년 후배였다.

"주철은 저와 같이 학위를 한 동깁니다. 논문 대필이라니요? 대체 누가 이런 모함을 하는 겁니까?"

흥분한 동문회장이 언성을 높여 윤우에게 따졌다. 대자보 작성과 부착에 대한 책임을 윤우에게 묻는 것 같았다.

윤우는 대자보를 손바닥 크기로 접어 주머니에 넣었다.

"이 사람아, 자넨 동문이야. 자네까지 와서 왜 이러나?"

윤우가 흥분한 동문회장의 손을 잡으며 말했다.

"성애주 교수라는 여자는 꽃뱀입니까?"

동문회장이 손을 뿌리쳤다.

"나도 경위를 알아볼 참이네. 그런데 자넨 무척 바쁘다고 들었는데 연락도 없이 어떻게 여기까지 내려왔나?"

윤우가 지청구하듯이 물었다. 윤우가 의대 문제로 상의할 일이 있어 찾아갈 테니 잠깐 보자고 해도 그럴 시간이 없다며 거절한 후배였다.

"저 영감님이 부르는데, 어떻게 안 내려옵니까?"

서울 강남에서 개인종합병원을 운영하고 있는 동문회장을 지검장이 불러 내렸다는 말이었다.

윤우는 그가 의료사고 건으로 경을 칠 때 큰 도움을 받고는 그 뒤

서로 호형호제하는 사이로 지낸다는 말을 들은 바 있었다.

"왜?"

지검장이 왜 불러 내렸느냐는 물음이었다.

"왜겠습니까? 내 아들 문제가 걸려 있으니 동문회장이 당장 와서 책임지고 모도일 총장님을 만날 수 있도록 주선하라고 닦달을 해대는데……"

"그렇다면 더더욱 내게 먼저 연락을 했어야 하지 않나?"

"예? 선배님이 실세였어요? 몰랐네. 아니, 그런데 선배님이 지금 절 나무라시는 거예요?"

동문회장이 비아냥거렸다.

"왜 이러나?"

"선배님이 실세이시라면, 일광대 의대 위상을 이렇게 쪼그라뜨린 게 선배님이라는 말씀인가요?"

윤우는 동문회장의 말을 상대하지 않고, 돌아서서 휴대전화를 꺼내 총장의 번호에 해당하는 단축 버튼 '3'을 눌렀다. 신호는 가는데 모 총장은 전화를 받지 않았다.

윤 학장은 메아리인 양 발신음만 반복해서 들리는 휴대전화를 귀에 댄 채 앞장서 걸어가는 할머니를 향해 달려갔다.

학부형들이 20일째 계속된 농성에 지쳐 잔뜩 독이 오른 학생들 전체와 만나서 서로 어우러지면 왠지 예기치 못한 불상사가 생길 것만 같았기 때문이었다. 학생들이 한껏 달아오른 기름이라면 학부형들의 동참이 불씨가 될 수 있었다.

윤우는 일이 자꾸 안 좋은 방향으로 꼬여 가는 것을 지켜보고만 있을 수 없었다. 휴대전화를 귀에 댄 채로 그는 총장실로 가겠다며 본부와 이어진 내리막을 거침없이 내닫고 있는 학부형들의 행진을 막아서며 뒷걸음질 쳤다.

휴대전화에서는 여전히 발신음만 반복되고 있었다. 윤우는 문득 총장이 이 상황을 알고 있을는지도 모른다는 생각이 들었다.

"여, 여보세요. 총장님."

윤우가 발신음에 대고 상대방과 통화를 하는 척했다. 그러고는 뒷걸음질을 멈추고, "총장님께서 오시겠답니다"라며 거짓말을 했다.

"어어……."

선두를 이끌던 한복 할머니가 갑자기 뒷걸음질을 멈춘 윤우와 부딪혔다. 부딪쳐 밀린 윤우가 미처 몸을 가누지 못해 뒤로 넘어졌고, 내리막길을 내처 내려오던 학부형들이 순식간에 넘어진 그를 덮쳤다.

돌발적으로 벌어진 가벼운 사고였고 즉각적인 응급조치가 있었으나, 지병인 당뇨와 과로와 스트레스로 몸이 망가진 윤우는 정신을 수습하지 못했다.

학부형들이 쓰러진 윤우를 황당하고 의심스럽다는 듯이 내려다보았다. 윤우의 실신을 모종의 의도가 있는 할리우드 액션이라고 생각하는 것 같았다. 곁에서 지켜보고 있던 정 처장의 신고로 119 구급차가 와서 윤우를 실어 갔다.

조건성 비서실장이 경광등을 번쩍이고 사이렌을 울려 대며 정문을 급하게 빠져나가는 구급차의 꽁무니를 바라보며 총장에게 현재 상황을 상세히 보고했다. 학부형들이 내교한 후 다섯 번째 올리는 상황 보고였다.

"지금이얏!"

봉백구는 방아쇠를 당기듯이 대의원회 의장의 등을 떠밀며 뒤통수에 대고 소리쳤다.

갑자기 등을 떠밀린 대의원회 의장이 앞으로 튕겨 나가며, "어어 씨발!" 하는 욕설과 함께 피우고 있던 담배를 떨어뜨렸다. 잠시 몸을 추슬러 떨어진 담뱃불을 발로 짓이긴 그가 대기 중인 학생들을 꽁무니에 달고 학부형들 쪽으로 달려 나갔다.

주철 교수 퇴진을 요구하는 색색의 머리띠를 두른 학생들이 학부형들 앞으로 쏟아져 나와 손으로 쓴 팻말로 허공을 찔러 대며 구호를 외쳤다.

"무자격자 주철은 무릎 꿇고 사죄하라!"

"부도덕하고 파렴치한 주철은 즉각 사퇴하라!"

"해교 행위 앞잡이 주철은 즉각 자폭하라!"

"목소리가 작다. 더 크게!"

대의원회 의장이 학생들을 다그치며 독려했다. 구호가 일사불란했다.

구급차가 떠난 뒤, 다시 행렬을 추슬러 본부 건물을 향해 오던 학부형들이 길을 가로막은 황당한 시위 학생들에 의해 멈춰 섰다.

"일광대학교에는 의대만 있습니까?"

시위 학생 가운데 한 명이 양다리를 벌리고 허리에 손을 짚은 채 학부형들을 향해 발악을 하듯이 외쳤다.

봉백구가 일러 준 멘트였다.

주시열은 길바닥에 버려진 오물을 주워 비닐봉지에 담으며, 대의

원회가 동원한 학생들의 시위를 조종하고 있는 봉백구의 뒤통수를
바라보았다. 주시열은 자신도 움직일 때가 되었음을 직감했다.

2

주시열은 학과 조교를 연구실로 불러 '사직원 수리 촉구서'라고 쓴 A4용지를 건넸다. 그러고는 학과사무실 팩시밀리를 이용해 도서관 사서팀으로 당장 전송하라고 일렀다. 비서실이 사서팀 공간을 빌려 쓰고 있었다.

계통을 밟아 교원 인사를 담당하는 교무팀에 제출하려 했으나, 말 많고 같잖은 이해실 교무연구처장을 거치고 싶지 않았고, 무엇보다 모 총장이 문서를 받아 보기도 전에 불필요한 추측과 소문이 떠도는 것을 원치 않은 때문이었다. 그래서 아예 대면 제출을 하려고 기회를 엿봤으나, 총장이 파라다이스 호텔에 숨어서 당분간 출근을 '자제'키로 했다고 하니 어쩔 도리가 없었다.

모 총장은 자기와 윤우의 공동 명의로 된 내교 당부 가정 통지문을 보내서 일반 학부형들은 물론이요, 지검장인 학부모와 의대 동문회장까지 왔는데도, 정작 자신은 숨어서 얼음땡 놀이를 하고 있었다.

예상한 대로 자극적인 내용으로 쓴 촉구서를 제출한 지 한 시간 남짓 만에 모 총장으로부터 연락이 왔다.

비서실 여직원과 총장 사이에는 소문대로 일반 교직원이 모르는 핫라인이 있는 것 같았다. 긴급하거나 간단한 보고일 경우, 때로는 비서실 여직원을 통하는 것이 비서실장을 통하는 것보다 신속하고 정확했다.

"왜 이러시는 겁니까?"

모 총장이 갈라 터진 목소리로 물었다. 질문이 질책 같기도 하고 하소연 같기도 했는데, 시열은 원하는 게 무엇이냐는 말로 들렸다.

"부도덕한 주철을 면직하랏!"

"면직하라아, 면직하랏!"

창밖으로 주철 교수의 면직과 자진 사퇴를 번갈아 요구하는 열댓 명의 사주 받은 시위대가 학부형들을 막아선 채 구호를 외쳐 대고 있었다.

아무리 조작된 시위라고는 하지만, 왜 학부형들 앞에서 주철 교수를 면직하라는 구호를 부르짖는 것인지 이유가 궁금했다.

"정 그러하시다면, 이번엔 제가 수리해 드릴까요?"

모 총장의 맞대응이 야무졌다. 시열의 사직원 제출은 이번이 다섯 번째였다. 물론 사직원에 수리 촉구 요청서까지 보낸 것은 처음이었다. 사직원은 시열이 모도일과 싸울 때 자주 쓰는 배수진이었다.

"예. 그렇게 해주세요. ……하지만 수리하시기 전에 일광대를 살리고자 비대위가 성명서에서 간곡히 요구한 사항들을 빠짐없이 해결해 주시기를 요청합니다."

'수리를 하시겠다고?' 노백호 주시열도 총장의 선방에 물러서지 않고 강공으로 맞섰다. 지금은 여러 가지 정황으로 볼 때 직진할 타이밍이었다.

"조건부 사직…… 아니 멸사봉공을 위한 배수진을 치신 거네요. 제가 공평무사하게 처리하면 되나요?"

멸사봉공과 공평무사는 시열이 신봉하여 자주 쓰는 키워드였다. 시열은 총장의 비아냥을 들으며, 역시 똑똑한 총장임을 인정하지 않을 수 없었다.

"조건도 사심도 없습니다. 교수 설문조사 결과, 95퍼센트가 응답했고, 응답자 중 87퍼센트가 총장님의 즉각적인 퇴진이 옳고, 또 반드시 필요하다고 합니다. 일광대로서는 불행한 일이지만 어쩌겠습니까."

불행한 일이라며 사족을 달 때, 시열은 엄지손톱을 물어뜯으며 빙그레 웃었다. 모 총장이 이 외통수 상황을 어떻게 벗어날는지 궁금했다.

"제가 총장직에서 물러나지 않을 것 같아서, 총장직에서 물러나게 하려고 주 교수님께서 사직을 하시겠다는 말씀이지요?"

"총장님, 말씀이 어렵습니다. 저는 작고하신 선친의 뜻을 받들어 학교법인 인가 신청부터 영욕의 37년을 오로지 일광대와 함께해 왔습니다. 제가 비록 미천한 시골 상업고등학교 부기(簿記) 교사 출신이지만, 선친을 뵌 이후에 제 삶의 시종이 일광대 속에 오롯이 녹아 있고, 이제 여덟 달만 있으면 정년 퇴임을 합니다. 그런 제가 유종의

미를 마다하고 굳이 사직이라는 극단적 선택을 할 수밖에 없다면, 총장님께서도 그 절박하고 처참한 심경과 처지를 마땅히 헤아려 주시는 것이 도리가 아니겠습니까?"

"……."

말뜻을 새겨 보고 있는 것인지, 굳이 대꾸할 필요가 없다고 판단한 것인지, 모 총장의 침묵이 길었다. 그 긴 침묵 사이에 라이터를 켜는 소리와 긴 숨을 토해 내는 소리가 연이어 끼어들었다. 흡연으로 마음을 추스르며 생각을 정리하거나 전의를 다지는 것 같았다.

한참이 지난 후, 모 총장이 입을 열었다.

"대체 왜 이러시는 겁니까? 이게 우리 아버지가 주 교수님께 남긴 유지입니까?"

"……?"

모 총장이 시열의 화법을 본떠 역공을 폈다. 갑작스러운 모 총장의 태도 변화에 시열도 침묵으로 맞설 수밖에 없었다.

새삼 설립자 모준오의 유지를 들먹이는 모 총장의 대꾸가 가증스러웠으나, 내색하지는 않았다. 설립자의 유지는, 아들 모도일이 세상 물정 모르는 숙맥이니, 만고풍상을 다 겪어 세상 이치와 물정을 온몸으로 터득한 자네가 일편단심·초지일관·공평무사·멸사봉공하여 어쩌다 탄생한 대학이지만, 어쨌든 자네가 탄생시킨 대학이니 부디 유기하지 말고, 일광학원을 반석 위에 우뚝 세워 세세무궁토록 영속시키라는 것이었다.

주시열 입장에서는 자신이 모준오를 부추겨 일광학원을 설립했다기보다, 모준오가 자신을 도와서 일광학원을 설립했다고 봐야 했다. 시골 상고 부기 교사를 하다가 모준오와 외삼촌과의 친분 관계로 일광토건 비서실장이 됐고, 이후 모준오의 비자금을 관리하던 주시열이 외삼촌의 뒷배를 믿고 대학 건립을 건의한 것이다.

1980년 외삼촌을 통해 국보위원장 전두환 장군의 사립대학 증설 의지를 간파한 시열은 모준오가 부정하게 축재한 재산을 안전하게 관리 및 보존할 요량으로 일광대학 설립을 부추긴 것이다.

그러나 정작 모도일은 설립자인 아버지가 죽자, 주시열이 일광학원을 반석 위에 세우려고 불철주야 동분서주하는 것을 사사건건 트집 잡아 저지하고 방해했다.

1987년 12월 말에 감정조절 장애가 있는 모준오가 공사 현장에서 특유의 급하고 못된 성질을 부리다가 급성 심근경색으로 쓰러지자 학교의 자금 위기 상황이 급물살을 타기 시작했다.

당시에는 시간 강사료만 겨우 틀어막고 버티는 형국이었다. 주시열은 모미미와 자신의 사재 10억으로 급한 위기를 틀어막고, 비상 처방으로 CD를 담보로 한 대출을 받을 수밖에 없었다.

학교가 보유하고 있는 CD를 담보로 하여 '우양건설' 명의로 대출을 받고, 그 돈을 학교 운영자금으로 돌려 쓰는 방식이었다. 시열은 편법 대출을 받기 전에 마전자 여사와 그 자녀들에게 마중물 정도가 필요한 것이니, 사재를 조금만 출연해 줄 것을 요청했다.

요청한 출연금은 당시 필요한 긴급 재원의 5분의 1에 불과한 액수였으나, 일단 급한 불을 끄고 돈이 정상적으로 돌 때까지 버틸 시간을 벌어 줄 수 있는 요긴한 돈이었다.

그러나 그들은 모미미가 준 5억이면 충분하지 않냐고 생떼를 부리면서 거부했다.

결국 시열이 취한 제2 금융권 편법 대출은 모도일과 그 가족들이 선택 내지는 인정한 것이나 다름없었다. 심지어 모도일은, 학교 예정 부지에 확보하고 있던 시열 소유의 땅을 급매해서 무상 기증하겠다는 제안도 거절했다. 그러고는 수년 뒤에 그 땅이 시열의 몰염치한 '알박기'라고 모함한 뒤, 구성원들의 여론을 조성하여 반값에 매각할 수밖에 없도록 압박했다.

물론 캠퍼스 예정 부지에 알박기 한 땅이 많은 시열로서는 더 큰 문제를 낳지 않기 위해 모 총장이 내놓으라고 하는 땅을 희생 제물로 바쳤다.

모 총장이 빌리언 방을 갑자기 끌어들여 교양 중심 교육을 하겠다며 학교를 발칵 뒤집어 놓은 것도 시열을 뒷방으로 몰아내기 위한 모도일의 계산된 새판잡이였다. 말이 좋아 교육 선진화요, 교육 특화 사업이지, 교육 프레임을 통째로 바꿔 시열이 일광대에서 행세하고 있는 권위와 학사 운영 관련 지분을 없애버리겠다는 수작이었다.

주시열은 여덟 달만 있으면 퇴임이었다. 이대로 있다가 정년 퇴임을 맞이하는 것은 모든 것을 잃고 알거지가 되어 쫓겨나는 것이나 다름없었다. 결코 시열이 37년 동안 생각하고 추구해 온 '유종의 미'가 아니었다.

일광대의 실질적 설립자이자 일등 공신은 누가 봐도 주시열, 자신이 아닌가. 그런데 일광학원을 위해 한 줌 기여한 바도 없는 모도일은 대를 잇고, 일광학원을 위해 한평생 죽을 둥 살 둥 힘써 온 자신의 아들은 낙동강 오리알이 된다는 것을 어떻게 받아들일 수 있단 말인

가. 시열은 긴 침묵을 깼다.

"일차로 모집 마감한 소송 청구인단에 육십오 명이 참여 의사를 밝혔습니다."

시열이 먼저 패를 깠다. 그는 입가에 쓴웃음을 지으며 손톱을 물어뜯는 대신 반 뼘가량 자란 수염을 손등으로 가볍게 쓰다듬었다. 의대 분규가 시작되고부터 부러 깎지 않아 길어진 수염이었다.

"모도일 총장은 즉각 사퇴하라, 사퇴하라, 사퇴하라!"

"주철을 징계하라, 징계하라!"

시열은 창문을 열었다. 구호가 송화기를 타고 모 총장에게 더욱 분명하게 전달될 수 있도록 창가로 바짝 붙어 섰다.

"뭐욧?"

구호와 섞인 모 총장의 질문이 단말마의 비명인 양 들렸다. 말뜻을 금방 알아챈 모 총장이 몹시 당황한 것 같았다.

시열은 성과연봉제 소송청구인단 참여 교원 수를 늘려서 총장 퇴진을 이끌어 낼 최후의 압박 수단으로 삼을 생각이었다. 그래서 시열은 의대 시위가 다시 터졌을 때, 모 총장과 학교 측으로부터 약점이 잡힌 주철과 성기봉 교수를 앞장세워 물밑으로 안티 교수들을 접촉해 왔다.

시열은 자신을 지지하는 교수들에게 일광대가 지금의 위기를 극복하고 살 수 있는 길은 모도일의 완전하고 돌이킬 수 없는 퇴진뿐이라고 주장해 왔다. 완전 퇴진이란 일광대는 물론이요, 일광학원의 경영으로부터도 완전히 손을 떼는 것이라고 했다.

물론 시열로서는 그가 완전하고 돌이킬 수 없는 퇴진까지 하는 것을 원하지 않았다. 일광대 실소유주로서의 권한을 쥐고 있는 그와 공생 공존하기를 원했다. 그래야 시열도 실익을 얻을 수 있기 때문이었다.

어쨌든 2년 뒤인 2018년이 되면 대입 희망자 수와 대학입학 정원이 같아지고, 2019년부터는 대학 정원보다 대입 희망자 수가 적어진다. 그 이후부터는 예측 불가한 폐교 사태가 이어질 것이다. 모도일이 끌어가는 지금의 일광대 체질과 역량으로는 감당할 수 없는 위기가 도래한 것이다.

모도일은 이 같은 엄중한 사실을 알고나 있는지, 휴대전화 송화구에 대고 옅은 콧숨 소리만 반복적으로 토해 내고 있었다.

"소송 청구 자격을 가진 교수는 육십오 명을 빼고도 일백오십이 명입니다."

시열이 긴 침묵을 깨며 쐐기를 박듯 내질렀다. 시열이 마음먹기에 따라, 또는 노력 여하에 따라 소송 참여자가 얼마든지 늘어날 수 있다는 협박이었다.

절차상 하자가 있는, 즉 당사자 과반수의 명시적 동의 없이 이루어진 성과연봉제 전환으로 피해를 입은 교수는 217명에 달했다. 3년 이내 퇴직 교수들을 포함하면 232명이었다. 만약 정규직 직원까지 소송에 가세한다면 410여 명에 이른다. 이들 모두의 임금을 호봉제하 공무원 봉급표를 기준으로 소급 적용하여 산출하면, 최소한으로 잡아도 학교법인이 120억 원을 토해 내야 한다. 변호사의 주장에 따르면, 법리 적용이나 산출 근거와 기준 설정 등에 따라 큰 편차가 있으나 최대 200억 원까지도 받아낼 수 있다고 했다.

지금의 일광대 재정 상태로는 감당이 어렵고, 감당한다고 해도 심각한 재정 부실이 초래될 금원이었다. 금원이 있다고 해도 모도일로서는 정서적으로 절대 받아들일 수 없는 일이었다.

재정 파탄 상황 직전까지 간 1차 재정 위기 당시에도 교직원들이 두어 달 치 월급만 양보 또는 유보하는 작은 희생을 해주었다면 굳이 빚을 내지 않고도 학교 재정난이 너끈히 해결되었을 터인데, 애교심들이 부족해서 안타까운 일을 겪었다며 공개 석상에서 개탄했던 그가 아니던가.

"팔 년 전에 본인이 앞장서서 당위성과 필요성을 주장하신 성과연봉제인데, 이제는 그걸 가지고 되레 저를 협박하시네요, 주 교수님."

어떤 충언과 고언에도 이렇다 할 반응을 보이지 않던 그가, 결국 돈 얘기가 나오자 즉각적인 역공을 해 왔다.

"총장님께서 연봉제 시행안 마련과 추진을 지시하지 않으셨던가요?"

시열은 굳이 말을 받아 언쟁하고 싶지 않았다. 그러나 사실관계는 확실히 짚어야 했다.

"시행안 마련 지시가 시행 지시입니까? 그리고 성과연봉제 필요성을 처음 꺼내신 분이 주 교수님 아니었던가요?"

모 총장도 물러서지 않았다.

"총장님께서 말장난을 다 하시고…… 시행에 관한 최종 의사결정을 하시지 않으셨습니까?"

"최종 의결은 교무위원들이 참석한 교무회의에서 한다는 것을 잘 아시면서 왜 그렇게 말씀하십니까?"

"교무회의는 형식이 아닙니까?"

"그게 무슨 말씀이세요. 제가 회의에서 의사결정을 유도하거나 통제했다는 말씀입니까?"

"겉으로 드러나야만 유도이고 통젭니까?"

"예. 법정에서는 입증 가능해야 강제이고 통젭니다. 주 교수님도 자기부정에, 자해 공갈을 하시면서 손바닥으로 하늘을 가리시는 거예요. 팔 년 전 일이고, 팔 년 동안 아무런 이의 제기 없이 시행된 제도입니다. 신의칙 원칙에 위배되는 억지를 부리시는 겁니다."

"자해 공갈이라니요…… 자해 공갈을 하는 사람이 사직을 왜 하겠다고 합니까?"

시열이 말꼬투리를 잡고 늘어졌다.

"본인의 사직서를 십자가 삼아서 자해하고, 교수들을 선동하여 저를 협박하시는 것이 공갈입니다."

모도일의 대거리가 만만치 않았다.

하지만 시열도 여기서 질 수 없는 담판이었다.

"학교가 막장에 이르렀는데, 원로로서 부처님 가운데 토막처럼 가만히 묵언 수행만 하다가는 명예로운 정년을 기대할 수 없지 않겠습니까? ……저는 그렇게 생각하는데요, 총장님 생각은 다르신 겁니까?"

시열은 자신의 사직에 빗대어 총장의 사직을 압박했다.

"안에 앉아서 저를 때리는 것보다, 십자가를 지고 밖으로 나가서 저를 때리는 것이 호소력도 있고 효과적이겠지요. 안 그렇습니까?"

모도일이 갑자기 공세적 자세를 접었는데, 말투가 처연하고 말뜻이 순했다.

"듣기가 민망한데, 무슨 뜻입니까?"

시열이 굳은 목소리로 물었다. 오랜 세월 만고풍상 속에서 모 총장을 상대해 온 시열로서는 그 의도가 미루어 짐작되는지라 새삼 긴장하지 않을 수 없었다.

"……."

다시 길고 불편한 침묵이 흘렀다. 말의 다툼이 아닌 침묵의 다툼이 승패를 가를 것 같았다.

침묵이 길어지자 시열은 마치 무중력 상태를 허우적거리고 있는 것만 같았다.

"선명성과 도덕성. 그게 주 교수님께서 저를 때리실 때마다 쓰시던 전가의 보도가 아닌가요?"

이윽고 모 총장의 목소리가 수화기를 비집고 나왔다. 순한 말투에 감정이 배어 버벅거리는 것 같아 듣기가 불편했다.

자신의 뜻을 언어가 아닌 감정에 실어 보내려는 낯익은 수작이었다. 모 총장이 침묵과 감정으로 자신의 뜻을 전하고 있었다.

모 총장은 자신이 머리로 생각한 것을 상대의 가슴에 호소하는 재주가 있었는데, 시열은 이를 몹시 경계했다. 지금은 애와 증이 다툴 계제가 아니었다.

시열은 자신이 해야 할 짓을 도일이 하고 있다는 생각에 화가 솟았다.

"……."

시열은 그의 말을 가슴이 아닌 침묵으로 받았다. 무념무상의 침묵이었다. 모도일의 하소연을 무조건 내칠 자신이 없는 시열은 침묵을 길게 끌었다. 둘 사이에는 반세기에 이르는 애증이 있었다.

"저를 때리실 때마다 어김없이 사직서로 배수진을 치셨고, 또 그때마다 선명성과 도덕성을 검의 양날 삼아 저를 굴복시켜 오지 않으셨나요?"

말에 울먹임이 섞여 들려왔다.

시열의 가슴이 아릿하고 먹먹해졌다.

"굴복이라니요, 당치 않습니다."

시열은 마음을 다잡으려 안간힘을 썼다. 이번 다툼이 아마도 마지막 다툼인지라 승패가 갈려야만 했다. 시간이 다해 더는 다툼을 할 수 없는 시열로서는 지금 물러서거나 유야무야 미룬다는 것은 패를 뜻했다.

하지만 모 총장의 말이 유난히 여리고 곡진한지라, 이런 상황에서 그의 심기를 무지른다면 37년 동안의 밀당이 자칫 한순간에 수포로 돌아갈 것이다. 명예욕이 크고 자존심이 강한 모도일은 상황이 아무리 엄중하고 이해(利害)가 좌우되는 중대사라고 해도 심기가 상했다 싶으면 언제든지 불나방으로 변했다.

어쨌든 모도일은 모든 면에 있어서 주시열에게는 절대 강자였다.

"그런데…… 이번 사직서는 저를 때리는 정도로 끝나는 것이 아니라, 쫓아내기 위해 내신 거네요. 꼭 그렇게까지 하셔야만 되나요? 제가 물러나게 되면, 교수님께 무얼 해드리고 싶어도 해드릴 수 없게 됩니다. 그건 알고 계시지요?"

시열이 든 패를 알고 있는 모도일도 쇼부를 걸어왔다.

"그동안 일광대로부터 받은 은혜가 하해 같은데, 제가 뭘 더 바라겠습니까?"

승패가 끝났음을 직감한 시열은 빈말을 뱉었다.

"그렇게 생각해 주신다니 감사할 따름입니다. 저는 총장직을 물러나도…… 다시 이사장직을 맡지는 않을 겁니다. 연로하신 큰아버지를 다시 중국 김치 공장으로 내쫓을 수도 없고…… 교수들 말마따나 책임도 져야 하고, 또 이런저런 고민도 좀 해야 해서…… 쉬고 싶습니다. 저도 교수님처럼 사직을 하려 합니다."

"……."

시열이 대꾸할 말이 아니었다. 이쯤에서 통화를 마치는 것이 좋겠다는 생각을 했다.

"육종금 여사님께서 학교에 오셨습니다. 총장님이 걱정되시어 오셨다는데, 총장님이 안 계셔서 제가 모셔야 할 것 같습니다. 교내 카페에서 기다리고 계시는데, 통화하느라 제가 많이 늦었습니다."

"……."

"여사님께서 안부 전해 달라고 하셨습니다. 총장님께서 건강하시기만을 기도하신답니다."

침묵 속에 거친 들숨과 날숨이 수화기를 타고 들려왔다.

3

　통화를 마친 주시열은 오물이 담긴 검정 비닐봉지를 챙겨 들고 연구실을 나와 교내 카페로 향했다. 비닐봉지 안에는 끝을 갈아 각삽처럼 평평하게 만든 티스푼이 들어 있었다. 학내의 쓰레기와 오물을 수거하기 위해 상시 지니고 다니는 소지품이었다. 티스푼은 바닥에 들러붙은 껌딱지를 떼기 위한 용도로 쓰였다. 시열은 카페로 가는 길에도 어김없이 바닥에 떨어진 오물을 주웠다.

　공사 현장의 발파 소리와 구호 소리가 캠퍼스를 들쑤시고 있었다. 현장 소장이 공기(工期) 문제로 관리팀장의 협조 의뢰를 무지른 것 같았다.

　꽃분홍 투피스 정장 차림에 쪽 찐 머리를 한 육종금 여사가 식은 커피를 앞에 두고 실랑이가 한창인 창밖을 물끄러미 바라보고 있었다. 움직임이 없어 미라처럼 보였다.

창밖으로 모 총장의 즉각적인 사퇴를 요구하는 50여 명의 의대 학생들이 머리띠를 두르고 피켓을 든 채 지나가고 있었다. 검정 리본을 달고 검정 티셔츠를 맞춰 입은 그들은 의대 건물과 본부 건물 사이를 오르락내리락하며 차량 행상이 틀어 놓은 녹음기인 양 쉰 목소리로 같은 구호를 염불 외듯이 반복했다.

"총장님께서는 오늘도 못 나오실 것 같습니다."

두 손을 가지런히 모은 시열이 높은 목소리로 말했다.

"괜찮아요. 이제 저는 가 볼게요."

식은 커피를 바라보던 육 여사가 시열을 보고 가는 것이 도리인 것 같아서 기다리고 있었는데, 이제 봤으니 가겠다고 했다.

시열은 자리에서 일어서며 지팡이를 챙기는 육 여사를 부축했다.

"여러 사람의 입이 쇠도 녹인다는 옛말이 있는데…… 큰 탈이라도 생기는 게 아닌가 싶어 걱정이…….."

모 총장 퇴진 시위를 본 육 여사가 울먹이느라 말끝을 맺지 못했다.

"여사님을 닮아 강단 있으시고 영특하신 분이 아닙니까. 잘 대처하실 겁니다."

"저는 불민하고 부덕한 여자이지요. 하지만 이토록 훌륭하신 주 교수님께서 37년 동안 변함없이 지켜 주시고 계시니 모 총장의 복입니다……. 모쪼록 곁에서 오래오래 지켜 주세요."

육 여사가 머리를 조아렸다.

"어이쿠…… 아…… 에, 예…… 그러겠습니다."

시열이 뭉그적거리다가 답했다. 자식에게 버림받고도, 그 자식을 걱정하는 어미의 마음에 토를 달거나 무시할 수 없었다.

그는 육 여사를 자신의 레인지로버 뒷좌석에 태우고, 오물이 담긴 검정 비닐봉지를 조수석 바닥에 던졌다. 비닐봉지를 쓰레기통에 버릴까 했으나, 버리고 가면 다시는 학교에 올 일이 없을 것만 같아 그러고 싶지 않았다.

"나는 정문 앞에서 택시를 타고 가도 되는데……."

지난 수개월 전 만남 때보다 병색이 더욱 짙어진 육 여사가 정문 쪽을 가리키며 말했다.

"여사님을 택시로 보내 드리면, 제가 총장님께 야단맞습니다."

시열의 말에 대꾸하려던 육 여사가 머리를 조아려 감사를 표하고는 앞서 걸었다.

육종금 여사는 재개발 구역으로 지정된 뒤 10년째 감감소식인 서문시장 먹자골목 끝자락에 살고 있었다. 한자리에서 56년째 음식점과 전통찻집을 하고 있었다.

서문시장은 우전과 싸전이 있는 전통 시장이었으나, 한국전쟁 이후 전국 각지에서 모여든 피난민들이 미군 부대에서 흘러나온 피복류와 식품류를 암거래하면서 규모가 커졌다. 암시장이 들어서자, 미군들을 상대로 하는 집창촌과 아메리칸 식 먹자골목도 들어섰다.

피난길에 남편과 헤어져 어린 딸과 함께 홀로 된 육 여사는, 먹자골목 끝자락에 판자때기와 절단한 폐드럼통을 엮어 헛간 같은 가건물을 짓고, 커피와 차와 스파게티와 국수를 팔았다. 주로 미군 상대였다.

식음료 재료는 모두 미군 부대에서 얻었다. 돈을 벌기 위해 미군 병사들의 군복 빨래와 잔심부름을 해주고 주방 일을 도와줬는데, 그러면서 배우게 된 요리와 알게 된 친분으로 식음료 장사를 하게 된 것이다.

모준오는 미군 부대 막사의 개량 및 보수 공사를 따서 시공했다. 그는 막사 관리병인 미군을 접대하기 위해 '양갈보촌'을 드나들다가 육 여사가 장사하는 종합 음식 가게를 알게 됐는데, 때로는 심야에 흘레붙여 준 미군 병사를 기다리느라, 때로는 흘레붙고 나온 미군 병사의 허기를 달래 주느라 여러 차례 야식을 먹으면서 단골이 되었다.

막사 관리병이 육종금의 스파게티 맛에서 엄마 손맛을 느낀다고 해서 모준오는 어쩔 수 없이 이 가게를 더욱 자주 찾게 되었다. 당시 옥호는 '아미의 브런치'였다.

둘 사이의 관계가 가깝고 깊어진 것은 그로부터 8년의 세월이 지난 뒤였다. 모도일은 대를 이을 아들이 필요했는데, 결국 육종금이 씨받이로 이용당하게 된 것이다.

시장 입구에 검은색 레인지로버를 세운 시열은 육 여사를 부축해 낯익은 먹자골목 안으로 들어섰다. 각종 음식 냄새가 시열의 허기진 배를 들쑤셨다. 그는 아침과 점심을 모두 굶은 상태였다.

지팡이를 든 육 여사를 부축한 시열은 좌판으로 인해 더욱 비좁아진 통로를 게걸음으로 빠져나갔다. 종합 음식점 입구에서 반백 머리를 쪽 찐 한복 차림 여자가 마네킹인 양 서서 육 여사와 시열을 바라보고 있었다. 시열의 전화를 받고 나와서 육 여사를 기다리는 딸, 그러니까 모도일의 누이였다.

"이제 혼자 다니시는 건 너무 위험합니다, 여사님. 다음에 오실 때는 꼭 연락 주세요. 모시러 오겠습니다."

시열이 꼭 쥐고 있던 육 여사의 손을 딸에게 건네며 말했다.

"저는 이제 저승 문지방에 한 발을 들여놓은 산송장이라 걱정하실 게 없고, 모 총장님을 잘 보필해 주시길 부탁드립니다."

육 여사가 허리를 숙여 인사를 하다가 비틀했다.

텔레비전 뉴스를 보고 걱정이 되어 무작정 학교로 와 봤다는 육 여사는 고개를 숙여 아들 보필을 거듭 당부했다.

그러고는 비치적비치적 가게 안으로 들어갔다. 종합 음식점을 접고 16년 전에 새로 차렸다는 '전통찻집 장구(長舊)'였다. 시열이 모녀의 뒷모습을 지켜보다가 돌아설 때, 아치형 돔 지붕 위로 빗방울 떨어지는 소리가 들렸다. 장마가 시작되기 전인데 비가 잦았다. 하루 걸러 내리는 비였다.

서문시장을 벗어난 시열은 방등천 하상도로를 타고 곧장 서명주 톨게이트로 향했다. '휴심산방'이 있는 금암산으로 가서 모도일의 최종 선택을 기다릴 작정이었다.

갑작스러운 비 때문인지 밀린 차들이 꿈지럭거리며 속력을 내지 못했다. 시열이 앞서가는 화물차의 꽁무니를 쫓으며 서행하고 있을 때 휴대전화가 울렸다. 성기봉 교수였다.

모 총장은 아직도 종무소식이고, 대다수 학부형은 다시 오겠다는 다짐을 하고 돌아갔으나 그중 20여 명이 총장실 점거 농성에 합류했고, 주철 교수는 여전히 행방이 묘연하다고 했다.

성기봉은 주 교수가 사라지기 전에 자신에게 추가 소송 참여 희망자 16명의 명단을 넘겨주었다고 했다. 그리고 6명이 자신에게 신청

의사를 밝혔다고 덧붙였다.

'육십오 더하기 십육 더하기 육…… 팔십칠 명이군.'

시열은 점멸을 반복하는 화물차의 꼬리등을 바라보며 중얼거렸다.

평소보다 두 배의 시간이 걸려 톨게이트에 다다른 그는 중부고속도로로 올라 하남을 향해 내처 달렸다. 배가 고프긴 했으나 요기는 하고 싶지 않았다. 갈수록 성글어지는 빗발에 노리끼리한 황사까지 끼어 시야를 가렸다.

시열은 만감이 교차했다. 서로가 패를 깠으나, 시열의 패가 모 총장의 패보다 낫다고 할지라도 이길 수 없음을 알게 되었다. 시열에게는 모 총장의 권세에 상응하는 힘이 없었다. 모 총장을 잠시 곤경에 몰아넣을 수는 있어도 패배시킬 수는 없었다.

주시열은 모도일의 미래 위상과 그에 걸맞은 지분을 생각하고, 자신의 처지와 몫을 생각해서 개교 이듬해 외삼촌의 힘을 동원해 천신만고 끝에 의대를 설립했다. 말 그대로 천신만고 끝이어서 정작 설립 인가서를 받고도 못 믿을 정도였다. 어쨌든 그때가 엊그저께 같은데, 37년이 흘렀다.

그 당시 시열의 구상은, 장차 일광대 부속병원을 명주 본원으로 굳건히 구축하고, 전국 6대 광역도시에 분원을 만들어 모도일에게 안겨 주는 것이었다.

하버드 의대 출신인 모도일은 부속병원을, 자신은 학교를, 각자가 맡아서 다툼 없이 경영하여 명문 사학을 만드는 것이었다. 돌이켜 생각하니 순진하고 어리석기 짝이 없는 헛꿈이었다. 일광학원은 성공을 하든 실패를 하든 모도일의 것이었다.

시열은 비가 그친 고속도로를 달리며 자신의 지난 어리석음을 한탄했다.

비는 그쳤으나, 여전히 30도였다. 더위가 예년보다 일찍 찾아왔다. 반 뼘쯤 열어 둔 운전석 창으로 들이치는 바람이 습기 탓에 후텁지근했다. 시열은 창을 닫고 에어컨을 켰다.

멀리 먹구름 아래 금암산 봉우리가 보였다. 금암산 중턱에 있는 휴심산방에서 하남 제2 캠퍼스 공사 현장을 한눈에 내려다볼 수 있었다. 시열은 거기서 모도일의 공식적인 답을 기다릴 작정이었다.

"우리는 어제부터 있었을 뿐이라 우리는 아는 것이 없으며 세상에 있는 날이 그림자와 같으니라."

시열은 달리는 차 안에서 그가 좋아하는 욥기 8장 9절 말씀을 중얼거리며 기도했다. 그는 스물여덟 살부터 평생을 바쳐 온 일광대에 여한이 없기를 바랐다.

4

봉백구 감사실장이 모 총장의 지시라며 '주철 교수 부당 박사학위 취득 의혹 관련 진실조사규명위원회', 약칭 '주철 조사위'를 꾸렸다.

못돼 먹은 총장이 툭하면 절대 권력을 내세워 조사와 감사를 남발한다고 주장하면서 당사자인 주철 교수가 거세게 반발했다. 물론 그의 반발은 성기봉 교수를 통해 전달되었다. 정규직 교수인지라 공민구와는 수감 자세부터 달랐다.

이에 대해 봉 실장은, 조사에 임해 진실을 규명하고 억울함을 밝히면 될 일을 가지고, 도망가 숨어서 반발하는 태도는 유감이라며 맞섰다.

봉 실장은 직원들의 인사 평정과 직원에 대한 평판을 좌지우지하는 교수들에게 예의와 아부를 다했다. 그러나 모 총장의 눈 밖에 난 교수는 함부로 대했다.

먼저 조사를 건의하고 지시를 기다리고 있던 백구는 총장의 지시가 떨어지자 곧바로 준비 절차에 들어갔다. 진실이 규명될 때까지 일체의 강의와 학생 지도를 중단하라는 조치가 취해졌다. 교권 중지 조처였다.

그러고는 대기발령 기간과 대기 장소를 못 박아 정해 주었는데, 출퇴근은 주중 정규 근무시간에 해당하는 아침 9시부터 저녁 5시 30분까지, 장소는 의대 본관 건물 206호, 즉 그의 교수연구실이었다. 장소를 의대 행정실 또는 학장 부속실로 하려고 했으나, 불필요한 시비가 우려되어 교수연구실로 정해 주었다.

전자 문서를 통해 이를 통보받은 주철 교수가 이러한 전대미문의 조처는 교권 침해이자 부당한 인권 탄압이라고 강력히 반발하며 행정소송을 불사하겠다고 했다. 이 반발도 성 교수를 통해 학교 측에 전달됐다.

이에 대해 모 총장이 즉각 응수했다. 당사자가 정히 그렇게 억울하고 불공정하다고 생각한다면 조사위 구성 및 활동을 철회하고, 지금까지 제보받은 내용과 확보한 증거자료들만을 취합하여 수사기관으로 보내라고 했다.

괴산 고향 집에 꼭꼭 숨어서 추이를 관망하던 주철은 변장을 하고 일광대 부속병원으로 숨어들었다.

주철은 윤우의 조언과 도움이 필요했다. 알부민을 꽂고 누운 채 주철의 말을 듣던 윤 학장이 전동침대를 조작해 상체를 세웠다. 그러고는 주철과 눈높이를 맞췄다.

윤우가 대자보 내용 가운데 혹시 자신이 모르고 있는 팩트가 있는지에 대해 마치 피의자 심문을 하듯이 꼬치꼬치 캐물었다. 30여 분 가까운 질의응답이 끝나자, 윤 학장이 주철이 구한 조언에 답했다.

지금 모 총장과 맞서지 말고, 일단 조사위의 조사는 받아들이겠으나 준비할 시간을 좀 달라고 하고, 다시 괴산으로 돌아가서 당분간 잠적해 있으라고 했다. 그러면 흐지부지하다가 조사가 무산될 가능성이 크다고 했다.

윤 학장이 무슨 근거로 그렇게 말하는지는 알 수 없었으나, 주철은 다른 방도가 없기 때문에 따르지 않을 도리가 없었다.

"범비대위 일은 어쩝니까?"

주철이 하소연하듯이 물었다.

"자네가 지금 다른 사람들을 걱정할 때인가?"

윤 학장이 암 선고 받은 의사가 외상(外傷) 환자를 걱정하느냐는 비유를 덧붙여 나무랐다.

"다른 사람이 아니라 학교를 걱정하는 겁니다."

"오지랖에 불났으니 자네나 걱정하시게."

윤우가 핀잔을 주듯이 말했다.

반몽출 교수에게 부탁해 알아낸 바에 의하면, 대자보를 붙였을 시간대로 추정되는 약 30분 동안 의대 건물 외곽을 감시하는 CCTV 8대가 모두 작동되지 않았다고 했다. 고장이었다고 했다지만, 8대가 모두 같은 시간대에 고장일 수 없으니 학교 측의 개입이 의심되는 방증이었다.

"조사는 조사이고, 투쟁은 투쟁이 아닌가요?"

"그건 자네 생각이고…… 조사받을 자네가 공동대표인데, 자네의 조사 결과에 따라 투쟁에 불리한 영향을 끼칠 수도 있지 않겠나? 그렇게 되면 범비대위 활동은 물론이요, 동료 교수들에게도 예기치 못한 피해를 줄 수도 있을 텐데……."

윤 학장이 달래듯이 타이르듯이 일러 주었다.

"일광대의 사활과 구성원들의 미래 운명이 걸린 투쟁인데……."

주철이 앞에 했던 말을 중얼거리듯이 반복했다.

"이 사람 답답하긴…… 내가 없으면 일광대는 물론이요, 세상도 없는 거야. 모 총장의 협박성 공작 조사 덕분에 주 교수가 투쟁에서 부담 없이 빠져나갈 수 있는 기회와 명분을 얻었다고 생각하시게."

"예?"

주철이 윤 학장을 뚫어지게 쳐다봤다. 윤 학장의 말에 담긴 의미를 파악한 것 같았다.

주철은 모 총장이 조사를 통해 노린 진짜 목적이 범비대위의 와해였다는 것인지, 아니면 노회한 윤 학장이 주철을 위해 나름대로 해석한 결과인 것인지는 알 수 없었다.

"나는 지금 환자일세."

힘에 부친다는 듯이 밭은 콧숨을 내쉬던 윤 학장이 전동침대를 조작해 다시 누웠다. 주철은 윤 교수야말로 병을 핑계로 일신의 안위를 보지하고 있는 것이 아닌가, 의심스러웠다.

윤 학장은 결론적으로 주철에게 삼십육계 줄행랑을 조언했다. 그는 이미 자기 손으로 뜯은 대자보를 통해 주철이 불리한 스캔들에 처한 것을 알았고, 좀 전에 그와 나눈 대화를 통해 학교 측—적어도 모 총장과 봉 실장―이 확보한 정황과 물적 증거가 있음을 직감했다.

주철의 박사학위 취득 과정에 대해서는 그동안 적지 않은 의혹들이 조각조각 떠돌아다녔다. 하지만 이번 경우는 주철과 부적절한 관계에 있다가 피해를 주장한 성애주 교수가 작심하고 그 흩어져 있는 조각들을 하나하나 주워 모아 한 판에 꿰맞춰서 봉 실장에게 정식으로 제공한 것 같았다.

또 주철과 같은 전공으로서 천적 관계로 근무를 하다가 끝내 견디지 못하고 밀려나 타 대학으로 이직한 피방래 교수도 주철의 의혹 규명에 한몫을 거든 것 같았다.

하지만 무엇보다 결정적이었던 것은 주철이 성애주와 사랑을 주고받는 과정에서 주절주절 떠들어 댄 진심들이 자백이자 진술이 되어버린 것 같았다. 사랑만 하지 않고 프라이버시를 섞은 바람에 자승자박한 것이다.

정보통이자 모사꾼인 봉백구가 주철과 감정 다툼이 있었던 피방래와 성애주를 번갈아 만나 가며 그들의 복수심을 끈질기게 자극해서 정보를 얻어 냈고, 이 정보를 학생들의 눈높이로 가공한 뒤 학생 대의원회와 결탁해서 대자보를 써 붙인 것이다.

대자보에 담긴 내용은 누가 봐도 학생들로서는 알아내기 힘든 정보였다. 주철의 부정 학위취득에 대해 제기된 의혹은 크게 세 가지였다.

첫 번째 의혹은 주철의 외모와 유관하다. 나이 50에 미망인이 된 성애주가 5년 연하 후배인 그에게 속절없이 반했듯이 주철은 얼굴 생김새와 허우대가 조각상이었다. 학교 밖으로 나가면 탤런트 취급을 당할 때가 많을 정도였다.

어쨌든 이 외모로 지도교수의 사모님을 꼬드겼고—어쩌면 그 반
대의 경우일 수도 있다—사모님의 베갯머리 '청탁'을 받은 지도교
수가 논문은 읽어 보지도 않고 학위를 주었다는 것이다. 이것을 입
증할 방법은 없었으나, 사모님과 주철의 관계를 의심할 만한 몇 장
의 에로틱한 사진이 소셜 미디어 상에 유령처럼 나도는 것은 사실
이었다.

둘째, 서로 다른 실험 과정과 결과를 짜 맞춰 논문 결과를 조작했
다는 것이다. 동료 수료생이 진행 중인 실험에 무임승차—윤우가 자
신이 지도하는 대학원생에게 주철과의 공동 실험을 강권했다는 의
혹을 제기했다—를 하고, 그 실험 결과를 선점한 뒤에 이를 아예 독
점하기 위해서 동료 대학원생을 매수했으며, 논문의 주제 또한 실험
결과에 맞춰 뒤늦게 바꿨다는 것이다.

셋째, 그렇게 편법과 불법을 동원해서 허둥지둥 만든 논문이, 그
마저도 부분 대필이라는 것이다. 그러니까 주철은 서론 일부와 결론
만 썼다는 것이다.

그 대필을 한 사람이 공교롭게도 성애주 교수가 잘 아는 여자 후
배인데, 그 후배가 만취 상태에서 격정과 복수심을 억누르지 못해
대필 사실을 까발렸다는 것이다.

일부 여교수들은 탤런트를 해야 할 사람이 교수질을 하느라 겪는
불가피한 고초라며 안타까워했다.

그런데 정작 천인공노할 루머는 네 번째였는데, 이런 문제아 주철
을 교수로 뽑아 곁에 두고 밤낮없이 싸고도는 윤우가 의심스럽다면

서 둘의 성 정체성에 의심이 간다는 것이었다.

혼자 사는 주 교수가 들러붙는 여자들을 제대로 상대하지 않고, 윤 교수가 툭하면 연구실과 공동 실험실에서 숙박하는 것도 그 의심의 근거 중 하나라고 했다. 의과대 교수들이 두 패로 갈리면서 생긴 악성 루머였다.

그런데 봉백구는 이 모든 루머를 의대의 시위 및 농성 해결을 위한 공작에 이용하려 했다.

학생들 편에 서서 모호한 스탠스를 취하며 관망하고 있는 윤우와, 모 총장을 적으로 삼고 싸우는 주철을 한데 엮어서 일타 쌍피로 처리하려는 봉 실장의 모략이 네 번째 악성 루머를 만든 원인이라고 했다.

그러나 루머를 만든 교수들이 윤우를 공격하는 데 봉 실장을 이용하는 것으로 볼 수도 있었다.

또 일각에서는 봉 실장이 대의원회를 통한 관제 데모를 사주하며 무모하고 무리한 행동을 하는 진짜 이유로 최근에 모 총장과 사무처장이 부쩍 가까워진 점을 들었다.

사무처장의 불알친구인 교육부 고위 직원이 재정지원제한대학과 관련하여 재심을 청구한 일광대의 구세주가 될 것이라는 소문이 나돌았다. 그래서 봉백구가 살고자, 죽기 살기로 희생양을 만들고 있다고 했다.

5

주대백은 교차로 두 곳을 신호 위반으로 연이어 통과하고 서명주 톨게이트 램프웨이를 지나자마자 시속 250킬로미터로 내달렸다. 속도위반 단속 카메라는 무시했다.

집에 들러서 아버지의 한복 일습을 챙기느라 30여 분을 지체했다. 대백은 갈아입을 한복을 챙겨 오라는 아버지 지시에 응하지 않을 수 없었다. 택배로 보내면 어떠냐고 물었다가 끔찍한 욕을 먹었다.

아무튼 대백은 한 달을 고생해서 짠 스케줄이 무산될 판이라 마음이 심란했다. 그는 포르쉐 카이엔 터보의 성능을 십분 활용해 중부고속도로를 질주했다. 엄마 말에 의하면 20일째 연락 두절이었던 아버지의 지시인지라 더는 개길 수도 없는 노릇이었다.

오늘은 오디세이 호텔 나이트클럽 VIP 커플 초대 이벤트에서 새로 꼬드긴 참한 1학년 여학생과 '날밤까기'를 하기로 약속한 날이었다. 그래서 따로 사탕까지 준비해 두었다.

아버지는 자신을 일광대 교수로 만드는 것이 마지막 소원이자 꿈이라고 했다. 대백은 아버지가 왜 자신의 꿈을 자식을 통해서 이루려고 하며, 또 30여 년 동안 질리게 겪고도 왜 그 황당하고 무모한 망상을 아직까지 포기하지 못하고 있는지 안타까울 뿐이었다.

그는 아버지가 자신과는 다른, 달라도 너무 다른 자식을 일심동체인 양 생각하며 왜 사사건건 이래라저래라하는지 불만이었다. 또 무슨 근거로 이래라저래라에 따르면 아버지가 생각하는 결과가 나올 것이라고 믿는지 알 수 없어서 안타까웠다.

아버지가 일광학원에 재직해 온 37년 동안 얻은 재물이 만만치 않았다. 아버지는 물론이요, 아들과 손자 대까지 삼 대가 날건달로 살면서 너끈히 쓰고도 남을 정도였다. 그러니 대백이 굳이 답답한 연구실과 강의실을 오가며 학자와 꼰대짓을 할 이유가 없었다.

하버드대나 SKY를 우수한 성적으로 나와도 하늘의 별을 따는 것만큼이나 어렵다는 정규직 교수 자리를 어떻게 날건달과 진배없는 아들에게, 그것도 나이 서른에 편법으로 편입학을 해서 겨우 학부 4학년생이 된 아들에게 따 줄 수 있단 말인가. 하지만 아버지는 대백의 의지만 확고하다면 얼마든지 가능하다며 박박 우겼다.

대백은 아비를 아비라 부를 수 있는 세상에 태어나서 맘껏 아비를 아비라 부르며 사는 것만으로도 감사할 줄 아는 청년이었다. 그 아비가 뗑깡만 몇 번 부리면 포르쉐까지 사다가 바치는데, 더 바랄 것이 뭐겠는가. 때문에 그는 자신이 행운아라고 생각하며, 엄마가 자신 때문에 믿을 수밖에 없게 되었다는 하나님께 감사했다.

아버지는 대백이 열네 살이 되던 해, 한국을 무조건 떠나라고 명했다. 제대로 된 사람이라면 모름지기 선진 외국물을 먹어야 하는 것도 있지만, 대백이 한국을 떠나 살아야만 아버지는 물론이요, 본인도 잘 풀릴 길을 찾을 수 있고, 또 가족 모두가 행복할 수 있다고 했다.

처음에는 대백이 개망나니 짓을 밥 먹듯이 해서 외국으로 쫓아버리려는 꼼수인 줄 알았다. 그러나 아버지는 그것이 아니라면서 장차 가문을 지탱할 외아들의 중차대한 사명을 줄줄이 읊고는 신앙고백을 하듯이 곡진히 말했다.

아버지는 '출가=성공'이라는 특이한 교육철학 내지는 신앙을 가지고 있는 듯했다.

마마보이 대백은 눈앞이 캄캄했다. 대백은 아버지와 달리 이 풍요의 땅에서 현재를 살기에도 벅차고 바빠 미래를, 그것도 딴 나라에서의 미래나 삶을 생각할 겨를도 이유도 없었다. 그런데 쇠심줄 아버지가 미래를 들이대며 주야장천 겁박과 회유를 해댔다.

대백은 잠도 안 오고 식사도 할 수 없었다. 98.5킬로그램이었던 몸무게가 85킬로그램이 됐다. 공황장애 증상이 분명했으나, 아버지는 병원 진료는 절대 안 된다고 했다. 또라이 판정을 받으면 장래가 막힌다는 이유였다.

그러나 아버지는 대백의 당장 죽고 싶은 마음을 아는지 모르는지 무조건 미국으로 떠나라고 닦달했다. 영어도 못 하는데 왜 하필 멀고 먼 미국이냐고 묻자, 미국이 우리의 주인 나라이기 때문이라고 했다.

대백은 하나뿐인 아들을 전부인 양 여기며 사는 엄마와 이 난제를 해결하고자 했다. 대백과 아버지와는 33년 나이 차이가 있지만, 대백과 엄마와는 20년 차이밖에 안 나기 때문에 서로 통하는 구석이 많았다.

또 아버지는 13년 터울이 지는 엄마의 말이라면, 뭐든 함부로 대하거나 무시하지 못했다. 그래서 엄마는 대백과 아버지 사이에 놓인 징검다리이자 방패였다.

"얘 살 빠진 것 좀 봐요. 왜, 우리 대백이를 외국으로 쫓아내겠다는 거죠?"

예쁘고 지혜로운 엄마가 대백의 빠진 살을 문제 삼으며 아버지에게 따져 물었다.

"그걸 몰라서 물어?"

아버지의 질문을 시작으로 두 분의 긴 논쟁이 사흘간 오갔다. 대백은 엄마와 아버지가 주고받는 암호를 해독하려고 머리를 굴렸다. 그가 말뜻을 알아듣고자 머리를 굴리고 있을 때, 엄마가 아버지 편에 붙었다. 엄마는 아들의 미래 편에 서서 판단한 결과라고 했다.

"그렇다면 나도 대백이와 같이 갈 거예요."

엄마가 아버지에게 통보했다. 이렇게 해서 일찍이 출가를 강요당한 대백은 필리핀 국제학교에서 중·고등학교 과정을 괴발개발 마치고 호주에서 유사 대학 과정을 마쳤다.

물론 중학교 과정부터 미국에서 번듯하게 시작하려 했지만, 어학 머리가 둔중한 탓에 포기할 수밖에 없었다. 대백은 영어를 사용하는 두 개 나라에서 10년 가까이 유학을 했지만, 일상생활에 필수적인 회화―이 때문에 필리핀에서는 영어보다 따갈로그어를 더 많이 배웠다―만 겨우 배우고 불요불급한 글은 일체 배우지 않았다.

그래서 SKY 대학을 졸업하고 미국과 영국 등으로 유학을 다녀온 세 누나들은 하나같이 대백을 무시했다. 예쁘고 지혜로운 엄마이지만, 남의 배에서 나온 세 누나의 구박까지 통제하지는 못했다.

세 누나와 엄마는 서로가 서로의 '나와바리'를 인정해 주는 선에서 아버지를 공유하며 불간섭주의를 엄수하는 관계였다. 물론 대백과의 관계도 마찬가지였다.

아버지는 대백을 어떻게 해서든지 일광대 교수로 만들기 위해 무진 애를 써 오고 있었다. 아버지는 학자로서의 공부머리는 뛰어나지 않았으나, 재학 중인 제자를 아내로 취한 것만 봐도 알 수 있듯이 집념과 의지와 열정은 타의 추종을 불허했다. 일광대 실세인 모도일 총장도 아버지에게는 쩔쩔맨다고 들었다.

아버진 무슨 꿍꿍이속인지 모르겠으나, 호주에서 돌아온 그를 미국으로 보내지 않고 특화 학과로 키우고 있다는 글로벌사이언스창조학과에 해외 거주자 특례 편입토록 조처했다.

무리를 해서라도 의대에 넣어 보려 했으나, 학생 반대 시위 때문에 편입 조건이 바뀌지 않아 포기할 수밖에 없었다고 했다.

이렇게 해서 주대백은 나이 서른두 살에 일광대학교 글로벌사이언스창조학과 3학년으로 편입했다.

성기봉 교수가 학과장으로 있는 학과였다. 대학원도 아니고 이제 겨우 학부 4학년생이 된 아들을 언제, 무슨 수로 교수를 만들겠다는 것인지, 대백은 도무지 알 수가 없었다.

6

교육부는 대학이 너무 많아서 이제는 정리를 할 수밖에 없다며 A부터 E까지 등급을 나눠 일일이 점수와 등수를 매겼다. D부터가 '부실'에 해당한다.

교육의 질을 높이고, 장차 지원자보다 입학 정원이 많아 생기게 될 사회적 문제를 해결하기 위한 선제적 대응이라고 했다. 그러니까 수십 년 동안 자기들끼리 저지른 일에 대한 책임을 지금에 와서 대학에 떠넘기는 꼴이었다.

모도일은 이런 교육부의 행태가 빨갱이 짓 같아서 못마땅했다. 그는 미국 같으면 사유재산권 침해에 해당하는 일이라며 게거품을 물었다.

"그러게 말입니다요."

불알친구를 교육부 고위 간부로 둔 사무처장은, 총장이 지금 교육부를 욕할 처지가 아닌데 왜 이러실까 하면서도 비위를 맞출 수밖에 없었다.

일광대에 D등급을 때린 대학구조개혁위원회가 D와 E등급을 받은 66개 대학 중 4년제 10개 대학과 전문대 15개 대학을 다시 평가해서 구제해 줄 계획이라고 했다. 대학마다 사활이 걸린 평가인데, 기준과 절차, 평가 과정과 결과 등을 놓고 이견과 잡음이 많았다.

특히 대학구조개혁평가는 대학 입학 정원 줄이기와 직결되는데, 부실 지정을 받은 대학이 서울 지역은 1.1퍼센트이고 나머지는 모두 지방이어서 지방대학 죽이기라는 비난이 거셌다. 게다가 대학구조개혁법이 국회를 통과하지 못한 상태에서 교육부가 선제 조처를 함으로써 이래저래 말썽이고 부담도 컸다.

이런 이유로 교육부가 한발 물러서는 시늉을 하기 위해 서둘러 패자부활전을 마련 중이라는 것이다. 일단 불량스럽게 보이는 놈들을 모두 불문곡직 인정사정없이 두들겨 팬 뒤에, 인사불성이 된 놈들 가운데서 덜 불량스러운 놈들을 가려내어 응급·재활 치료를 하겠다는 것이다. 말이 좋아서 구제 방안이지 스스로 한 평가, 즉 깡패짓 버금가는 갑질에 문제가 있음을 뒤늦게 자인하는 처사였다.

일광대의 경우, 학부교육 선도대학 사업(ACE)으로 2년째 52억을, 산학협력 선도대학 사업(LINC)으로 45억을 지원받아 진행하고 있는데, '부실 대학(정부재정지원제한대학)'이라는 결과를 통보받은 것이다. 같은 국책 기관에서 한 기존 평가들을 교육부가 무시 또는 부정하는 꼴이 된 것이다.

또 부실하다는 평가를 내렸으나, 이와 관계없이 기존의 지원 사업은 지속성과 효율성을 위해 계속 유지한다고 했다. 국회의원들의 유체이탈 화법을 떠올리게 되는 말로서 누가 봐도 아리송한 조처였다.

평가 전에는 아무런 언급이 없다가, 평가 뒤에 따로 밝힌 말이었다. 그 이유를, 향후 기존 지원금을 끊어버리면 사업이 중단될 것이고, 그러면 기존 지원금이 결과적으로 낭비가 되기 때문이라고 덧붙였다. 낭비를 막기 위해 부실 대학임에도 불구하고 지금까지 해 왔던 지원을 계속 하겠다는 요망한 해명이었다.

일광대는 D이지만, 그냥 D가 아니라 D⁺를 받았다. 사무처장의 친구인 교육부 과장이 말했다.

"병장이라고 해서 다 같은 병장이 아니지요. 일광대는 말년 병장인 겁니다."

모 총장은, 교육부 과장과 불알친구이자 고교 동문이라는 사무처장을 닦달해 추가로 손을 쓴 결과, 일광대는 구제 가능성이 매우 크다고 했다. 위로의 말이겠으나, 그는 일광대가 충분히 C를 받을 수 있었는데, 재수가 없어서 D⁺를 받은 것 같다고도 했다. 평가 항목에 재수도 들어간다니, 모 총장은 어처구니가 없었다.

곧 평가에서 미달 점수를 받아 문제가 된 부문을 중심으로 컨설팅을 받게 될 것이고, 이후 이에 따른 이행실적 보고서를 제출하게 될 것이다. 이 보고서를 가지고 서면 평가와 현장 실사를 차례대로 한 뒤에 해제 대상 대학을 최종 선정하게 될 것이라고 했다. 그는 최종 해제 대상 대학에 오른 가통보 대학 명단이 청와대의 재가를 거쳐 발표될 것이며 이 발표까지는 일 년가량이 걸릴 것이라고 했다.

모도일 총장은 박영홍 기획개발처장에게 전화를 걸었다. 믿을 수 없는 놈, 아니 이번 사태를 몰고 온 장본인이었지만, 어쩔 수 없이 놈에게 이런 사실을 알리고, 따로 태스크포스 팀을 꾸려 재심 준비에 만전을 기하라고 신신당부했다. 또 팁은 사무처장이 전달해 줄 것인데, 당분간 재심 준비는 비밀리에 진행하라고 일렀다.

그러고는 사무처장을 파라다이스 호텔 제3 임시 집무실로 따로 불러서 교육부 친구와의 우정을 더욱 돈독히 할 것과 그러기 위해 각별히 도울 일이 있다면 언제든 기탄없이 말하라고 했다. 또한 도서관 제2 임시 집무실에 있는 조건성 비서실장을 통해 최측근들만의 술자리를 마련하라고 일렀다.

그날 총장은 측근들이 지켜보는 자리에서 사무처장과 세 차례나 러브 샷을 하면서 대학 존망이 그의 양어깨에 달려 있음을 잊지 말아 줄 것을 수차례 당부했다. 모 총장이 말한 '그'가 사무처장인지, 그의 불알친구라는 교육부 과장인지는 알 수 없었다.

파라다이스 호텔에서의 핵심 측근 모임은 총장이 중대사를 결정 또는 부탁할 때만 갖는 스페셜 모임이었다. 물론 사안에 따라 여러 파트로 나뉜 측근 모임들도 있었다.

그러나 이번 멤버는 여느 측근 모임과는 달랐다. 말하자면 선택받은 성골들만의 모임이었다. 현재까지의 서열순으로 보면, 감사실장 봉백구, 비서실장 조건성, 비상상황대응 TFT위원장 차무건, 정출 학생지원처장, 석좌교수 방조고, 법인 감사 겸 변호사 한검수. 그리고 법인 이사 기유경, 일본 아키타 국제교양대 교수 기전치가 왔는데, 두 기씨는 모 총장의 부인과 처남이었다.

그리고 처음 보는 낯선 얼굴이 있었다. 방 교수와 동년배쯤으로 보이는 그는 근엄하고 긴장된 표정으로 모 총장 옆에 그림자인 양 얌전히 앉아 있었다.

이런 스페셜한 자리에 어제까지만 해도 핵심 측근은커녕 언저리 밖에 있던 사무처장이 낀 것이다. 사무처장은 A부터 E등급으로 나뉜 측근 가운데, 모 총장의 고향 인척임에도 불구하고 F등급에 해당했던 사람이었다.

그러니까 이번 모임은 모 총장이 지금부터—물론 자기 마음이 바뀌기 전까지—사무처장을 절대 신임하리라는 것을 공표하는 자리이기도 했다. 속사정을 모르는 핵심 최측근들은 의아했으나, 비서실장과 사전에 귀엣말로 정보를 공유한 봉 실장은 불길한 예감이 맞았다는 불안감과 위기감에 휩싸여 똥 씹은 표정을 감추느라 안절부절 못했다.

모 총장이 자리에서 일어나 옆에 있는 뉴 페이스를 소개했다. 이름은 조전이고, 방조고와 같은 급의 석좌교수로 모실 예정이라고 했다.

조 교수는 노벨 경제학상 수상자를 줄줄이 배출하고 있는 시카고대학교 경영학과 출신이라고 했다. 말이 예정이지, 인사 발령이 끝났다고 봐야 했다.

모 총장은 그동안 방조고의 노력과 구성원들의 협조로 일광대가 교육 중심 대학으로서의 새로운 교육 프레임을 구축하게 되었기에 지금부터는 더욱 새로운 선진적 경영 시스템을 구축하기 위해 조전 교수의 도움을 받기로 했다고 선언했다. 그러고는 대학구조개혁평가 재심 준비 차원에서 대학의 가일층 투명하고 효율적인 경영이 필요하며, 구폐 청산에 대한 단호한 윤리경영 의지를 천명할 필요가 있다고 했다.

박영홍 기획개발처장을 질책하는 말이었다. 그러고 보니 박영홍 교수가 보이지 않았다. 박 처장 자리에 정출 학생지원처장이 앉아 있었다.

총장은 학교가 미래가 아닌 과거에 얽매여 분규에 휩싸이고, 학생들의 불법 행위에 학교가 속절없이 또 지속적으로 끌려다니면 교육부로부터 긍정적인 평가를 받기 어렵다는 말도 덧붙였다. 그러면서 조전 교수가 새로운 대안과 돌파구를 찾아 줄 것으로 믿는다고 했다.

모 총장은 조 교수를 일으켜 세운 뒤 러브 샷을 했다. 이어 총장이 조 교수에게 한마디 하라고 권했으나, 그는 따로 준비한 말이 없다면서 의례적인 인사말로 갈음했다.

조 교수 소개를 마친 모 총장은 정출 교수에게 러브 샷을 제안했다. 그는 러브 샷에 앞서 총장실 침탈 관련 CCTV 녹화 화면을 재생시켜 확인해 보고 비서실장이 작성한 명단을 근거로 해서 형사 고발과 자체 징계 여부를 고민해 보라고 지시했다.

그러고는 실제 권한을 갖는 징계위원회 부위원장—총장은 당연직 위원장이었다—에는 윤우 학장이 합당하다고 했다. 의과대학에서 저지른 일이니 의과대 학장이 책임지라는 뜻이었다. 총장이 정 처장을 이 자리에 끼운 이유를 알 것 같았다.

"학부형들의 반발이 만만치 않을 것입니다요."

항의하는 학부형들을 상대하느라 곤욕을 치른 정출 학생지원처장이 조심스레 입을 열었다.

"학칙대로 법대로 운영할 수 없다면, 의대를 폐쇄할 수도 있소."

모 총장의 폭탄 발언에 모두가 벌린 입을 다물지 못했다.

"총장님, 심정은 골백번 이해가 됩니다만, 학부형들이 연대하고 있어 무섭습니다."

뜻밖에도 방조고가 손을 내저으며 말리는 시늉을 했다.

"사즉생, 생즉사. 지금 일광대가 처한 상황이오."

"……."

좌중이 침묵했다. 술자리에 가득 찼던 취기가 사라진 분위기였다.

모임 분위기에 익숙하지 않은 조전 교수는 천장만 올려다보며 눈알을 데굴데굴 굴렸다.

모 총장은 마침내 일광대가 절체절명의 위기에 처한 것을 알게 된 것 같았다. 그런데 왜 위기이며 그 원인은 무엇이고 또 그 위기를 어떻게 극복해야 할 것인가에 대해서는 전혀 감조차 못 잡고 있는 것 같았다.

"일광대의 미래와 비전을 위해서 학교가 문을 닫는 한이 있어도 이번 참에 구악과 적폐 세력 모두를 깡그리 청산하고 거듭날 작정이오. 나를 포함해서 말이오."

모 총장의 끝말에 좌중이 술렁였다.

그는 일광대의 안녕과 영구적 발전을 위해 모든 악업을 짊어지고 총장직에서 물러날 생각이었다. 그는 교무회의를 할 장소조차 없어서 파라다이스 호텔 세미나 룸으로 정할 때 그런 생각을 굳혔다.

내 것인데, 내 마음대로 못 하는 대학을 굳이 거머쥐고 싶지 않았다. 십 보 전진을 위한 일 보 후퇴. 모도일은 전략적 퇴진을 통해 완전한 자신의 대학, 모도일의 대학을 만들고 싶었다. 그는 자신이 이선으로 퇴진하면서 모든 구폐와 악습도 함께 정리할 생각이었다.

이런 생각을 굳힐 수 있도록 벼랑 끝으로 내몬 사람이 노백호 주시열이었다. 그는 주시열과 함께 물러날 계획이었다.

모도일은 어차피 자기 소유의 학교이기 때문에 사퇴 후에도 언제든 얼마든지 되돌아올 수 있었다. 하지만 주시열은 그럴 수 없었다.

주시열을 어떻게 품고 어떻게 떠나보낼 것인가에 대해서는 법인 감사 겸 변호사인 한검수가 그동안 수집한 여러 자료와 정보에 대한 분석을 마치고 작업에 들어간 상태였다.

7

"지적재산권이 뭔지는 아시지요?"

조사위원장 차무건 교수가 공민구에게 공손하게 던진 첫 질문이었다. 학교 체육복을 입고 나타난 그는 학교가 연구개발비를 지급했기 때문에 지적재산의 소유권이 학교에 있음을 질문을 통해 확인시켜 주려 했다.

공민구는, 학교의 지적재산권을 위반했다는 자의적 결론부터 내고 덤벼드는 차 교수의 조사 태도가 터무니없었다.

엊그제 부친상을 치른 상주를 불러 앉혀 놓고, 장례는 어떻게 치렀느냐는 형식적인 인사 한마디 없이 던진 첫 질문이었다.

"압니다. 그런데 그걸 지금 왜, 저한테 물어보십니까?"

민구가 손바닥으로 자신의 가슴팍을 치며 불퉁스럽게 받았다. 차위원장이 잠시 민구를 쩨렸다.

"제가 학교의 지적재산권을 빼돌리기라도 했단 말씀인가요?"

"그럼, 무고라는 주장이신가요?"

평소와 달리 위원장이 존대어로 물었다. 민구의 제안으로 조사 과정을 전부 녹음하기로 합의한 때문이었다.

"저를 죄인으로 단정하시기 전에, 제가 죄를 지었다고 주장하시는 근거부터 말씀해 주세요."

"공 교수님께서 계발 중인 글쓰기 교재의 원고가 인근 대학 교재에 그대로 인쇄되어 발간이 됐어요. 토씨 하나 틀린 게 없더구면요."

위원장이 테이블 위에 있는 사육배판 책자 한 권을 손가락 끝으로 가리키며 말했다.

공민구가 책을 냉큼 집어 들고는 살폈다.

"누가 제 글을 훔쳐다가 썼네요."

교재를 펼쳐 훑어본 민구가 황당한 표정을 지으며 말했다.

"그런 식으로 시치미를 떼십니까? 누가 훔쳐 간 게 아니라, 넘겨준 거라고 사실대로 말하세욧!"

"누가 훔쳐 간 것인지, 조사위에서 밝혀 주세요. 그리고 방금 전 위원장님 말씀은 무고인데, 반드시 책임을 지셔야 할 겁니다."

"뭐요, 책임? 이런, 씨…… 허허 이 사람이…… 당신은 피조사자야. 정작 책임을 져야 할 사람이 누군데, 얻다 대고 누구더러 책임을 지래…… 요."

녹취를 의식한 때문인지 차 위원장이 욕설을 삼켰다.

"누가 어떻게 알고, 뭐가 그리 대단한 거라고 공 교수님의 글을 훔쳐 갔다는 거요? 당신이 줬겠지. 아니, 팔아넘겼겠지요. 원고료는 얼마나 받으셨나요?"

이 대면 조사를 계획하여 추진한 봉백구가 나섰다. 무엇에 쫓기는지 평소의 그답지 않게 민구가 이미 반박한 차 위원장의 발언을 재탕하고 있었다.

"대단한 게 아닌 상식 수준의 글인데, 어떻게 팝니까, 누가 산다고?"

조사위원들은 민구를 윽박지르려고만 할 뿐, 자신들이 제기한 의혹을 입증하지 못했다. 그러자 그들은 기회를 줄 테니 결백에 대한 입증을 민구에게 하라고 했다. 민구는 이들이 조사위원인지 양아치인지 알 수가 없었다.

모 총장과 봉백구가 원하는 결론을 위해 조사를 몰아가는 분위기였다. 사실을 밝히려고 하는 조사인지 의심스러웠다. 조사는 진전 없이 시간만 흘렀다.

이윽고 차 위원장이 멀뚱멀뚱 앉아 자리만 지키고 있는 위원들을 향해 다들 바쁘실 테니 다음 건으로 넘어가겠다고 했다. 위원들이 바쁜 것 같아서 조사를 건너뛰겠다는 말을 한 것인데, 조사위가 조사를 건너뛰겠다는 위원장의 이해할 수 없는 이 발언에 대해 아무도 가타부타 말이 없었다.

위원회는 위원장을 포함한 10인의 조사위원으로 구성되었는데, 3인이 빠져 7인이 참석했다. 위원장과 봉백구 위원을 제외한 나머지 5인은 꿔다 놓은 보릿자루인 양 자리만 지켰다.

그들은 회의 직전에 공민구의 주장과 제출된 증거자료들을 대조한 뒤, 가타부타 아무런 말도 쓰다 달다 아무런 표정도 없었다.

"이제부터는 두 번째 사건인 『35년사』 건에 대해 묻겠습니다. 제작 부수 오천 부는 어떻게 결정된 것입니까?"

고개를 처박은 위원장이 서류를 뒤적이며 물었다.

"답변드리기 전에 질문이 있습니다."

민구가 위원장을 쏘아보며 말했다.

"뭐욧, 질문? 이봐요, 공 교수! 피조사자답게 묻는 말에 답변이나 잘 하세요. 시건방지기는……."

봉백구였다.

쾅!

순식간에 의자를 박차고 일어난 민구가 봉 실장을 한참 동안 째렸다. 그러고는 당황한 빛이 역력해 보이는 위원장에게 질문했다.

"앞서 받은 조사는 제가 WCC 태스크포스 팀 책임자였으니까, 제가 공식 문건을 수신하고 출석하여 조사받는 것이 맞습니다. 하지만 『35년사』 간행과 관련된 의혹을 조사하는데, 왜 관련 공문을 간행위원회나 당사자인 총괄 부위원장에게 보내지 않고 특정 위원에게 보낸 겁니까?"

특정 위원은 민구를 뜻한다.

"그, 그건……."

차 위원장이 봉 실장을 바라보았다. 도움을 청하는 눈빛이었다. 그러니까 위원장은 사건에 대한 개요 파악이나 사전 검토조차 하지 않은 채 대면 조사에 임하고 있는 것이 분명했다.

"그건 실제적인 일을 한 사람이 공민구 교수님이기 때문이지요."

봉 실장이 천연덕스럽게 답했다.

"제가 맡은 일과 실제로 한 일은, 제가 맡은 파트의 원고를 집필하고, 전체 원고를 교정 교열한 것입니다. 발행 부수를 정하고, 원고료와 큰 틀에서의 작업비 지출 기준 등을 정한 것은 위원회의 전체 회의에서였고, 기타 세세한 것은 위원회 행정 업무 전반을 통괄한 모도강 교수의 책임하에 진행하거나 집행되었습니다. 이 사실은 제가 제출한 문서를 통해 이미 확인된 사실이 아닙니까?"

"글쎄, 모도강 교수가 그 일을 할 때, 공 교수의 의견에 전적으로 따랐다 하지 않습니까."

봉백구였다.

"모도강 교수님은 35주년기념행사추진위원회 총괄 부위원장이자, 『35년사』 예산 집행 1차 결재권자입니다. 그런 모 교수가 왜 제 의견을 따릅니까? 제가 모 교수에게 지시할 수 있는 위치에 있습니까? 제가 맡은 업무가 예산 집행과는 무관한데, 모 교수가 그런 저에게 의견을 묻고 따를 이유가 뭡니까?"

"꼭 상관의 말만 따른다는 법이 있습니까? 공 교수님이 출판 분야의 전문가니까, 믿고 따를 수밖에 없었던 것이 아니겠습니까?"

백구의 어깃장이 이어졌다.

"뭐요? 모도강 교수님이 그렇게 말씀을 합디까? 당신의 소관 업무를, 당신이 집행하고는 왜 이제 와서 그 책임을 저에게 미룬답니까?"

"공 교수님이 그렇게 하라고 하셨다면서요?"

차 위원장이었다.

"뭐욧?"

"책임질 테니 오천 부 찍어라. 모 교수님께 이렇게 말하지 않았다는 겁니까?"

백구가 거들었다.

"대질시켜 주시오!"

"아아…… 그만, 그만들 하시오."

차 위원장이 양손을 흔들어 대며 소리칠 때, 지켜보던 위원 두 명이 슬그머니 자리에서 일어나 밖으로 나갔다. 한 명은 고개를 절레절레 흔들며 화장실로 갔고, 한 명은 담배를 물고 복도 끝 베란다로 향하며 한숨을 토했다.

"대질이 어려우신가요? 그럼 저처럼 물적 증거를 보여 주세요."

민구가 눈짓으로 자신의 증빙 문건들이 담긴, 자주색 보자기로 싼 보따리를 가리키며 말했다.

"공 교수, 언성을 낮추시오. 선배 교수들도 있는 자리에서……."

위원장이 공연한 트집을 잡아 민구를 나무랐다.

이때 이해실 교수가 들어왔다. 수업 때문에 늦었다면서 위원장에게 양해를 구했다.

이해실 교수가 들어오자 봉백구의 표정이 일순 굳어졌다. 한때는 서로의 필요에 따라 연인처럼 가까웠으나, 자신과의 주식 관련 돈거래를 총장에게 꼰질러 백구의 앞길을 막아버린 여자가 아닌가.

"아무런 증거 없이 자기주장만 하는 모도강 교수의 말은 믿고, 제 말은 믿지 않는 이유가 뭡니까?"

"그래, 공 교수는 그 이유가 뭐라는 거요?"

위원장이 운동복 상의 지퍼를 내리며 질문 같지 않은 질문을 던졌다.

"누가 봐도 빤한 표적 조사이기 때문이지요. 조사 시행 공문을 간행위원장이 아닌 특정 위원 앞으로 보냈잖습니까? 그래서 저는 이 조사는 절차상 하자가 있고, 처음부터 부당했다는 겁니다."

"그건 공 교수, 당신 생각이고…… 질문에 답이나 해주세요."

이해실이 들어온 뒤부터 굳은 표정으로 볼펜 끝을 잘근잘근 씹어 대던 봉백구였다.

"당신? 내가 왜 니 당신이얏!."

민구가 의자에서 벌떡 일어나며 소리쳤다. 그러고는 참고 있던 욕설을 내뱉었다. 의자가 쾅 하며 뒤로 자빠졌다.

"내가 왜 네놈 당신이냐고, 이 새끼야!"

좌중이 조용했다.

침묵이 길어졌다. 민구는 뒤늦게 자신이 봉 실장의 의도에 말렸음을 알았다.

리베이트 수수를 염두에 두고 제작업체 뒷조사까지 했으나 아무것도 찾아내지 못한 봉백구가 대면 조사를 추진한 것인데, 대면 조사에서도 이렇다 할 성과를 올리지 못할 것 같자, 민구의 성질을 자극해서 반전의 기회를 만들고자 한 것이다.

"죄송합니다."

의자를 일으켜 세운 민구가 자리에 앉으면서 좌중을 향해 사과했다.

"봉 실장님께 직접 사과하세요."

위원장이 명했다.

"죄송합니다."

"사과는 됐고요, 오천 부 결정 과정에 대해 상세히 설명이나 해주세요."

사과받기를 거부한 봉 실장이 질문했다. 같은 질문의 반복이었다.

"조사위원회 간사에게 이미 답을 드렸습니다. 말이 아닌, 회의록 복사본을 증빙서류로 제출했습니다. 아직 안 보셨나요?"

민구의 답에 봉 실장을 비롯한 위원들이 일제히 간사를 쳐다봤다. 민구는 봉 실장의 철면피한 태도가 가증스러웠다.

봉 실장의 직속 부하인 간사는 금시초문이라는 표정이었다. 간사는 위원장과 위원들의 눈을 피해 천장을 바라보았다.

민구는 기가 막혔다. 봉 실장이 모 총장 앞에서 조사의 필요성을 말하기 전날, 민구는 봉 실장 사무실로 찾아가 회의록 원본을 보여주며 해명한 바 있었다. 그러고는 그때 사무실을 나오면서 자리에 동석했던 간사에게 복사본을 건네주었다.

밖에서는 시위하는 의대 학생들의 총장 퇴진 구호가 반복되고 있었다.

"모도일 총장은 즉각 사퇴하라!"

"사퇴하라, 사퇴하랏!"

"부실 대학 웬 말이냐, 모도일은 책임져라!"

"책임져라아, 책임져랏!"

"썅노무 새끼들!"

차무건 위원장이 벌떡 일어나 욕설을 뱉은 뒤, 창문을 거칠게 닫았다.

눈치를 살피던 간사가 급히 녹음기를 껐다.

"제작 경비가 과다하게 집행되었다는 것이 조사위원들의 생각이오. 여기에 대해 답변해 주시오."

창문을 닫고 돌아선 위원장이 물었다.

"경비 지급 기준을 제가 정했나요? 간행위에서의 제 포지션은 집필위원이자 편집간사였습니다. 그건 예산과 집행을 담당했던 업무간사와 모도강 교수의 일입니다."

"모 교수가 모른다고 해서 묻는 거요."

"모 교수님 자신도 모른다는 모 교수님의 업무 관련 사항을 제가 어떻게 알 수 있다고 제게 묻습니까? 모 교수님이 정말 모른다고 하신다면, 간행위원장님께 물어보시지요."

"윤우 교수님은 병가 중이시오. 안 그래도 그분이 병원에서 퇴원하시는 대로 물어볼 생각이오."

민구는 3개월째 이어진 조사인데, 윤 교수가 입원하기 전에는 왜 묻지 않았는지 이해가 되지 않았다.

"윤우 위원장님은 집필 원고료로 2백 자 원고지 장당 1만 5천 원과 자료수집비로 위원 일인당 매달 50만 원 지급을 말씀하셨고, 또 편집회의 경비로는 식비로 1회당 50만 원, 위원 개별 거마비로 10만 원을 책정하자고 하셨습니다. 제가 제출한 회의록을 확인해 보세요."

위원들이 처음으로 테이블 위의 자료들을 들춰 보는 시늉을 했다.

"보셨으면 아시겠지만, 거마비는 아예 삭제했고, 다른 항목들은 그보다 적은 60퍼센트 선에서 책정이 됐습니다. 기준액이 크다고 생각한 제가 동의하지 않고 수정 제의를 했기 때문입니다."

"공 교수님이 지출 근거를 모두 정하신 게 맞네."

봉 실장의 말이었다.

"제의와 확정이 같은 겁니까? 그만 좀 하세요!"

민구가 억지 주장에 반발했다.

"뭘 그만합니까? 결국 공 교수가 하자는 대로 했으니, 공 교수가 정한 게 아니고 뭡니까?"

"자, 자, 두 분 또 그러신다. 감정 가라앉히시고…….'"

조사위원장이 양팔을 내두르며 다툼을 말렸다.

"주민 생존권 말살하는 기숙학교 공사를 즉각 중단하라!"

"중단하라!"

하숙과 자취집 주인들이 모여 만든 '일광대 기숙형 학교 건설을 결사반대하는 주민생존권사수연대'에서 하는 시위가 시작된 것 같았다.

총장 면담을 거절당한 두 달 전부터 항의 시위를 하겠다는 말이 떠돌았는데, 학교가 부실하다는 평가를 받아 어수선해진 틈을 타서 들고일어난 것 같았다.

"제작 부수 결정에 대해 다시 한 번만 더 물어봅시다. 최종적으로 누가 오천 부로 정한 거요?"

봉백구였다.

제작 부수가 결정된 과정이 기록된 회의록과 또 생각하기에 따라 회의에서 결정된 제작 부수가 많다고 볼 수도 있으니까, 모 총장에게 보고할 때는 이 점을 감안해 잘 보고해야 한다고, 공민구가 모도강 교수에게 보낸 이메일 내용 사본까지 직접 두 눈으로 본 놈이 어떻게 이런 맹구 같은 질문을 계속 던질 수 있단 말인가.

이미 『35년사』 간행과 관련한 행정 업무 전반을 통괄한 창조디자인학과 모도강 교수에게 보낸 메일 프린트 사본을 보여 주며 수차례 설명까지 한 바가 있지 않은가. 그런데도 봉백구는 주야장천 일관되게 딴소리를 지껄여 대고 있는 것이다.

공민구는 사람의 탈을 쓰고 어떻게 이런 개만도 못한 짓이 가능할까 싶었다.

모도강 교수는 간행위원회의 의견을 모아 표결로 가결정한 제작 부수 5천 부 의결안을 총장에게 서면으로 보고하고 결재를 득해야 할 의무가 있었다. 그게 그의 소관 업무였다.

그런데 조사 과정에서 나타난 바에 의하면, 그는 제작 부수에 관해서는 구두 보고조차 하지 않았고, 심지어는 『35년사』 제작 과정에서 발생한 행정 관련 업무 가운데 어느 하나도 모 총장에게 보고한 바가 없었던 것으로 드러났다.

더욱 기가 막힌 것은, 모 총장은 이런 보고가 모 교수가 아닌 공민구의 소관이자 책임으로 알고 있으며, 감사실장과 비서실장은 총장이 그렇게 알고 있는 것이 잘못된 것이 아니라고 했다는 것이다. 그 이유는 공민구가 전직 출판 전문가였기 때문이라는 것이었다. 지록위마가 따로 없었다.

"제가 제출한 증거 자료들을 보지 않았소? 당연히 봤을 거 아니오?"

답답한 민구가 따지듯이 물었다.

"아니 자료는 봤는데, 서로 말이 달라요."

"무슨 말이 서로 다르다는 거요? 말이 다를 때, 증거자료를 보는 게 아니오? 자기주장에 불과한 말이 왜 중요합니까? 봉 실장님은 그 말을 믿을 수 없어서 업자를 찾아가서 직접 뒷조사까지 하신 분이 아니오?"

"말을 들어 본 것뿐이오. 뒷조사는 무슨⋯⋯."

봉 실장이 억지를 부리며 시치미를 뗐다.

이놈은 숨 쉬는 것을 빼고는 믿을 수 있는 게 없는 놈이구나 싶었다.

"아니, 그래도 그게 아니지요. 모도강 교수는 인쇄 직전에 공 교수님과 확인 통화까지 했는데, 공 교수가 발행 부수를 5천 부라고 알려 주었다고 합디다."

백구가 새로운 사실을 밝히듯이 의기양양하게 말했다.

"회의에서 나온 위원들의 의견을 모 교수님께서 안으로 만들어 총장님의 결재를 통해야만 확정할 수 있는 제작 부수를, 저와의 통화로 확인했다는 게 대체 무슨 말입니까? 제가 뭔데 제작 부수를 결정합니까? 왜 모 교수가 저에게 제작 부수를 확인받아야 하느냐고요?"

"공 교수님이 유명 출판사 편집자 출신이니까, 그런 거 아니겠소?"

봉백구는 어떻게 해서든지 모도강의 주장을 근거로 공민구의 죄를 만들어 보려고 안간힘을 쓰고 있었다.

"부실한 기숙학교 공사를 즉각 중단하라!"

"중단하랏!"

"무리한 기숙학교 공사가 부실 대학 불러왔다!"

멀어졌던 구호가 다시 가까워졌다. 주민들은 일광대의 부실 대학 전락 원인을 기숙학교 공사라고 주장했다. 그릇된 정보로 학교 경영을 간섭하는 구호였다.

"자꾸 전문가, 전문가 하시니까, 그렇다면 전문가로서 말하겠소.

인쇄 전에 제작할 분량만큼의 용지를 미리 확보해 두어야 합니다. 그런데 인쇄 당일도 아니고 바로 직전에 제작 부수를 물었다는 게 말이 되나요?"

"공 교수님이 전문가니까…… 충분히 물어볼 수도 있는 거 아니오."

차 교수가 동문서답했다.

"그렇다면, 좋아요. 대체 모도강 교수가 저와 그 통화를 한 날짜가 언제랍니까?"

답답한 민구가 물었다. 물론 몰라서 물은 것은 아니었다.

"2월 28일, 토요일이랍디다."

봉 실장이 답했다.

민구가 들어서 알고 있는 날과 같았다.

그는 인쇄 당일인 28일, 경북 울진에 있었다. 그 전날인 금요일 저녁부터 석 달 동안 미뤄 온 가족여행을 덕구온천으로 가서 일요일까지 2박 3일 동안 다녀왔다.

"제가 통신사로부터 발급받은, 2월 28일 자 제 휴대전화 발신 내역서는 이미 제출했습니다."

민구가 테이블 위에 있는 증빙 문건 더미를 가리키며 말하자, 위원들이 문건을 찾아보기 위해 들척이는 시늉을 했다.

"수신 내역을 통신보호비밀법상 발급해 줄 수 없답니다. 그 전날부터 3일 동안 저는 경북 울진에 있었습니다. 모 교수님이 저와 통화를 했다면, 가능한 통신수단은 덕구의 숙소이거나, 이 휴대전화일 것입니다."

민구가 자신의 휴대전화를 흔들어 보이며 덧붙였다.

위원장이 간사에게 눈짓을 보냈다. 민구가 말하는 발신 내역서를 달라는 눈짓이었다. 제출한 증거 문건들조차 검토하지 않고 조사에 참석한 위원장이 되레 위원들의 불성실한 조사 태도를 원망의 눈빛으로 바라보았다.

"모도강 교수에게 저와 통화한 발신 내역을 제출해 달라고 하시고, 제가 묵었던 숙소에도 확인해 보세요. 더는 아무 근거도 없이 저에게 없는 죄를 덮어씌우시지 마세요."

"너무 흥분하신다."

뒤늦게 들어와 팔짱을 낀 채 말없이 지켜보고만 있던 이해실 위원이 끼어들었다. 그녀는 의자를 틀어 봉백구와 등을 진 채 삐딱한 자세로 앉아 있었다.

민구는 이해실의 말을 무시하고 하고자 했던 말을 이었다.

"그리고 대관절 제가 뭔가요? 제가 일광대에서 총장님보다 높은 사람인가요? 아니면 제가 또라이, 바보인가요? 대체 제가 뭔데, 무슨 권한이 있어서 일광대『35년사』제작 부수를 제 마음대로 정합니까? 아니다…… 정했어요, 정했다고 치자고요. 그렇다면 저를 뺀 나머지 위원님들은 모두 바지저고리였나요? 위원님들은 지금 이 조사가 상식에 준하는 조사라고 생각들 하세요?"

"어째서 모도강 교수의 말은 말이 안 되고, 당신 말은 말이 된다는 거예요?"

이해실이었다.

그녀는 직원에서 교수가 된 공민구를 반인반수(半人半獸)라고 비아냥거리며 떠들고 다녔다.

"모도강 교수님은 주장만 하고, 증거 제시가 없어요. 제 주장에는 이를 입증해 줄 문건이 있습니다. 그러니까 이제는 제발 그만 좀 합시다."

민구는 조사위가 돌림노래 부르듯이 반복하는 억지에 항의했다.

"합시다? 이보시오, 공 교수! 얻다 대고 합시다야, 합시다가? 직원 질하다가 교수가 되니까 눈에 뵈는 게 없어?"

구원투수라도 되는 양, 뒤늦게 나타난 이해실이 팔을 걷어붙이며 벌떡 일어나 싸우자고 덤벼들었다.

"반말과 비속어는 괜찮고, 합시다, 는 잘못된 겁니까, 위원장님?"

민구가 이해실이 아닌 위원장을 향해 물었다. 이해실과 싸워서 이긴 사람이 없었다. 상황과 맥락을 무시하고, 교무연구처장과 원로급 교수라는 권위만 앞세워 상대를 일방적으로 조져 대는 여자를 바보가 아닌 다음에야 어찌 상대할 수 있단 말인가.

"왜들 이러시오? 알겠소. 알겠으니 언성들 낮추시오."

또다시 축도하는 자세로 양팔을 들어 올린 차 위원장이 타이르듯 말했다.

잠시 눈알을 굴리며 좌중을 살피던 봉백구가 돋보기안경을 벗고 민구를 바라보았다.

"모도강 교수님도 나는 잘못이 없다, 공민구 교수님도 나도 잘못이 없다. 그럼 대체 공 교수님은 누구 잘못이라고 보는 겁니까?"

봉백구가 일 분 단위로 맞춰 놓은 알람처럼 같은 질문을 반복했다.

"그걸 밝히기 위해 열 분의 조사위원들께서 삼 개월 동안 조사를 하신 거 아닙니까?"

"허, 참!"

봉백구가 닭 쫓던 개 지붕 쳐다보듯이 허공을 응시하며 난감한 표정을 지었다. 그러고는 손에 쥐고 있던 돋보기안경을 테이블 위에 던졌다.

그의 난감해하는 표정 속에서 얼핏 두려움과 걱정이 엿보였다.

8

성기봉의 전화를 받고 한숨도 못 잔 주시열은 몹시 피곤했다. 하지만 아들을 본다는 생각에 설렘과 기대가 있었다. 대백은 시열의 마지막 희망이었다. 그래서 기쁜 마음으로 뛰어나가 맞이한 아들이었으나, 부질없는 짓이었다.

그는 지금까지 안달복달하며 녀석에게 '투자'한 것을 생각하니 단매에 대갈빡을 깨버리고 싶었다.

아무런 생각 없이 사는, 아니 술과 여자와 노름과 마약의 세계만을 넘나들며 사는 아들과 미래를 도모하는 것은 동반 자살 행위나 다를 바가 없을 것 같았다.

시열은, 한복 꾸러미를 건네준 뒤 무릎을 꿇고 앉아 틈틈이 시계만 들여다보고 있는 아들을 한껏 노려보기만 하다가 그만 돌려보내기로 했다. 감당 못 할 업보를 마주 보고 있자니 뒷골만 당겼다.

시킬 일이 있고, 긴히 당부하고 싶은 말이 있어서 부른 것인데, 안절부절못하며 시계만 들여다보는 놈에게 입을 열 수가 없었다. 입을 연들 무슨 소용이 있겠는가.

아들을 굳이 뒤늦게 일광대에 편입시킨 것은, 일단 동문을 만들어 놓고 나중에 교수가 못 되면 직원이라도 만들 깜냥에서였다.

시열은 험한 꼴을 당하기 전에 아들 대백과 이 문제에 대해 신중하게 이야기를 나누고 이런저런 당부를 하고자 부른 것이었다. 그런데 정신을 딴 데 두고 몸만 온 놈을 붙들고 무슨 말을 할 수 있단 말인가. 놈은 한복만 전해 주고는 곧바로 돌아가지 못해 안달했다.

차가 좋다고는 하지만, 상습적으로 난폭 운전을 하는 아들인지라 해 떨어지기 전에 보내는 것이 낫겠다는 생각과 자신 역시 혈압이 올라 쓰러지기 전에 아들과 서둘러 헤어지는 것이 건강에 이로울 것 같았다.

예상대로라면 소재 파악을 마쳤을 검찰이 밤늦게라도 소환 통보를 하거나 체포 영장을 든 담당 수사관이 기자들을 꽁무니에 달고 언제든 들이닥칠 수 있었다. 때문에 머뭇대다가 자칫 아들이 지켜보는 가운데 험한 꼴을 당할 수도 있었다. 불행은 홀로 치르는 것이 도리일 듯싶었다.

"하이고, 이런 씨발…… 모, 모도일이가 한검수 새끼를 시켜서 거, 검찰에…… 씨발, 고발장을 제출했다 캅니다. 검찰에 알아보이께네 곧 영장이 집행될 거랍니다."

성기봉으로부터 받은 전언이었다. 말에서 육하원칙을 찾을 수가 없었다. 다만 두서없이 질러 대는 욕설이 사안의 위중함을 강변하고 있었다.

"무슨 죄목으로 고발장을…… 언제?"

시열의 머릿속이 하얘졌다.

"고, 공금 유용 및 횡령 의혹으로 지, 지난주 화요일…… 그기, 그러니까 씨발, 7일에 그랬다 캐요."

7일이라면, 지지난 주인 보름 전을 말하는 것이었다.

"어, 어떤 공금을 유용, 아니 횡령했다고?"

시열도 성 교수의 분위기에 말려 말을 더듬었다.

"주 교수님이 양도성예금증서 23억을 포함한 62억을 횡령 또는 유용했다 안 합니까. 대명천지에 우째 이런 씨부랄 일이……. 교수님! 이 일을 우짭니까?"

양도성예금증서 건은 30여 년 전인 1988년의 일이었다. 시쳇말로 공소시효도 지난 일이 아닌가.

"걱정 말게. 난 공금을 횡령한 적도 유용한 적도 없으니까."

"그야, 제가 잘 안다 아입니까. 그래도 우짜든 일단 급한 대로 몸부터 피하시는 게……."

쾅, 쾅, 쾅…… 거푸집 심야 공사를 하는 소음이 통화를 방해했다. 모 총장이 공사를 서두르는 것 같았다.

"자네도 나를 의심하는구먼."

"아니, 말씀을 와 그캐 서운하게 하세요. 제가 누구 덕에 이 자리에 있는 긴데요. 그기 아니라요, 사안이 위중하니까 드리는 말씀 아닙니까. 소낙비는 피해야 한다 안 합니까……."

"소낙비가 아니라, 삼십 년 묵은 천둥 번개라네."

노백호 주시열은 각오하고 있었다. 훗날 양도성예금증서로 대출을 받아 쓴 23억 원이 십자가가 되어 자신이 매달릴 수도 있을 것이라는 사실을……. 물론 그 당시와 이후 몇 년 동안은 그런 생각을 하지 않았지만.

당시에 시열은 위기에 처한 학교를 살려 낸 영웅이 된 기분이었다. 그러나 모도일이 이사장으로 들어오면서부터 언젠가는 그 23억이 시열의 십자가가 될지도 모른다는 예감을 하게 되었다.

시열은 23억을 쓸 당시, 우양건설의 기부금으로 처리한 뒤에 쓰려고 했다. 어차피 우양건설은 일광토건과 이명 동사(異名同社)였다. 주시열의 사촌 형인 우양건설 사장의 소유 자본은 고작 3퍼센트였고 나머지는 일광토건, 즉 모도일의 것이었다.

시열은 23억 원에 해당하는 사용 내역을 공식적인 회계 기록으로 남기지 않았다. 그것이 되레 문제가 될 수 있기 때문이었다.

그중 10억 남짓은 차명으로 학교 확장에 따른 부지를 매입하는 데 썼다. 당시 국가교육시책에 따른 공과대 관련 학과의 증과증원으로 입학 정원이 300여 명이나 늘어났는데, 당장 익년 학기부터 필요한 강의실을 지을 부지조차 마련 못 한 상태였다. 학교 땅을 살 때 학교 이름으로 사면 해당 땅값은 물론이요, 인근의 땅값마저 덩달아 천정부지로 뛰었다. 그래서 성동격서하듯이, 인천상륙 작전을 위해 원산을 폭격하듯 이 사람 저 사람 명의를 빌려 찔끔찔끔 야금야금 쪼개서 구입해야 했다.

물론 시열은 훗날에 발생할 수도 있을 오해와 시비를 대비하여 비밀 장부를 만들어 사용 내역 등을 일일이 기록했다. 그리고 그 장부와 관련 증빙자료 일체를 모도일이 이사장으로 들어올 때 인계했다.

당시에, 그러니까 1988년 미국에서 공부 중이었던 모도일은, 법적 효력이 없는 장부는 만들 필요가 없고, 비공식적인 기록 또한 나중에 위법과 탈법의 증거물이 될 수 있으니, 비공식적인 회계장부이건 기록이건 일절 만들지 말고, 만들었다면 없애는 것이 좋겠다고 작고한 설립자를 대신해서 당부했었다. 그러나 주인이 아니고 머슴인 시열로서는 기록이 필요했다.

아무튼 CD 건은 공소시효가 끝나 안도할 수 있었다. 그러나 시열이 일광대에서 37년 동안 관계한 모든 업무와 돈을 까발려 유용 및 횡령 의심액으로 62억 원을 찾아냈다고 주장한다는 것이었다. 이 작업을 5개월 동안 한검수가 해 왔다는 것이다.

아들의 포르쉐를 배웅한 시열은 마당 한 켠에 있는 수돗가에서 얼굴과 손발을 닦고 새벽 산책으로 더럽혀진 고무신을 깨끗이 씻었다.

댓돌 위에 물기를 턴 검정 고무신을 올릴 때 주머니 속의 휴대전화가 몸부림을 쳤다. 아내에게서 온 전화였다.

"대체 이게 무슨 날벼락이에요? 누가 이런 못된 누명을 씌운 거죠?"

아내가 격앙된 목소리로 물었다.

"누명은 무슨……."

아내가 사태를 알고 한 전화였으나 시열은 짐짓 딴청을 부렸다.

"우리 집이 압수수색을 당했어요. 집 안이 난장판이 됐다고요. 기자들은 당신과 연락이 닿지 않는다면서 집으로 수십 차례 전화를 해대고……."

휴심산방으로 들어온 어제 오후부터 시열은 전화를 받지 않았다. 단, 모도일의 전화만 받을 생각이었는데, 어쩌다 성기봉 교수의 전화를 받게 된 것이다.

그는 휴심산방으로 당장 달려오겠다는 아내를, 오면 오히려 번거로워질 수 있다는 말로 달랬다. 그러고는 아내가 급히 해주어야 할 일을 부탁했다.

시열은 아내로부터 압수수색이라는 말을 듣는 순간 불현듯 떠오른 것이 있었다. 지금 시급히 중요한 것은 추가 압수수색 전에 동생 집 금고에 숨겨 둔 23억 원 사용 관련 회계장부 사본과 이런저런 비자금 사용 내역과 증빙 문건들, 그리고 학교 확장 예정부지 내에 '알박기' 한 부지매입 문서를 빼내서 다른 장소에 은닉하는 것이었다.

그런 다음에 성기봉 교수와 상의해서 힘 있는 대형 로펌이면서 이쪽 분야 소송에 정통한, 가능한 한 부장판사 출신 변호사를 선임하여 수사와 재판에 대비해 달라고 일렀다.

23억 원 사용 관련 장부 사본은 행여 올지도 모를 이런 날을 대비해 공소시효에 구애받지 않고 보관해 둔 것이며, 알박기는 주대백의 교수 임용에 쓰고자 준비해 둔 카드였다.

하남 캠퍼스 부지 인근에도 5백여 평의 땅을 차명으로 매입해 묻어 두었다. 장차 하남 캠퍼스를 확장하려면 반드시 필요한 땅이었다.

시열은 자신의 9보다 남이 가진 1을 탐하는 모도일을 상대하기 위해 비망록과 비자금 장부를 철저히 기록하며 관리해 왔다.

아내와의 긴 통화를 마친 시열은 대백이 가져온 한복을 차려입고 머리 손질을 마쳤다. 20일 넘게 길러서 손가락 한 마디쯤 자란 수염은 그대로 두었다.

늘 신고 다녔던 백구두를 신발장에 넣고 검정 구두를 꺼내 댓돌 위에 올렸다. 그러고는 휴대전화에서 공민구의 연락처를 찾았다.

9

명주지검 형사2부(부장검사 한정만)는 3일 학교 공금 197억여 원을 횡령 또
는 유용한 일광대 주시열(朱時烈·64) 교수에 대해 특정경제범죄가중처벌에
관한 법률 위반 혐의로 전격 구속했다. 학교 측에 사직원을 제출하고 하남
시 금암산으로 도피해 있던 주 교수는……

「중부신보」기자가 제대로 된 취재와 사실 확인 없이 학교 측이 불
러 준 대로 학교 편에 서서 기사를 쓴 티가 났다.
　민구는 포털 사이트에서 주시열 교수와 관련된 기사들을 하나하
나 찾아가며 검색했다. 어디는 체포, 어디는 구속이었고, 기사마다
유용 및 횡령 추정액도 제각각이었다.
　기준이나 산출 근거도 없이 23억에서 75억까지 오차 범위가 52억
이나 되었다. 2008년 시열의 총장 중도 사임도 이번 금전 건과 관련

이 있는 양 엮었다.

민구가 프린트한 기사를 분류해 가며 인정할 만한 유용 및 횡령 추정액을 따져 보고 있을 때, 누군가가 연구실 문을 두드렸다.

봉백구였다. 가무잡잡한 낯짝이 더 어둡게 보였다.

민구의 연구실은 옹벽과 마주한 북향이었는데, 학교 측의 비정년 교원 연구실 배정 방침과 규정에 따라 4인 1실이었다.

각대 봉투를 옆구리에 끼고 구부정한 자세로 문 밖에 선 봉 실장이 코끝을 감싸 쥐었다. 연구실의 퀴퀴한 곰팡이 냄새를 역겨워하는 것 같았다. 잠시 머뭇거리던 그가 혀끝으로 입술을 적시며 잠깐 나눌 얘기가 있으니 빈 강의실로 가자고 했다.

그때 맞은편 모도령 연구실이 빠끔히 열리다가 닫혔다. 짙은 향수 냄새와 함께 그녀와 공수창 교수의 얼굴이 잠깐 보였다가 사라졌다.

"조사 결과, 공 교수님은 행정적으로 문제가 없다는 결론이 났습니다."

빈 강의실에 마주 앉은 봉 실장이 쉬운 말을 힘들게 했다.

"잘됐네요."

민구가 마치 의례적인 덕담을 건네듯 대꾸했다. 순간 멋쩍어하던 봉백구의 표정이 일그러졌다.

"그런데 총장님께서는 그 결과에 만족하시지 못하고 계십니다."

"……?"

말뜻을 파악 못 한 민구가 백구의 눈을 바라보았다. 한 사람을 표적 삼아 열 명이 돌림매를 놓듯이 3개월 동안 조사를 하고도 그 결과에 만족하지 못한다면 어쩌겠다는 말인가.

"총장님께서 조사 결과를 신뢰할 수 없다는 것이 아니라, 인정하시기가 어렵다는 겁니다."

술 마시고 운전을 한 것은 맞지만, 음주운전은 아니라는 말처럼 들렸다.

모 총장의 말인즉, 공민구와의 싸움에서 자신이 질 수는 없는 노릇이 아니냐는 뜻이었다. 즉 총장이 비정년 교원에게 싸움을 걸어 한판 떴는데, 어떻게 총장이 질 수 있느냐는 얘기로 들렸다.

민구로서는 어떤 스탠스를 취해야 할지 막연했다. 그래서 백구의 일그러진 표정에 어처구니없다는 표정으로 대응했다.

이윽고 민구와의 대면 자체가 불편한 백구는, "어쨌든지 간에 일단 조사가 모두 끝났고 결론이 났으니, 총장님께서 조만간에 공 교수님을 한번 보자고 하실 겁니다. 먼저 찾아뵈면 더 좋고요"라고 덧붙였다.

민구는 문득 모 총장이 자신에게 원하는 것이 무엇인지 알 것 같았다.

공식적인 보고 책임이 있는 모도강 교수와는 별도로 민구가 총장에게 5천 부가 많다는 언질, 즉 사이드 보고를 했어야 했다.

일반적인 학내 출판 제작 부수와 비교해 5천 부가 문제 될 정도로 많은 부수였다면 사이드 보고를 했을 것이고, 조사 중에라도 무엇이 됐건 간에 5천 부가 과하다는 기준의 근거를 모 총장이 제시했다면, 민구는 무조건 사과를 했을 것이다. 하지만 모 총장은 5천 부가 과다하다는 근거는 끝내 제시하지 않았다.

당초에 문제를 제기하려면, 먼저 산정 기준의 적절성 여부를 따지고 나서, 그에 따라 과다 여부를 논할 문제였다. 따라서 아무런 기준 제시 없이 무조건 많다고 하는 것은 시비이자 생트집이라고밖에 볼 수 없었다.

"지금이라도 찾아뵙고 용서를 빌면 다 끝날 일이라는 것을 잘 압니다. 하지만 용서를 빌자니 죄가 없고, 그래도 빌 수는 있겠으나, 빌면 없던 죄가 생기고…… 어쨌든 빌려면 죄가 있어야 하는데 없으니 만들기라도 해야 하는 것인지…… 답답하네요. 제가 어떻게 했으면 좋겠습니까?"

민구가 총장에게 찾아가서 용서를 빌 만한 죄를 만들어 달라는 식으로 말했다.

"……?"

잠시 고개를 갸우뚱하던 봉 실장이, '그래 너 잘났다, 이 자식아. 누군 빌고 싶어서 비는 놈이 있는 줄 아냐'라는 표정을 지으며 담배를 물었다.

그는 한동안 담배만 빡빡 빨아 대며 소 잡아먹은 귀신 모양 창밖만 내다볼 뿐 아무런 말이 없었다. 창밖에서는 자신이 사주한 대의원회 학생들이 여전히 주철 교수 응징 요구 시위를 하고 있었다.

빈 강의실이 백구의 줄담배로 뿌예졌다. 옆구리에 책을 낀 학생들이 고개를 빼고 강의실 안쪽을 기웃거렸다.

윤 교수의 말처럼 모 총장은 처음부터 제작 부수 자체를 문제 삼을 생각이 없었다. 다만, 함부로 지껄여 대는 공민구를 공개적으로 손봐서 스스로 위엄을 세우고 구성원들에게 본때를 보여 주기 위한 방편이었을 것이다.

그런데 이 과정에 엉뚱하게도 모도강 교수가 자신의 책임을 덮고자 만들어 낸 거짓 진술이 끼어들면서 일이 꼬여 커진 것이다. 게다가 조사 과정에서 모 교수와 관련된 뜻밖의 행정 절차 진행상의 과오가 불거졌고, 이렇게 되자 위기에 처한 모 교수가 자기방어를 위해 공민구를 희생양으로 삼은 것이다.

제작 부수 확정 회의에 참석해 5천 부 발행에 의견을 같이했던 모 교수는 자기방어를 위해 자기부정과 자기기만을 하게 된 것이다.

모도강 교수는 모 총장의 사촌 형이었으니, 조사위원회는 진실을 알면서도 휘둘렸을 수밖에 없었다고 봐야 했다.

"재무팀장, 사무처장, 교학부총장님이 모두 징계를 받게 될 겁니다."

봉 실장이 강의실 바닥에 버렸던 다섯 개비의 꽁초를 챙겨 일어서며 말했다.

"왜요?"

말뜻을 이해 못 한 민구가 물었다.

"모도강 교수가 인쇄비 지출을 부총장 전결로 처리했어요."

"뭐요?"

교학부총장 전결은 2천만 원까지나, 신규 또는 일회성 사업의 경우는 제외였다. 『35년사』 제작 발간은 신규이자 일회성 사업에 해당했다. 더구나 3천5백만 원인 인쇄비를 반으로 쪼개서 부총장 전결로 처리했다는 것이다.

모도일 총장과 모도강 교수의 혈연관계를 잘 알고 있는 그들이 모도강을 필요 이상으로 깍듯이 모시느라 회계와 전결 규정을 잘 알면서도 이를 무시하고 저지른 고의적 실수로 볼 수 있었다.

설령 모도강 교수가 실수 또는 고의—하지만 이는 문서 행위 당사자인 소속 부서원들과 서로 모의하지 않고는 있을 수 없는 일이다—로 지출 총액을 둘로 쪼개고, 게다가 지출 결재 과정상의 전결 대상자를 잘못 지정했다고 해도, 재무팀장, 사무처장, 부총장이 이를 모르고 결재 서류에 순차적으로 서명날인했다는 것은 좀처럼 이해가 되지 않았다. 신입 직원도 저지르지 않는 실수인지라 더욱 믿을 수 없었다.

모르긴 몰라도 모도일 총장이 이런 사실을 알게 된다면 결코 그냥 지나가지는 않을 것이다.

"아니, 어쩌다가 그런 어처구니없는 일이…… 쯧쯧."

민구가 백구의 뒤를 쫓아 강의실을 나가며 말했다.

"그래서 말인데……."

복도 끝으로 간 백구가 중얼거리듯이 말했다.

모도강 교수야 혈연관계이니 걱정할 게 없고, 아무 죄가 없는 재무팀장, 사무처장, 부총장이 문책이나 징계받는 일은 막아야 하지 않겠느냐고 했다.

민구가 모르고 있던 사실을 백구가 왜 뜬금없이 털어놨는지 알 것 같았다.

"공 교수님이 사유서 한 장만 써주면……."

백구가 민구의 사유서가 있으면 해결 방안이 없지 않다고 했다. 황당하고 엉뚱한 요구였으나, 무조건 거절할 수도 없었다. 세 사람의 구제를 반대한 꼴이 되기 때문이었다.

어떤 내용의 사유서냐고 물었다.

"본래 삼천오백이었던 인쇄비가 페이지 증가로 사천이 되었지요?"

백구는 답을 하지 않고 물었다. 질문이라기보다 확인이었다. 진행 중에 원고가 넘쳐 편집 과정에서 본문 32쪽을 늘렸다.

"예."

"그 사유, 그러니까 삼십이 쪽이 늘어나게 된 사유만 써 주면 됩니다."

"전결 사고와는 무관한 내용이 아니오? 그리고 다른 일들도 마찬가지겠지만, 편집 계획과 편집 결과가 똑같은 경우는 없소."

민구는 이놈이 무슨 야료를 부리는 것은 아닌가 싶어 정색하고 말했다.

"압니다, 알지요. 그러니까 문제 될 건 없지 않습니까. 서른두 쪽 증가에 대한 사유서만 있으면, 세 사람이 무탈할 수 있는 방법이 있습니다."

5백의 증액 요인에 대해서는 추경을 요청할 때, 총장의 결재를 받으면 된다고 덧붙였다.

"대금 결제는 이미 다 끝나지 않았소?"

『35년사』가 납품된 지 4개월째로 접어들고 있었다.

총장이 결재가 끝나 처리된 서류를 보자고 할 리가 없었다. 누가 고자질하기 전에는.

"조사 중인 사업인데, 대금 결제를 어떻게 할 수 있습니까?"

"좀 전에 교학부총장님 전결로 해서 문제가 됐다고 한 결재는 뭡니까?"

"아, 그건…… 그중 일부를 결재한 거요."

봉 실장의 말이 갈팡질팡 횡설수설이었다. 대체 무슨 말인지 알아듣기 힘들었다.

"예?"

모도강 교수가 『35년사』 제작 경비로 2천3백만을 잡았다고 했다. 공민구가 편집 경비 2천3백과 인쇄비 3천5백을 합쳐 5천8백을 제작 경비로 올렸는데, 서류를 제대로 보지 않은 실무자들과 모도강이 편집 경비 2천3백만을 제작비 총액으로 잡은 것이다. 그래서 빠진 인쇄비 3천5백을 추가로 올리기 위해 전체 제작비 총액을 조정―통째로 빼먹은 3천5백을 그대로 올릴 경우, 총장이 받아들일 가능성이 없기 때문이었다―하여 모 총장으로부터 결재를 받은 서류가 있다는 것이다. 그런데 제작비 총액 5천8백이 4천5백으로 깎여 조정됐다는 것이었다. 예산 업무와 무관했던 민구로서는 금시초문이었다.

아무튼 봉 실장의 설명인데, 이런 설명을 왜 하는 것인지 듣고도 알 수가 없었다. 그래서 알아듣게 설명을 해 달라고 했다.

백구는 그걸 민구가 알아들으려면 회계 규정을 보고 이해해야 하는데, 굳이 당장 알고 싶다면 거래 은행에 외근을 나간 재무팀장이 들어오는 대로 따로 불러서 설명을 부탁할 수 있다고 했다. 자신도 잘 모르는 것을 잘 아는 양 떠든 백구를 민구가 멍하니 바라보았다.

백구는 민구의 눈을 피하며 아무튼 회계 규정상 하자 없이 해결할 방도가 있으니 안심해도 된다고 했다. 그러면서 그 방도를 위해 사유서가 필요하다는 뜻이었다.

민구는 백구가 말하는 방도에 대해 더는 알고 싶지 않았다. 날짜를 소급하여서 32쪽이 증면된 사유와 이에 따라 인쇄 제작 경비로 5백만 원이 추가되었다는 사실만 업체로부터 받은 견적서와 함께 적어 주면 그만이었다.

민구는 공동 연구실로 돌아가 곧바로 사유서를 작성해 건넸다. 사유서를 훑어본 봉 실장이 고개를 끄덕였다. 민구는 백구가 되건넨 사유서에 서명날인을 해주었다.

"상을 치르셨다고 들었습니다. 왜 제겐 연락 안 하셨습니까?"

야간 강의를 마치고 퇴근 준비를 할 때, 제작업체 사장으로부터 전화가 왔다.

"아무에게도 따로 부고하지 않았습니다. 미안합니다."

민구가 따로 부고하지 않은 것은 사실이었다.

사장이 전화 한 용건을 말했다. 그는 잔뜩 흥분해 있었다.

"낙선해서 빚더미에 앉은 선거 후보자들도 이따위 양아치 짓거리는 안 합니다!"

그의 말에 따르면, 모도강이 업체 측에 주기로 계약한 인쇄비 결제 대금 3천5백만 원 중 6백만 원을 깎은 2천9백만 원만 주었다고 했다. 32쪽 증면 관련 경비를 한 푼도 주지 않은 데에다 추가로 1백만 원을 깎았다는 말이었다.

애초부터 백구가 말한 재무팀장의 '방법' 따위는 없었던 것이다. 그러니까 모도강과 세 사람의 회계 및 전결 규정 위반에 대한 문책 및 징계를 벗어나기 위해 공민구의 증면·증액 사유서와 업체에 지급할 제작 대금을 삭감한 것이다.

"왜 그렇게 부당한 결재에 응해 주셨어요?"

민구가 안타깝고 미안해서 물었다.

"그렇게 하지 않으면 공 교수님이 징계를 받게 된다는데 어쩝니까?"

10

"어서 오시오. 오랜만이오."

소파에 앉아 협탁 위의 전화기를 만지작거리던 모도일 총장이 앉을 자리를 턱짓으로 가리켰다.

응접 테이블 위에는 반으로 접힌 「중부신보」가 놓여 있었다. 1면 헤드라인이 '일광대 주시열 교수 223억 원 횡령 의혹—잠적 중 긴급 체포'였다.

수염을 기른 회색 한복 차림의 주시열 교수가 무덤덤한 표정으로 양팔을 붙든 수사관들에 의해 연행되는 전신사진이 대문짝만 하게 실려 있었다. 검정 고무신을 신고 있었다.

민구에게 보여 주기 위해 일부러 응접 테이블 위에 올려 둔 것 같았다.

공민구는 사전에 봉백구로부터 귀띔을 받은 바 있으나, 그래도 늦은 밤의 호출인지라 긴장이 되었다. 긴장 탓인지 숨이 차고 가슴이 묵직해지면서 모 총장의 말이 이명인 양 들렸다.

"늦은 시간에 갑자기 불러서 결례가 안 됐는지 모르겠소. 결례라면 미안하오. 지켜보는 눈들이 많아서 그러니 이해하시오."

민구가 앉자, 총장이 여유로운 시선으로 벽시계를 바라보며 뒷말을 흐렸다. 달짝지근하고 향긋한 술 냄새가 모 총장의 말을 타고 민구의 코를 찔렀다.

송곳날 시침이 10을 넘고 있었다. 갈색 원목 협탁 위에 스카치블루 21년산 병과 술이 담긴 온더록스 잔이 보였다. 잔 밖에 놓여 있는 얼음 한 조각이 녹으면서 물이 되고 있었다.

"한잔하겠소?"

모 총장이 유리 장식장에서 빈 잔을 꺼내오며 물었다.

의사를 묻는 질문이라기보다 한잔하라는 명령 같았다.

"예, 그럼 한잔만 받겠습니다."

술병을 든 총장의 오른손 엄지손톱 옆에 팥알만 한 피딱지가 보였다. 이로 물어뜯어서 생긴 것 같았다.

스카치블루를 온더록스 잔에 따라 준 총장이 턱짓으로 얼음 통을 가리키며 얼음은 알아서 채우라고 했다.

민구는 받은 잔을 얼른 비웠다. 급하게 목을 타고 내려간 술이 송곳인 양 몸속을 찌르자 정신이 아찔했다.

"공 교수 아버님이 왜 재무 담당 이사직으로만 십여 년 가까이 지내시다가 그만두게 되셨는지, 당신을 보니 알겠소."

조소가 느껴지는 말투였다.

아버지 문상도 대리로 보낸 그가 밤늦은 시간에 뜬금없이 불러내 고인이 된 아버지를 새삼 들먹이는 이유를 알 수 없었다. 민구는 당장 그 입을 틀어막을 수 없어 황당함과 모욕감에 치를 떨었다.

그는 들고 있던 빈 잔을 유리 테이블 위에 내려놓으며 총장을 쏘아보았다.

"역시 그 아버지에 그 아들이구나, 했소. 좋아요, 아주 좋아!"

불콰해진 총장이 두어 차례 손뼉을 치고는 잔을 비웠다. 그의 몸짓에서 취기가 느껴졌다. 그는 민구의 빈 잔에 술을 채워 건넸다.

민구도 술기운 탓인지 긴장이 풀리면서 숨쉬기가 한결 편해진 느낌이었다.

"그런데 말이오. 당신네 부자에게는 일 프로 부족한 게 있어……."

그때 빠앙, 하고 요란한 경적음이 들렸다. 놀란 민구가 들고 있던 술잔을 떨구었다. 민구는 티슈를 뽑아 들고 카펫에 쏟은 술을 닦느라 허둥댔다.

"죄, 죄송합니다……."

"됐소."

모 총장은 카펫에 쏟은 술은 신경도 쓰지 않은 채, 하던 말을 마저이었다.

"문득 그걸 말해 줘야겠다는 생각이 들었소. 그래서 부랴부랴 부른 거요."

민구는, 표적 조사만으로는 성이 차지 않아 한밤중에 불러내 술주정까지 하는가 싶었다.

"내가 할 말은 다 끝났소. 공 교수도 할 말이 있으면 하시오. 한잔 더 하겠소?"

민구가 빈 잔을 내밀자 모 총장이 잔을 채웠다.

민구는 '일 프로'가 뜻하는 바에 대해서 묻고 싶었으나 그만두었다. 그는 더는 자기 그림자와 싸우는 짓을 하고 싶지 않았다.

"총장님, 한 잔만 더……."

민구는 모 총장이 따라 준 술을 단숨에 비우고 다시 빈 잔을 내밀었다.

"일 프로가 뭔지 알아들었단 말이오?"

총장은 술을 주지 않고 물었다.

"예. 알아들었습니다, 총장님."

"그럼 됐소. 가 보시오."

모 총장이 민구의 빈 잔을 빼앗으며 말했다.

술도 내가 주고 싶을 때 주는 것이지, 네가 달란다고 해서 주는 것이 아니라는 뜻을 전하려는 것 같았다.

민구는 술 먹은 티슈를 한 움큼 움켜쥔 채 몸을 일으켰다. 티슈에서 술이 떨어졌다.

전화기에 시선을 붙박은 총장은 민구를 바라보지 않았다. 기다리는 전화가 있는 것 같았다.

"공 교수."

총장이 문고리를 잡은 민구를 불러 세웠다. 민구가 황급히 돌아서서 부동자세를 취했다.

"일광대는 모도일의 대학이 아니라, 당신들의 대학이오. 아시겠소?"

민구는 답 대신 머리를 조아렸다.

문밖 복도에서 기다리고 있던 조건성 비서실장이 민구를 엘리베이터 앞까지 배웅했다.

민구는 엘리베이터에 오르며 시간을 확인했다. 10시 46분이었다. 제3 집무실 층의 야간 당직자가 조건성인 것 같았다.

민구는 '일 프로'가 무엇인지 알 것 같았다.

일광건설은 다섯 개의 자회사를 갖고 있었다. 모준오 회장의 눈에 들어 경리로 발탁된 아버지는 재무 담당 상무이사까지 했다. 모 회장의 최측근이자 복심으로 알려졌다.

일광의 모든 돈은 아버지의 손아귀에 있었다. 아버지는 돈의 길을 꿰고 있었다. 돈으로 돈을 만들 줄도 알았는데, 그보다 중요한 것은 돈이 가야 할 길과 가서는 안 될 길을 꿰고 있었고, 돈이 가야 할 때와 돈이 가서는 안 될 때도 들여다보고 있었다. 그러나 아버지는 융통성이 없었다.

모준오는 아버지의 이렇듯 철저한 자금 관리가 일광을 위기 때마다 건져 냈고, 그 덕에 중부권 최고의 종합건설회사로 클 수 있었으며, 학원 준재벌까지 될 수 있었다는 사실을 인정했다. 그러나 모준오는, 아버지의 만류를 듣지 않아 비자금 조성과 자금 횡령과 뇌물 공여에 대해 책임져야 했고, 그래서 1년 6개월의 실형을 살았다.

모준오는 아버지가 돈을 움직인 아랫사람으로서 자신의 죄를 대신해 줄 것이라 기대했다. 하지만 아버지는 그럴 수 없었다. 10년은 살아야 할 징역을 1년 6개월로 만들어 준 아버지의 공을 모 회장은 끝내 인정해 주지 않았다.

"지금이 몇 시인데 이러십니까?"

1층에 도착한 엘리베이터의 문이 열리기 전에 고성이 들려왔다.

문이 열리자, 박영홍 기획개발처장이 보였다. 봉백구 감사실장이 양팔을 벌려 박 처장을 막아선 채 몸싸움을 벌이고 있었다.

"잠깐만 뵙시다."

박 처장이 백구에게 밀려 뒷걸음질을 치며 말했다.

"저한테 몸이 불편해 주무시고 계신 총장님을 깨우라는 겁니까, 지금?"

고개를 숙인 백구가 머리통으로 박 처장을 한 걸음 더 밀어내며 을러대듯이 말했다.

"낮에는 바쁘셔서 안 된다고 하고, 밤에는 주무셔서 안 된다고 하면 대체 언제 뵐 수 있다는 거요?"

박 처장이 빚쟁이가 사채업자를 대하는 자세로 하소연하듯이 말했다.

"뵙기 전에 하셔야 할 게 있잖습니까?"

백구가 나무라듯이 거칠게 말했다.

"내가 변호사를 만나 봤어요. 명시적 동의는 못 얻었지만 묵시적 동의는 있었던 것으로 봐야 하고, 불이익 변경으로 볼 수 없다, 사회적 통념상 합리성을 충분히 갖추었다, 라는 게 변호사 의견이오."

아마도 성과연봉제 전환 시 절차상 과실 문제를 말하는 것 같았다. 모 총장이 결자해지를 들먹이며 이 문제에 대한 박 처장의 확실한 해결책 내지는 책임을 요구했다는 소문이 돌았다.

"처장님, 참 답답하시다. 그 정도 법률 자문은 이미 다 얻었다고 했잖아요. 왜 자꾸 딴소리만 하세요."

프런트 직원이 엘리베이터 홀까지 왔으나, 두 사람의 말다툼을 제지하지 못해 안절부절못했다.

"공 교수가 지금 총장님을 뵙고 나오는 거 아닙니까?"

박 처장이, 모잽이 걸음으로 두 사람 곁을 지나 로비 쪽으로 가는 공민구의 등을 바라보며 항의조로 말했다. 로비에는 한 명의 관리팀 직원과 낯모르는 양복 차림의 사내가 어슬렁거리고 있었다.

"공 교수님은 비서실장을 만나고 가는 겁니다."

백구가 답을 했는데, 박 처장보다 민구에게 들으라고 하는 말 같았다. 말하자면 총장을 보고 나온다는 말은 하면 안 된다는 사인이었다.

"자꾸 이러시지 마시고, 먼저 사유서를 써 오세요. 그러고 나서 뵙자고 하시는 것이 순서가 아니겠습니까?"

백구가 짜증 섞인 목소리로 말했다.

민구는 사유서라는 말을 듣는 순간, 박 처장이 모 총장을 이 늦은 시간에 찾아와 만나려는 이유를 알 것 같았다.

박영홍 밑에서 실무를 주관한 조건성—혁신개발팀장으로 있을 때 성과연봉제 전환 TFT 실무간사로서 박영홍을 업무상 보좌했다—에 대해서는 아무런 말이 없었다.

업무상 과실, 업무 태만, 방임, 직무 유기 등등으로 과반 이상의 동의서를 받지 않은 사유를 묻고 책임을 따지겠다는 것이 모 총장 입장이었다.

민구는 모 총장이 봉백구의 술수를 빌려 여러 가지로 못마땅했던

박 처장을 이참에 희생양으로 만들려는 것 같다는 의구심이 들었다.

잠시 머뭇거리던 민구는 화장실에 들러 술 먹은 티슈를 버리고, 파라다이스 호텔 현관을 나왔다. 회전문을 통과한 민구는 고개를 들어 밤하늘을 올려다보았다.

순간, 취기가 오르며 비틀했다. 급한 욕지기에 수챗구멍을 찾았으나 보이지 않았다. 넙죽넙죽 들이켠 스카치블루를 타일 카펫 위에 고스란히 토해 냈다.

11

귀하는 35주년 기념화보집 간행위원회 위원으로 일광대 『35년사』를 제작하면서 부적절한 예산 산정과 예산을 방만하게 운영했을 뿐 아니라 의사결정 과정에서 최종 결재권자의 승인 없이 임의적인 증면으로 교비의 과다 집행 및 낭비 사례가 발생토록 하였기에 '경고' 처분하니 재발 방지에 노력하기 바라며 차후 유사한 사안이 발생되는 경우 가중 처리가 됨을 유념하시기 바랍니다.

봉백구의 요청에 의해 써준 사유서가 세 사람을 구제했으나 민구에게는 경고 처분의 근거가 되었다. 백구의 술책에 당한 셈인데, 민구는 괘념치 않았다.

결국 그 사유서가 10인의 조사위원을 꾸려 3개월 동안 진행을 하고도, 인력과 시간만 낭비하고 아무 소득 없이 끝난 조사에 대한 모 총장의 체면 유지 근거가 되었는데, 훗날 비정년 교원인 민구를 퇴출시킬 구실로 얼마든지 이용될 수도 있었다.

구속당한 주시열 교수의 경우를 볼 때, 가능한 일이었다. 아무튼 민구는 자신에게 씌워진 부당한 혐의와 의혹을 최선을 다해서 소명하고 항변했으나, 끝내 결백을 인정받지 못했다.

공민구는 주시열 교수가 자정을 넘긴 늦은 시간에 직접 조문을 와서 각대 봉투 꾸러미를 놓고 간 이유와, 체포 당일 전화를 걸어와 일광대의 미래를 들먹이며 횡설수설한 이유를 알 것 같았다.

노회한 주 교수는 사면초가인 민구가 감당키 어려운 위기에 맞닥뜨리게 되리라는 것을 처음부터 알고 있었던 것이다. 자신의 구속과 민구의 면직을 예상했기에 민구에게 동맹 투쟁을 제안한 것이리라. 민구는 주 교수가 자신을 최후의 구원자 내지는 반전의 돌파구로 선택하려고 했다는 사실에 강한 모멸감을 느꼈다.

그날 밤, 주 교수가 아버지의 영정 앞에 슬그머니 놓고 간 비닐 각대 봉투 꾸러미에는 모도일과 일광학원의 각종 비위 사실이 기록된 여러 문건과 입증 관련 증거물 들이 들어 있었다. 꾸러미에는 주시열 자신과 관련된 의혹을 해명 또는 변호하는 데 쓰일 만한 문건은 단 한 쪽도 찾아볼 수 없었다.

그리고 많은 양의 추가 증거물들을 보관하고 있다는 주소지 리스트가 포함되어 있었다.

대상 기간이 1979년부터 2015년까지 36년이나 되는지라 보관 장소의 주소와 연락처와 약도가 포함된 리스트가 A4용지로 100여 쪽에 달했다. 민구는 문득 자신이 조사위에 제출했던 해명 자료 꾸러미가 떠올라 마음이 짠했다.

그날 밤 조문을 마친 주 교수가 난데없이 『35년사』 조사 건에 관해 깊은 유감과 위로의 뜻을 밝히며 덧붙인 말이 의미심장했다.

"공 교수, 내가 이번 조사의 문제점과 부당성에 대해 침묵했다고는 생각지 마시오. 다들 입을 다물고 있어 억울하겠지만, 잘 견디시오."

"……."

고맙다고 할 수도, 빈말 따위는 필요 없다고 할 수도 없는 민구로서는 침묵하는 수밖에 없었다. 그러자 주 교수가 덧붙였다.

"충고 한마디 해주고 싶은데 들어 보겠소? 듣고 흘려도 되오. 싫으시다면 그냥 가리다."

"말씀하세요."

민구는 충고를 마다할 처지가 아니었다.

"달지 않은 말이오. 개살구는 먹을 수 없소. 상처뿐인 영광이 될 수 있다는 말이오."

노백호가 농담처럼 말했다.

선문답 같은 말이었으나 민구는 알 것 같았다.

청동 벽걸이 시계의 시침이 11을 가리키고 있었다. 밖이 어두웠다. 시커먼 창이 밖을 보여 주지 못하고 민구를 되비췄다. 창을 열고 점거 농성 중인 본부 건물 총장실을 바라보았다.

민중가요가 악다구니처럼 들려왔다. 창에 비친 그림자가 꿈틀대는 것으로 보아 율동도 하는 것 같았다.

민구는 창을 닫고 깜박한 저녁 약을 찾아 먹었다. 신경정신과 의사가 처방한 항불안제와 자율신경차단제였다.

책상 위를 정리한 민구는 휴대전화 앱으로 학교 홈페이지에 접속했다. 교직원 수첩을 클릭해 주시열의 집 전화번호를 검색했다.

"여, 여보세요?"

13년 연하라는 주 교수의 부인 같았는데, 경계의 빛이 역력한 목소리였다.

"사모님이신가요? 밤이 많이 늦었는데 죄송합니다. 저는 일광대에 근무하는 공민구라고 합니다."

민구는 주 교수가 며칠 전에 맡겨 둔 물건이 있는데, 속히 돌려 드려야 할 것 같아서 밤이 깊었음에도 불구하고 결례를 무릅쓰고 전화를 했노라며 양해를 구했다.

"예, 고맙습니다. 보내 주세요."

주 교수 부인이 기다리고 있었다는 듯이 답했다. 어떤 물건이냐고 묻지도 않았다. 아마도 주 교수에게 들어서 알고 있는 것 같았다.

"배달할 물건이 아니라, 제가 직접 뵙고 돌려 드리려고 하는데…… 지금 괜찮으신지요?"

"번거롭겠지만, 그렇게 해주세요."

"삼십 분 안쪽에 댁 앞으로 가겠습니다."

공민구는 군용 모포와 야전 침대를 접어 벽에 붙이고, 가방 속에 각대 봉투 꾸러미를 욱여넣었다. 터질 듯이 부푼 가방을 들고 연구실을 나왔다.

―일광대는 모두일 거가 아니라 우리들 거다!

본부 건물 외벽에 걸린 세로형 현수막이 외등 빛 속에서 나불대고 있었다. 민구는 그믐달을 이고 있는 도서관을 등지고, 제3 생활관 쪽으로 향했다.

학교 측에서는 자녀들의 점거 농성에 동참한 열댓 명의 학부형들을 위해 가장 최근에 지은 제3 생활관 게스트 룸을 숙소로 제공해 주었다. 생활관 뒤편의 쪽문을 이용하면 일빛대로를 통하지 않고 정문 쪽으로 질러갈 수 있었다.

어둠 속에서 쪽문을 빠져나간 민구는 산중턱을 홈처럼 파서 만든 산책로를 타고 택시 승강장으로 향했다.

12

"여보, 아침 먹고 출근해요."

공민구의 아내가 출근을 서두르는 그를 밥상머리에 불러 앉혔다. 18년 만에 받는 뜬금없는 아침상이었다. 아내가 아침상을 차린 이유가 자못 궁금했다.

김치와 깻잎절임과 오징어젓과 밥 한 공기가 놓여 있었다. 밥을 뺀 나머지는 편의점에서 산 것들로 보였다. 황태 콩나물국 그릇을 식탁에 놓아 주고 맞은편에 쪼그리고 앉은 아내가 조사는 끝난 것으로 알고 있는데 왜 결과에 대해 말해 주지 않느냐며 다그쳤다.

"뭐가 어떻게 돌아가고 있는지는 말해 줘야 할 거 아냐?"

아내가 재우쳐 물었다.

민구는 국그릇에 숟가락을 담근 채 머뭇거렸다. 그러자 아내는 부부로서 조사 진행 과정과 결과에 대해, 그리고 그저께 밤 모도일 총장을 만난 일에 대해 알 권리가 있다고 했다.

민구는 아내가 요구한 '지금-여기'의 상황을 개괄적으로 보고했다. 하지만 아내는 건성건성 보고가 아닌 시시콜콜한 보고를 하라고 했다.

"그렇게 많이 배웠다는 사람이 자기 가족, 아니 자기 자신조차도 제대로 지키지 못하냐? 당신은 그동안 대체 뭘 배운 거야?"

시시콜콜한 보고를 받다 말고 민구를 노려본 아내가 내지른 첫마디였다.

아내의 말에 모욕감을 느낀 민구가 벌떡 일어섰다.

"다, 당신이 공부시켜 줬어? 마, 많이 배운 사람이 뭐 어째?"

버벅거리며 겨우 뱉은 말이었다.

틀린 말은 아니었다. 민구는 불철주야 가욋돈을 벌어서 그 돈으로 석·박사 공부를 했다. 직원으로 일해 받은 월급은 통째 아내에게 넘겼다. 학비는 교외 특강료와 잡문을 쓰고 받는 원고료와 선거철 홍보 기획 등으로 받은 사례비로 충당했다. 아내가 이를 모를 리 없었다.

"그 돈, 내가 달라고 했으면 어쩔 건데? 내가 생활비에 쪼들리면서도 그런 돈을 달라고 안 했기 때문에, 당신에게 아무런 불평불만 없이 시간을 줬기 때문에 그 잘난 공부를 할 수 있었던 거야, 이거 왜 이래."

민구는 그동안 생활비와 아이들 교육비에 시달려 온 아내가 급기야 악에 받쳤구나 싶어 딱히 대꾸할 말이 없었다. 호봉제에서 성과 연봉제로 바뀐 뒤 승진이 제자리인 데다가 조직 구성원들과의 잦은 불화 때문에 성과를 내도 인정받지 못하면서 근 8년 가까이 같은 금액의 연봉, 즉 실수령액 4천5백만 원을 받고 있었다. 이 돈에 아내가 시간제 학습지 교사를 해서 번 돈을 보태 네 식구가 살았다.

물론 교수로 바뀐 뒤에도 연봉은 직원 시절 받던 금액—하지만 이는 비정년 동료 교원들과 비교했을 때 두 배에 달하는 금액이었다—과 같았다.

하지만 아내의 억지 주장을 그대로 받아들일 수는 없었다. 민구는 아내의 억지 주장에 맞서느라 욕설까지 동원했다.

"왜 그 빌어먹을 돈은 나만 책임을 져야 하는 건데? 남편이 무능해서 못 번 돈, 유능한 아내라도 벌었으니 된 거 아냐, 씨발!"

민구는 밥상을 엎어버리고 싶었으나, 끝을 보고 싶지는 않아 욕설로 갈음했다.

"니가 지금까지 살면서 나한테 해준 게 뭔데, 얻다 대고 욕지거리야?"

아내는 말끝에 '이 새끼야'라는 욕을 다부지게 덧붙였는데, '씨발'에 대한 맞대응이었다.

민구는 모 총장으로부터 버림받을 일보다 아내로부터 당할지도 모를 버림에 정신이 아뜩했다.

버스에서 허둥지둥 내린 민구는 일광학원 통합 정문 쪽을 향해 뛰듯이 걸었다. 아내와의 말다툼이 길어져 강의에 늦은 때문이었다. 앞질러 가느라 학생들과 부딪힐 때마다 뒤통수로 욕설이 따라붙었다.

심한 욕설 때문에 멈춰 선 민구는 정문 기둥을 보고 깜짝 놀랐다. 문기둥에 '日光大學校'라고 예서체로 새겨 붙인 황동 교패가 날계란과 색색의 페인트와 씹다가 붙인 껌딱지 등으로 칠갑이 되어 있었다.

민구는 시위 학생들의 자해 행위에 참담함을 느꼈다. 얼굴이 화끈거렸으나, 당장 어떻게 할 도리가 없었다. 그는 더럽혀진 교패를 바라보다가 한빛대로를 뛰어 올라갔다. 이미 10분 지각이었다.

민구가 헐떡거리며 강의실에 도착한 시각은 10시 20분이었다. 20분을 늦었는데, 무슨 일인지 강의실 안에 학생들이 없었다. 강의실을 잘못 찾아 들어왔나 싶어 강의실 밖으로 나가 호수를 확인했다. 1909. 제대로 찾은 강의실이었다.

존경하는 공민구 교수님께
저희는 학원 자유와 정의 구현을 위해
모도일 악질 총장을 타도코자
본 '미디어 바로 보기' 교양 강의 수업을
당분간 거부코자 하오니
자유와 정의의 이름으로 양해 바랍니다.
—경호무도학과 수강 학생 일동 드림

하트 문양을 바탕에 깐 A4용지에 손글씨로 써서 강의실 문에 붙인 메모였다. 민구는 늦어서 서두르다 미처 보지 못한 A4용지를 바라보며 멍하니 서 있었다.

학생들의 수업 거부로 인해 민구의 강의들도 무산되었다. 교무팀 직원들이 뒤늦게 수업 거부 실태를 파악한 결과, 예정된 전체 수업 중 60퍼센트가 무산되었거나 흐지부지될 것으로 보인다고 했다. 출석 체크만 한 뒤 수업을 받지 않은 경우도 있었다고 했다.

학생들의 수업 거부로 여유 시간을 얻은 민구는, 정문 건너편에 있는 철물점에서 5리터들이 시너를 샀다. 그러고는 연구실로 돌아오는 길에 청소 조장 아주머니를 찾아가 물통과 걸레를 빌리고 학보사 사진기자에게는 취재 시 사용하는 접이식 5단 사다리를 빌렸다. 해가 지면 교패의 오물을 제거할 생각이었다.

청소 도구를 빌려준 조장 아주머니의 말에 의하면, 더럽혀진 교패가 보기가 민망스럽고 흉해서 자신들이 닦아 내려 했으나, 의대 학생들이 떼거리로 몰려와서는 현시점에서 교패를 청소하는 것이 자유와 정의 구현을 위해 싸우는 자식 같은 어린 학생들을 도와주지는 못할망정 욕보이는 반시대적 행태라며 저지했다고 했다. 또 학생들은 모도일에게 짓밟혀 죽은 일광대의 자유와 정의를 살려 낼 때까지는 절대로 교패에 손댈 생각일랑 말라며 협박을 하고 갔다며 혀를 내둘렀다. 그러면서 '반시대'가 욕은 아니냐며 그 뜻을 물었다.

민구가 답을 버벅거리자 많이 배운 교수님도 모르는 말을 자기네들 같은 무지렁이들에게 한 학생들이 이해되지 않는다면서 투덜거렸다. 그러고는 빌려준 청소 도구의 확실한 반납을 수차례 강조한 뒤 사라졌다. 또 자신이 빌려줬다고 하면 절대로 안 된다는 말도 수차례 덧붙였다.

민구는 청소 아줌마들도 학생들과 한통속이라는 생각이 들었다. 학생들의 협박은 핑계이거나 거짓일 수 있었다.

피상조의 부당노동행위 등에 대한 폭로 기사를 계기로 노동자의 권리와 권익에 관심을 갖게 된 청소 아주머니들이 학교 측과 대립 중인 상황에서 굳이 자발적으로 교패를 청소할 이유는 없을 것 같았다.

13

　봉백구는 공민구의 사유서로 『35년사』 제작비 관련 결재 해당자들인 교학부총장과 사무처장과 재무팀장을 구제했다. 모두가 신세를 잊지 않겠다고 했다. 그러나 정작 공민구를 '경고 처분'만으로 끝낸 봉백구는 닭 쫓던 개 지붕 쳐다보는 꼴이 되고 말았다는 생각에 우울했다.

　그는 민구의 비위 사실 규명에 100퍼센트의 자신감이 있었다. 물론 발행 부수 5천 부 결정 문제나 방만한 예산 수립 및 집행, 그리고 교재 원고 유출 건 등에 대해서는 확신이 서지 않았다.

　백구의 자신감과 확신은 다른 데 있었다. 출판계에서 암암리에 주고받는 리베이트 관행이었다. 물론 민구가 부정한 뒷돈이나 뇌물 따위를 덥석 받아먹을 놈은 아니었으나, 이번 경우에는 그 리베이트를 거절하기가 받는 것보다 몇 배는 어려웠을 것이라는 확신이 있었다.

백구가 아는 '돋움 커뮤니케이션스' 민수기 사장은 리베이트를 줄 때, 상대의 부담을 없애 주기 위해 정당한 대가인 양 그럴듯한 구실과 명분을 만들어서 주는 사람이었다.

　"이 돈은 제 몫이 아닙니다. 봉백구 팀장님 몫으로 처음부터 계상된 것입니다. 지금까지 일광대에서 이걸 안 받으신 분은 없습니다. 그리고 저에게 어차피 이 돈은 있어도 그만, 없어도 그만인 돈이에요. 그냥 버릴까요? 히히."

　이렇게 너스레를 떨며 간을 본 뒤, "디자인도 봐 주시고, 카피 봐 주시고, 사진 선별도 봐 주시고…… 교정 교열까지도 봐 주셨잖아요. 세상에 공짜가 어디 있습니까? 학교에서는 이런 일 하셨다고 해서 돈을 주지는 않잖아요?"라고 했다.

　제작비에는 디자인, 사진 선별, 카피 작성, 교정 교열 등 항목별 비용이 모두 포함되어 있기 때문에, 백구의 몫을 백구에게 돌려주는 것이라고 했다. 즉 리베이트가 아니라, 일을 도와주고 받는 정당한 대가라는 주장인데, 궤변이었다.

　백구가 11년 전 출판팀장으로 일 년 반가량 근무할 때 민 사장이 직접 찾아와 왜 리베이트를 받아야만 하는지 설득하면서 했던 말이었다. 그때 백구는 민 사장이 일광대 인쇄물 가운데 70퍼센트 이상을 20년째 도맡아 하는 이유를 알게 됐다.

　백구는 이 명명백백한 사실 경험과 인과율 원리를 근거로 민 사장을 압박했다. 명색이 감사실장이기 때문에 학교와의 거래 내역 전수 감사를 통해 일광대에서 영구 퇴출시킬 수 있다는 협박도 했다.

　협박을 받은 민 사장이 힘들게 이럴 필요 없이, 공민구 교수의 죄가 그토록 필요하다면 자신이 공민구의 연구실에 잠입해서 그의 책상 서랍 속에 돈뭉치를 넣어 놓고 나올 수도 있다고 했다. 그러면서 덧붙이기를 "봉 실장님도 잘 아시다시피 저는 당사자를 직접 만나 현금만 주잖아요. 증거가 없어요."라고 했다.

맞는 말이었다. 민 사장이 주었다고 해도 민구가 안 받았다고 하면 그만이었다. 백구는 사실 자체보다 그 사실을 입증할 증거에 대해 생각지 못한 자신의 불찰을 원망할 수밖에 없었다.

"잘못도 없는데, 조사하자고 건의했단 말이오?"

아무 문제가 없다는 조사위 최종 결과를 보고 받은 모 총장이 버럭 화를 내며 백구를 닦아세웠다. 어처구니가 없었다.

당신이 유도한, 아니 원했던 조사가 아니었는가. 또 조사는 꼭 잘못이 있을 때만 하는 것이 아니라, 잘못이 있는지 없는지 의심이 갈 때도 하는 것이고, 경고와 독려가 필요할 때도 하는 것이 아닌가. 아니 그렇게 해 오지 않았나.

"모도강 교수의 확실한 증언이 있는데, 공민구에게 잘못이 왜 없다는 거요?"

결과 보고서도 대충 읽고, 백구의 설명도 건성으로 들은 모 총장은, 자신의 사촌 형인 모도강 교수의 말을 근거로 새삼 봉백구의 조사 의지와 능력을 문제 삼았다.

"모 교수님의 주장을 입증할 만한 물증이 아무것도 없습니다요, 총장님."

어찌 보면 백구도 모 교수의 거짓 주장에 당한 희생자였다.

"아니, 모 교수가 거짓말을 했단 말이오?"

"거짓말을 하셨는지는 모르겠으나, 논리도 안 맞아 심증으로도 쓸 수가 없었습니다요."

"공민구를 두둔하는 거요?"

샹들리에를 올려다보던 총장이 소리를 질렀다.

"아, 아닙니다, 총장님. 하지만 모도강 교수님의 주장은, 공 교수가 법적으로 문제 삼을 경우, 무고에 해당합니다."

법무팀과 한검수 법인 감사 겸 변호사에게 자문을 받아 본 결과, 지금까지 진행된 조사 결과를 놓고 볼 때, 조사한 두 건 모두 소 성립이 가능하고, 공민구의 승소 가능성이 100퍼센트라고도 덧붙였다.

"한 변호사가 그랬단 말이지?"

결국 한 변호사의 판단을 전해 듣고 나서야 모 총장의 닦달이 누그러졌다.

"그래도 잘못이 전혀 없다고 할 수는 없는 거 아니오?"

"그, 그럼요, 총장님. 경고 조처는 가능합니다요."

"뭐요? ……고작?"

"예."

모 총장이 못내 아쉬워하는 것 같았다. 봉 실장이 죄인인 양 고개를 숙였다.

"그럽시다, 그럼."

총장이 떨떠름한 표정으로 선심을 쓰듯이 말했다.

결재를 마친 봉백구가 결재 서류와 다이어리를 주섬주섬 챙겨 자리에서 일어섰다.

"뭐가 그렇게 당당하고 잘나서 끝까지 버티는 거야…… 일 프로 모자란 새끼가 맞다니까!"

모 총장이 임시 집무실을 나가는 백구의 뒤통수에 대고 쌍욕을 내질렀다. 뒤통수에 침이 튀었다.

봉백구는 총장의 말뜻을 정확히 알고 있었다. 공민구가 잘잘못을 떠나서 모 총장을 찾아와 무릎을 꿇고 용서를 구했다면, 조사는 즉각 중단되고 조사위 또한 전격 해체했을 것이다.

백구는 권력과 정의가 권력자의 말에서 나온다는 사실을 아직껏 모르는 천둥벌거숭이 같은 민구가 안쓰러웠다.

백구는 동양미디어통신사 피상조 보도1부장으로부터 50만 원을 주고 산 문건을 들여다보았다. 때가 되면 고발장 작성 시 증거용 첨부 자료로 쓸까 했으나, 이제는 그럴 필요가 없었다. 주시열 교수의 부인으로부터 전달받은 문건이 있기 때문이었다.

주 교수의 부인으로부터 갑자기 연락이 온 것은 점심나절이었다. 남편을 면회하고 나오는 길인데, 봉 실장에게 전해 주라고 부탁받은 물건이 있다면서, 만날 수 있는지 물어왔다. 물건이 뭔지는 모르겠으나, 백구로서는 주는 것이 아니요, 받는 것이었기에 거절할 이유가 없었다.

"우리 주 교수님께서, 봉 실장님이 사무처장 되시면 잘 좀 부탁드린대요."

부인이 물건을 전하며 허튼소리를 덕담인 양 덧붙였다. 부탁한다는 여자의 말본새가 거칠고 당찼다.

물건은 쇼핑백에 담긴 회색 비닐 각대 봉투 꾸러미였는데, 꽤 묵직한 손맛이 느껴졌다. 각대 봉투 안에 든 내용물을 모두 꺼내 반나절 동안 일일이 확인해 본 백구는 깊은 고민에 빠졌다. 광을 팔 수도, 쇼당을 걸 수도 있는 꽃놀이패였다. 백구는 행복한 고민에 빠졌다.

이 패를 언제 누구에게 어떻게 써야 가장 효과가 크고 유익할 것인지에 대한 판단이 서지 않았다. 분명한 것은, 각대 봉투의 내용물을 진정서나 고발장에 첨부하여 법원으로 보낼 경우, 백구에게는 득될 것이 아무것도 없다는 점이었다.

백구는 오후 내내 고민을 거듭한 끝에 모 총장에게 주는 것이 가장 낫겠다는 판단이 섰다. 모 총장이 주시열을 고발하고 전격 구속까지 성사시켰다. 그런데 주 교수의 요청대로 각대 봉투의 내용물을 지금 공개하면 향후 재판 과정에서 모 총장과 일광대가 큰 데미지를 입을 수 있을 뿐만 아니라 불리한 입장에 처할 수 있었다.

백구가 전해 받은 내용물을 공개하지 않고 폐기한다고 해서 해결될 문제는 더더구나 아니었다. 주 교수의 부인이 복사본을 따로 챙기지 않았을 리가 없기 때문이었다. 그러니까 모 총장이 그 내용물을 미리 보고, 대응 방안이나 논리라도 철저하게 세울 수 있도록 도와주는 것이 나을 듯싶었다.

주 교수에게는 미안하지만, 백구는 그의 팻감으로 모 총장에게 쇼당을 걸기로 했다. 설령 받아 주지 않아도 달리 쓸 데가 많은 패였다.

백구의 수중에도 모 총장의 지시로 이루어진 여러 채증 자료들을 비롯해서 파괴력 있는 패가 많았다. 주시열의 팻감에 못지않았다. 궂은일을 도맡아 해 오면서 어찌 버림당할 일을 대비하지 않았겠는가.

봉백구는 일단 각대 봉투 속의 내용물을 빠짐없이 복사했다. 당장 복사가 어려운 CD와 USB와 테이프는 따로 챙겨 두기로 했다.

쇼핑백을 챙겨 사무실을 나왔을 때 어느새 어둠이 내리고 있었다. 비 끝에 내려앉은 거무튀튀한 밤안개가 오정 모준오 선생의 우람한 청동 입상을 포박하듯이 에워싸고 있었다. 동상 뒤 본부 건물 외벽에는 일광대가 처한 현실을 말해 주는 넉 장의 대형 걸개 현수막이 습한 바람에 나부끼고 있었다.

—학생 중심, 일광대학교!

—6만 동문과 학부형이 일광대의 주인이다

—일광대는 모도일 거가 아니라 우리들 거다!

—모도일은 즉각 퇴진하라!

백구가 등지고 선 본부 건물 14층에서 풍물패의 공연이 시작되었는지, 북과 꽹과리와 징 소리가 울려 퍼졌다. 일일 투쟁을 점검 반성하는 자체 보고회를 연 뒤에 자신들의 단합과 사기 진작과 세 과시를 위해 벌이는 사물놀이였다.

학교 측이 제공한 생활관에 기숙하는 20여 명의 학부형도 이 일일 보고회에 참석한다고 했다.

주민들로부터 민원이 들어왔으니, 저녁 6시 이후에는 풍물놀이는 물론이요, 구호나 떼창을 금해 달라고 신신당부했는데도 경우 없는 학생 놈들도 한통속인 학부형들도 들어먹지를 않았다.

쇼핑백을 가슴에 힘껏 껴안은 봉백구는 정문을 향해 일빛대로를 내달렸다. 백구는 등 뒤에서 들려오는 북과 꽹과리의 난타가 응원의 소리인 양 들렸다.

　퇴교 시간이 지났기 때문인지 승강장에는 대기 중인 빈 택시가 없었다. 백구는 고개를 뺀 채 차도로 댓 걸음 나와 위아래를 살폈다. 멀리서 머리등을 켠 채 어슬렁거리던 빈 택시가 종종거리고 있는 백구를 보고는 쪼르르 달려왔다.

　"어디로 모실까요, 손님?"

　차 안에 트로트가 흘렀다.

　"파라다이스 호텔로 갑시다."

　백구가 쇼핑백을 껴안으며 트로트 꺾기에 맞춰 답했다.

　재빠르게 출발한 택시가 통합 정문 앞을 지났다.

　"자, 잠깐 아저씨! 천천히……."

　백구가 기사의 뒤통수에 대고 소리쳤다. 택시 기사가 놀라 급브레이크를 밟았다.

　백구가 속도를 줄인 택시 안에서 고개를 틀었다.

　공민구가 접이식 사다리에 위태롭게 올라서서 교패에 대걸레질을 하고 있었다. 달밤의 체조가 따로 없었다.

　세상에 주둥아리만 있고 똥구멍 없는 놈이 어디 있단 말인가. 그런데 공민구, 저놈은 주둥아리만 있고 똥구멍은 없는 양 행세하는 놈이었다. 제 몸 하나도 지키지 못하는 놈, 툭하면 제 그림자와 싸우는 놈, 주시열의 마누라 말마따나 '거저 대줘도 못 처먹는 병신 같은 놈'이 공민구였다.

　백구는 놈이 '못 처먹어서' 자신의 복이 된 각대 봉투 보따리를 내려다보며 힘껏 소리쳤다.

"아저씨, 빨리 갑시닷!"

기사가 다시 속도를 올리자, 교패를 닦는 공민구의 뒷모습이 순식간에 멀어졌다.

보따리를 들어 가슴팍에 꽉 껴안은 백구가 뻥 뚫린 대로를 주시하며 콧노래를 흥얼거렸다.

살아가야 할 삶

세종 같은 성군이나 이순신 같은 영웅은 어쩌다 볼 수 있는, 불세출의 위인입니다. 그런 시대에 태어나 사는 백성은 환란 중이어도 복 받은 것이지요.

그러나 우리는 이런 위인을 기다리며 세상을 살아갈 수 없습니다. 불세출이기 때문입니다. 그러니까 세상은 그 세상을 살아지는 것이 아니라 살아가야 할 사람들의 몫입니다.

툭하면 대학입시 제도를 문제 삼아 헐뜯고 뜯어고치기를 반복하는데, 정작 문제는 대입 제도가 아닌 대학의 역할과 위상이라는 것입니다. 죽어라 공부해서 대학에 간다 해도 제대로 배울 것이 많지 않습니다.

정치권력·자본 권력·문화 권력의 정점 위에 있다 할 교수들 중 적지 않은 수가 대학을 틀어쥐고 앉아 진리를 밝혀 아름답고 공의로운 세상을 도모하기보다는 공익을 가장한 사익 추구를 위해 지록위마하고 곡학아세하는 짓을 서슴지 않고 있기 때문입니다.

그래서 '시일야방성대학'인데, 대학을 제대로 개혁하면 입시 제도는 문제 될 것이 없습니다. 윗물이 맑으면 아랫물도 맑은 것과 같은 이치입니다.

오늘날 대학 문제라고 하면 일단 소유주와 경영진을 문제 삼고 나섭니다. 틀리지는 않지만 그렇다고 맞는다고도 할 수 없습니다. 그릇된 소유주와 경영진에게 시의적절하게 아부하고 물불 안 가리고 맹종하는 교수들이 없다면 대학이 이토록 잘못되지는 않았을 것입니다.

다들 그 밑에 빌붙어 호의호식하다가 어떤 문제가 터졌다 하면, 소유주와 경영진에게 모든 책임을 전가하고 자신들은 빠져나옵니다. 개구리들처럼 울다가 쥐처럼 빠져나오는 것이지요.

그러면서도 많이 배웠다는 이유만으로 대학 개혁의 주체가 자신들이 되어야 한다며 이를 당연시합니다. 중이 제 머리 깎겠다는 것이요, 자기 자체가 무오류라고 주장하는 오만한 짓이지요.

재벌의 소유주와 최고 경영진을 탓하면 정의롭고 공의로운 재벌 개혁이 되나요. 생각 있는 소비자들이 노력을 해야지요. 대학도 교수가 자발적으로 노력해야 하는데 하지 않으니 이제 학부형들이 해야 하지 않을까 싶습니다. 정부는 오늘날의 대학을 만든 장본인이니 당최 믿기가 어렵지 않겠어요.

이 소설은 이런 문제를 짚어 보기 위해 쓴 것입니다. 제 소설이 불편하다고 하시는 분들이 적지 않은데 이번에 또 불편한 소설을 써서 송구할 따름입니다. 하지만 이는 제 탓이 아니라 세상 탓임을 일러 두고 싶습니다. 저는 세상에서 벌어지고 있는 일 가운데 극히 일부만을 글로 옮길 수밖에 없기 때문입니다.

저는 한 대학에 30년 넘는 세월 동안 재직했습니다. 그 긴 세월 동안 대학 구성원의 이런저런 언행을 숱하게 많이, 그리고 낱낱이 지켜볼 수밖에 없었습니다. 그 언행이 대학의 실체이자 한국 고등교육의 미래였습니다.

교육은 한 나라의 총체입니다. 그래서 덩샤오핑도 교육에는 흑묘백묘를 도입하지 않았잖아요.

저는 이 소설을 통해 오늘날 대학의 문제가 무엇이고 그 책임이 누구에게 있는가 등을 잘 들여다보시길 바랄 뿐입니다.

글이 권력인데, 글 자체가 권력이었던 시대는 지났습니다. 이제 누구나 글을 읽을 수 있기 때문입니다. 그래서 모르거나 적게 알면 부당한 지배를 받을 수밖에 없는 세상이 되었습니다.

글을 많이 아는 지식인들이 그 신분과 지위를 이용하여 어떻게 사실을 뭉개고 진실과 정의를 어떻게 조리돌림 하는지, 그리고 그 책임을 어떻게 벗어나는지, 이 얇은 소설을 통해 깊이 들여다보셨으면 하는 바람입니다.

흔히들 세상을 오해하듯이 이 소설을 오독하는 일이 없었으면 좋겠습니다.

자영업자에게 건물주가 신이라면, 작가에게는 출판사가 신입니다. 건물주와 출판사의 권세가 대동소이합니다. 거취를 고민하던 원고를 기꺼워해 준 나무옆의자 신승철 본부장께 감사드립니다.

봄을 기다리며

고광률